Ich freue mich sehr,

dass Du mir in

"Das Land der Antworten"

folgen möchtest.

Viel Vergnügen und eine

entspannte Reise.

novum premium

Wolfgang Rostek

Das Land der Antworten

novum premium

Bibliografische Information
der Deutschen Nationalbibliothek:

Die Deutsche Nationalbibliothek
verzeichnet diese Publikation in
der Deutschen Nationalbibliografie.
Detaillierte bibliografische Daten
sind im Internet über
http://www.d-nb.de abrufbar.

ISBN 978-3-95840-351-2
Lektorat: Stefanie Krüger
Umschlagfoto: Wolfgang Rostek
Umschlaggestaltung, Layout & Satz:
novum Verlag
Innenabbildung: Wolfgang Rostek

Die vom Autor zur Verfügung gestellte
Abbildung wurde in der bestmöglichen
Qualität gedruckt.

Gedruckt in der Europäischen Union
auf umweltfreundlichem, chlor- und
säurefrei gebleichtem Papier.

www.novumverlag.com

Inhalt

Einleitung

Liebe Leser,

Ende der siebziger Jahre besuchte ich Thailand, um einen entspannten Badeurlaub auf der Insel Phuket zu verbringen. Zur damaligen Zeit war Bangkok meist der Ausgangspunkt der Rucksacktouristen, um ihre Reisen durch Thailand, Malaysia bis über Indonesien und nach Australien zu beginnen.

Meine Reise sollte jedoch schon vom ersten Tag an nicht den geplanten Ablauf nehmen, doch jetzt, fast vierzig Jahre später, wird mir bewusst, wie gravierend die Einflüsse waren, die mein zukünftiges Leben bis zum heutigen Tag beeinflusst haben.

Den Titel des Buches „Das Land der Antworten" hatte ich schon einige Jahre später gewählt, doch erst mit dem Abstand zu den darauf folgenden Jahrzehnten und den gesammelten Erfahrungen war es mir möglich, es zu schreiben.

Das Cover zu dem Buch habe ich bereits einige Jahre nach meiner Rückkehr aus Thailand gemalt, doch die Geschichten der damaligen Zeit in einem kleinen Dorf gerieten immer mehr in Vergessenheit, bis ich mich im Februar 2016 spontan entschloss, das erste Kapitel zu schreiben. Ein ganzes Buch zu schreiben oder gar zu veröffentlichen war nicht geplant.

Doch mit jeder Seite wurden die Zeit und die Personen lebendiger und so wurde es mir ein Vergnügen, mich letztmalig mit der Vergangenheit auseinanderzusetzen. Mit jedem Kapitel schien ich meinen eigenen Film zu sehen und beschrieb, was ich sah und erlebt hatte.

Ich hatte damals meiner Hauptfigur Pappa San und einigen der mit mir in dem Dorf lebenden Personen das vage Versprechen gegeben, irgendwann dieses Buch zu schreiben.

Egal, wie viele Leser bereit sind, mir zu folgen, mit diesem Buch habe ich dieses Versprechen eingelöst.

Einige Namen wurden geändert, doch die Geschichten beruhen auf den Tatsachen, an die ich mich erinnern konnte.

Ich würde mich freuen, wenn ich Sie, liebe Leser, noch einmal in eine vergangene Zeit und an einen Ort mitnehmen kann, der nicht mehr existiert.

Wolfgang (Wolf) Rostek, November 2016

1. Kapitel
Ankunft Bangkok

Bis zu meiner Ankunft in Bangkok verlief die Reise ohne erwähnenswerte Vorkommnisse, wenn man einmal davon absieht, dass zum Ende der siebziger Jahre eine Reise nach Thailand sehr lag war, da sie mit einem Zwischenaufenthalt in Karachi in Pakistan verbunden war.

Ich wollte einen unbeschwerten Badeurlaub auf Phuket, einer im Südwesten gelegenen Insel in Thailand, verbringen. Doch die Wochen, die folgen würden, sollten mein ganzes Leben verändern und blieben mir trotz eines Abstands von fast vierzig Jahren im Gedächtnis.

Mein Abenteuer sollte schon am ersten Abend beginnen, als ich in Bangkok mit einem Taxi vom Flughafen in die Innenstadt fuhr. Ich war im Flugdienst tätig und hatte auf eine große Reisevorbereitung verzichtet, da ich schon einige Jahre Erfahrungen im Ausland sammeln konnte.

Ich fragte den Fahrer am Flughafen, ob er mir für eine Nacht eine günstige Unterkunft besorgen könnte und er nickte freundlich, obwohl ich bezweifelte, dass er mich genau verstanden hatte. Doch ich war seit mehr als vierundzwanzig Stunden unterwegs, also stieg ich ein und wir fuhren Richtung Innenstadt.

Die Straßen waren hell erleuchtet, bis er in eine schmale dunkle Seitenstraße abbog und vor einer spärlich beleuchteten Einfahrt stehen blieb. Er deutete mir an sitzen zu bleiben, während er zum Haus ging. Ich nahm meine kleine Tasche mit allen Reisepapieren und dem Geld aus meinem Rucksack, steckte sie mir unter mein T-Shirt und wartete einige Zeit. Dann öffnete jemand die Autotür und nach einem kurzen „Welcome" bat er mich, ihm zu folgen.

Über dem Eingang hing ein buntes Schild, auf dem in geschwungenen Buchstaben „Darling Lounge" stand. Er ging hinter eine kleine Rezeption, legte eine Liste mit den Zimmerpreisen auf den Tisch, drehte sich zu den Fächern, in denen nur einige Schlüssel lagen um und strich bis auf drei alle anderen Zimmerangebote durch.

Mein Gepäck bestand aus einem Rucksack, einer kleinen Tasche und einer Mappe, die all meine Dokumente und mein Geld enthielt.

Ich deutete auf eines der übrig gebliebenen Angebote, während der Taxifahrer bereits mit meinem Rucksack zur Treppe ging, die sich neben der Rezeption befand. „Sie können Ihre Wertsachen hier deponieren und ich schließe sie in einem Safe ein“, bot mir der Mann an. Nach kurzer Überlegung verneinte ich und lief dem Taxifahrer hinterher, der bereits mit meinem Gepäck verschwunden war. Ein junges Mädchen überholte mich mit dem Zimmerschlüssel in der Hand, blieb vor einer Tür stehen und öffnete sie.

Als das Licht anging, sah ich in einen kleinen Raum mit einem angrenzenden Badezimmer und einem großen Bett, über dem ein Spiegel hing. Das Zimmer sollte 20 US-Dollar kosten, und da ich für den nächsten Morgen ein Stand-by-Ticket für den Flug nach Phuket hatte, war ich erleichtert, überhaupt ein Zimmer gefunden zu haben. Der Taxifahrer stand an den Türrahmen gelehnt neben dem Mädchen, das nur „35 Dollar“ sagte. Aber es sei eine Fahrt in die Stadt und ein Besuch in einer Bar inbegriffen.

„Very good“, sagte der Mann von der Rezeption, der nun ebenfalls neben der Tür erschien. Ich könne ihn auch später bezahlen, der Preis bliebe derselbe! Also stimmte ich zu, und als wir in der Eingangshalle standen, fragte mich der Mann erneut, ob ich meine Wertsachen nicht doch lieber einschließen wolle, was mir jetzt logisch erschien. Also legte ich meine kleine Tasche in einen großen Umschlag und verschloss ihn sorgfältig, worauf er in einem Schließfach verschwand. Der Mann übergab mir den Schlüssel und wir gingen zum Taxi zurück.

Die Fahrt dauerte nur wenige Minuten, bis wir vor einer hell beleuchteten Bar hielten. Die Bar hatte eine kleine Theke, Discomusik dröhnte aus den Lautsprechern und an mehreren kleinen Tischen saßen einige Ausländer verstreut vor ihren Getränken. Man führte mich an einen leeren Tisch und ich bestellte ein Bier. Auch der Taxifahrer setzte sich zu mir und lächelte mich freundlich an. „Very good“, sagte er erneut und sog an einem Strohhalm, den er in eine Bierflasche gesteckt hatte. Mitten im Raum stand ein großer Glaskasten, der an der Vorderseite von einem Vorhang verdeckt war. Das Bier kam und eine ältere Frau setzte sich neben den Taxifahrer und nickte mir zu. Ein Scheinwerfer strahlte plötzlich auf den Glaskasten und dann über jeden einzelnen Tisch. Dann öffnete sich der Vorhang, und als das Licht erneut unseren Tisch traf, sah ich die schwarzen Zähne des Taxifahrers, der laut lachte und seine Zunge zwischen ihnen rein und raus rutschen ließ. „You like girls?“

Dann verstummte die Musik und die Lichter konzentrierten sich auf den Glaskasten. Man sah einen kleinen Hügel, auf dem verteilt etwa 20 Mädchen saßen. Sie waren mit Bikinis bekleidet und jede trug eine Nummer.

Trotz anfänglicher Bedenken und all meinen Beteuerungen, eigentlich zu müde zu sein, saß ich einige Zeit später mit einem hübschen Mädchen auf der Rückbank des Taxis und wir fuhren zur „Darling Lounge" zurück. Der Mann hinter der Rezeption begrüßte uns, gab mir mit einem breiten Grinsen meinen Zimmerschlüssel und wünschte eine gute Nacht.

Ich muss zugeben, dass es eine entspannte und ausgesprochen angenehme Zeit war, was sich allerdings änderte, als es an der Tür klopfte und der Taxifahrer mit dem Mann von der Rezeption in der Tür stand und mir eine Rechnung über 100 US-Dollar präsentierte. Ich nahm den Beleg und ließ mich aufs Bett fallen. Meine gesamte Barschaft belief sich auf 470 Dollar, die für den Aufenthalt von 31 Tagen reichen sollte. Noch unter Schock klopfte es erneut und der Taxifahrer forderte mich diesmal etwas unfreundlicher auf meine Rechnung zu zahlen. Ich bat ihn noch um ein wenig Geduld, schloss die Tür und erklärte meiner „Bettgesellschaft" kurz meine verzweifelte Situation. Sie überlegte kurz, stand auf, zog sich an und bat mich um den Schlüssel für das Schließfach. Der Vorschlag, den sie mir dann machte, schien mir noch unsinniger als der bevorstehende Verlust fast eines Viertels meiner Barschaft. Sie wolle erst einmal meine Tasche aus dem Fach holen und dann zurückkommen, versprach sie. Ihr Vorschlag war, dass wenn wir erst einmal die Tasche auf dem Zimmer hätten, sie ihren Bruder verständigen würde, der uns dann abholen und mich anschließend zum Flughafen bringen würde. Sie verlangte für die ganze Aktion 50 Dollar. Es befanden sich nicht nur mein Bargeld, sondern ebenfalls mein Pass und die Tickets in der Tasche. Auch bestand das Risiko, dass sie mit der ganzen Tasche verschwinden könnte. So stand ich vor der Entscheidung, mit ihr die spektakuläre Flucht zu wagen oder 100 Dollar an die beiden Männer zu verlieren, die ohne jeden Zweifel unter einer Decke steckten.

Nach kurzer Überlegung entschied ich mich für ihren Vorschlag. Es dauerte eine gefühlte Ewigkeit, bis sie schließlich wieder in der Tür stand und triumphierend meine Tasche über dem Kopf hielt. Sie verriegelte die Tür, nahm das Telefon und rief ihren Bruder an. Das Gespräch, obwohl auf Thailändisch geführt, erstreckte sich über so viele Schwankungsbreiten, dass mir klar wurde, wie viel Überzeugungsarbeit nötig war, um den Fluchtplan zu realisieren. Dann legte sie auf und erklärte mir, dass es ihr gelungen war, sie davon zu überzeugen, meine Rechnung am nächsten Morgen zu begleichen. Dann trat sie ans Fenster, öffnete es und zeigte hinaus. „Der Rucksack könnte ein Problem werden", meinte sie, und als ich aus dem Fenster sah, wusste ich, was sie meinte. Bis in den Vorhof waren es wohl gut fünf Meter und ihn lautlos herunterzulassen ausgeschlossen. Ihr Bruder würde in etwa einer halben Stunde ankommen und ich solle mir bis dahin überlegen, wie man das Problem lösen könne. Obwohl es kurz vor Weihnachten war, war die Temperatur in dieser Nacht angenehm kühl, sodass ich auf die Idee kam, so viele Kleidungsstücke wie möglich übereinander zu ziehen und den Rucksack zurückzulassen. Letztlich zwängte ich mich fast bewegungsunfähig durch das Fenster, erreichte mit einem Fuß das Vordach und rutsche geräuschvoll hinunter in den Vorhof. Unten angekommen warf sie mir meine kleine Tasche und die Mappe mit meinen Wertsachen hinterher und schloss lautlos das Fenster. Nur kurz überkam mich der Gedanke, ob sich überhaupt noch etwas in der Mappe befand, doch verschwendete ich keine weiteren Gedanken daran.

Es dämmerte bereits, als wir auf der Flughafenstraße Richtung Domestic Airport fuhren. Als wir vor dem Gebäude ankamen, öffnete ich mit zittrigen Händen die Mappe, um ihrem Bruder die versprochenen 50 Dollar zu übergeben und … es war noch alles da! Während der Fahrt hatte er kein Wort gesprochen, und als er meine Erleichterung zu bemerken schien, lächelte er mich an. Ich zwängte mich aus dem Auto und sah, dass sich bereits einige Leute vor den noch verschlossenen Türen der Abflughalle eingefunden hatten. Erst als ich mich schwerfällig auf sie zubewegte und sie mich etwas verwundert ansahen, fiel mir wieder ein, dass ich sechs T-Shirts und drei Hosen übereinander trug. Dazu hatte ich mir zwei Paar Schuhe um die Schulter gelegt und nur meine kleine Tasche und die Geldmappe in der Hand. Der Bruder stieg kurz aus und begleitete mich bis vor die Halle. Ich gab ihm das versprochene Geld und umarmte ihn kurz, worauf er leicht die Nase rümpfte und mich auf meinen Geruch aufmerksam machte. Erst jetzt erinnerte ich mich, auch alle Hygieneartikel zurückgelassen zu haben. Doch es sollten noch einige schweißtreibende Ereignisse auf mich warten, bis ich endlich wieder Feuchtigkeit auf meinem Körper spüren würde. Er wünschte mir viel Glück und ich beruhigte mich langsam und entglitt in eine trügerische Sicherheit.

Die Sonne war im wahrsten Sinne für mich aufgegangen und ich schälte mich aus meinen zwei Hosen und übergestreiften T-Shirts, als sich die Tür zur Abflughalle knarrend öffnete. Ich war noch kurz in Gedanken an das Mädchen, das nun allein den beiden Männern gegenüberstehen würde, als ich plötzlich einen lauten Schrei hinter den wartenden Taxis vernahm. Ich blickte mich verwirrt um und sah einen Mann mit wirbelnden Armen auf das Abfluggebäude zurennen … es war der Taxifahrer von letzter Nacht! Er hatte zuerst einige andere Taxifahrer gefragt, ob einer von ihnen mich zum Flughafen gefahren hatte, als sich unsere Blicke trafen. Mit halb heruntergelassener Hose hüpfte ich in die Halle und wollte an den Abflugschalter. „Ihr Ticket", forderte mich ein uniformierter Mann auf und ich wühlte mit zittrigen Händen in meiner Mappe und übergab ihm den gewünschten Beleg. „Stand-by?", fragte er, und während mir der Angstschweiß langsam in die Augen floss, sah ich aus dem Augenwinkel, wie der Taxifahrer laut schreiend näher kam. „Bitte, da müssen Sie noch warten", gab er mir zu verstehen, was für mich in diesem Moment einem Todesurteil glich. Würde mich der Taxifahrer jetzt erwischen … ich konnte nicht warten! Also rannte ich mit den Taschen, fünf T-Shirts, zwei Paar Schuhen um den Hals und herunterrutschenden Hosen an ihm vorbei zum Schalter. Im Vorbeistolpern riss ich dem uniformierten Mann mein Flugticket aus der Hand, stolperte und nach einigen weiteren kleinen Schritten lag ich ausgestreckt auf dem Boden der Abflughalle. Im Liegen sah ich den Taxifahrer, der verzweifelt versuchte, an einem anderen Uniformierten vorbei in die Halle zu gelangen. Dieser hielt ihn jedoch zurück, und als ich gerade mühsam aufzustehen versuchte, blickte ich auf ein Paar blank geputzte Schuhe. Ich beschrieb dem Mann in wenigen Worten meine Situation, ohne viel Hoffnung, dass er mich überhaupt verstehen würde, und wartete auf seine Reaktion. Zwei blonde Mädchen hatten neben mir gestanden und halfen mir, mich aufzurichten. Auch sie hatten wohl meine Geschichte mitbekommen und redeten auf den Uniformierten ein. „Mit einem Stand-by-Ticket können Sie nicht hier bleiben, sondern müssen draußen warten, bis Sie aufgerufen werden", sagte er unmissverständlich.

Jetzt war ich erledigt und langsam baute sich in mir eine schreckliche Phantasie auf, wie ich durchschwitzt und verzweifelt auf dem Rücksitz des Taxifahrers meiner Hinrichtung entgegenfuhr, bis … ja, bis eines der Mädchen mir sein fest gebuchtes Ticket anbot! Der Mann schaute sie ungläubig an, überlegte kurz und nickte wortlos. Ich hatte in dem Moment keine Worte, entledigte mich endlich meiner übergestreiften Hosen und setzte mich erschöpft, nass geschwitzt aber glücklich in eine Ecke neben den Abfertigungsschalter. Kurze Zeit später kamen beide Mädchen zurück und gaben mir meine Bordkarte. Neben mir lag ein Haufen mit getragener Kleidung und ich war ein Häufchen Elend, das sie später einmal ‚Wolf' nennen würden.

„Hast du schon eine Bleibe auf Phuket?", fragte mich eines der Mädchen und ich schüttelte den Kopf. Sie waren Schwestern, kamen aus Schweden und erzählten mir von einem kleinen Dorf im Süden der Insel, wo sie schon mehrere Male für ein paar Wochen gewesen waren. „Ich fliege mit dir nach Phuket und meine Schwester kommt mit der nächsten Maschine nach. Es ist noch früh und wir hätten noch Zeit, das Dorf bis zum Abend zu erreichen." Ich stimmte sofort zu und kurze Zeit später saßen wir im Flugzeug.

Seit meiner Ankunft in Bangkok waren noch nicht einmal 24 Stunden vergangen und eigentlich war mein Bedarf an neuen Erfahrungen schon jetzt gedeckt. Was sich allerdings durch die Begegnung mit den schwedischen Schwestern eröffnen sollte, hätte ich mir in meinen kühnsten Träumen nicht vorstellen können.

Fünf Stunden später saßen wir zu dritt in „George's Restaurant" am Naihan Beach und nach einem Sprung ins Meer überkam mich ein unbeschreibliches Gefühl der Dankbarkeit. Am Strand gab es nur ein paar kleine Hütten und George war so etwas wie der Herbergsvater mit Restaurantbetrieb. Im Restaurant gab es einige warme thailändische Speisen, kalte Getränke und zu meinem Glück auch alle nötigen Artikel wie Zahnbürsten, Seife, Shampoo und ein dringend benötigtes Deodorant. Auch konnte man Geld tauschen, und so lud ich die Schwestern zu Essen und Getränken ein. „Nach dem Essen müssen wir noch weiter", war das Letzte, was ich noch vernahm. Dann schlief ich am Tisch ein.

Als sie mich weckten, stand die Sonne schon tief am Horizont. Da die Artikel, die ich bei George gekauft hatte, nicht in meine Tasche passten, trat ich den Weg mit einer kleinen Tasche, meiner Geldmappe und einem zusammengeschnürten Karton an. Der Weg führte rechts neben dem Strand über einen steilen Pfad auf ein kleines Plateau, von wo man einen wunderschönen Blick auf die Bucht und den Strand hatte. Die Sonne ging sehr schnell unter, und als wir das „kleine Dorf", wie sie es nannten, erreichten, war es fast dunkel.

2. Kapitel
Das kleine Dorf

Dann standen wir oberhalb einer großen Hütte, aus der ein Sprachgewirr zu hören war. Ein schmaler Weg führte direkt an den hinteren Eingang des lang gezogenen Gebäudes, das sie das Restaurant nannten. In der Mitte des Raumes stand ein großer Tisch, neben dem auf jeder Seite eine lange Bank aufgestellt war. Rechts daneben gab es noch drei kleinere Tische, von denen allerdings nur der vordere besetzt war. Von der Decke hingen Petroleumlampen, die ein diffuses Licht verbreiteten. Im hinteren Teil gab es eine kleine Theke und rechts daneben eine Küche, aus der dicke weiße Rauchschwaden nach außen strömten. Dann tauchten zwei Thaimädchen auf, die die beiden Schwestern herzlich begrüßten. Erst jetzt bemerkte ich einen älteren Mann, der auf einem Stuhl am Ende des langen Tisches gesessen hatte. Ich stand mit meinem Karton und den wenigen Utensilien, die ich noch besaß, im Hintergrund, bis die Schwestern mit ihm zu mir kamen und ihn mir vorstellten.

„Das ist Pappa San“, sagte eine von ihnen und ich bemerkte erst jetzt, dass wir uns trotz all der vorangegangenen Ereignisse noch nicht einmal vom Namen her kannten. Pappa San, wie sie ihn nannten, hatte trotz seines Alters kräftige Beine und einen athletischen Körper. Dann fragte er die Schwestern, wen sie als Gast mitgebracht hatten. „Wolfgang“, sagte ich hastig und wollte ihm die Hand reichen. Doch er nickte nur freundlich mit dem Kopf und führte die beiden zum langen Tisch.

„Wir haben ihn sozusagen auf dem Boden aufgelesen“, sagte eines der Mädchen lachend. Ich stand immer noch ziemlich verdutzt im Halbdunkel, bis ich vom ersten Tisch neben dem Ausgang eine Stimme vernahm.

„Hallo“, sagte eine nach vorn gebeugte Person mit langen, fettigen Haaren, setz dich zu uns“, fügte er in deutscher Sprache hinzu. Ich ging mit meinem Karton an den Tisch und sah erst jetzt eine zweite Peron, eine Frau, die mit angezogenen Beinen in eine Decke gehüllt an einem Pfosten lehnte und mich wortlos ansah.

„Das ist Vera und ich heiße Herb. Bin heute etwa schläfrig, aber du bist ja gerade erst angekommen und wir haben noch genug Zeit, uns zu unterhalten." Dann standen beide auf und verließen das Restaurant. Eines der Thaimädchen kam an den Tisch und fragte mich, ob ich etwas trinken wolle. „Ich hätte gern ein Bier", sagte ich und bemerkte, dass sie etwas zögerte. Das Mädchen blickte zum großen Tisch hinüber und ein Mann am Ende des großen Tisches drehte sich um und nickte kurz. Ich war zu fertig, um mir große Gedanken über die Situation zu machen, und als sie mir eine große Flasche und ein Glas auf den Tisch stellte, war ich einfach nur zufrieden.

Ich sah zufällig auf meine Uhr und bemerkte, dass es fast die gleiche Uhrzeit war, zu der ich gestern angekommen war. Mir kamen die letzten 24 Stunden vor, als hätte sich alles in Zeitlupe abgespielt, so intensiv waren die Eindrücke über diesen Zeitraum. Im Hintergrund sah ich, wie der ältere Mann am hinteren Ausgang neben der Küche das Restaurant verließ.

Dann kam der Mann, der die Zustimmung für mein Bier gegeben hatte, an meinen Tisch und erklärte mir, dass es heute Nacht noch keine Unterkunft für mich geben würde, er mir aber ein Kissen und eine Decke besorgen würde und ich im Restaurant übernachten könne.

Gegen 22 Uhr hatte der letzte Gast das Restaurant verlassen und als eines der Mädchen mit einer Decke und einem Kissen kam, blickte ich aufs Meer hinaus. Es war nicht weit entfernt und ich wäre gern aufgestanden, um an den Strand zu laufen, aber ich konnte mich kaum noch bewegen.

Ein fahler Halbmond war über dem Wasser zu erkennen, aber vielleicht war es auch eine Illusion, denn als ich das Kissen sah, lehnte ich mich an den Pfosten, an der Stelle, wo Vera gesessen hatte, schob mir das Kissen in den Nacken und bemerkte nur noch im halb wachen Zustand, dass sie mir die Decke überlegte.

Dies war die erste Station einer Reise, die mich an einen Ort geführt hatte, den ich bis heute nicht vergessen habe.

3. Kapitel
Begegnung mit Pappa San

Zuerst hörte ich nur ein Platschen, ohne das Geräusch mit irgendetwas in Verbindung bringen zu können. Im Restaurant war es noch dunkel, aber als ich auf den Strand sah, konnte ich schattenhaft zwei Personen erkennen. Die eine war der Mann, der mir das Kissen und die Decke am Abend zuvor angeboten hatte, die andere der ältere Herr, den sie Pappa San nannten. Das Platschen stammte von den Schwimmflossen, mit denen er unbeholfen ans Ufer ging. Auf seinem kahlen Kopf trug er eine orangefarbene Taucherbrille, die auf seiner dunklen Haut zu glühen schien. Auch der andere Mann war ähnlich ausgerüstet, allerdings trug er einen langen Speer in der Hand. Nach einigen Schritten ins Meer stürzten sie sich in die Fluten und schon nach kurzer Zeit hatte ich sie aus den Augen verloren. Dann sah ich kurz ihre Köpfe aus dem Wasser ragen, bis sie hinter einem Felsen verschwunden waren.

Ich hatte das Gefühl, nicht geschlafen zu haben, sondern in eine Art Ohnmacht gefallen zu sein, was ich jetzt auch am ganzen Körper spürte. Ich war an einem mir völlig unbekannten Ort gelandet und als das erste Licht in die Hütte fiel, schaute ich mich um. Auf der kleinen Theke stand eine Karaffe mit Wasser und ein Glas. Zwar stand meine Bierflasche noch vor mir auf dem Tisch, aber ein einziger Schluck hätte mich wohl wieder in den Halbschlaf versetzt. Also schenkte ich mir ein Glas Wasser ein und sah mich um. Hinter der Theke waren zwei große Kisten, in denen die Getränke gelagert waren. Vor der kleinen Küche stand eine noch größere Box, in der Lebensmittel auf Eis gelagert waren. Neben dem linken Ausgang stand ein großer Grill und noch einmal eine Reihe von Eisboxen. Wieder empfand ich es noch als kühl und wurde schlagartig an den letzten Morgen erinnert. Also war ich froh, hier sein zu können und ging hinunter zum Strand. Am Horizont spiegelten sich die ersten Sonnenstrahlen auf dem Meer, doch die Sonne war noch hinter dem Berg verborgen. Ich ging bis zum linken Ende des Strandes und schritt ihn bis zum anderen Ende ab. Es waren 67 Schritte, bis ich an eine kleine Felsgruppe kam. Rechts davon verlief ein schmaler Pfad. Auf einem kleinen Felsvorsprung direkt über dem Meer stand eine kleine Hütte, während ich im hinteren Bereich einige größere Hauser erkennen konnte. Ich ging den Strand zurück und die ersten Sonnenstrahlen stürzten den Strand in ein gleißendes Licht. Die Wellen umspülten behutsam meine Füße und die aufkommende Wärme vertrieb die letzte Spur von Müdigkeit. Ich war angekommen, ohne jedoch genau zu wissen warum und vor allem, wo ich mich genau befand. Etwa dreißig Meter vom Ufer entfernt stand ein großer Fels, um den sich das Wasser kräuselte. Der Himmel war einfach nur blau und der Strand schneeweiß, also genau das, wonach ich gesucht und das ich auf rätselhafte Weise gefunden hatte.

Ich war auf dem Weg zurück zum Restaurant, als jemand auf dem kleinen Weg neben den Felsen auf mich zukam. Er trug nur eine Art Wickelrock um die Hüften gebunden, hob kurz den Arm und schlenderte zu Eingang.

„Ich bin's, Herb", sagte er knapp, „erinnerst du dich? Hab gestern Abend noch kurz mit den Schwestern geredet, die mir die Geschichte von eurem Zusammentreffen am Flughafen erzählt haben. Du bist Deutscher – na dann sind wir ja schon zu dritt, meine Alte ist auch aus Deutschland." Er ging hinter die Theke und kam nach kurzer Zeit zu meinem Erstaunen mit zwei Gläsern und einer halb vollen Flasche Whiskey an den Tisch zurück. „Lass uns unser Wiedersehen ein wenig feiern." Dann griff er in seinen Rock und holte eine verbogene, selbst gedrehte Zigarette hervor. Als er sie anzündete, breitete sich schlagartig ein süßlicher Geruch im Restaurant aus. Ich kramte nach meinen Zigaretten, doch er schüttelte nur traurig den Kopf. „Entspann dich, Mann, einige Züge und dann bist du gleich richtig hier angekommen."

Ich hatte immer noch kein Wort gesagt, griff nach seiner Zigarette und nahm einen tiefen Zug. „Vorsicht!" Doch seine Worte verschwanden in einem heftigen Hustenanfall und seine Person hinter einer weißen Rauchwolke. Da ich selbst Raucher war, konnte es sich bei dem Zeug nur um Laub oder ein ähnliches Kraut handeln, womit ich Recht behalten sollte.

„Gleich kommen Pappa San und John mit dem Frühstück zurück und is' besser, wenn du etwas entspannter bist. Sind ein paar klasse, krasse Typen dabei, die hier im Dorf wohnen."

Als ich kurz zum Strand sah, kamen zwei Männer aus dem Wasser direkt auf das Restaurant zu. Als ich die orangefarbene Taucherbrille sah, wusste ich, dass es sich nur um Pappa San handeln konnte.

„Schon wieder auf Entzug?“, fragte der andere Mann und Herb hob lachend sein Glas. Beide hatten in jeder Hand ein zu einer Schlinge verknotetes Seil, an dem in schillernden Farben kleine und größere Fische hingen. Sie öffneten eine der großen Kisten und verstauten die Fische darin. Dann gingen sie zu einem Bottich und schütteten sich gegenseitig mit einer Kelle Wasser über den Kopf. Beide waren vom Aussehen so unterschiedlich, dass, wenn man einen beschreibt, man sich eigentlich nur das Gegenteil vorstellen müsste und man hätte einen Eindruck von dieser Szene.

Pappa San war alt, glatzköpfig, hatte aber einen muskulösen, braun gegerbten Körper mit kräftigen Waden, die genau so wenig zu seinen Beinen passten wie die Figur zu seinem Alter. Sein Begleiter war dürr, schneeweiß, groß und hatte welliges, langes schwarzes Haar, das ihm fast bis zum Hinterteil reichte. Ich hätte ihn auf Mitte dreißig geschätzt. Eigentlich wollte ich mich kurz erheben, doch etwas ließ mich gleich wieder zurücksinken. Stattdessen überkam mich bei dem Anblick der beiden ein so überwältigendes Grinsen, dass ich mir die Hände vors Gesicht halten musste.

„Gutes Zeug, nicht wahr?“ Die Situation war mir ziemlich peinlich, doch ich konnte nichts gegen diese Komik unternehmen.

Gestern um die Zeit schon fast in den Händen von Gangstern und um mein Leben bangend, heute an einem Tisch im Nirgendwo an einem Tisch sitzend neben drei Männern, von denen sich zwei abduschten und der andere seine Flasche schon vor 8 Uhr morgens gut gelaunt geleert hatte und ich in einem Zustand, den ich nicht einzuordnen wusste. Als dann noch aus der Küche drei hübsche Thaimädchen kamen und uns freudestrahlend begrüßten, schien mich die Realität komplett verlassen zu haben, doch ich genoss es in vollen Zügen!

Dann kam der andere Mann an unseren Tisch, klopfte Herb lässig-freundschaftlich auf die Schulter und streckte mir die Hand entgegen. „Ich heiße John.“ Ich musste kurz überlegen, bis mir mein Name wieder einfiel und mehr als „Wolf“ brachte ich nicht heraus.

„Hallo Wolf“, sagten beide wie aus einem Mund, und da ich immer noch in einem Zustand grenzenloser Entspannung schwebte, ließ ich es einfach so im Raum stehen.

„Wir haben dir eine Hütte besorgt, und wenn du wieder aufstehen kannst, bringt dich eines der Mädchen hinüber“, sagte John und beide begannen laut zu lachen. Dann verließ er das Restaurant. Herb hob sein Glas, lächelte mich an und sagte: „Ist ein toller Ort, hast Glück gehabt, hier gelandet zu sein.“ Dann erhob er sich schwerfällig und verließ ebenfalls den Laden. Ich saß noch für einen nicht definierbaren Zeitraum am Tisch und sah aufs Meer. Als ich mich wieder einigermaßen unter Kontrolle hatte, konnte ich ihm nur zustimmen.

In der Ecke stand mein Karton und neben ihm lagen meine noch übrig gebliebenen Habseligkeiten. Allerdings hatte sie jemand zusammengelegt und sauber aufeinandergestapelt. Als ich im Karton nach einer Zahnbürste wühlte, klopfte mir jemand zart auf die Schulter. „Como", sagte sie nur und wies mit ausgestrecktem Arm auf den Ausgang. Sie nahm meine Kleidungsstücke, ich den Karton und wir gingen den Weg entlang, auf dem Herb am Morgen gekommen war. Noch fehlte mir jegliches Zeitgefühl, doch ich fühlte mich gut. Wir kamen an mehreren kleinen Hütten vorbei und sie sagte, dass dort die Angestellten des Restaurants wohnten. Dann standen wir vor einem rechteckigen Betonboden, auf dem zwei junge Mädchen knieten und in flachen Schüsseln mit einem Stein Wäsche bearbeiteten. Der Waschplatz, wie ich später erfuhr.

Neben dem Waschplatz führte ein schmaler Weg links auf den Felsen zu, auf dem eine winzige Hütte stand, die ich bereits am Morgen gesehen hatte. Ein kleiner Steg führte über die Felsen auf eine winzige Terrasse, unter der die Wellen sachte um die Felsen schwappten. Die Hütte war auf Stelzen gebaut und in dem kleinen Raum stand außer einem Bett nur noch ein kleiner Hocker. Das Bett hatte Bambuslatten, jedoch weder eine Matratze noch ein Kissen oder eine Decke. Sie klappte ein Fenster nach oben und ich blickte direkt aufs Meer. Dass sich auch unter mir noch mehr Meer befinden sollte, bemerkte ich erst am Abend, als die erste Flut das Häuschen lautstark umspülte.

„Ich bin gleich zurück und bringe eine Decke, die Matratze und ein Kissen", sagte das Mädchen und war schon verschwunden.

Perfekt, dachte ich, dass ich nur noch einen Karton und ein paar Kleidungsstücke habe, denn viel mehr hätte hier kaum Platz gefunden. Eine Leine war draußen auf der Terrasse zwischen zwei Pfosten gespannt, sodass ich meine Hosen und meine Shirts aufhängen konnte. Dann kamen zwei Mädchen über den Steg. Eine von ihnen trug eine zusammengerollte Matratze auf dem Kopf, während die andere eine Decke und ein Kissen bei sich hatte. Zu dritt war es zu eng in der Hütte, also deuteten sie mir an, mich solange mit dem Hocker auf die Terrasse zu setzen. Als sie herauskamen, ging ich hinein und sah ein frisch bezogenes Bett. Ich legte mich hin, dachte kurz an Robinson, der sich seine Hütte hatte selbst bauen müssen, und hörte nur noch den krächzenden Schrei eines Hahnes in der Nähe und schlief ein.

4. Kapitel
Der erste Abend

Ich hatte meine Armbanduhr irgendwo im Karton verstaut, doch als ich aus dem Fenster sah, stand die Sonne schon sichtbar über dem Horizont. In der Hütte war es drückend heiß und ich war schweißgebadet. Ich hängte meine Hose über die Leine auf der Terrasse, zog meine Badehose an und ging den Weg weiter nach rechts, bis ich auf einen zweiten Strand traf. Ein paar Leute lagen verstreut in der Sonne, als sich zwei Paar Arme in die Luft strecken und jemand mir etwas zurief. Ich ging auf sie zu und erkannte die beiden schwedischen Schwestern, die völlig nackt im Sand lagen. Also ging ich bedächtig auf sie zu.

„Hast du bis jetzt geschlafen?", fragte mich eine von ihnen.

„Ich habe noch ein Problem mit den zeitlichen Abläufen", viel mehr fiel mir nicht ein.

„Wir treffen uns jeden Abend zum Sonnenuntergang am Strand vor dem Restaurant und essen dann gemeinsam dort. Aber wenn du bis jetzt geschlafen hast, bleibt dir ja die ganze Nacht, um die anderen kennenzulernen."

Ich tat so, als rieb ich mir die Müdigkeit aus den Augen, in Wahrheit verwirrte mich ihre Nacktheit doch ein wenig, was sie zu bemerken schienen. Sie drehten sich nach hinten um und deuteten auf einen Felsen am hinteren Teil des Strandes. „Sie nennen ihn den Affenfelsen, da dort die Thais aus dem oberen Dorf sitzen und uns den ganzen Tag mit Vergnügen zusehen."

„Liegt hier jeder nackt am Strand?" „Hier macht jeder das, was ihm gefällt und solange es keinen anderen stört … entspann dich!"

Irgendwo hatte ich das heute schon einmal gehört, doch fürs Erste war ich froh, die wenigen Hüllen, die ich noch besaß, nicht fallen lassen zu müssen. „Kann man hier irgendwo duschen oder sich waschen?" „Ach, Pappa San hat dir anscheinend die ‚Ankommerhütte' gegeben. Die anderen Häuser haben so etwas wie ein Bad, einen kleinen Raum mit einem großen Eimer und einer Schöpfkelle. Vor deiner Hütte liegt der Waschplatz, dort kann man duschen. Aber du kannst auch mit zu uns kommen, wir zeigen dir, wo wir wohnen." Nette Aussichten, dachte ich.

„Hast du Herb schon getroffen? Wir haben ihm gestern die Geschichte von Bangkok erzählt, ich hoffe, das ist okay für dich." „Kann man so sagen, war ein berauschendes Wiedersehen", merkte ich zweideutig an.

„Herb ist bis zum Abend ein umgänglicher, netter Kerl, doch manchmal rastet er aus, wenn er bis oben dicht ist. Besonders seine Freundin leidet sehr darunter. Aber mach dir lieber selbst ein Bild von ihnen. Sind zum Teil besondere Charaktere mit besonderen ‚Begabungen' darunter. Aber man kann hier wirklich viel Spaß haben."

Da ich mich nicht als besonders interessant in Erinnerung hatte, kam mir die Begegnung mit solchen Menschen sehr vielversprechend vor. Meine Erwartungen sollten jedoch in alle Richtungen übertroffen werden. Ich blieb noch ein paar Minuten, dann ging ich zum Waschplatz, um zu sehen, ob noch gewaschen wurde oder ob ich eine Dusche nehmen konnte. Wie es so ist – als ich mich gerade eingeseift hatte, kam die Gruppe Thais, die auf dem „Affenfelsen" gesessen hatte, mit lautem Gelächter an mir vorbei. Schon in den nächsten Tagen sollte ich mich ebenso wie sie an das abendliche Schauspiel gewöhnt haben, denn ich sollte noch für längere Zeit kein eigenes Bad bekommen. Als mein Shampoo ausgegangen war, wusch ich mich mit „Palmolive", wodurch ich neutral roch, was mir jedoch nach wenigen Tagen auch nicht mehr auffiel. Als ich aus der Dusche kam und die Hütte betrat, bekam ich einen Vorgeschmack auf die kommenden Nächte. Mit dem Sonnenuntergang näherten sich langsam, aber unvermeidlich kleine fliegende Monster, die sich meine Hütte als abendlichen Treffpunkt ausgesucht zu haben schienen. Für den Moment ignorierte ich sie und machte mich auf den Weg zum Restaurant.

Es dämmerte schon, und als ich vor dem Restaurant ankam, deutete eine Thai, die mit dem Anzünden der Petroleumlampen beschäftigt war, zum Strand. Dort saßen einige Leute und betrachteten meist schweigend, wie sich die Sonne langsam dem Horizont näherte und den Strand in ein Farbenmeer verwandelte. Hier bemerkte ich zum ersten Mal, wie schnell die Sonne unterging.

Erst als die Sonne verschwunden war, begaben sich die Menschen nach und nach zum Restaurant. Jetzt hatte der Abend begonnen und keine Uhr sollte ab diesem Zeitpunkt mehr die Tagesabläufe bestimmen, sondern einzig die Wahrnehmung über den Sonnenstand. Es sollte noch einige Zeit dauern, bis ich diese Zeitabläufe verinnerlicht hatte, aber wenn ich später für längere Zeit „im Urlaub" war, legte ich nach der Ankunft als erstes meine Uhr ab.

Als ich eintrat, bemerkte ich sofort, dass jeder wohl seinen festen Stammplatz zu haben schien. Also setzte ich mich zu Vera und Herb. Es sollte ein interessanter Abend werden.

5. Kapitel
Das Restaurant

Wenn man das Restaurant vom Strand her betrat, standen rechts drei kleine Tische mit Bänken und in der Mitte dominierte der lang gezogene Holztisch den Raum. Das Restaurant war etwa zehn Meter lang und zu allen Seiten hin offen.

Der Geruch von gegrilltem Fisch und unbekannten Gewürzen durchdrang die große Hütte. Im ersten Moment erschien es mir, als säßen beide noch seit gestern Abend am Tisch, denn Vera lehnte wieder mit angezogenen Beinen am Pfosten und Herb dampfte in seinem Wickelrock, der ein Sarong war, wie er später betonte, und genoss seinen Whiskey.

Vera war ebenfalls in ein Tuch gehüllt und ihre langen blonden Haare hingen ihr in Strähnen bis auf die Schultern. Sie hatte ein hübsches Gesicht, doch die dunklen Ringe unter ihren Augen machten sie deutlich älter, als sie wahrscheinlich war. Ich sprach sie an, doch sie antwortete nicht, sondern zog ihre Beine nur dichter an ihren Körper und sah mich teilnahmslos an.

„Eigentlich ist sie nicht meine Frau", sagte Herb. „Wir sind schon einige Jahre zusammen und im Winter kommen wir hierher, um der Kälte in Europa zu entfliehen. Im Sommer wohnen wir auf der Insel Santorin in Griechenland, wo ich arbeite. Wenn du etwas trinken willst, es gibt Softdrinks, Wasser, Limonensaft … und Mekong Whiskey … und, falls du Geld hast, Bier." „Bier wäre toll", antwortete ich und Herb stand schwerfällig auf und ging an den großen Tisch, an dem John saß, den ich am Morgen kurz kennengelernt hatte. Er sprach kurz mit ihm, ging dann zu einer Eisbox hinter der Theke und kam mit einer großen Flasche „Klosterbräu" zurück.

„Das Teuerste, was du hier kaufen kannst – kostet 10 Baht pro Flasche und muss bei Nachholbedarf immer über den Berg geschleppt werden. Alle, die Bier trinken, wechseln sich ab, das heißt, wenn das Bier zur Neige geht, muss einer zu George an den Naihan Beach, es dort kaufen und über den Berg hierher schleppen. Deshalb bin ich auf ‚Mekong' umgestiegen. Der Typ, den ich gerade gefragt habe, ist John. Er hat gestern die Flaschen gebracht und ich musste ihn erst fragen, ob du welches haben kannst. Wir sind Selbstversorger, denn das Essen kommt zum Großteil aus dem Meer. Deshalb gibt es jeden Tag Fisch und was sonst noch da draußen rumschwimmt. Pappa San und irgendjemand aus der Gruppe gehen morgens raus und fangen unser Essen. Den Reis bekommen wir aus einem Dorf oberhalb von hier, und wenn uns nach Abwechslung ist, gehen wir in George's Restaurant, wo wir das Bier kaufen. Da gibt es auch guten ‚Stoff' und was man sonst noch so zum Leben braucht. Das Essen kannst du dir vom Grill holen und hinter der Theke steht ein großer Topf mit Reis, den die Thaimädels für uns kochen. Für ein bisschen Geld waschen sie auch deine Klamotten und halten deine Hütte sauber. Eine wichtige Sache noch … du bist neu hier und musst mit dem Essen warten, bis du mit Pappa San beim Fischen warst und was gefangen hast. Solang warte, bis alle gegessen haben – danach kannst du dir alles nehmen, was übrig geblieben ist. So sind in Kürze einige Regeln, die zu beachten sind."

Etwas verlegen blickte ich auf die Flasche Bier vor mir und dann zu John am großen Tisch. Ich schenkte mir ein Glas ein und wollte gerade trinken, als ein lang gezogenes „Cheers" durch das Restaurant hallte. Ich drehte mich nochmals um und sah zu meiner Freude, dass John ebenfalls sein Glas erhoben hatte und mich mit einem breiten Grinsen ansah.

Geschirr klapperte und während des Essens verstummte kurz das Gewirr aus unterschiedlichen Sprachen. Dann wurde es ganz ruhig. Aus dem Dunkeln kam Pappa San durch den Nebeneingang, ging auf den Stuhl am Ende des Tisches zu und setzte sich. Im Vorbeigehen hatte er einigen, jedoch nicht allen, freundlich auf die Schulter geklopft.

„Pappa San kommt jeden Abend aus dem Dorf oberhalb zu uns herunter. Er ist der Dorfälteste und trifft die wichtigen Entscheidungen. Er war wohl mal ein hohes Tier bei der Polizei in Phuket. Jeden Abend, bevor er ins Dorf zurückgeht, sucht er sich jemanden aus, den er am nächsten Morgen mit zum Fischen nimmt. Außer Vera und mich, denn wir können beide nicht schwimmen. Falls er dich also einmal fragen sollte, kann ich dir nur empfehlen, auch am Morgen dort zu sein." Langsam dämmerte es mir, dass dieser Ort seine eigenen Regeln besaß, doch für den Moment war mein Bedarf an Informationen gedeckt. Dann stand Herb auf, ging zum Grill und ich saß mit Vera allein am Tisch, als sie mir unerwartet auf die Schulter tippte. „Darf ich?“, fragte sie und deutete auf mein Bier. Ich nickte mit dem Kopf und wollte gerade aufstehen, um ein weiteres Glas zu holen, doch das war nicht notwendig. Sie hatte die Flasche genommen, angesetzt und mit ein paar kräftigen Zügen die halbe Flasche geleert. Dann stellte sie sie sachte auf den Tisch und wischte sich mit dem Handrücken langsam über den Mund. „Danke“, sagte sie leise und für die nächsten Stunden war dies das letzte Wort, das ich von ihr hörte.

Als alle gegessen hatten und die Tische abgeräumt waren begann ein Zeremoniell, das sich fast jeden Abend wiederholte. Zwei der Thaimädchen kamen mit zwei dicken Bambusrohren aus der Küche und Pappa San legte eine zusammengerollte Zeitung auf den Tisch. Die Mädchen setzten sich wortlos neben ihn und öffneten die Zeitungsrolle. In ihr waren verdorrt aussehende Zweige und sie machten sich sofort daran, die vertrockneten Knospen mit ihren Fingern zu zerreiben. Als ein kleiner Haufen auf dem Tisch lag, pickten sie geschickt mit spitzen Fingern darin herum und schoben kleine runde Samen zur Seite. Dann nahm Pappa San eines der Rohre und füllte etwas von dem Zeug in eine Öffnung am Ende.

„Das ist unser Nachtisch“, sagte Herb mit beschwingter Stimme. „Hast du das noch nie gesehen?“, fragte er ungläubig. Ich schüttelte wortlos den Kopf. „Und heute Morgen – kannst du dich noch erinnern?“ Langsam begriff ich, was er meinte. „Na, dann wirst du heute Abend noch einiges erleben!“

Das Rohr wanderte zuerst über den großen Tisch und dann nahm es Herb erwartungsfroh entgegen. Er setzte das Rohr an seinen Mund und saugte kräftig daran. Es schien fast, als verschwand der Rauch fast vollständig in seinen Lungen, doch dann blies er langsam und bedächtig eine dicke Wolke über den Tisch. Immer noch herrschte eine unheimliche Stimmung und als er das Rohr an den Tisch zurückreichte, gab man ihm das zweite, welches er ebenfalls freudig entgegennahm und der Vorgang wiederholte sich. So begannen die Rohre von einer Person zur nächsten zu wandern. Nur Pappa San beteiligte sich nicht an der Zeremonie. Mir war die Sache nicht geheuer, denn die angenehme Ruhe verwandelte sich in ein lautstarkes Lachen, nur durch ein vereinzeltes, starkes Husten unterbrochen, doch alle schienen froh und entspannt. Ich konnte mich noch ansatzweise an den Morgen erinnern, bis sich Vera neben mir plötzlich bewegte. Sie stellte auch die Beine, die sie den ganzen Abend in Abwehrhaltung vor die Brust gedrückt hatte, unter den

Tisch und griff nach dem Rohr. Wieder wurde der ganze Tisch in eine weiße Wolke aus Rauch gehüllt und ich erinnere mich bis heute an den Geruch, der nun das gesamte Restaurant erfüllte. Mir war klar, dass ich mich nicht für immer aus diesem Ritual zurückziehen konnte und nach der Erfahrung mit Herbs Zigarette am Morgen war ich etwas beruhigt. Einen kurzen Moment hoffte ich, im Nebel unentdeckt bleiben zu können, doch dann drückte mir Vera wortlos das Rohr in die Hand. Während sich Herbs Lächeln zu einem lauten Gelächter steigerte, zog ich langsam an der Öffnung. Als ich es gerade wieder absetzen wollte, wurde Vera für ihre Verhältnisse überaktiv. Sie nahm mir das Rohr aus der Hand und führte es sich erneut an den Mund. Nach einem kräftigen Zug übergab sie es mir erneut und sagte in bestimmendem Ton: „Soooo!" Ich nahm noch einen Schluck Bier und zog dann kräftiger an dem Rohr und als der Rauch in meinen Lungen zu explodieren schien, blies ich unter dem Beifall aller Anwesenden eine dichte Rauchwolke in den Raum. Herb grinste vor sich hin, während Vera mit beständigem Klopfen auf meinen Rücken meinen Hustenanfall zu stoppen versuchte. Nun vergingen einige Minuten, in denen ein ‚Nichts' zu entstehen schien. Um mich herum schien sich keine Veränderung anzudeuten, doch dann breitete sich von innen eine Wärme, gefolgt von einer völligen Ruhe aus. „Welcome", erklang es vom langen Tisch, doch außer einem „Herbgrinsen" konnte ich mir nichts entlocken. Die Zeit umgab mich wie ein Schleier, denn all meine Wahrnehmungen schienen sich gegen jede Realität stellen zu wollen. Langsamer, intensiver und doch plötzlich schien sich die Welt zu verändern, und als dann auch noch die Schwestern vor dem Tisch standen und mich fragten, ob ich mit ihnen an den Strand gehen wolle, war meine Konfusion perfekt. Ich stand auf und schritt langsam Richtung Ausgang, als sich die beiden rechts und links unter dem Gelächter der übrigen Anwesenden bei mir einhakten und mich fast zum Strand trugen. Langsam verstummten die Stimmen hinter mir und ich vernahm das Rauschen der Brandung. Wir setzten uns in den Sand und beide zeigten mit ausgestreckten Armen auf den Himmel. In der ersten Nacht in Bangkok hatte ich aus bekannten Gründen keine Zeit gehabt, in den Himmel zu sehen, am zweiten Abend war ich wie ein Stein eingeschlafen, doch nun blickte ich in einen mit Sternen übersäten Himmel. Da es weit und breit keine Lichtquellen gab, erschienen mir die dunklen Zwischenräume kleiner als der weiße Teppich aus Sternen.

„Ich heiße übrigens Klara und das ist meine Schwester Gertrud und du bist Wolf ... John hat es uns erzählt." Wieder widersprach ich aus fast dem gleichen Grund wie am Morgen nicht. So behielt ich diesen Namen bis zu meinem letzten Tag in diesem Dorf.

„Jetzt fehlt nur noch etwas Musik", sagte Klara und verschwand. „Siehst du den Fels dort draußen? Das ist der Meditationsfels. Wir nennen ihn so, weil Pappa San manchmal einzelne Personen auf ihn geschickt hat und sie die Nacht dort verbrachten." „Müssen alle Bewohner das tun?", fragte ich verschreckt. „Nein, er sucht sie aus, aber diejenigen, die bisher eine Nacht dort verbracht haben, sagten alle, sie hätten es freiwillig getan. Doch es gibt gewisse Regeln und Rituale, von denen du gerade eines kennengelernt hast. Aber sonst kann sich jeder entscheiden, was er tun möchte und was nicht. Doch letztlich entscheidet Pappa San, wie lang und ob überhaupt jemand im kleinen Dorf bleiben kann. Er schaut sich die Leute lange an, aber die Möglichkeit zur Abstimmung oder ein Mitspracherecht bei seiner Entscheidung haben wir nicht."

Im Moment machte ich mir darüber wieder keine Gedanken. Dann spürte ich plötzlich, wie mir jemand einen Kopfhörer aufsetzte. Das Rauschen des Meeres wurde gedämpft und kurz danach standen beide auf und gingen. Ein Walkman lag neben mir im Sand und kurze Zeit später vernahm ich die ersten Takte eines Liedes, das mir sehr vertraut war. „Wish you were here" von Pink Floyd.

Es gibt wohl kaum ein Lied, mit dem ich bis heute so viele schöne Erinnerungen verbinden kann. Gehört hatte ich es schon oft, doch schien es auf einem anderen Planeten gewesen zu sein. Das Lied schien in einem völlig freien Kopf stattzufinden. Die Wellen schienen sich im Rhythmus zu bewegen und die Sterne im Takt zu funkeln. Es erschien mir plötzlich, als konnte das Lied nur in Gedanken an einen unerfüllbaren Traum oder aus einer unerfüllten Sehnsucht heraus entstanden sein. Ich jedenfalls empfand die Musik, die Umgebung und den jetzigen Zustand als einen Traum, von dem ich mir nie erträumt hatte, ihn zu erleben.

Wie lange dieser Zustand anhielt, ist schwer zu sagen, doch stand ich irgendwann auf und ging ins Restaurant zurück. Außer Vera und Herb waren alle gegangen. Ich setzte mich wortlos neben Vera, immer noch gefangen in den Gedanken an die letzte Erfahrung.

„Hier", sagte Vera wie aus dem Nichts, „hab dir ein neues Bier gekauft und das andere ausgetrunken und auch der Typ hat sein Okay gegeben." Ich schenkte ihr und mir ein Glas ein und setzte mich dann auf die Bank neben ihr und lehnte mich entspannt zurück.

„Vera redet heute viel mit Fremden", bemerkte Herb und grinste. „Normalerweise dauert es Tage, bevor sie überhaupt mit jemandem spricht."

„Ich heiße Wolf", sagte ich und erschrak fast, als ich es aussprach. Es dauerte eine ganze Zeit, in der sie weiterhin nur in ihr Glas starrte. Dann sagte sie: „Guter Name!" Mehr sagte sie an diesem Abend nicht mehr. Langsam wurde ich müde, also stand ich auf, nahm mein Bier und wollte mich gerade verabschieden, als Herb meinen Arm festhielt und „Warte, Wolf" sagte. „Vera bringt dich zur Hütte." Noch bevor ich widersprechen konnte, hatte Vera meine Hand genommen und zerrte mich auf dem Weg hinter sich her. Tatsächlich wäre es mir in der Dunkelheit schwer gefallen, die Hütte zu erreichen. Insbesondere der schmale Steg über die Felsen, die jetzt von der Flut umspült waren, machte es tückisch. Als wir vor der Tür standen, ließ sie meine Hand los, drehte sich um und ging ohne ein Wort zurück.

Im Zimmer war es stickig, da jemand das Fenster geschlossen hatte. Ich klappte es hoch und blickte über das Meer in den Sternenhimmel. Das Bett war frisch bezogen und eine kleine Kanne mit Wasser stand auf dem schmalen Tisch. Jemand musste in meiner Abwesenheit hier gewesen sein. Ich putzte mir die Zähne und sah noch einen Moment nach draußen. Ich fühlte mich nicht müde, aber ausgezehrt von all den Dingen, die ich erlebt hatte. Leider ließ ich das Fenster offen und sollte mir am nächsten Morgen erklären können, warum es jemand vorher geschlossen hatte.

6. Kapitel
Der dritte Tag

Die Nacht war kurz und dies lag weniger an meinem bisher ungewöhnlich zu bezeichnenden Schlafrhythmus als vielmehr an dem Juckreiz, der mich schon nach kurzer Zeit nicht mehr schlafen ließ. Das Summen war ununterbrochen wahrzunehmen. Es waren nicht etwa drei oder vier Moskitos in der Hütte, sondern eine Unmenge saugender Biester, die sich schon die ganze Nacht an mir gütlich getan hatten. Mein Körper war von Stichen übersät. Draußen war es noch dunkel und so fehlte mir jede Zeitvorstellung, doch ich wusste, in der Hütte würde ich nicht bleiben können. Also ging ich zum Strand, an dem ich gestern mit Klara und Gertrud gesessen hatte. Als ich über die Felsen stolperte, nahm ich mir für den Tag vor, mir als erstes eine Taschenlampe zu besorgen. Auch hatte ich vergessen, mir Schuhe anzuziehen und tastete mich deshalb ziemlich unbeholfen Richtung Strand. Es führte nur ein schmaler Trampelpfad über den kleinen Hügel, aber schließlich erreichte ich ohne schwerwiegende Verletzungen mein Ziel. Um meine Moskitostiche zu kühlen, begab ich mich direkt ins Wasser. Die Flut hatte sich langsam zurückgezogen und so musste ich ein ganzes Stück hinausgehen, bis das Wasser bis zu meinen Schultern reichte. Ich fragte mich, ob ich schon jemals mitten in der Nacht im Meer schwimmen gewesen war, konnte mich jedoch nicht daran erinnern. Das Meer kühlte meine Stiche, und als ich mich umsah, konnte ich meine kleine Hütte als Schatten über den Felsen erkennen. Keine der anderen Hütten war so dicht am oder über dem Meer gebaut worden.

Der Juckreiz ließ langsam nach und ich legte mich entspannt auf den Rücken. Der Sternenhimmel war überwältigend und im gleichen Moment fiel mir der letzte Abend und das „Ritual“ wieder ein. Es waren Drogen, daran bestand kein Zweifel. Ich kannte die Wirkung von Alkohol nur zu gut aus meiner eigenen Vergangenheit. Aber ich bemerkte keinerlei Nachwirkungen, wie sie übermäßiger Alkoholkonsum gewöhnlich nach sich zieht. Jetzt war ich klar im Kopf und die Sterne ein glitzernder Teppich auf schwarzem Samt.

Ich ging langsam zurück zum Strand und bereute bereits, dass ich auf dem Weg zu meiner Hütte noch kurz den Walkman auf der Terrasse von Klara und Gertrud zurückgelassen hatte. Doch „Wish you were here" meinte ich immer noch so intensiv wie am vergangenen Abend hören zu können. Als ich mich entschloss, zurück zur Hütte zu gehen, bemerkte ich einen ersten hellen Streifen Licht hinter dem Hügel. Es würde also bald hell werden und die Zeit, die ich so intensiv erlebt hatte, war nicht stehen geblieben, wie es mir vorgekommen war. Als ich auf den „Affenfelsen" zuging, meinte ich eine Bewegung gesehen zu haben. Ich blieb kurz stehen und dann sah ich sie. Mit angezogenen Beinen saß eine Person vor dem Felsen und trotz des Schattens, der über ihr Gesicht fiel, wusste ich sofort, wer dort saß.

„Hallo", sagte eine leise Stimme, „bist du es, Wolf?" Es war tatsächlich Vera. „Ich konnte wegen der vielen Moskitos in meiner Hütte nicht mehr schlafen, also bin ich zum Strand gegangen. Aber was machst du um diese Zeit am Strand?" Doch sie antwortete nicht. „Möchtest du, dass ich gehe?", fragte ich, doch bekam ich wieder keine Antwort. Also drehte ich mich um und hatte fast den Pfad erreicht, als sie leise sagte, dass ich ruhig bleiben könne. „Ich wollte sowieso zurückgehen." „Nein, bleib ruhig einen Moment und setz dich zu mir." Ich setzte mich neben sie und bemerkte, dass ihr Gesicht wie das einer Porzellanfigur im aufgehenden Tageslicht schimmerte. Unbeweglich, glatt, ohne Leben und unendlich traurig.

„Herb schläft und schnarcht wie immer so laut, dass ich nicht mehr schlafen konnte. Ich sitze oft nachts hier – es ist so ein friedlicher Ort und manchmal kann ich es wirklich genießen!" Ich schwieg und hoffte, sie würde weiterreden, aber sie sprach wieder kein Wort. Dann griff sie hinter sich, legte einen kleinen Beutel vor ihre Füße und zog eine verbogene Zigarette heraus. Sie steckte sie sich an und blies eine weiße Wolke in die Dunkelheit. Danach reichte sie mir die Zigarette, doch ich verneinte. „Das ist mein einziger Spaß hier, ansonsten nur Probleme. Gertrud hat mir erzählt, wie ihr euch kennengelernt habt. Schon komisch, alle Leute, die ich bisher hier kennengelernt habe, sind auf Umwegen oder durch eine Person hierher gekommen, die wiederum durch Zufall hier gestrandet ist. Einige wenige wie wir durften bleiben, doch meist schickt Pappa San sie nach einiger Zeit wieder zurück. Selten kommen die Leute ein zweites Mal, und so kenne ich hier nur wenige Menschen. Meine Freundin hat einmal auf ihrem Thailandurlaub einen Einheimischen kennengelernt, der sie dann in Naihan sitzen ließ. Dort traf sie zufällig auf John, der sie heulend an einem Tisch in George's Restaurant gefunden und wohl aus Mitleid mit ins Dorf gebracht hatte. Sie erzählte mir von dem Ort und ein Jahr später sind wir zusammen hier angekommen. Es war eine schöne, sorglose Zeit und du hättest mich nicht wiedererkannt. Als wir im darauf folgenden Jahr zusammen in Griechenland waren, lernte ich Herb kennen und ich brachte ihn ein Jahr später mit ins Dorf. Er ist ein richtiger Künstler, wirklich! Er entwirft fantastische Mosaike für die Villen sehr reicher Leute im gesamten Mittelmeerraum. Ursprünglich war er Fliesenleger, hat dann erste Aufträge im Ausland bekommen und ist mit der Hippiebewegung in den frühen siebziger Jahren in Griechenland gelandet. Bei einem Besuch auf Santorin, wo wir auch jetzt im Sommer wohnen, habe ich ihn kennengelernt. Doch schon nach dem ersten Besuch hier im Dorf bemerkte ich, als wir wieder zu Hause waren, eine Veränderung an ihm. Drogen hatten sicher einen Einfluss, doch er wurde unruhiger und seine Arbeit verlor – wie soll ich sagen – an Spontanität. Er meinte, seine Phantasien nicht mehr auf seine Arbeit umsetzten zu können und wurde mit der Zeit immer aggressiver. Irgendetwas belastete ihn, doch mit mir wollte er nicht darüber sprechen. Er zog sich in sich zurück und konsumierte Unmengen an Drogen, weil er meinte, unter ihrem Einfluss besser arbeiten zu können. Anfänglich lief auch alles gut und er gestaltete wieder wahre Kunstwerke. In dieser Zeit ging es uns beiden gut, wir kamen jedes Jahr wieder hierher und schließlich erlaubte uns Pappa San, unser eigenes Haus hier bauen zu dürfen. Doch nach einiger Zeit wollte er immer seltener nach Griechenland zurück und versackte hier immer mehr. Dann kam der Alkohol dazu und er wurde zunehmend aggressiv. Darunter leide ich natürlich sehr. Er ist nicht wie die anderen hier, er will nichts entdecken oder unternehmen, sondern einfach nur abhängen. Ich habe alles für ihn aufgegeben und stehe nun in gewisser Abhängigkeit zu ihm. Also bleibe ich aus fehlenden Alternativen heraus, aber auch in Gedanken an die schöne Zeit bei ihm und versuche ihn zu stützen. Ohne mich, sagt er oft, hätte er sich schon längst umgebracht!"

Jetzt saß ich wortlos neben ihr. Konfrontiert mit einer Situation, die mir in ihrer Offenheit und Ehrlichkeit noch nie bei einem anderen Menschen begegnet war. Bei jeder Überlegung, etwas sagen zu können, blieben meine Gedanken schon im Ansatz hängen. Das Einzige, was mich scheinbar beruhigte, war die Tatsache, wie schnell meine vermeintlichen Probleme angesichts der geschilderten Situation ins Nichts zu schrumpfen schienen.

Wieder umgab mich ein süßlicher Geruch und wie in Trance steckte ich meine Hand aus. Vera nahm meine Hand, spreizte mir Zeige- und Mittelfinger und legte die Zigarette langsam dazwischen. Dann sahen wir uns unvermittelt an und ich glaubte das erste Mal, seit wir uns begegnet waren, ein Lächeln in ihrem Gesicht zu erkennen.

„Du musst dir jetzt aber keine Sorgen um mich machen", war genau das, was sie nicht hätte sagen sollen. Wir saßen noch lange wortlos nebeneinander, bis die ersten Strahlen der Sonne das Meer schimmern ließen, ein untrügliches Zeichen, das es an der Zeit war zu gehen. Wir gingen bis zum Felsen vor meiner Hütte, wo sie kurz meine Hand nahm und sie schwach drückte. Damals begann ich, die Nächte zum Nachdenken und die Tage zur Lösung der sich durch sie ergebenen Probleme zu nutzen.

Als ich die Tür zu meiner Hütte öffnete, blies mir eine frische Brise vom Meer aus kommend entgegen und auch kein Summen war mehr zu hören.

Ich hoffte, nicht jeder Tag würde diese Art von intensiven Erfahrungen mit sich bringen und hätte ich damals schon gewusst, was noch alles auf mich wartete, wäre ich nicht wieder eingeschlafen, da bin ich mir sicher.

7. Kapitel
Der Tag nach Vera

Die Hütte, in der ich schlief, war aus Bambus mit einem aus Palmwedeln geflochtenen Dach, wie die meisten Hütten in den ländlichen Gebieten, nicht nur in Thailand, sondern in vielen asiatischen Staaten, die ich noch kennenlernen sollte. Diese Bauform schien günstig, widerstandsfähig und hatte einen zweckmäßigen und praktischen Vorteil – man spürte durch die Schwingungen des Bambusbodens, wenn jemand ihn betrat.

Die Schwingungen hatte ich am Morgen zwar im Unterbewusstsein wahrgenommen, doch war ich nach der langen Nacht sofort wieder in tiefen Schlaf versunken. Als ich schließlich aufwachte und aus dem Fenster blickte, stand die Sonne schon hoch am Himmel und es war entsprechend heiß. Ich schnappte mir mein Handtuch, um auf dem Waschplatz zu duschen. Als ich aus der Tür trat, sah ich auf dem Boden neben der Treppe eine Kanne, in der sich heißes Wasser befand und einen kleinen Korb mit einigen Teebeuteln und einer Limone. Ich hängte den Teebeutel in die Kanne, da ich kein Glas hatte, und ging erst einmal zum Waschplatz. Noch erklang immer ein leises Kichern der Wäscherinnen, wenn ich mit meinem Handtuch über der Schulter um die Ecke bog, doch mangels anderer Alternativen sah ich die Situation von Tag zu Tag gelassener. Danach ging ich in die Hütte zurück und genoss den heißen Tee.

Kurze Zeit später machte ich mich auf den Weg ins Restaurant. Als ich eintrat, konnte ich zunächst durch das gleißende Licht niemanden erkennen, doch hinter dem Tresen standen zwei Thaimädchen und kochten in einem großen Topf unseren abendlichen Reis. Als mich sahen, schwiegen sie kurz, lächelten mich dann an und fragten, ob ich etwas trinken wolle. „Etwas Kaltes“, gab ich zur Antwort und eines der Mädchen ging zur Eisbox und entnahm … eine Flasche Bier! Es war für sie scheinbar normal, dass, wenn ich etwas zu trinken bestellte, Bier gemeint war. Ich widersprach nicht und so wurde es zu einem Ritual, dass, falls ich nicht widersprach, mir ein Glas und eine Flasche Bier gebracht wurden.

Ich setzte mich an unseren Tisch und blickte aufs Meer. Die Flut schien zurückzukommen, denn hohe Wellen kräuselten sich an den Flanken des Felsens, den sie Meditationsfels getauft hatten. „Möchtest du Fisch und Reis?“, fragte eines der Mädchen, aber ich verneinte. Ich sollte nie ein Freund der einheimischen Küche werden, was in Asien, speziell in abgeschiedenen Gebieten, zum Problem werden kann. Ich nahm mein Bier und setzte mich an den Strand. Es war wie im Traum, obwohl ich keinerlei Komfort hatte. Ich erinnerte mich, da es erst einige Monate her war, wie ich die Jahre zuvor mit den mächtigsten Männern der Welt um den Globus geflogen war und an so manchem Galadinner teilgenommen hatte. Trotzdem hatte ich mich dort nie so entspannt und wohl gefühlt wie an diesem abgelegenen Ort, scheinbar am Ende der Welt. Ein Waschplatz war mein Badezimmer in der Öffentlichkeit und meine Hütte ein moskitoverseuchter Verschlag, mein Koffer ein alter Pappkarton und meine Kleidung … nicht der Rede wert, und trotzdem schien ich nichts zu vermissen. Diese Gedanken beruhigten mich ungemein, denn was sollte ich im zukünftigen Leben vermissen, wenn ich mit dem hier Gebotenen durchaus zufrieden war. Mit diesen Gedanken verbrachte ich einen sorglosen Nachmittag am Strand und freute mich auf den Abend und unser Zusammentreffen im Restaurant.

Als ich zur Dämmerung an den Strand ging, saßen kleine Gruppen verteilt verstreut, und da ich alle am Abend treffen würde, setzte ich mich kurz vor das Restaurant. Die Sonne hatte dem Sand eine rötliche Färbung verliehen, die ständig variierte. Dann klopfte mir jemand leicht auf die Schulter. Zuerst sah ich nur ein paar krumme Beine, doch im gleichen Moment wusste ich, wer es war. Pappa San hatte knielange, orangene Shorts an, in die locker zwei von seiner Statur hineingepasst hätten. Als ich zu ihm hochschaute, zeigte er mit ausgestrecktem Arm aufs Meer.

„Ich war nie dort und werde höchstwahrscheinlich auch nie dorthin kommen, aber egal, wie weit du auch reisen wirst, es wird immer einen neuen Horizont für dich geben.“

Ich lasse diese Bemerkung einfach so im Raum stehen, da ich meine, dass es reicht, sich daran erinnert zu haben. Außerdem war er schon wieder verschwunden und ich hatte keine Möglichkeit, ihn nach dem Sinn dieser Bemerkung zu fragen.

Heute war es ziemlich dunkel im Restaurant und nur Herb und Vera waren sofort zu erkennen. Herb streckte zur Begrüßung wie üblich nur wortlos seinen Arm in die Luft, aber Vera lächelte mich tatsächlich an. Ich nahm erfreut Platz. Herb trug wie üblich seinen Wickelrock auf freiem Oberkörper, doch Vera trug ein eng anliegendes buntes Seidenkleid. Ihre Haare waren frisch gewaschen und sie hatte anscheinend etwas Make-up aufgelegt. So hatte ich sie bisher nie gesehen. Aber sicher war es in erster Linie ihr Gesichtsausdruck, der sie jung und aufgeschlossen aussehen ließ. „Heute ist Weihnachten, und da gibt es einen besonderen Ablauf", bemerkte Herb.

Ich erschrak fast bei dem Gedanken, nicht ein einziges Mal daran gedacht zu haben. „Die hier kennen eigentlich kein Weihnachten, da sie Buddhisten sind, aber da wir hier einige Ausländer haben, tun wir alle so, als wären wir Christen!"

Ich sah Vera an und auf ihr Kleid und dann an mir herunter und wir mussten beide laut lachen. Schon allein dieses Lachen war für mich das schönste Weihnachtsgeschenk, das ich mir hätte vorstellen können.

Der späte Abend lief nicht wesentlich anders ab als die vorherigen auch, doch der Vorabend hatte so einige Änderungen erfahren. In der Ecke neben dem Hintereingang, durch den Pappa San immer das Restaurant betrat und es wieder verließ, stand eine große Gasflasche, über der auf einer Stange eine Gaslaterne angebracht war. Noch war es ziemlich dunkel, doch dann pumpte Pappa San und ein gleißend helles Licht durchflutete den Raum. Heute scheint dieser Vorgang kaum erwähnenswert, doch zur damaligen Zeit kam es mir erstaunlich vor. Solche Dinge passierten mir übrigens an diesem Ort mehrmals. Vielleicht nahm ich mir dort nur das erste Mal die Zeit, Dinge, die ich für selbstverständlich hielt, im wahrsten Sinne des Wortes in einem anderen Licht zu sehen und ihr unerwartetes Erscheinen zu hinterfragen. Jedenfalls war es so hell, dass man jeden Einzelnen sofort erkennen konnte.

Eine Bedienung brachte mir eine große Flasche Bier und wie mechanisch drehte ich mich zu John um, der sofort auf Herb zeigte. „Herb war heute in Naihan und hat für uns Bier eingekauft. Hat fast eine ganze Kiste über den Berg geschleppt", sagte John. Herb stand kurz auf und unter dem Applaus aller Anwesenden verbeugte er sich tief. „Dafür habe ich ihn den ganzen Tag nach seiner Rückkehr massieren müssen", bemerkte Vera unter dem Gelächter der anderen. Doch die eigentliche Sensation kam kurze Zeit später. Pappa

San lud alle an den großen Tisch ein, und als wir saßen, brachten zwei Mädchen einen riesigen Truthahn und stellten ihn auf den Tisch. Jeder schien überrascht, denn keiner hatte bemerkt, wie er zubereitet worden war.

„John hat ihn vor ein paar Wochen in Phuket City bestellt und wir haben ihn im großen Dorf den ganzen Tag zubereitet.“ Es war für mich ein köstliches Essen und ich nahm keinen Reis dazu!!!

Wir saßen also alle am großen Tisch, ich zwischen Gertrud und Klara, und Herb und Vera uns gegenüber. Ich erwähne dies nur, weil das Gespräch mit ihnen mir wichtige Informationen über einige Regeln in Fernost gab, die insbesondere in ländlichen Gebieten schnell zu Missverständnissen führen können.

„Es gibt einige Regeln, insbesondere im Umgang mit älteren Personen, die auf alten Traditionen beruhen. Man verbeugt sich eher vor Personen, als dass man ihnen die Hand reicht. Mit dem Anfassen ist es hier so eine Sache, aber vermeide es, jemanden am Kopf zu berühren. San ist beispielsweise eine Bezeichnung wie Herr bei uns, doch die Engländer kommen der Bedeutung näher, da sie Mister und Sir kennen. San ist eine Bezeugung, eine Art Respekt einer Person gegenüber, also sag einfach Pappa San, wenn du ihn triffst, dann kannst du nichts falsch machen.“

Leider hatte Vera nicht mehr Zeit, näher auf die Dinge einzugehen, aber man hat große Vorteile in Asien, wenn man nur einige wenige Regeln befolgt. Meist haben die Asiaten Verständnis für den sorglosen Umgang, doch die Befolgung und das Wissen über einige der Prinzipien erleichtern das Kennenlernen ungemein und bilden Vertrauen.

Herb dämmerte langsam vor sich hin und ich unterhielt mich mit Vera über Musik. Mir war aufgefallen, dass im Dorf nirgendwo ein Radio oder laute Musik zu hören war.

„Manchmal hatten wir Leute hier, die sehr gut Gitarre oder ein anderes Instrument spielten, aber die Geschmäcker sind nun einmal verschieden und so hat Pappa San irgendwann einmal beschlossen, weder Radio noch sonstige, nennen wir sie mal künstliche, Musik am Strand und im Restaurant zu spielen. In unseren Hütten ist es was anderes, solange wir anderen Leuten nicht damit auf die Nerven gehen.“

Zwar war die Verbreitung von Lautsprechern in Taschenformat zur damaligen Zeit noch nicht sehr verbreitet, doch ich erinnere mich heute mit Wehmut an die Zeit, in der eine Stille wie an diesem

Ort herrschte. Schon in dieser Hinsicht hat Pappa San wirklichen Weitblick bewiesen.

Es wurde ein sehr entspannter Abend, obwohl das Wort Weihnachten nicht einmal mehr gefallen ist.

Herb war am späten Abend am Tisch eingeschlafen und ich unterhielt mich mit Klara, Gertrud und Vera über nette Belanglosigkeiten. Nach und nach waren alle anderen Bewohner verschwunden und ich wunderte mich ein wenig, was man an einem für mich „frühen“ Abend allein in seiner Hütte unternehmen konnte. Allein schon am Strand zu sitzen war für mich ein Erlebnis und bis heute bin ich bis tief in der Nacht draußen in meinem Garten.

Aber irgendwann zogen auch wir uns zurück und ich saß noch eine Weile auf meiner kleinen Terrasse über dem Meer.

8. Kapitel
Der erste Tag mit Pappa San

Die Nacht war wieder einmal zu kurz, denn auch in dieser Nacht ließen mir die Plagegeister trotz geschlossenem Fenster keine Ruhe. Da ich noch kein heißes Wasser auf der Terrasse hatte, nahm ich mein Handtuch, ging zum Waschplatz und duschte diesmal ohne sichtbares Publikum. Dann ging ich zum Restaurant und sah schon von Weitem, dass ich nicht der erste Frühaufsteher war. Als ich näher am Eingang stand sah ich, wie Pappa San damit beschäftigt war, aus einem Eimer etwas auf die Bambusspeere zu spießen. Ich sagte kurz Hallo, damit ich ihn nicht erschreckte. Er blickte kurz auf und machte dann ungestört weiter. Auf der Theke standen eine Karaffe und ein paar Gläser und ich setzte mich an den Tisch neben dem Ausgang. Als er ins Restaurant kam, grüßte er kurz und kam kurze Zeit später mit seinen Flossen und der Taucherbrille zurück, legte sie auf den Tisch, holte sich ein Glas Wasser und setzte sich neben mich. Jetzt saßen wir uns das erste Mal direkt gegenüber und sahen uns für einen Moment wortlos an. Er sprach langsam und verlor mich dabei nicht aus den Augen. Seine Augen waren klar und seine dunkle Haut erstaunlich glatt, bis auf die tiefen Furchen auf seiner Stirn, die sich ständig in Wellen zu bewegen schien.

„Ich weiß schon so einiges über dich, doch das ist nicht wichtig. Menschen reden viel und so erfährt man Dinge, die man eigentlich gar nicht wissen will. Du jedoch scheinst sehr verschlossen zu sein." Wieder nahm ich mir mehr Zeit, als ich eigentlich gebraucht hätte, dann lächelte ich ihn einfach an und kopfschüttelnd lächelte er zurück, als hätte er mich verstanden. Da ich erfahren hatte, dass er für einige Mitbewohner die unverständliche Entscheidung getroffen hatte, jemanden zum Verlassen des Dorfes aufzufordern, hielt ich mich zurück.

Dann stand er auf, nahm seine Tauchutensilien und bedeutete mir, mit ihm an den Strand zu kommen. Also folgte ich ihm, bis er sich kurz vor dem Ufer die Flossen überstreifte und die Taucherbrille aufsetzte. Auf den beiden Bambusstangen, die neben ihm lagen, schien ein Dreizack zu stecken, der sich jedoch bei näherer Betrachtung als Gabeln herausstellten. Dann stellte er sich auf, um nach ein paar Schritten kopfüber ins Wasser abzutauchen. Nach einigen wenigen Flossenschlägen waren nur noch die Enden der Bambusspeere zu erkennen. Hinter dem Berg war die Sonne aufgegangen und warf glitzernde Schatten auf die flachen Wellen, die er hinterließ.

Um mich herum war es wieder still und ich fragte mich, warum er dieses Mal allein ins Meer gestiegen war. Ich setzte mich an den Tisch, trank mein Wasser und vernahm ein Klappern im hinteren Teil der Küche. Dann kam eine der Thailänderinnen hervor und ich erzählte ihr, dass Pappa San ins Meer zum Tauchen gegangen, aber bisher nicht zurückgekehrt war. Sie schien meine Sorge in meiner Stimme bemerkt zu haben, doch ihr Lächeln verschwand nicht aus ihrem Gesicht.

„Das macht er fast jeden Morgen – mach dir keine Sorgen. Manchmal ist er einige Stunden unterwegs." „Wie beruhigend", redete ich mir schnell ein und nahm einen weiteren Schluck, obwohl auch ein Bier nicht schlecht gewesen wäre. Meine Sorgen waren damit zwar nicht vollständig beseitigt, aber für sie schien das Gespräch damit beendet.

Dann stand Pappa San auf einmal triefend nass vor mir. Er war nicht vom Strand her gekommen, denn ich starrte seit einer gefühlten Ewigkeit gebannt auf das Wasser. Seine Taucherbrille fast grotesk auf dem kahlen Schädel, die Schwimmflossen in der einen und ein geflochtenes Seil mit einer Menge Fische in der anderen Hand stapfte er in Richtung Eisbox und legte die Fische sorgfältig hinein. Danach ging er zurück und tauchte mit einem bizarren Lebewesen, welches sich krampfhaft um seinen Arm geschlängelt hatte, wieder auf und lächelte zufrieden. Es war das erste Mal, dass ich einen lebendigen Oktopus zu sehen bekam. Triumphierend zog er ihn in die Höhe und seine Saugnäpfe hinterließen auf seinem Arm runde, rote Kreise, während ein Schwall schwarzer Flüssigkeit langsam an ihm herunter floss.

„Der ist für heute Abend und wir essen ihn am großen Tisch. Du bist herzlich eingeladen – hast mir Glück gebracht!" Dann ging Pappa San hinter die Küche und nach ein paar klopfenden Geräuschen ging er zum Wasserbottich, schüttete sich einige Kellen Wasser über den Körper … und war danach verschwunden.

Hinter der Theke stieg heller Dampf auf und als ich aufstand sah ich, wie das Mädchen klappernd jeweils zwei Thermosflaschen hervorkramte und sie auf die Theke stellte. Schließlich standen zehn Flaschen aufgereiht dort und sie befüllte sie mit heißem Wasser.

„Ich heiße Sah", sagte sie beiläufig und drückte mir zwei Flaschen in die Hände. „Ich bringe sie jeden Morgen zu den Hütten, wenn du Zeit hast, kannst du mir helfen." Also trabte ich hinter ihr her und wir gingen von einer Hütte zur nächsten, stellten die Flaschen auf die Terrasse, bis alle verteilt waren. So erfuhr ich zum ersten Mal, wo und wie viele Hütten und Häuser auf dem Gelände verteilt waren. Einige von ihnen hatte ich bisher noch nicht gesehen und war erstaunt, wie verhältnismäßig komfortabel die meisten gegenüber meiner Behausung waren. Neben jede der Thermoskannen legte sie in einem kleinen Korb einige Teebeutel und eine Limone ab. Was mir am gestrigen Morgen zu meiner Freude wiederfahren war, gehörte also zu einer Art Service, von dem auch ich nicht ausgeschlossen wurde.

Zurück im Restaurant begann Sah mit den Vorbereitungen für das Frühstück und kaum hatte sie begonnen, schlichen verschlafen die ersten Bewohner an die Tische und blickten wortlos aufs Meer hinaus. Da mich niemand zu bemerken schien, verabschiedete ich mich von Sah und verließ das Restaurant. Ich konnte es damals noch nicht wissen, aber es war die richtige Entscheidung, denn wie ich während meines Aufenthaltes feststellen sollte, war auch die Ruhe am Morgen eine Art Ritual, den Tag zu beginnen. Auch ich empfand es später immer irgendwie störend, wenn schon am Morgen in einem Schwall und dann noch lautstark geredet wurde. Später erklärte mir ein „Langzeitbewohner", dass der Morgen für viele eine meditative Öffnung zum Tag sei und Gespräche dem Tag und Diskussionen dem Abend vorbehalten waren und die Nacht schließlich der Besinnlichkeit und der Entspannung diente. Diese Einstellung sollte für lange Zeit mein Leben bestimmen, was jedoch später mit den vielfältigen Tätigkeiten nur noch schwer vereinbar war. Doch war es damals weder der Ort, noch gab es eine Notwendigkeit, an dieser guten Regelung zu zweifeln. Einige weitere Ereignisse sollten mir jedoch schnell klarmachen, wie abhängig man von optimalen Gegebenheiten ist, um in scheinbarem Einklang mit sich selbst leben zu können. Ich habe mich später in viel komfortableren Umgebungen wiedergefunden, ohne auch nur annähernd die innere Zufriedenheit zu verspüren, die dieses primitive Dorf mir geboten hat.

Doch noch stand ich am Anfang und vor Erfahrungen, die mir in der Welt, so wie ich sie bislang kennengelernt hatte, niemals in den

Sinn gekommen wären. Ich dachte damals selten an die Vergangenheit, und wenn auch einiges an Annehmlichkeiten zu fehlen schien, verhalf mir meine „Schüchternheit" dazu, die Dinge so zu nehmen, wie sie waren, wodurch ich immer ruhiger zu werden schien. Eine Regelmäßigkeit, die nicht fordert und die Umgebung, in der man sich nach einer gewissen Zeit geborgen fühlt.

Ich zog mich in meine Hütte zurück, bemerkte kurz, dass es die einzige war, wo wir vergessen hatten, eine Thermoskanne und die Teebeutel abzustellen, lachte kurz auf und legte mich aufs Bett.

Da war wieder der kühle Wind, der mir über den Rücken streichelte, keine Moskitos mehr zu Besuch und mit dem Gefühl eines schönen Morgens schlief ich ein.

9. Kapitel
Die Instrumentalisierung des Glaubens

Nach den Erlebnissen der vergangenen Tage saß ich mit Pappa San am Strand. In seinem Gesicht spiegelte sich eine gewisse Unsicherheit, die ich an ihm so nie bemerkt hatte. Aber auch für mich waren die letzten Tage, eine Begegnung mit einer neuen Art „religiöser“ Selbstfindung, wie sie es nannten, unerklärlich geblieben.

Man konnte sie hören, noch bevor jemand sie zu Gesicht bekam. Sie sangen lauthals einen unverständlichen Reim aus Gebetsabfolgen, es ertönten klirrende Rasseln und erstaunlich lautstarke Musik. Ich erinnerte mich an das Gespräch über Musik, das wir am Weihnachtsabend mit Gertrud, Klara und Vera geführt hatten, in dem mir die Entscheidung von Pappa San, keine Musik im Restaurant zu spielen, erläutert worden war.

Als wir sie über den Bergkamm auf unser Dorf zumarschieren sahen, blickte fast jeder auf die bunt kostümierte Gruppe. Bis auf Herb, der mit zugeknalltem Kopf breit lächelnd verkündete: „Das sind die aus Indien. Eine ähnliche Gruppe hatten wir letztes Jahr auch in Griechenland. Sehen harmlos aus, sind aber total abgefahren!“

Wir waren etwa zehn Bewohner, die sich zum abendlichen Sonnenuntergang im Restaurant getroffen hatten. Doch als sie durch den Hintereingang das Restaurant betraten, verwandelten sie die Hütte in eine Art Diskothek. Sie knallten einen riesigen Radiorecorder auf den Tisch und gingen schnurstracks auf die Theke zu, um Essen und Getränke zu bestellen. Sah und die beiden anderen Thaimädchen blickten fragend zu uns herüber und deuteten auf die Truhe mit den kalten Getränken. Schon war ein Mitglied der Gruppe hinter den Tresen gegangen, hatte eine der Eisboxen geöffnet und verteilte wie selbstverständlich den Inhalt an die Mitglieder der Gruppe. Dann setzten sie sich an den Tisch und genossen lautstark unsere Getränke.

„Gibt’s hier auch etwas zu essen?“, fragte einer besorgt. Als ich zu Herb sah, hatte er seinen Blick auf den Strand gerichtet und schüttelte wortlos den Kopf. Ich setzte mich zu ihm an den Tisch und tippte ihm auf den Arm. Zuerst reagierte er nicht und sah mich mit einem verklärten Gesichtsausdruck an, doch seine Unbekümmertheit schien verflogen.

„Das sind Bhagwan-Anhänger – ich hatte sogar mal einige von ihnen in meinem Haus in Santorin. Machen auf die Dauer nur Ärger mit ihrer religiös verklärten Götzenverehrung." Mehr war erst einmal von ihm nicht zu erfahren.

Dann standen die meisten auf und begaben sich zum Strand. Der Sonnenuntergang stand an und somit eines der täglichen Rituale, die ich lieben gelernt hatte. Die Ruhe und das Farbenspiel der Wolken waren zwar täglich verfügbar, doch in ihrem Ablauf spiegelte sich die unerschöpfliche Vielfalt der Veränderlichkeit. Einmal hatte man das klatschende Geräusch der Wellen bei Flut, dann das sanfte, beruhigende Rauschen, wenn sie sich zurückzogen. Erst nach einiger Zeit hatte auch ich begriffen, wie sehr diese Stimmung sprachlos macht und die Freude auf das gemeinsame Essen und den bevorstehenden Abend verstärkt.

Auch ich empfand den Lärm, den die Gruppe verursachte, langsam nervig und so ging ich ihnen nach, bis sie hinter den Felsen zum zweiten Strand verschwunden waren. Am Abend zuvor war ein Schweizer Paar angekommen, Vreni und Wally, und als ich an ihrer Hütte vorbeikam, winkten sie mir zu und forderten mich auf, zu ihnen zu kommen. Wir hatten wenig miteinander geredet, da sie eine ziemlich lange Reise hinter sich hatten und schon früh am Abend das Restaurant wieder verlassen hatten. Sie waren bereits im vorigen Jahr hier gewesen und hatten deshalb diese Hütte vorbestellt.

Vreni saß auf der Bank der Terrasse, hatte ihr Kleid über die gekreuzten Beine gespannt und zerrieb wortlos mit den Fingern einen Thaistick, den sie von ihrer Reise mitgebracht hatten. Mit geschultem Blick entfernte sie die Samen und begann, Zigarettenpapier in eine untrügliche Form zu bringen. Als sie fertig war, hielt sie das Prachtstück Wally vor die Nase, der nach einem zufriedenen Kopfnicken die Rolle, wie er sie nannte, entzündete. Kurz danach umhüllte uns wieder dieser süßliche, schwere Duft, doch als Tischpartner von Herb und von den abendlichen Ritualen war mir der Dampf wohl bekannt. Ich hatte nie viel geraucht und auch an der täglichen „Bongrunde" selten teilgenommen. Ich blieb, wenn vorhanden, beim Bier und mit der Zeit ging das Ritual kommentarlos an mir vorbei. Heute fühlte ich mich jedoch bereit und als Vreni ihn mir rüberreichte, griff ich zu und zog zweimal kräftig daran. Langsam und sanft kroch der Rauch in meine Lungen und breitete sich dann bedächtig in meinem

Kopf aus. Die beiden sprachen immer noch nicht und da gerade die Sonne unterging, verspürte ich das unwiderstehliche Verlangen, an den Strand zu gehen. Als die Wellen kühlend meine Füße umspülten, setzte ich mich und sah zum Horizont. Die Wolken glühten tiefrot und verdeckten kurzfristig die Sonne. Dann kam sie wieder langsam hervor und berührte die spiegelglatte Wasseroberfläche. Plötzlich schien die Zeit stillzustehen und ich fokussierte und konzentrierte mich auf den großen Fels links von mir, den sie Meditationsfels getauft hatten. Er sah aus wie ein riesiger Kieselstein und schimmerte in allen nur erdenklichen Rottönen der Sonne unrealistisch verlockend und doch erreichbar. Das Wasser hatte sich ein wenig zurückgezogen und umspülte ihn nur noch bis zur halben Höhe. Noch erhellten die letzten Strahlen den Vordergrund, doch als ich mich auf den Rücken legte, konnte ich bereits die ersten Sterne in der herankriechenden Dunkelheit erkennen. Auch ich war eigentlich nur gereist, um neue Sehenswürdigkeiten mit eigenen Augen zu sehen oder Abenteuer zu erleben. Einige unvergessliche Begegnungen dieser Art hatte ich durch meine vergangenen Tätigkeiten bereits erleben dürfen, doch an diesem Abend erlebte ich erstmals voll konzentriert in mir selbst ein unverfälschtes Bild von Schönheit. Diese Zeit zu konservieren oder wenigstens nur so intensiv aufzunehmen, dass man sich immer an sie erinnern kann, war mein Wunsch, und während ich diese Zeilen fast 40 Jahre später schreibe, kann ich meinen Wunsch wohl als realisiert betrachten!

Die heranbrausende Flut erweckte mich aus diesem realen Traum, und da ich völlig durchnässt war, wollte ich zurück in meine Hütte, um mich umzuziehen. Doch da kam mir die Gruppe, wie ich sie nannte, mit lautem Getöse entgegen und versperrte mir sozusagen den Weg. Also ging ich zurück ins Restaurant. Dort herrschte für diese Zeit ein Wirrwarr von Stimmen, also setzte ich mich zu Vera und Herb an den Tisch. Ein Vertreter der Gruppe war vorhin hier gewesen und Pappa San hatte ihn rausgeschmissen. Sie wollten am hinteren Strand übernachten, doch er hatte ihm gesagt, dass sie bis spätestens morgen Mittag das Dorf zu verlassen hätten.

Als ich zum großen Tisch sah, saß Pappa San ruhig, aber mit ernster Miene an seinem Platz und strich sich über den Schädel. Die anderen gestikulierten lautstark und redeten auf ihn ein. Ein völlig ungewohntes Bild!

„Die haben fast die gesamten Vorräte mitgehen lassen und hätten wir sie nicht aufgehalten, wäre wohl kaum noch was übrig geblieben", meinte Herb, „aber dein Bier haben sie nicht angerührt", fügte er stolz hinzu.

Ich hatte am Tag zuvor zehn große Flaschen Bier gekauft und über den Berg geschleppt. Also stand ich auf, nahm fünf Flaschen und Gläser und stellte sie auf den langen Tisch, nahm mir selbst eine und ging zu Vera und Herb zurück. Nachdem die Flaschen über den Tisch verteilt waren, kehrte kurz Ruhe ein, doch bald wurde in gleicher Intensität weiterdiskutiert. Da stand Pappa San auf, packte die Zeitungsrolle mit dem „Nachtisch" ein und verließ kurz darauf das Restaurant Richtung Strand. Ein Ritual war erstmals nicht wie üblich vonstatten gegangen und dies sollte während meiner gesamten Anwesenheit nur noch einmal geschehen. Langsam beruhigten sich alle und es trat wieder die vertraute Geschäftigkeit ein. Essen wurde gebracht und die Normalität schien zurückgekehrt zu sein. Dann stand plötzlich Sah neben mir und tippte mir auf die Schulter. Als ich sie ansah, beugte sie sich zu mir herunter und flüsterte mir ins Ohr, dass Pappa San auf mich am Strand warten würde. Vera hatte es wohl mitbekommen und sah mich verwundert an.

Also stand ich auf und ging hinunter zum Strand. Zuerst konnte ich in der Dunkelheit kaum etwas erkennen, doch langsam gewöhnten sich meine Augen daran und ich suchte nach Umrissen, die nach ihm aussahen. Keinesfalls wollte ich nach ihm rufen, denn dass er mit mir sprechen wollte, überraschte nicht nur Vera. Also ging ich bis an die Wasserlinie und schaute mich nach ihm um. Als ich ihn sah, erschien er mir wie der Fels, der vor uns im Meer stand. Mit angezogenen Knien, die Hände auf dem Kopf, saß er unbeweglich im Sand. Als ich auf ihn zukam hob er kurz einen Arm und deutete an, mich zu ihm zu setzen. Noch zum Sonnenuntergang hatte ich allein am Strand gesessen, jetzt jedoch fühlte ich mich einsam und verlassen. Er sagte erst einmal nichts, sondern blickte starr auf das Meer. Doch dann sprach er leise und bedächtig.

„Weißt du, Wolf, es ist traurig für mich zu sehen, wenn Menschen meinen, ihr Glaube schließt eine Rechtfertigung für ihr Verhalten gegenüber anderen aus. Auch ich bin ein gläubiger Mensch. Mein Glaube mag vom Namen her fremd sein, doch im Grunde beinhaltet er die gleichen Wünsche und Werte für und an das Leben. Doch sollte er im eigenen Inneren entspringen, sich auf Erfahrungen stützen und wenn nötig korrigiert werden, wenn man merkt, er dient mehr dem Selbstzweck und nicht mehr der Überzeugung. Dadurch wächst der Glaube wie auch der Mensch vom Kind zum Erwachsenen, nachdem er Glauben als Vertrauen kennengelernt hat, sich entwickelte und über Erleben seine Werte anpassen musste. Denn Glaube ist anders als Erziehung eine von innen kommende Kraft. Erziehung soll uns das Miteinander untereinander erklärbar machen und so das Zusammenleben erleichtern. Was man letztlich von seiner Erziehung als erhaltenswert erachtet, unterliegt wiederum den später gemachten Erfahrungen. Würden in der heutigen Welt dem Glauben die gleichen Rechte wie der Entwicklung eingeräumt, so sehen es jedenfalls viele Religionsstifter, so würde der Glaube verfallen und die verdiente Würde verlieren. Damit würden Gesetze und Verordnungen begründet und die Freiheit in Bahnen gelenkt, die bis in den Selbstmord und zur Zerstörung anderer Leben im Namen des Glaubens führen. Zweifel werden einfach aufgrund des Willens eines Gottes beseitigt und selbst die größten Verfehlungen gegen grundlegende Gesetze der Menschlichkeit als tugendhaft verklärt, wenn sie nur der Erfüllung eigener Wunschträume und Ziele dienen. Luther hat nur die Institution Kirche und nicht den Glauben angegriffen, als er seine Thesen an die Kirchentore nagelte. Ablasshandel, Ketzerei bis hin zur Hexenverbrennung wurden zum Mittel, im Namen des Glaubens, um die Herrschaft über die Menschen nicht zu gefährden und zur Bestanderhaltung ihrer eigenen Privilegien. Bis heute verbreiten Politiker diesen „Glauben", um ihn nach der Wahl zum Selbsterhalt der eigenen Macht zu konterkarieren. Wir werden, wenn nötig, mit Mord und Totschlag euch die Erlösung bringen und falls sie es dann immer noch nicht begreifen, werden wir sie bis auf den letzten Ungläubigen verfolgen und beseitigen. Darin haben fast alle Religionen Übung. Ihre Erfahrungen, ihr Glaube wäre friedlich und trotzdem beschuldigen sie sich gegenseitig, dass jeweils nur ihnen das Recht zusteht, die Menschen mit allen Mitteln in ihrem Sinne zum Ziel zu führen. Wer sich nicht für die gängige Form der Bevormundung durch die Religion begeistern kann, erschafft sich einen neuen Gott und verwirkt damit das Recht, human zu sein. Jeder könnte ein Gott sein, denn ein jeder ist Teil einer Entwicklung, die im besten Falle dazu führen kann, ein zufriedenes Leben geführt zu haben, ohne diesem größeren Schaden zugefügt zu haben. Denn wir sind zu verletzlich, um immer gerecht zu sein. Wir unterliegen Gefühlen, unseren Wünschen, wir erliegen Verheißungen, fühlen Wut, Scham und Verzweiflung, wenn wir uns ungerecht behandelt wähnen. Nur unterliegen wir alle einem unausweichlichen Bestreben der Natur, oder wenn du willst einer Instanz, irgendwann einer neuen Generation und vielleicht sogar einer erfolgreicheren Form des Lebens Platz zu machen. Unsere menschliche Kultur hat zweifellos große Erfolge in ihrer Entwicklung vorzuweisen, doch die innere Ausgeglichenheit scheint dabei nicht im gleichen Tempo mitgewachsen zu sein. Es hat unsere Unzufriedenheit gesteigert und damit auch den Nährboden für die Indoktrinierung der Religionen vergrößert. Sieh nach oben, Wolf, denn wenn du in die Sterne schaust, blickst du in die Vergangenheit. Obwohl auch sie einer Endlichkeit unterliegen, ist sie für unser beider Leben unvorstellbar. Als es uns Menschen noch nicht gab, waren sie schon da, und ob sich vor uns schon jemals ein Lebewesen dafür interessiert hat, bleibt Spekulation. Aber auch dieses Naturschauspiel wird endlich sein und so schmerzlich ich auch meinem Ende entgegensehe, begreife ich es als das, was es ist – ein frei werdender Platz für die Weiterentwicklung. Denn sollte zum Ende des Universums irgendetwas folgen, kann es nur der Natur erstrebenswerter gewesen sein als das Vorherige. Wenn du so willst, ist das ein Teil meine Religion, meines Glaubens, der niemanden einschränkt, mir aber Hoffnung bringt."

Dann war er still, drehte seinen Kopf zu mir herüber und lachte mich an.

Dann klopfte er mit den Fingern an seine weißen Zähne und sagte: „Ganz neu, hab ich erst seit zwei Wochen", und all die Anspannung bei ihm, die Vibrationen, die in der Luft zu hängen schienen, all das war mit diesen letzten wenigen Worten verflogen.

Er stand auf, und als ich mich ebenfalls erheben wollte, drückte er mich sanft, aber bestimmt auf den Boden zurück.

„Bleib noch einen Moment und denk ein wenig", waren seine letzten Worte.

Dann war er weg!

10. Kapitel
Ischda

Ich traf John, als ich mal wieder meine Dusche am öffentlichen Waschplatz des Dorfes nahm. Mittlerweile schien es mir fast normal, mich mit meinem neuen Shampoo und meinem Stück „Palmolive" im Beisein der Mädchen, die unsere Wäsche machten, zu duschen. Er setzte sich neben mich auf den Betonboden und beobachtete zuerst mich und dann die Mädchen.

„Hast du einen Moment Zeit?" Natürlich, auch wenn mich das Gespräch am Abend mit Pappa San die ganze Nacht beschäftigt hatte und ich nicht mehr ins Restaurant zurückgegangen war, sondern bis zum Morgengrauen erst am Strand und dann auf der Terrasse meiner Hütte gewesen war, fühlte ich mich ruhig und entspannt. „Ich hol dich in 30 Minuten hier ab und wir gehen zu meiner Hütte. Habe bis heute Morgen mit Pappa San gesprochen und würde mich gern mit dir darüber unterhalten."

Ich ging kurz in die Hütte zurück, rieb mich mit einem Mittel ein, das mir Sah gegen die Moskitostiche gegeben hatte, und wartete dann am Waschplatz auf John. Ich wurde noch immer jede Nacht von den Monstern belästigt, doch kam ich meist erst am Morgen zurück und sie hatten sich verzogen, oder ich war so erledigt, dass ich sie einfach ignorierte, was für sie allerdings nicht zutraf, wovon ich mich mit Blick auf meinen geschundenen Körper nach dem Aufwachen überzeugen konnte. Ich hatte zwar die Hoffnung – oder redete es mir ein –, sie würden aufgrund meiner Widerstandsfähigkeit irgendwann aufgeben, doch entsprach dies eher meiner Wunschvorstellung. Auch der Glaube, sie wären irgendwann einmal gesättigt, erwies sich als falsch.

Dann kam John und wir gingen den kleinen Weg einige Meter bis an die Felsen, die beide Strände trennten. Rechts davon verlief ein weiterer Weg, den ich bislang übersehen hatte. Johns Haus war schon aus der Ferne zu erkennen, denn es schien riesig, wenn man es mit meiner Schachtel verglich, in der ich hauste. Der Unterbau hatte ein festes Fundament, in das dicke Holzpfeiler eingelassen waren. Eine breite Holztreppe führte auf eine großräumige Terrasse mit einer langen Sitzbank und zwei großen geflochtenen Sesseln. An der Decke hing ein „Petromax", wie ihn Herb bezeichnet hatte. Eine deutsche Erfindung, betonte er immer wieder. Es war die gleiche Lampe, die zu Weihnachten das ganze Restaurant hell erleuchtet hatte.

„Setz dich, ich hol etwas zu trinken." Ich erinnerte mich, dass John immer rechts vor Pappa San am langen Tisch saß, doch bis auf die Gespräche über das Bier und seine Begegnung am ersten Abend hatten wir nie viel miteinander geredet. Manchmal ging er mit Pappa San zum Fischen, aber mehr wusste ich eigentlich nicht über ihn. Jetzt kam John beinahe triumphierend aus dem Zimmer und hatte zwei Gläser sowie ein großes, scheinbar kaltes Bier in der Hand. „Kein Bier vor vier", sagte er, blickte auf den Sonnenstand und lachte. Er hatte langes schwarzes Haar, das er meist zu einem Zopf zusammengebunden hatte.

„Wie ich dir schon sagte, habe ich mich lang mit Pappa San unterhalten. Er hat mir von eurem Gespräch am Strand erzählt." „Es war wohl eher eine Lehrstunde", warf ich kurz ein. „Es geht um die Bhagwan-Gruppe. Ich lebe seit etwa sechs Jahren zwar nicht ständig, aber meist für längere Zeit in diesem Dorf. Mir dient dieser Ort zur Entspannung, da ich einen ziemlich stressigen Beruf habe. Deshalb liegt mir auch im eigenen Interesse viel daran, diese Ruhe zu erhalten. Über die Zeit habe ich hier einige Leute getroffen, von denen ich anfangs befürchtete, sie wären hier fehl am Platz. Meist gewöhnten sie sich schnell an die Ruhe und passten sich problemlos unseren Gewohnheiten und Riten an. Aber auch von „Sonderlingen" hat unsere Gemeinschaft oft profitiert, da sie zum Teil neue Sichtweisen und Inspirationen einbrachten. Das Problem mit der Gruppe sehe ich deshalb nicht in ihrer sonderbaren Aufmachung, sondern eher in ihrem einnehmenden Verhalten. Sie wollen etwas durchsetzen, was hier nicht hinpasst. Ich habe deshalb heute Morgen mit einem Vertreter der Gruppe ein langes Gespräch geführt. Seiner Auffassung nach leben wir zwar ganz okay, wie er sich ausdrückte, doch fehle uns noch der richtige Zugang zur Spiritualität und Vollkommenheit. Deshalb glauben sie, gerade zum richtigen Zeitpunkt hier an diesem Ort zu sein, um uns sozusagen zu läutern, natürlich gewaltlos, wurde mir versichert. Danach habe ich nochmals mit Pappa San gesprochen. Wir möchten dich auffordern, mit der Gruppe zu reden. Sie werden auf dich am zweiten Strand warten."

Froh darüber, nicht gerade einen Schluck Bier in der Kehle zu haben, schnürte sich diese jedoch merklich zu. Auf dem Gebiet der Problembewältigung hatte ich in meinem bisherigen Leben meist kläglich versagt. Lieber wäre mir für das Wort „Rückzug" die Ausrede „Kompromiss" eingefallen. Jetzt sollte ich einen sich anbahnenden Konflikt lösen. Ich hatte mir immer vorgenommen, Problemen möglichst aus dem Weg zu gehen. Maximal, wenn man selbst betroffen zu sein scheint, aber wo bleibt meine Toleranzschwelle, erst recht meine Alternative? Doch es kam noch schlimmer.

„Du sollst die Gruppe auffordern, bis morgen früh um zehn Uhr aus dem Dorf zu verschwinden. Wenn du es nicht schaffen solltest, schmeißen wir sie mit Gewalt raus!" Plötzlich liebte ich das Leben eines Beobachters – das faszinierende Gefühl mitzuerleben, zu beurteilen, zu kritisieren oder nur die gefällten Entscheidungen zu kommentieren. Nun sollte ich aus meiner sicheren Deckung, obwohl ich die Situation ja selbst nicht herausgefordert hatte. Kurzum – die Angst stieg fühlbar in mir auf. Hatte ich nicht noch am gestrigen Abend zum Sonnenuntergang dieses beruhigende Gefühl der Zufriedenheit und Sorglosigkeit genossen, so schien diese Situation alle Gedanken, die ich mir doch fest vorgenommen hatte für „schlechtere Zeiten" zu konservieren, schon beim ersten Versuch zum Scheitern gebracht zu haben.

„Ich werde morgen früh das Dorf für einige Zeit verlassen, und falls du die Gruppe überzeugen kannst, mit mir abzureisen, nehme ich sie mit." Dann stand er auf, ging ins Zimmer, schloss die Tür hinter sich und ich war allein!

Die Stufen der Treppe knarrten verdächtig, als würden sie die Last, die mir auferlegt worden war, nicht tragen können. Auf dem Weg zurück zu meiner Hütte vernahm ich die laute Musik, die von der Gruppe am Strand kam und meine Anspannung nahm erneut zu. Dann begegnete ich auch noch Vera, die kurz nickte und dann sagte, Herb würde in seiner Hütte auf mich warten. Jetzt völlig verwirrt ging ich in der Hoffnung auf eine Lösung oder wenigstens einem Ratschlag zu Herb. Er saß wie üblich auf der Veranda und dampfte vor sich hin.

„Pappa San war gerade bei mir und hat mir von eurem nächtlichen Gespräch erzählt." „Wir hatten eigentlich gar kein Gespräch", erwiderte ich fast trotzig. Irgendwie sollte es wohl wie eine Entschuldigung für mein kommendes Versagen klingen.

„Setz dich und nimm erst mal einen kräftigen Zug", bot er mir an, aber ich lehnte dankend ab. Das Zeug kann gute Gefühle verstärken, hatte mir einmal eine Mitbewohnerin aus dem Dorf gesagt, und jetzt musste ich befürchten, dass ein Zug davon nun auch meine Angst verstärken könnte, falls dies überhaupt noch möglich war.

„Wenn du es geschickt anstellst, kannst du sie vielleicht überreden zu gehen. Wie gesagt, ich hatte selbst schon einmal mit ihnen zu tun. Du musst bestimmt und unmissverständlich auftreten, sonst machen sie dich fertig!" „Danke, Herb, du hast mich echt beruhigt", konnte ich nur sarkastisch antworten. „Die Gruppe besteht aus drei Frauen und sechs Männern. Mach dich an die Frauen ran, denn die entscheiden letztlich das Spiel – ist immer so! Wenn du sie überzeugen kannst, ziehen die Buben den Schwanz ein und du hast es geschafft."

Da ich schon immer der „Frauenheld" gewesen war, fiel es mir leicht, meinen Sarkasmus auf mich einwirken zu lassen. Diesbezügliche Erfahrungen bestärkten mich in hohem Maße in meinem Wunsch, einfach in einem Erdloch zu verschwinden.

„Ich sag dir, nimm einen Zug. Hat Pappa San mitgebracht und soll beruhigend wirken. Hat er extra für den gestrigen Abend mitgebracht und ich muss zugeben, es ist auch irgendwie anders – es beruhigt! Schlimmer geht's eh nimmer", sagte er und ließ sich in den Sessel sinken. Dann stand er bedächtig auf, ging ins Zimmer und kam mit einer kleinen Pfeife zurück. „Hat Vera gerade sauber gemacht." Sprach's und stopfte sie langsam mit einem hellen, grünen Pulver. „Nur zweimal ziehen und dann gehst du rüber zu der Gruppe und sagst denen …", er lachte laut, „… was immer du willst!"

Als ich aufstand und Herbs Hütte verließ, war jedes Geräusch um mich herum verstummt, bis auf die Musik, die wie Donner bei jedem Schritt in Richtung des zweiten Strandes auf mich zukam. Der Weg zum Strand war breiter, als ich ihn je wahrgenommen hatte und die Entfernung schien je nach Gedankengang mal kürzer, mal länger zu werden. Ich vermisste die Zeit, denn mein Weg würde mich an einen Punkt führen, an dem Zeit nutzlos war. Dann stand ich am Strand und sah die Gruppe, die wild um das Kassettenradio tanzte. Wenn ich jetzt stehen bliebe, so mein Gedankengang, könnte ich auch gleich wieder umkehren. Bevor ich Herb verlassen hatte, hatte er seine Sonnenbrille abgenommen sie mir gegeben. Sie entsprach genau seinem naturell – verspiegelte Gläser und gebogen. Ich ging also weiter, und als ich die Gruppe erreicht hatte, stand eine der Frauen auf, nahm meine Hand und reihte mich in den wilden Tanz mit ein. Alle trugen einen wie verfärbt aussehenden Umhang aus Leinen in undefinierbarem Rot. Sah man sie von hinten, waren

Männer und Frauen kaum zu unterscheiden. Alle hatten langes, gewelltes Haar, waren schlank – was den Frauen besser stand als den Männern! – und schienen durch die Musik der Welt entrückt, ebenso wie ich! In einem Kampf, in dem mir die Waffengleichheit ungewiss erschien, erfüllte mich die Situation mit leiser Hoffnung.

Dann stoppte plötzlich die Musik und jetzt begann ein Film, bei dem es mir bis heute schwerfällt, nicht an eine „göttliche Choreografie" zu glauben. Die Frau ließ auch nach dem Schlussakkord meine Hand nicht los, sondern ließ sich schlagartig fallen und zog mich mit sich in den Sand. Ich fiel fast über sie, doch sie fing mich auf und legte fast beiläufig meinen Kopf auf ihre Beine. Mit verrutschter Sonnenbrille blickte ich in ein hübsches Gesicht. „Ich heiße Ischda", sagte sie mit sanfter Stimme, „und komme aus Israel." Ich nahm die Sonnenbrille ab und stammelte: „Wolf." Ihre Haare waren unter einem bunten Tuch verbogen und ihr Blick schien mich zu durchbohren. Sie hatte smaragdgrüne Augen, wie ich sie nie mehr in dieser Intensität und aus diesem Blickwinkel sehen sollte! „Uns gefällt es hier sehr gut", war genau das, was sie nicht hätte sagen sollen. Hätte die Situation je einen Hauch von Romantik bekommen können, so war sie jetzt durch die spontane Erinnerung an meinen eigentlichen Auftrag verflogen. Ich setzte mich auf und betrachtete jeden einzelnen der Gruppe zum ersten Mal genauer. Bis auf eine Person, dem sogenannten Sprecher, waren die meisten nicht älter als ich. Bis auf Ischda, die immer wieder versuchte, mich zu ihr herunterzuziehen, gingen alle anderen zum Schwimmen ins Meer. „Wir kommen aus Phuna, Indien, und sind schon seit drei Monaten zusammen unterwegs. Wir haben überall viel Spaß, und wenn es uns irgendwo gefällt, bleiben wir für eine Weile dort. Hast du schon einmal von unserem Meister, Bhagwan, gehört?" „Eigentlich nicht", mehr fiel mir im Moment nicht ein. „Wir werden ihn dir näherbringen", versprach sie und meine Hoffnung auf eine schnelle Lösung des Problems schien in immer weitere Ferne zu rücken. „Und jetzt entspann dich mal", sagte sie und zog mich zu sich.

„Ohne Musik finde ich es hier viel entspannter. Man kann das Rauschen der Wellen hören und den Wind. Ich finde es gut so, einfach natürlich, meine ich." „Rob mag diese Musik und für ihn kann sie nie laut genug sein. Hatten schon viel Ärger deswegen. Er ist sehr gläubig und sagt, Bhagwan selbst hätte ihm die Musik geschenkt. Er fühlt sich am meisten mit ihm verbunden, sagt er, wenn er sie ununterbrochen und laut hört. Ansonsten ist er nicht besonders helle, wenn du verstehst, was ich meine. Allerdings ist er sehr einfallsreich im Bett und dafür lieben wir Frauen ihn alle." Den Umständen entsprechend musste ich blitzschnell erkennen, dass dies wohl nicht ein Bereich war, auf dem man eine überzeugende Strategie aufbauen konnte, sie zu einem übereilten Verlassen des Dorfes zu bringen.

„Uns bedeutet Liebe sehr viel und wir versuchen, sie auf andere Menschen zu übertragen." Auch dieser Satz mag für so manche Situation reizvoll erscheinen, brachte mich aber meinem Ziel nicht wesentlich näher. Als ich noch an einem neuen Konzept feilte, war die Gruppe auch schon wieder aus dem Meer zurück, sie schalteten den Rekorder wieder ein und tanzten tropfnass wild um ihn herum.

„Falls es dir hier zu laut ist, kannst du mich ja ein wenig in eurem Dorf herumführen." Da mir nichts Besseres einfiel, stimmte ich zu, wir verließen den Strand und gingen Richtung Waschplatz. Sie trug eine mit Spiegeln besetzte Umhängetasche bei sich, von der die Sonnenstrahlen kleine weiße Punkte auf den Weg zauberten. Als wir am Waschplatz angekommen waren, begleitete uns das Kichern der Mädchen. „Dort oben wohne ich – in der Hütte über dem Meer!" Wie ich auf diesen abgefahrenen Spruch kam, bleibt mir bis heute ein Rätsel, aber ich kann versichern, es war spontan und ohne Hintergedanken.

„Lass uns hochgehen, sieht hübsch aus. Ich habe einen Walkman und ein paar Kassetten, und wenn du möchtest, setzen wir uns auf die Terrasse und hören Musik." Obwohl mir jetzt die Situation etwas peinlich erschien, zumal alle Mädchen am Waschplatz uns zusahen, stimmte ich zu. Die Terrasse hatte nur eine kleine Holzbank, und als ich ins Zimmer gehen wollte, um meinen Hocker zu holen, klatschte sie mit den Händen neben sich auf das Holz und forderte mich auf, mich neben sie zu setzen.

„Ich habe zwei Kopfhörer und da müssen wir schon zusammenrücken, wenn wir gemeinsam die Musik hören wollen." So rückte sie eng an das Bambusgeländer und ich setzte mich neben sie. Schön eng war's allemal! Als sie gerade den Walkman auspackte, sah ich, wie Vreni und Wally am Waschplatz vorbeikamen, stoppten und mir zuwinkten. Ich begrüßte sie wortlos und sie kamen auf uns zu. „Wir sind auf dem Weg zum Strand, habt ihr Lust mitzukommen?" „Wir wollten gerade etwas Musik hören", sagte Ischda. Beide sahen sich an und Vreni kam über den schmalen Steg auf die Terrasse. Sie begann in ihrer Tasche zu kramen und legte dann wortlos einen ihrer wohlgeformten Selbstgedrehten auf den Tisch, drehte sich um und beide gingen. Eine Weile starrten wir auf das Ding auf dem Tisch, sahen uns an und mussten lachen. „Eine seltsame Begegnung der dritten Art", sagte sie und wir lachten so laut, dass sich die Mädchen am Waschplatz zu uns umdrehten. Ich zündete das Ding an, während Ischda eine Kassette einlegte, etwas vor- und zurückspulte und einen zweiten Kopfhörer anschloss. Wir dampften vor uns hin und sahen auf den Steg zur Hütte, unter dem das Wasser langsam anstieg. „Ein wunderschöner Platz für eine Hütte", sagte sie, und ich stimmte ihr erstmalig aus voller Überzeugung zu. Dann nahm sie einen Kopfhörer, setzte ihn mir auf und sagte: „Das ist von ‚Renaissance', ich weiß nicht, ob du es schon einmal gehört hast – es heißt ‚At the harbour'." Dann setzte sie sich den anderen Kopfhörer auf, drückte die Playtaste und wir versanken im wahrsten Sinne des Wortes in der Musik und dem Text. (Ich habe die Geschichte von Ischda bei dieser Musik geschrieben, und falls es mir nur ansatzweise gelungen ist, die Umgebung und die Situation zu beschreiben, könnte es dem Leser gelingen, die Atmosphäre zu erleben, für die mir bei aller Anstrengung die Worte fehlen.)

Ich wollte mich einfach umdrehen und aufs Meer sehen, aber unsere Blicke trafen sich und damit war der Versuch gescheitert. Ich bin mir nicht sicher, wie lange wir uns ansahen und sicher hatte auch Vrenis Geschenk einen Anteil, aber dann stand Ischda auf, nahm meine Hand und führte mich ins Zimmer. Ich lag völlig „platt" auf dem Bett und sie setzte sich auf mich, nahm ihr Kopftuch ab und ein Schwall von wohlduftendem, schwarzem, gelocktem Haar ergoss sich über mir. Da ich die Beschreibung der nächsten Zeit lieber einem anderen Genre überlassen möchte und dem Leser auch die Phantasie nicht rauben möchte, beschränke ich mich auf die Feststellung, einem der schönsten Erlebnisse meines Lebens begegnet zu sein.

Wieder saß ich am Strand, doch dieses Mal nicht allein. Ischda lag jetzt mit ihrem Kopf auf meinen Beinen da, und ihr Haar breitete sich wie ein schwarzer Teppich um mich herum aus.

„Wir werden morgen früh mit der ganzen Gruppe verschwinden! Ich dachte mir, dass man dich geschickt hat, um uns dazu zu bewegen. Ich bin sozusagen der ‚Boss' des ganzen Haufens und wenn ich denen heute Nacht sage, dass wir am Morgen gehen, dann machen wir das auch. Es sei denn, du möchtest, dass ich bleibe, aber dann bleiben die anderen auch."

„Ich hatte schon befürchtet, aus der Situation nicht ungeschoren davonzukommen." Wie sagt man doch so schön, alles hat seinen Preis, doch der Schmerz kommt meist erst hinterher.

„Dies ist das Land der Antworten – im Land der Fragen wird es viel schwieriger für dich werden, denn dann wirst du gezwungen sein, dich ihnen zu stellen und sie nach deinem besten Gewissen zu beantworten!“

Dann stand sie auf und ich wusste, dass ich ihr nicht folgen würde.

Ich verbrachte die ganze Nacht in Gedanken an einen Tag, der entspannt begonnen, mich dann in Anspannung fast zerrissen hatte, einen unglaublichen Höhepunkt hatte und mich zum Ende jeder Sorglosigkeit beraubte. Meinem Verlangen, Ischda hier zu behalten, stand der Wunsch der Gemeinschaft gegenüber, alle los zu werden, was mich innerlich zu zerreißen schien. Dass alles einen Preis haben sollte, tröstete mich nicht, denn ich wusste, dass der wirkliche Schmerz sich nur zurückhielt und mich voller Kraft treffen würde. Ich hatte mich in eine Nische zwischen die Felsen gesetzt, die vom Restaurant aus nicht einsehbar war. Dann sah ich Gruppe angeführt von Ischda und John ins Restaurant gehen. Alles verlief ziemlich geräuschlos, nur ich schrie innerlich. Dann sah ich sie zum letzten Mal, als sie den Hügel hinaufging, stehen blieb und noch einmal auf den Strand zurückblickte. Ich war schon auf dem Weg zum Restaurant, als ein Schrei von oben dröhnte. „Genieß dein Leben, Wolf …!“ Das waren auch die letzten Worte von ihr und ich versuche bis heute, diesen, ihren letzten, Wunsch an mich zu erfüllen.

Als ich ins Restaurant kam, setzte ich mich an unseren Tisch am Eingang, hob den Arm und Sah kam und stellte mir eine große Flasche Bier mit einem Glas auf den Tisch. Ich realisierte dies gar nicht richtig, trank und mir wurde sofort klar, NICHTS geleistet zu haben. Doch nicht nur dies war schmerzlich. Mich quälte der Verlust von Ischda, als hätte ich sie schon lange gekannt. Doch auch der Versuch, mir einzureden, dass es nur ein einziger Tag gewesen war und wir uns zwangsläufig hätten irgendwann trennen müssen, brachte wenig Trost. Aber auch ich würde diesen Ort verlassen müssen und auch diese Trennung würde mir sicher schwerfallen.

Ich hatte Pappa San nicht bemerkt, doch er saß an seinem Platz am Ende des Tisches. Auch er schien betrübt, aber als ich mich zu ihm drehte, lächelte er müde. „John ist auch weg“, sagte er. „Also lass uns weitermachen und die Sache so gut es geht vergessen.“ Dann bot er mir einen Platz am Tisch an, erhob sich langsam und ging hinter die Theke. Er kam mit einem in ein Tuch eingewickelten Gegenstand zurück und als er ihn vor mir auf den Tisch legte, erkannte ich sofort, dass es Ischdas Kopftuch war. „Sie hat es mir gegeben und gesagt, es soll dich an den schönen Tag erinnern, den auch sie sehr genossen hätte.“ Ich wickelte das Tuch auf und es roch noch nach ihr. In ihm befanden sich der Walkman und ein Kopfhörer. Eine Kassette war noch eingelegt und ich glaubte zu wissen, um welche Musik es sich handeln würde. Ich packte alles zusammen, stand auf und wollte gerade gehen, als Pappa San sagte: „Komm am Abend an den Strand, ich möchte mit dir reden.“

Als ich in der Hütte angekommen war, legte ich mich sofort aufs Bett, setzte die Kopfhörer auf und wollte meinen Schmerz so richtig ausleben. Wieder war mir Ischda einen Schritt voraus, denn sie hatte die Batterien entfernt. Ich musste kurz lächeln, doch die Leere blieb, bis ich aus Erschöpfung einschlief.

11. Kapitel
Der letzte Versuch

Ich verschlief den ganzen Tag, und als ich mich endlich aufraffte und aus dem Fenster sah, konnte man schon die tief hängende Sonne am Himmel erkennen. Dann sah ich den Walkman neben mir auf dem Bett liegen und ich hatte nur ein Bestreben – an den Naihan Beach zu gehen und nach Ischda zu suchen. Vielleicht, so redete ich mir ein, hatte sich die Gruppe ja entschlossen, noch einige Zeit an diesem Strand zu verbringen.

Als ich am Restaurant vorbeikam, saß Herb wie gewohnt auf seinem Platz und dichte Rauchwolken stiegen neben ihm auf. Die Thaimädchen begrüßten mich freundlich, doch ich hatte nur das Bestreben, über den Berg zu gehen. „Wo willst du hin?“, rief mir Herb hinterher. „Brauche Batterien und hole Bier“, erwiderte ich und ging weiter. Meine Gedanken waren auf ein ganz anderes Ziel gerichtet und ich malte mir auf dem Weg aus, wie ich an den Strand kam, die Gruppe um den Rekorder tanzte und Ischda traurig im Sand saß und sehnsüchtig aufs Meer blickte. Es konnte nicht anders sein und wir hätten wenigstens noch ein paar Augenblicke, in denen wir reden und ich sie noch einmal hätte sehen können. Doch als ich den Strand erreichte, saßen zwar einige Leute verstreut dort, doch von der Gruppe war nichts zu sehen. Sicher sitzen sie in George's Restaurant, versuchte ich meine Unruhe zu entschuldigen. Doch bis auf eine Person, die im Halbdunkel am letzten Tisch saß, war das Restaurant leer. Ich ging zum Tresen und sah George, der aus einer großen Tasche seine Vitrine bestückte.

„Hast du eine Gruppe von etwa zehn Leuten gesehen, die über den Berg gekommen sind?“, fragte ich ungeduldig. „Ja – waren bis etwa vor einer Stunde hier und dann hat John einen Wagen bestellt und sie sind zusammen nach Phuket City aufgebrochen. Wollten noch den letzten Bus in den Norden erreichen. Hab übrigens das Moskitonetz bekommen, das du bestellt hast.“ Ich weiß bis heute nicht genau, wie man das Gefühl beschreiben soll, wenn aus Wunschdenken ein Verlust wird und sich eine verpasste Stunde zu einem unbegreiflichen Selbstvorwurf wandeln kann. Warum war ich nicht zwei Stunden früher aufgewacht – und warum hatte ich überhaupt so lange geschlafen? Ich ließ mich auf die Bank neben dem Eingang fallen und blickte in die untergehende Sonne. Ich schien plötzlich die Traurigkeit oder gar Angst ganzer Generationen verstehen zu können, die ihren Untergang als Verlust zu verspüren glaubten. Bislang hatte ich den Sonnenuntergang als wunderbares Naturschauspiel empfunden, doch ihn nie mit einem Verlust oder einem Ende in Verbindung gebracht. Mit jedem Zentimeter, mit dem sie nun hinter dem Horizont verschwand, löste sich auch meine Hoffnung in nichts auf, bis sie endgültig erlosch.

„Waren ziemlich verrückte Leute, bis auf das Mädchen mit den smaragdgrünen Augen – außergewöhnlich hübsch." „Ich weiß" – aber ich bin mir nicht sicher, ob ich es nun gesagt oder nur gedacht habe. „Setz dich nach hinten, ich hol dir ein Bier." George drängte mich, meinem Schmerz die letzte „Ölung" zu verpassen. Ich saß wie versteinert vor meinem Bier, bis mich eine Stimme hinter mir ansprach. „Hallo, alles okay?" Zuerst reagierte ich nicht. „Ich würde dich gern was fragen, darf ich mich zu dir setzen?" Ich war nicht sonderlich begeistert, aber da wir die einzigen Gäste waren und ich nicht zum Strand gehen wollte, willigte ich ein. Der Mann war groß, hatte einen schwarzen Vollbart und strahlte mich mit schneeweißen Zähnen an. Seine Haare waren schulterlang, gepflegt und dicht. Auf dem Rücken trug er eine Gitarre, und eine bunte Umhängetasche hing von seiner Schulter und erinnerte mich schlagartig an den letzten Tag.

„Ich bin Steven und hab von dem Mädchen heute Mittag gehört, dass es hinter dem Berg ein Dorf gibt, wo einige interessante Leute wohnen sollen, kennst du es?" Wieder war ich verwirrt, denn das Mädchen war bestimmt Ischda und dass sie das Dorf erwähnt hatte, gefiel mir gar nicht. George hatte mir am ersten Abend schon versichert, dass er niemals Leute ins Dorf schicken würde, da Pappa San über fremde Neuankömmlinge nicht besonders erfreut war. „Soll zwar bescheiden, aber schön sein und die Leute dort würden ziemlich autark leben. Könnte mir gefallen."

„Ist kein schöner Strand und die Unterkünfte sind alle belegt und unkomfortabel. Hier am Strand gibt es viel bessere und die Versorgung bei George ist hervorragend." Ich dacht, Pappa San hatte erst einmal genug von Neuankömmlingen und so versuchte ich das Thema zu beenden. „Möchtest du ein Bier?", fragte ich ihn, nur weil mir nichts Besseres einfiel.

„Nein – ich trinke seit einiger Zeit kein Alkohol mehr, bin auch nur kurze Zeit in Thailand und will bis in den Nahen Osten reisen. Ich will nur noch ein paar ruhige Tage hier verbringen." Plötzlich dachte ich an Pappa San und dass wir für heute Abend verabredet waren. Deshalb stand ich auf, bestellte noch fünf Flaschen Bier und zahlte die Rechnung. Mit dem Moskitonetz in der Hand ging ich nochmals zum Tisch zurück.

„Ich wünsch dir noch eine schöne Reise, aber ich muss leider gehen." Er schien nicht verärgert, lächelte und als ich gerade gehen wollte, fragt er: „Bist du Wolf?", was mich unerwartet traf. Ohne eine Antwort verließ ich George und machte mich auf den Weg zurück ins Dorf.

Woher Steven meinen Namen kannte, wurde mir immer bewusster, doch ich versuchte jeden Gedanken zu verdrängen, der mich auch nur ansatzweise an Ischda erinnerte. Es war stockdunkel und natürlich hatte ich wieder vergessen, eine Taschenlampe zu kaufen. Manchmal raschelte es eigenartig neben mir im Gras, doch meine Gedanken waren mit dem Weg und ich mit mir selbst beschäftigt, sodass ich dem keine Bedeutung schenkte. Schließlich erreichte ich den Abhang und konnte das Licht im Restaurant erkennen.

Alle Bewohner schienen anwesend zu sein und Pappa San saß wie üblich am Ende des großen Tisches. „Wolf", sagte er, obwohl ich noch im Halbdunkeln hinter ihm stand. Wortlos ging ich hinein. „Setz dich hier zu mir", sagte er und deutete auf den Platz neben sich. Dort hatte John immer gesessen und ich zögerte kurz. „Ich bringe kurz die Flaschen rüber und hol mir was zu trinken – war ein ziemlich beschwerlicher Weg ohne Lampe."

„Wäre ich heute Abend etwas früher hier gewesen, hätte ich dir den beschwerlichen Weg ersparen können", sagte Pappa San. „Wäre ich ein wenig früher rüber gegangen, wäre ich bestimmt noch nicht hier", erwiderte ich und wir sahen uns wortlos an. Dann folgte eine lange Zeit der Ruhe und wir aßen.

„Geh heute Abend nicht zu spät ins Bett, ich will dich das Fischen lehren und dazu musst du frisch und ausgeschlafen sein." Dann stand er auf, drückte meine Schultern und verschwand im Dunkel des Hinterausganges.

„Komm rüber", rief Herb. „Wir haben noch frische Krabben und essen alle auf, da du ja morgen mit neuen zurückkommst!" Vera saß wieder mit verschränkten Beinen an den Pfosten gelehnt und schaute mich ausdruckslos an. Als ich mich gesetzt hatte, nahm sie jedoch plötzlich meine Hand, drückte sie kurz und lehnte sich wieder wortlos zurück.

Dann hörte ich lautes Gemurmel vom großen Tisch, und als ich mich umdrehte, sah ich eine Gestalt am Hintereingang. Wegen der Gitarre auf dem Rücken wusste ich sofort, dass mir Steven gefolgt sein musste. Heute schien nicht mein Tag zu sein, denn seine Ankunft im Dorf war nun eine Tatsache, die ich mir lieber erspart hätte. Er legte seine Sachen ab und wollte sich gerade auf Pappa Sans Platz setzen, als ihn Klara aufforderte, am Nachbartisch Platz zu nehmen. Ich stand auf und ging zu ihm.

„Bist du mir gefolgt?“, fragte ich blöderweise und er nickte und lächelte mich an. „Ich schlafe auch gern am Strand, kein Problem“, meinte er kurz. „Bleibe auch nur kurz, wenn es möglich ist.“

Zuerst wollte ich den anderen erklären, dass ich versucht hatte … doch ich blieb bereits im Ansatz einer Erklärung stecken. Also ging ich zurück zu Vera und Herb, trank mein Bier und verabschiedete mich. Mein Kopf schien leer, bis auf die Frage, wie so viel Erleben in 24 Stunden Platz finden konnte.

Doch nun sollte es so weit sein. Ich wollte mich aufs Bett legen und es dem Zufall überlassen, ob ich schlafen konnte oder nicht. Mein Zeitgefühl hatte mich völlig verlassen und die Zeit bis zu meiner Verabredung mit Pappa San zum Fischen war für mich nicht mehr einschätzbar.

Jetzt wollte ich mich nur noch der Sehnsucht in Form von Musik hingeben, bis … ICH HATTE DIE BATTERIEN VERGESSEN!!!!!

12. Kapitel
Fischen mit Pappa San

Ich hatte mich die ganze Nacht von einer auf die andere Seite gewälzt, war dann jedoch irgendwann eingeschlafen. Deshalb erschrak ich, als es erst leise und dann geräuschvoll an meiner Tür klopfte.

„Pappa San wartet am Strand auf dich“, hörte ich eine Stimme sagen. Es war noch immer dunkel, als ich aus dem Fenster sah. Ich erinnerte mich an den ersten Morgen im Dorf, als ich Pappa San und John sehr früh am Strand gesehen hatte. Also machte ich mich mit schweren Beinen auf den Weg zum Restaurant. Vor dem Eingang steckten zwei lange Speere im Sand, an deren Spitze eine Art Dreizack angebracht war. Auf dem Tisch lagen eine Taucherbrille und ein Paar Flossen. Pappa San saß am Ende des langen Tisches und aß aus einer Schale Reis.

„Wir müssen bald los, denn wenn die Sonne erst auf das Wasser scheint, verbergen sich die Fische in den Korallenbänken und sind schwieriger zu fangen. Nimm erst einmal die Taucherbrille und die Flossen, dann erkläre ich dir unten am Strand, wie die Speere zu benutzen sind.“ Er nahm seine orangene Taucherbrille und drückte mir einen der Speere in die Hand, an dessen oberem Ende ein dünner Gummischlauch angebracht war. Er griff in die Schlaufe und führte seine Hand am Speer entlang nach unten, wodurch sich der Gummischlauch spannte. Es sah einfach aus, doch als ich es selbst versuchte, merkte ich nach kurzer Zeit, dass die Hand zu schmerzen begann. „Du darfst den Speer erst spannen, wenn du ein Ziel ausgemacht hast. Dann näherst du dich ihm vorsichtig und rutschst mit der Hand langsam nach unten. Wenn du meinst, genug Spannung aufgebaut zu haben, visierst du das Ziel an und lässt ihn zwischen Daumen und Zeigefinger nach vorn schnellen. Doch du darfst nicht direkt auf den Fisch zielen, da sich das Licht im Wasser bricht und sich der Fisch zusätzlich noch schnell bewegt. Es wird noch etwas Übung bauchen, bis ich dich mitnehmen werde“, sagte er und setzte sich an den Strand, um die Flossen anzulegen. Dann setzte er die Taucherbrille auf, sprang ins Wasser und tauchte unter. Ich war erstaunt, als ich seinen kahlen Schädel wie eine Boje ein ganzes Stück weiter das nächste Mal auftauchen sah. Ich übte noch einige Male mit dem Speer, verlor aber schnell die Lust daran.

Ich dachte, als ich Pappa San bei seiner Vorführung beobachtete, dass er einer Person in einem Film ähnlich sah und nach kurzer Überlegung fiel er mir wieder ein. „Einer flog über das Kuckucksnest" hieß der Film aus dem Jahre 1975, in dem ein älterer ebenfalls kahlköpfiger Mann aufgetreten war. Er spielte einen Nachtportier und hatte ebenfalls diese großen, schneeweißen Zähne. In den Jahren danach habe ich den Film oftmals gesehen und immer, wenn ich den alten Nachtportier sah, an den Mann gedacht, der mit einem Speer, einer zu großen Shorts und dieser orangefarbenen Taucherbrille ins Meer gestiegen war.

Ich hatte mich in den Sand gelegt und war eingeschlafen, bis kalte Tropfen auf mein Gesicht fielen. Anfänglich konnte ich nur einen dunklen Schatten erkennen, doch an der Brille, die in der Sonne strahlte, erkannte ich Pappa San. In der einen Hand hielt er ein blaues Nylonseil, an dem einige bunte Fische in der Sonne glitzerten. Auf dem Spieß des Speeres, den er in der anderen Hand hielt, wand sich ein großer Tintenfisch. Das Tier schien noch zu leben, denn es wickelte seine Tentakel um Pappa Sans Unterarm. Er musste jeden der Arme einzeln ablösen, und wie er mir später zeigte, hatte die Saugnäpfe kleine, wie Widerharken aussehende Zähne, die weiße runde Kreise auf seiner Haut hinterließen.

Er lachte die ganze Zeit, obwohl sein gesamter Arm mit einer dunklen Farbe bedeckt wurde, die auch seine Hose einfärbte. Sah brachte einen Eimer mit warmem Wasser und einen Schwamm. Pappa San legte das Tier in einen Behälter, wusch sich die Tinte an den Armen ab und schüttete sich den Rest des Wassers über den Kopf.

„Geh und ruh dich aus. Wir treffen uns vor Sonnenuntergang hier am Strand wieder. Du solltest ausgeschlafen sein, denn ich habe eine Aufgabe für dich. Es hat mit deinem scheinbar schweren Verlust zu tun und könnte sehr anstrengend für dich sein. Ich hoffe, es wird dir helfen, ihn zu überwinden, aber befolge meinen Ratschlag und versuche, den Tag möglichst ruhig zu verbringen."

Dann verschwand er wie üblich durch den Hinterausgang und ich ging zur Hütte, zog mir meine Shorts an und ging zum zweiten Strand. Dort verbrachte ich einige Stunden, ging einige Male schwimmen und überlegte immer wieder, was für eine Aufgabe wohl auf mich warten würde. Er hatte von einem Verlust gesprochen und damit konnte nur Ischda gemeint sein, doch ich bezweifelte, dass er mich von den immer wiederkehrenden Gedanken an sie befreien könnte.

Hätte ich gewusst, was auf mich zukommen würde, wäre ich wohl für einige Tage unauffindbar geblieben. Doch noch war ich ahnungslos, und da ich allein am Strand war, ergab ich mich meinen Gedanken an Ischda.

Es ist erstaunlich, wie lange man sich mit Dingen beschäftigt, obwohl man weiß, dass sie unwiederbringlich der Vergangenheit angehören.

13. Kapitel
Der Fels

Ich hatte mich schon daran gewöhnt, die Uhrzeit anhand des Standes der Sonne einzuschätzen, was mir zwar sicher noch nicht überzeugend gelang, aber hier lief eine andere Zeit ab, mit Ereignissen, die ich nie in einen Zeitrahmen wie die Uhrzeit hätte hineinpressen können. Die Abläufe im Dorf waren teilweise ritualisiert, sodass sich mit den Tagen ein neues Gefühl für die Wichtigkeit der Zeit zu entwickeln schien. Dies erklärt vielleicht den leichteren Umgang ganzer Völker, den genauen Zeitpunkt eines Termins nicht so ernst zu nehmen, ohne gleich ein schlechtes Gewissen zu entwickeln. In unserer heutigen Welt fast undenkbar und wohl auch nicht mehr machbar.

Ich begab mich am frühen Abend an den Strand, wo Pappa San auf mich wartete. „Ich hoffe, du hattest einen ruhigen und entspannten Tag." Zwar erschien mir diese Vorstellung etwas übertrieben, doch ich sagte nichts dazu. „Ich möchte dir jetzt etwas erklären, was dir im ersten Moment unsinnig erscheinen mag, deshalb möchte ich dir kurz eine Geschichte erzählen:

Ich war noch sehr jung, als mein Vater mir eines Tages zu erklären versuchte, dass meine Mutter uns bald für immer verlassen würde. Zuerst dachte ich an eine längere Reise, doch irgendwie schien ich zu spüren, dass er etwas anderes zum Ausdruck bringen wollte. Ich neigte, wie wohl jeder Mensch, der eine schlechte Nachricht zu erwarten hatte, dazu, mir den leichtesten Weg des Verständnisses zu suchen, obwohl in meinem Inneren die Hoffnung mehr und mehr abnahm und ein Gefühl der Ohnmacht ihren Platz einnahm. Meine Mutter war eine sehr robuste Frau, die immer hart gearbeitet und sieben Kinder das Leben geschenkt hatte. Sie kümmerte sich um uns alle gleich gut und arbeitete nebenher noch auf den Feldern des Dorfes. Wir Kinder bemerkten ihre Veränderung nicht, doch unser Vater wurde immer trauriger. Ich bin in einem Dorf oberhalb von hier aufgewachsen und eines Tages nahm mein Vater mich mit an diesen Strand und eröffnete mir, dass sie bald sterben würde.

Ich verbrachte die nächsten Wochen in ständiger Angst und wann immer es ging, versuchte ich, ihr nahe zu sein. Auch ich redete mir ein, keine Veränderung an ihr bemerken zu können. Doch sie wurde immer schwächer und irgendwann konnte sie das Haus nicht mehr verlassen. Sie lag auf ihrem Bett und lächelte stets freundlich, wenn wir das Zimmer betraten. Doch eines Nachts hörte ich sie stöhnen und am Morgen kam mein Vater und erzählte uns, dass sie gestorben war. Wir gingen an ihr Bett und immer noch redete ich mir ein, dass sie nur schliefe. Doch als wir sie einige Tage später begruben, ließ sich die Tatsache des Verlustes nicht mehr leugnen. Ich verlor in der darauf folgenden Zeit meine Freude an all den Dingen, die ich früher so geliebt hatte. Ich suchte sogar die Schuld bei mir und verzweifelte bei dem Versuch, einen Verantwortlichen zu finden. Vielleicht fällt es jungen Menschen schwerer zu begreifen, was einen wirklich quält, da er es sich nicht verständlich erklären kann. Auch meinen Vater beschäftigte der Verlust sehr, doch noch größere Sorge bereitete ihm mein Verhalten.

Möglich, dass man einen Verlust nie vergisst, doch man sollte ihn nicht einfach verdrängen, sondern sich seiner noch mal ganz bewusst werden, um ihn besser verarbeiten zu können. So jedenfalls sah es mein Vater und so führte er mich eines Nachmittags genau an diese Stelle, wo wir jetzt sitzen und stellte mir eine Aufgabe. Siehst du den Fels dort drüben?“ Er zeigte auf den Fels, der aussah wie ein großer Kieselstein und den Gertrud als Meditationsfels bezeichnet hatte.

„Mein Vater sagte: ‚Ich möchte, dass du dich auf ihn setzt und die ganze Nacht dort verbringst. Jetzt ist Ebbe und du kannst ihn ohne Probleme erreichen. Nimm einen Gegenstand mit, zu dem dein Verlust eine Verbindung hat, und denk daran, diesen geliebten Gegenstand zu schützen – egal, was passieren wird.‘ Also lief ich so schnell ich konnte ins Haus meiner Eltern und sah mich um. Alles schien mich an meine Mutter zu erinnern, doch nichts schien wertvoll genug, um bei einem Verlust unersetzbar zu sein. Dann fiel mein Blick auf ein Buch, das auf dem Regal verstaubt herumlag. Es enthielt Texte von Liedern, die sie uns Kindern vorgesungen hatte, als wir noch klein waren. Ich war der Jüngste von meinen Geschwistern, aber irgendwann glaubte sie wohl, ich wäre zu alt und es wäre für mich nicht mehr interessant. So legten sie das Buch ins Regal, wo es verstaubte und die darin enthaltenen Lieder wurden nie mehr gesungen. Plötzlich schienen sie jedoch wieder in meinen Ohren zu klingen und da wusste ich, dies war der Gegenstand, den ich mit auf den Fels nehmen wollte. Also lief ich mit dem Buch in der Hand zurück zu meinem Vater an den Strand." – Mehr sagte Pappa San nicht!

Mehr hätte er auch nicht sagen brauchen, denn ich erinnerte mich an den Abend mit den beiden Schwestern am Strand. „Jeder, der auf dem Fels war, hat es freiwillig gemacht!"

„Es wird Zeit, deinen Gegenstand zu holen", sagte Pappa San und blickte mir lange in die Augen. Ich wusste, welchen Gegenstand ich mitnehmen würde, um die Verbindung zu meinem Verlust herstellen zu können, und lief zurück zur Hütte. Auf dem Bett lag der Walkman und daneben Ischdas Kopftuch. Doch dann durchfuhr es mich wie ein Blitz: keine Batterien! Ich packte die Kopfhörer und den Walkman, wickelte beides in das Kopftuch ein und ging hinaus. Da ich bisher keinen aus dem Dorf gesehen hatte, fiel mir nur eine Alternative ein. Ich stellte mich auf den Waschplatz und schrie aus voller Kehle: „Ich brauche Batterien! Hat jemand Batterien für mich?" Es dauerte eine Zeit, doch dann kamen Vreni, die Schwestern und auch Vera Richtung Waschplatz gelaufen. Sie breiteten alle mitgebrachten Batterien auf dem Betonsockel aus, doch ich wusste nicht einmal, welche passen würden. Also öffnete ich das Fach für die Batterien des Gerätes, und als ich ungläubig hineinsah, begrenzte sich die Zahl der infrage kommenden beträchtlich. „Ich nehme alle mit, wenn ihr nichts dagegen habt." Alle ahnten wohl, was ich vorhatte, doch keiner sagte etwas. Nur Vreni griff in ihre Umhängetasche und drückte mir ein in Alufolie gewickeltes Etwas in die Hand und sagte lächelnd: „Schweizer Präzisionsarbeit!" Ich steckte sechs Batterien und das Geschenk ein und lief zum Strand zurück.

Normalerweise lächelte Pappa San, wenn ich ihm begegnete, doch diesmal sah er mich mit ernster Miene an. „Du scheinst eine Entscheidung getroffen zu haben, aber ich würde dich nicht verurteilen, solltest du dich noch anders entscheiden. Ich werde im Restaurant auf dich warten, egal wann du zurückkommst." Dann stand er auf und ging zum Restaurant.

Ich kramte in meinen Hosentaschen nach den Batterien, setzte die passenden ein, dann drückte ich den Play-Knopf und ein Licht leuchtete rot auf. Ich schaltete ihn wieder aus und schritt langsam auf den Fels zu. Das Wasser war unwesentlich gestiegen, doch je näher ich kam, umso mehr spürte ich den zunehmenden Druck der einfallenden Wellen, die in leichtem Bogen meine Beine umspülten. Als ich den Fels schließlich erreicht hatte, stand mir das Wasser schon bis zum Bauch. Ich suchte eine Stelle, an der ich auf ihn steigen konnte, und als ich sie endlich fand, zog ich mich hinauf und setzte mich. Der Stein war rutschig und ich hatte Mühe, bis ganz nach oben zu klettern. Dort war er abgeflacht und ich musste an die unzähligen Wellen denken, die ihn kraftvoll überrollt haben mussten, um ihn in diese flache Form zu bringen. Dann blickte ich zum ersten Mal zum Strand zurück, der mir nicht unerreichbar weit entfernt schien. Die Sonne ging gerade unter und die Figuren am Strand schienen rötlich zu glühen. Sie stapelten gerade Holz zu einem großen Lagerfeuer und ich fragte mich, warum wir das bisher nicht gemacht hatten. Ich sah eine Menge Leute am Strand dem täglichen Ritual folgen, doch heute schienen alle sehr geschäftig zu sein. Vermisst wurde ich offensichtlich nicht und deshalb wendete ich mich ein wenig nachdenklich ab und blickte zum Horizont. Dann erinnerte ich mich wieder – es war dieselbe Sonne, die ich erst vor zwei Tagen mit Ischda betrachtet hatte. Sie schien zu schmelzen, als sie sich dem Meer näherte, und verband meine Erinnerungen noch intensiver mit einer Frau, die ich nur einen Tag kennenlernen durfte.

Als die Sonne endgültig verschwunden war, legte ich mich flach auf den Fels. Man konnte sich tatsächlich ausstrecken und am obersten Punkt war wie eingemeißelt eine Erhöhung, auf die man den Kopf legen konnte. Dann blickte ich zum Strand zurück, wo ein erstes Aufglühen des Feuerscheins zu sehen war. Schade, dachte ich kurz. Gerade heute entgeht mir ein schöner Abend. Doch dann erinnerte ich mich an Pappa Sans Worte und den Grund, weshalb er mich auf den Fels geschickt hatte. Aber ich war freiwillig gegangen und fest entschlossen, bis zum nächsten Morgen hier zu bleiben. Ich verschränkte die Arme hinter dem Kopf und blickte in einen Himmel, wie ich ihn von einem solchen Aussichtspunkt noch nie gesehen hatte. Dass ich auch noch vom Meer umgeben war, bemerkte ich erst, als eine Welle meinen Fels traf und mir einige Tropfen ins Gesicht schleuderte. Dann hörte ich, wie jemand am Strand Gitarre spielte. Ich kannte das Lied. Es war „Moonshadow“ und ich summte es leise vor mich hin. „I'm walking on a moonshadow, moonshadow, moonshadow ...“ Vielleicht hatte ja jemand den Bhagwan-Anhängern das Kassettenradio abgenommen und eine andere Kassette eingelegt, kam mir in den Sinn. Oder – und das beunruhigte mich sehr – vielleicht war die Gruppe ja geläutert zurückgekehrt und mit ihr auch Ischda. Jetzt war ich mir sicher: Sie sitzt am Lagerfeuer und ich auf diesem verdammten Felsen. Doch dann war das Lied wohl zu

Ende und die Leute klatschten Beifall – aber wer klatscht bei einem Lied aus einem Rekorder? Konnte ich also ihre Anwesenheit am Strand ausschließen? Wie hatte Ischda noch vor zwei Tagen gesagt: „Du bist im Land der Antworten – im Land der Fragen musst du dir die Fragen selbst beantworten!" Sollte ich jetzt schon im Land der Fragen gelandet sein?

Dann begann das Gitarrenspiel wieder und auch diesen Song kannte ich gut. „Wild World" und der Text schien, als wäre er für sie geschrieben worden: „But if you wanna leave, take good care ..." Das wäre es gewesen, was ich ihr noch hätte sagen sollen, aber wem fällt im Moment der Trennung so etwas ein? Da war ihr Schrei „Genieß das Leben, Wolf" doch wesentlich durchdachter gewesen. Möglicherweise war diese Frau in keiner Weise so, wie ich sie mir in meinem Kopf zusammengebastelt hatte. Ja – jetzt wurde mir alles klar, sie hatte mich nur benutzt wie viele andere vor mir und mich nur als Zeitvertreib angesehen. Wie hatte sie über Rob gesagt: „Er ist nicht besonders hell, aber gut im Bett und dafür lieben wir Frauen ihn." Dies konnte nur ein eindeutiges Zeichen dafür sein, dass ich ihr nie viel bedeutet hatte. „I will remember you like a child, girl", waren die letzten Worte des Liedes, die ich vernahm.

Was mag sie dazu getrieben haben, sich solch einer Gruppe anzuschließen? War sie selbst eine Gläubige dieses Bhagwan gewesen und hatte nach der Erleuchtung gesucht? „I'm looking for a hard headed woman", klang es vom Strand her. Schön und leicht wäre es gewesen, Ischda als starrköpfig zu beschreiben, aber leider hatte ich sie nur als leidenschaftlich und entschlossen kennengelernt. Sie machte es mir nicht leicht, sie in eine mir erträgliche Schublade zu stecken, die ich schließen konnte und aus der ich mir je nach Gefühlslage die Teile herausnahm, die zur Beruhigung meiner Selbst dienen könnten – und da kam mir plötzlich der erlösende Gedanke! Das war nicht ich, der dieser Frau in so kurzer Zeit verfallen war – es war der „Wolf", der in ihr jene Leidenschaft und das wilde Naturell sah, die er so liebte. Sie hatte ihn geweckt und er hatte mit Rücksichtslosigkeit auf meine Person die Chance genutzt und mich als Opfer zurückgelassen. Gefühle waren euch beiden fremd, ihr wolltet eure Überlegenheit über mich demonstrieren und habt mich nur für eure animalischen Bedürfnisse benutzt. Jetzt jedoch hatte ich alles durchschaut und schlagartig fühlte ich mich erleichtert, getrennt von Vorwürfen und freigesprochen von jeder Verantwortung. All die Emotionen waren nur Ausdruck meiner Schwäche und des Bedürfnisses, um meiner selbst Willen geliebt zu werden. Sie hatte mich vergewaltigt, meine Unerfahrenheit mit Frauen wie ihr missbraucht und mich als Opfer zurückgelassen, wie der Wolf, der keine Rücksicht auf die Schwächen der anderen nimmt, um an seine Beute zu kommen. Wahrscheinlich saß sie jetzt irgendwo im Norden und lachte mit der ganzen Gruppe über mich.

Die Tropfen, die mich trafen, intensivierten sich zunehmend und auch die Lautstärke um mich herum nahm zu. Das leise Rauschen war zu einem Klatschen geworden. Ich drehte mich zum Strand, doch im Liegen konnte ich kaum noch etwas von der Musik hören. Also kniete ich mich hin und bekam mit, wie „All the time I've cried keeping all the things inside …" gesungen wurde. Es war „Father and Son" und dann „I know I'll have to go …"! Der einzige Mensch, dem ich im Dorf begegnet war, der eine Gitarre hatte, war Steven und der war erst gestern angekommen. Obwohl ich nicht viel über ihn wusste, außer dem kurzen und von mir ziemlich abweisend geführten Gespräch bei George, konnte nur er am Strand sitzen und diese Musik spielen. Egal, wer er war, singen konnte er.

Dann konnte ich nur noch einzelne Akkorde vernehmen und ab und zu das Klatschen der Leute am Strand. Rote Funken sprühten vom Strand her in den Himmel und ich bedauerte erstmals, nicht dort zu sein. Noch kniete ich auf dem Fels, doch als ich bemerkte, wie das Wasser meine Füße erreichte, setzte ich mich wie Vera mit angezogenen Beinen auf den Aufbau, der mir vor nicht all zu langer Zeit noch als Kopfstütze gedient hatte. Ich sah nun Richtung Horizont und bemerkte, dass die Stufe, die ich zum Aufstieg genutzt hatte, mittlerweile von Wasser bedeckt war. Es blies kein Wind und trotzdem war mir kalt – ich saß noch und trotzdem fühlte ich mich bedrängt! Warum, fragte ich mich, hat der Mensch das Bedürfnis, Grenzen zu suchen und der Sicherheit zu entfliehen, wenn Erfahrungen in seinem Umfeld ausreichen würden, ihm ein erträgliches Leben in seiner gewohnten Umgebung zu gewährleisten? Flucht vor Krieg und Elend, ja – das konnte ich noch verstehen, aber wie viel ist die Aufgabe seiner eigenen Sicherheit oder womöglich noch die einer ganzen Familie wert? Ich hatte Ischda aus der Sehnsucht heraus verklärt, den Wolf in mir unterschätzt und mich überschätzt – eine simple und einfach zu verstehende Antwort, die keiner Logik entbehrte. Ich musste noch ein wenig höher rutschen, denn das Wasser stieg unaufhörlich. Ischdas Kopftuch, das alles enthielt und das ich mitgebracht hatte, lag inzwischen auf meinem Schoß und ich begann langsam, mir

Sorgen um den Gegenstand zu machen, den ich versprochen hatte zu schützen. Also stand ich auf, legte mir das Kopftuch auf die Schultern und verknotete es um den Hals. Ich sah zum Strand und konnte nur noch die roten Funken des Lagerfeuers erkennen, die sich mit den Sternen einen Kampf um den schönsten Effekt lieferten.

Es war an der Zeit, mich gegen diese Ohnmacht zu wehren. Ich drehte das Tuch über meine Schultern nach vorn auf die Brust und entnahm zuerst das Feuerzeug, dann Vrenis Geschenk und zündete es an. Ein paar tiefe Züge reichten, um mich von meinem Willen durchzuhalten zu überzeugen. Dann löschte ich die Glut, nahm den Walkman, setzte die Kopfhörer auf und drückte auf „Play". Sie hatte die Kassette an den Anfang eines Liedes gespult, sie hatte die Batterien herausgenommen, ich hatte vergessen, welche zu kaufen und jetzt stand ich auf einem Fels und hörte „Wish you were here"! Zufälle sind Produkte von Missverständnissen, Planung ein notwendiges Übel – doch dies hier war gewollt!! Schon beim ersten Mal mit den beiden Schwestern am Stand war das Lied ein Genuss, doch hier, wo mir langsam das Wasser bis an die Kniekehlen reichte, eine Offenbarung. Das Schlagen der Wellen verstummte und mit ihm auch alle Zweifel, die mir hinsichtlich Ischda noch vor wenigen Minuten durch den Kopf gegangen waren. Das Lied traf mich wie ein Schlag, weckte mich, gab mir Kraft und die Hoffnung, diese Lage nicht nur zu überstehen, sondern aus ihr zu lernen. „Der Mensch hat meist den übermächtigen Drang, andere zu verdächtigen!", hatte Eugen Roth gesagt. Allein das Lied verband alle Wünsche, die ich nun hatte, mit der Verzweiflung über meinen Verlust. Ich folgte nicht mehr dem Text, sondern verband ihn nur noch mit meinem Schicksal und interpretierte in jedes Wort, das ich verstand, das Wissen des Sängers um meine momentane Situation.

Da kam mir eine weitere absurde Idee. Ich kniete mich hin, band das Tuch mit dem gesamten Inhalt um das Handgelenk meines linken Armes und streckte ihn herausfordernd in die Luft. Mit der rechten Hand suchte ich nach einem Halt am Fels und als ich ihn fand, stand mir das Wasser zwar bis zum Hals, doch entsprach genau DAS meinem momentanen Gefühlsleben. Ungewissheit, ja – doch der Wille, sich nicht etwas einreden zu wollen, Zweifel auf dem einfachsten Weg zu lösen und die Besinnung auf eigene Fähigkeiten, so wenige es auch sein mochten, gaben mir Kraft! Ich blickte in den Sternenhimmel, aus dem es Sternschnuppen zu regnen schien, für die ich nicht einmal genug Wünsche hatte. Die Dunkelheit zwischen den Sternen waren nur noch schwarze Löcher, durch die ich weiter Sterne sah, die wie Wünsche weit entfernt, aber trotzdem vorhanden waren. Ich sah Kombinationen in den Sternen, deren Deutung nur ich vermochte zu verstehen. Hinter all dem mir vermeintlich Bekannten musste eine, mir bisher verborgene Wahrnehmung liegen, die meist durch meine oberflächliche Betrachtungsweise verborgen blieb. Träfe dieser Zustand zu, so wäre man zwar schuldlos, wenn man die Welt nur oberflächlich betrachtete, aber dennoch mitverantwortlich, diese als Realität zu akzeptieren. Zu hintergründig, musste ich mir eingestehen, denn die Realität hatte mich in Form des steigenden Wassers eingeholt! Die Verantwortung für die Situation, in der ich mich jetzt befand, hatte ich in meiner eigenen Selbstüberschätzung und Unkenntnis der Risiken herbeigeführt und es war weit und breit keiner zu sehen, den ich hätte dafür verantwortlich machen können.

Die Sternschnuppen schienen weiterhin wie Regentropfen aus den schwarzen Löchern zwischen den Sternen zu fallen. Der aufkommende Wind passte zu der Musik, die ich gerade hörte, so als wollte er mich auf meine spärliche Kleidung aufmerksam machen. Zum ersten Mal fragte ich mich, ob ich nicht an den Strand zum wärmenden Feuer zurückkehren sollte. „Hello, is there anybody out there?“ – und auch mir erschien die Frage nicht abwegig. „... And isn't it the time to go? ... uncomfort ...“ Ich nahm nur noch Bruchstücke des Textes wirklich wahr. Vogelgezwitscher im Lied erinnerte mich an den Tag zuvor und wie einfach es doch war, das Leben zu ertragen. Wo lag dein Problem, fragte ich mich. Wie einfach war es doch für mich, sich in der Welt unglücklich zu fühlen, die eigentlich alles hatte, um glücklicher zu sein. „Money“ – nein, das Bestreben hatte bisher nie in meinem Leben im Vordergrund gestanden, obwohl es andererseits ja die Grundlage war, überhaupt hier sein zu können. Pappa San hatte wohl nicht genug Geld, um sich je eine Reise nach Europa leisten zu können. Aber andererseits gab es auch die Möglichkeit, dass er es überhaupt nicht wollte oder einfach noch nie darüber nachgedacht hatte. Womöglich reichte ihm das Leben ja, so wie er es lebte, denn schließlich gab ihm unsere Anwesenheit hier in diesem Dorf die Bestätigung, dass wir sogar unser Geld ausgaben, um an diesem Ort sein zu können. War er einfach mit dem, was er hatte, zufrieden, oder fehlten ihm nur die Vergleichsmöglichkeiten, Alternativen? Wir kamen an diesen Ort und hatten freiwillig einige Vorzüge unseres Lebens zu Hause aufgegeben. Welcher Sinn lag darin? Hier hatte ich mich an die öffentliche Dusche auf dem Waschplatz, die spärlichen Behausung, an Ungeziefer und andere Unzulänglichkeiten gewöhnt, denn mir gefiel die Art, wie wir hier lebten, die Ruhe und auch die Abgeschiedenheit. Oder verschob man vielleicht seine Beurteilungsgrundlage je nach Situation von der einen auf die andere Seite, um sich vor dem Eingeständnis zu drücken, dass es mit dem eigenen Leben doch nicht so schlecht bestellt war, wie man es sich manchmal einzureden versuchte? Wo begann die Suche nach neuen Erfahrungen und wann war es eine Flucht? Bisher hatte ich viele Antworten bekommen, denn ich hatte die Bedingungen, die ich vorfand, nie wirklich infrage gestellt. Es hätte mir jederzeit offen gestanden, das Dorf zu verlassen, aber was bekam ich hier, was ich zu Hause nicht hatte? „The dark side of the moon", unbekannt und trotzdem anziehend. Ich konnte dieses Gedankenspiel unendlich weiterspielen, solange ich nur Fragen stellte, würde ich die Antworten nicht finden.

Sich eine Meinung über andere zu bilden ist einfach, dazu reichen manchmal schon Gerüchte, um eine Meinung über sich selbst zu erlangen bedarf der ständigen Kontrolle, hatte Pappa San einmal gesagt. Aber auch Fehler sind erlaubt, wenn man sie akzeptiert und bereit ist, die Konsequenzen zu tragen.

Jetzt hatte ich den Punkt erreicht, oder vielmehr das Wasser hatte mich so weit erreicht, dass ich mich aufrichten musste. Der Strand war nicht mehr klar zu erkennen und auch das Feuer schien erloschen. In meiner Ausbildung war ich einmal bei einer Übung fast ertrunken und musste wiederbelebt werden. Am nächsten Tag sprach ich mit dem Ausbilder und der sagte lapidar: „Der Tod durch Ertrinken ist schmerzlos." So weit sollte es allerdings nicht kommen, denn ich bildete mir ein, dass ein Sog von hinten einsetzte, was nichts anderes bedeuten konnte, als dass sich das Wasser zurückzog. Wie viel Hoffnung darin steckte, ist im Nachhinein müßig zu diskutieren. Doch nach einiger Zeit konnte ich mich wieder setzen. Ich schaltete kurz die Musik aus, denn ich wusste nicht, wie lange die Batterien halten würden. Ich zitterte vor Kälte am ganzen Körper, doch das Gefühl, die schlimmste Zeit dieser Herausforderung hinter mich gebracht zu haben, gab mir neue Kraft. Das Wasser bedeckte immer noch den Großteil des Felsen und auch die Wellen schlugen mir noch entgegen, als wollten sie nach mir greifen. Es war eine mondlose Nacht und noch kein Lichtschein über dem Berg zu erkennen, der mir die Hoffnung auf ein baldiges Ende gegeben hätte.

Welche Gedanken mögen Pappa San wohl auf diesem Fels gekommen sein? Er war damals sicher viel jünger als ich gewesen. Er hatte das Buch seiner Mutter mit hierher genommen, war sozusagen mit ihr allein an diesem Ort. Er wurde wohl hier letztmalig mit der Gewissheit konfrontiert, dass er Abschied nehmen musste und sie nie wiedersehen würde. War das der Grund, warum ich auf den Fels gehen sollte – um Abschied zu nehmen? Er hatte gesagt, ich müsste mich der Situation nochmals stellen und sie nicht verdrängen – war mir das gelungen? Je mehr ich über diese Frage nachdachte, desto lächerlicher kam mir mein Versuch vor, Ischda für irgendetwas verantwortlich zu machen. Ich hatte sie in meiner Vorstellung in ein schlechtes Licht gerückt, nur um mir die Trennung zu erleichtern. Auch ich musste die Realität endlich begreifen und hinnehmen, dass ich sie nie wiedersehen würde. Sie hatte mir zum Abschied nicht nur ihren Walkman hinterlassen, sondern ihre Musik. Welches persönlichere Geschenk hätte sie mir machen können. Sie hatte die Batterien entfernt, als hätte sie gewusst, dass ein Zeitpunkt eintreten würde, an dem ich sie besser als zur Steigerung meines Selbstmitleids nutzen könnte. Sie hatte vor mir erkannt, dass eine Trennung unausweichlich war und nur eine Frage der Zeit. All diese Erkenntnisse und noch einiges mehr hatte sie mir mit Freude überlassen und nun war ich ihr dankbar.

Ich wurde mit der Angst konfrontiert – nicht die um mein Leben, sondern der Angst, der Aufgabe nicht gewachsen zu sein. Ich hätte zurückschwimmen können, möglicherweise hätte ich sogar ihr Geschenk unversehrt ans Ufer gebracht, doch den Vorwurf aufgegeben zu haben hätte ich bis heute mit mir herumgetragen. Jetzt vermisste ich sie noch einmal so intensiv, dass es körperlich schmerzhaft wurde. „Hallo Ischda! Have a good life und genieß dein Leben!"

Kurze Zeit später war ich erleichtert. Nicht nur der Schmerz hatte nachgelassen, sondern auch das Wasser war sichtbar gesunken. Ich konnte es mir ein wenig bequemer machen, meine Füße ausstrecken und auch die Kälte ließ zunehmend nach. Ich legte Ischdas Kopftuch neben mich auf den Fels, setzte die Kopfhörer auf und die ersten Worte waren „Have a cigar", was mich an Vrenis Geschenk erinnerte. Ich nahm einige Züge und übergab den Rest dem Meer.

Viele Fragen, die ich mir in dieser Nacht gestellt hatte, sind bis heute unbeantwortet oder zumindest nicht vollständig beantwortet, doch sie reichten aus, bis heute in meinem Gedächtnis geblieben zu sein, genau wie diese mondlose Nacht auf einem Felsen.

Meine innerliche Ruhe und das Staunen über die Schönheit der Natur kehrten zurück. Dann blickte ich mich um und ein silberfarbenes Band hinter dem Berg kündigte den neuen Tag an. Ich blieb gern noch eine Zeit auf dem Fels und dachte über dieses ungewöhnliche „Abenteuer“ nach. Wer hat schon einmal freiwillig eine Nacht auf einem Fels verbracht, fragte ich mich und musste lachen.

„Du, Wolf“, schien es von allen Seiten zu tönen, „bist schon ein verrückter Hund!!“

Ich wartete, bis ich den Sand um den Fels herum sehen konnte. Meine letzte Handlung auf dem Fels war die Suche nach dem Lied „At the Harbour“, mit dem alles begonnen hatte. Kein Selbstmitleid sollte der Grund mehr sein, es zu hören. Es war wohl überlegt, kam trotzdem spontan. Ich setzte wieder die Kopfhörer auf, kletterte zum „Eingang“ hinunter und stand wie gestern Abend bis zum Bauch im Meer. Doch ich ging nicht direkt zum Strand, sondern umrundete den Fels und strich mit meinen Händen an der reinen rauen Oberfläche entlang. Auch ihn würde ich nie vergessen. Dann drückte ich auf „Play“ und ging langsam an den Strand zurück. Wieder versank ich in der Musik und ich verspürte ein intensives Glücksgefühl und lachte, obwohl mir die Tränen in Strömen über das Gesicht liefen, aber niemand würde sie sehen.

Das Lied endete am Strand und meine Tränen waren getrocknet. Es war wie eine Heimkehr von einer Reise, die nur eine Nacht gedauert hatte, doch die viele interessante Gefühle in mir geweckt hatte.

Im Restaurant brannte noch Licht. Als ich eintrat, saß Pappa San wie versprochen auf seinem Platz. „Steven ist heute Morgen schon sehr früh abgereist, er lässt dich herzlich grüßen.“

Was hatte ich erwartet, als Erstes von ihm zu hören? „Ich freue mich, dass du auf mich gewartet hast“, sagte ich. „Gerne“, antwortete er, stand auf und verließ das Restaurant wie gewohnt durch den Hinterausgang.

Ich blieb noch einen Moment sitzen und sah aufs Meer und den Fels. Kleine Wellen schlängelten sich sanft um ihn herum. Dann bemerkte ich Sah, die mich wie immer freundlich begrüßte. Als ich aufstand und zum Ausgang ging, stand dort ein Eimer mit Wasser, auf dem eine Schöpfkelle schwamm. Ich nahm sie und schüttete mir das Wasser über den Kopf. „Sei vorsichtig“, schrie sie, doch es war schon zu spät. Für meinen ausgekühlten Körper fühlte sich das Wasser kochend heiß an. Manchmal sind es wohl nur Kleinigkeiten, die einen eine Situation unterschiedlich empfinden lassen.

Ich bedankte mich und wollte zur Hütte zurück, als Sah hinter mir herlief. „Warte einen Moment – du bist heute Nacht umgezogen! Alle haben mitgeholfen, das Haus gereinigt und geputzt und deine Sachen ins neue Haus gebracht. Warte kurz." Sie lief zurück und kam mit einer Thermosflasche und einem Korb mit Obst und Teebeuteln zurück. „Wo ist es?" „Das verrate ich noch nicht", sagte sie und ich folgte ihr. Wir gingen bis zu meiner Hütte und ich hatte das Gefühl, als würde ich sie im Stich lassen, doch dieses Gefühl verflog schnell, als wir am zweiten Strand rechts abbogen. Dann standen wir vor Johns Haus! Sie ging voraus, öffnete mit dem Schlüssel die Eingangstür und legte ihn auf den Tisch. „Welcome home" stand in bunten Buchstaben auf einem Zettel, der auf dem Tisch lag. „Alle haben unterschrieben, auch Pappa San und John", sagte sie. Ich konnte es kaum glauben!

Dann stellte sie eine große Tasse auf den Tisch, hängte einen Teebeutel hinein, füllte heißes Wasser ein, lächelte mich an und ging.

Ich war überwältigt und setzte mich noch einige Zeit auf die Terrasse, bis ich einnickte. Ich stand auf und legte mich unter das Moskitonetz aufs Bett.

So wurde wieder einmal der Tag zur Nacht.

14. Kapitel
Der erste Tag im neuen Haus

Als ich die Augen öffnete und an die Decke sah, brauchte ich einen Moment, um mir klar zu werden, wo ich mich befand. Im Gegensatz zu meiner alten Behausung hatte dieses Haus ein aus Palmwedeln geflochtenes Zwischendeck und ich lag in einem richtigen Bett, über dem mit vier Seilen ein rotes Moskitonetz gespannt war. Die Matratze hatte einen Federkern, eine dünne und eine dickere Bettdecke und das Kopfkissen waren in der gleichen Farbe bezogen. Erstaunlich, dachte ich, dass mir solche Kleinigkeiten auffielen, denn zu Hause wären sie eine Selbstverständlichkeit gewesen.

Dann schweiften meine Gedanken zur letzten Nacht, doch die Geschehnisse schienen mein Bewusstsein noch nicht erreicht zu haben. Noch am gestrigen Morgen hatte mein erster Gedanke Ischda gegolten, doch nun schien es, als hätten wir uns auf dem Weg vom Fels zum Strand endgültig verabschiedet, um unsere eigenen Wege zu gehen.

Als ich mich aufrichtete, verspürte ich sofort einen Schmerz, der sich über den gesamten Körper zu verteilen schien, eine Art Muskelkater. Ich kroch langsam aus dem Bett und sah mich im Haus um. Der Fußboden war massiv und ich musste sogleich an Herb denken, denn er war mit kleinen bunten Mosaiksteinen ausgelegt, die eine große Palme zeigten. Der Raum war im Verhältnis zu der Hütte groß, er hatte drei Fenster, von denen man auf die Terrasse, vor der ein riesiger Mangobaum stand, hinter das Haus und auf eine Bananenplantage sehen konnte. Neben dem Eingang befand sich ein großes Panoramafenster mit direktem Blick zum Waschlatz, meiner alten Hütte und zum zweiten Strand. Das ganze Gebäude stand auf einer Anhöhe, in deren Umgebung kein weiteres Haus auszumachen war. Es gab nur einen schmalen Pfad, der zum Haus führte, und von der Terrasse aus konnte man den Strand vor dem Restaurant und sogar den Fels erkennen. Das Beste jedoch befand sich hinter einer massiven Holztür: ein richtiges Badezimmer! Zwei ebenfalls geflieste Stufen führten in den Raum, dessen Wände und der Boden mit dunkelblauen Platten ausgelegt waren. Es gab eine Toilette und zu meiner Freude eine Dusche. John hatte für diese Verhältnisse im wahren Luxus gelebt, und nun sollte ich hier wohnen – eine wunderbare Vorstellung. Vor dem großen Fenster standen ein Schreibtisch und ein Stuhl, auf dem zu meiner Überraschung meine wenigen Kleidungsstücke frisch gewaschen und sorgsam gefaltet lagen. Im hinteren Teil des Raumes befand sich ein Kleiderschrank, in dem ich meine Habseligkeiten verstaute. Durch meinen Beruf und das Leben aus dem Koffer fühlte ich mich in den ständig wechselnden Hotelzimmern erst wohl, wenn meine Kleidung, die Uniform und die Waschutensilien ausgepackt waren und der Koffer leer war.

Ich trug immer noch die Shorts, mit denen ich die Nacht auf dem Fels verbracht hatte und als ich sie auszog, bemerkte ich zum ersten Mal, dass meine Beine und Knie mit rot umrandeten Schürfwunden übersäht waren und mit blauen Flecken, die sich wohl erst noch entwickeln würden. Von all dem hatte ich auf dem Fels nichts bemerkt, also zog ich eine lange Hose an, sodass die Wunden verdeckt waren, und die Freude über das Haus ließ sie mich schnell vergessen. Erst, als ich mich in den Sessel auf der Terrasse setzte, durchfuhr mich ein stechender Schmerz.

„Schlechte Polsterung auf so einem Felsen." Ich erschrak kurz, denn Pappa San saß im hinteren Teil und lachte mich an.

„Wie lange bist du schon hier? Ich habe dich nicht kommen gehört."

„Schon eine ganze Weile –, ich habe dir frischen Mangosaft, einige Bananen und … zwei kalte Flaschen Bier mitgebracht. Vreni und Vera waren heute Morgen bei George und haben zehn Flaschen über den Berg geschleppt, sie wollten dir nach der letzten Nacht eine Freude machen." Ich blickte zur Sonne, und da es schon nach vier Uhr war, gönnte ich mir ein paar Bananen und ein Bier.

„Mit meinem Appetit ist es nicht weit her, was wahrscheinlich auf meinen unregelmäßigen Tagesablauf zurückzuführen ist. Ich mag die Abende und liebe die Nacht."

„Willst du über die letzte Nacht reden?"

„Ich wurde durch meine kleinen Blessuren daran erinnert, doch noch ist es, als wäre ich von einer langen Reise zurückgekehrt und habe die neuen Eindrücke noch nicht verarbeiten können. Alle Dinge scheinen noch in einer unsortierten Reihenfolge abgespeichert zu sein und es fehlen sowohl Zusammenhänge, als auch Erklärungen für die letzte Nacht."

„Nimm dir viel Zeit, lass alles auf dich wirken und suche nicht nach Erklärungen, denn viele Dinge kamen aus deinem Inneren, auch wenn du noch meinst, dass sie mit dem eigentlichen Problem nichts zu tun hätten. Ich konnte mich von meiner Mutter verabschieden, was mir damals sehr geholfen hat, und es hat mich fortan nicht mehr so belastet. Es war kein Vergessen, sondern nur der Umgang mit der Realität, der sich niemand entziehen kann. Die anderen Eindrücke müssen sich mit der Zeit in dir entwickeln, und wenn sie dir wieder begegnen werden, wird dir die Antwort leichter fallen. Vielleicht solltest du dann darüber schreiben, denn dann machst du sie dir bewusst."

„Ich konnte mich von Ischda verabschieden und dies ist eine große Erleichterung." Doch dann musste ich plötzlich an den Walkman denken und konnte mich nicht erinnern, ob ich ihn zurückgebracht hatte.

„Bitte warte einen Moment." Ich ging ins Zimmer und sah zuerst auf den Schreibtisch, wo ich ihn nicht fand. Dann blickte ich aufs Bett und sah ihn neben dem Kopfkissen liegen, das zu meinem Erstaunen mit Ischdas Kopftuch umwickelt war. Ich ging hinaus und setzte mich wieder zu Pappa San. „Er liegt im Bett, aber ich weiß nicht mehr, wie er dahin gekommen ist."

„Du hast ihn heute Morgen im Restaurant vergessen. Sah hat ihn gefunden und ihn dir zurückgebracht. Sie hat auch deine Wäsche gewaschen. Sie wird sich in Zukunft ein wenig um dich kümmern, falls du nichts dagegen hast. Ich muss jetzt zurück, aber die anderen haben mir gesagt, sie würden sich freuen, dich zum Sonnenuntergang am Strand zu treffen."

„Nach einer so langen Reise freut man sich, wieder nach Hause zu kommen." Pappa San lächelte und ging.

Ich wollte noch mein Bier trinken, freute mich auf meine erste Dusche, die nicht am Waschplatz stattfand, und fühlte mich entspannt und ruhig. Nur mein Hinterteil machte mir zu schaffen und so ging ich ins Zimmer, um mir ein Kissen zu holen. Ich nahm es vom Bett, nahm das Kopftuch ab und es war wohltuend, auf dem weichen Kissen zu sitzen.

Doch mir ging eine Sache durch den Kopf. Der Walkman war in das Kopftuch eingewickelt gewesen, was bedeutete, dass, wenn Sah ihn mir zurückgebracht hatte, sie auch das Kissen mit dem Tuch umwickelt haben musste. Ich hatte nichts davon mitbekommen, doch eine andere Erklärung hatte ich nicht.

Langsam kehrte mein Zeitgefühl zurück, also ging ich ins Bad, drehte die Dusche auf und erschrak fast, als sich ein Schwall warmen Wassers über mich ergoss. Bei der Berührung mit dem Wasser brannten meine Wunden höllisch, doch in meiner momentanen Stimmung ignorierte ich sie einfach. Noch suchte ich nach keiner Erklärung für das warme Wasser, doch es war ein phantastisches Gefühl. Ich zog frische Kleidung an und sah den Schlüssel neben der Tür hängen.

Wieder nur eine Kleinigkeit, dachte ich und freute mich auf das Wiedersehen mit den anderen Bewohnern.

Doch meine Euphorie sollte nur kurze Zeit Bestand haben. Als ich am Waschplatz vorbeikam, saß Vera auf dem Betonklotz und blickte mich in sich zusammengesunken an. Sah saß neben ihr, und als Vera mich bat, mit ihr in meiner neuen Unterkunft zu reden, willigte ich lautlos ein.

Wir gingen auf die Terrasse und sie ließ sich in den Sessel sinken. Dann schwankte ihr Körper leicht, und als sie fast singend anfing zu reden, war das Rätsel ihrer Aufgeschlossenheit für mich gelöst. Sie war angetrunken, denn nach dem Konsum ihrer „normalen Droge" war sie eher in sich gekehrt und wortkarg.

Was sie mir jedoch jetzt erzählte, erweckte augenblicklich meine Aufmerksamkeit.

„Herb ist sauer auf dich, denn an dem Abend, als wir uns zufällig am Strand begegnet sind, ist er wohl aufgewacht und ich war nicht da. Als er mich auch im Restaurant nicht finden konnte und kein anderer Bewohner mehr dort war, ist er am Strand entlang gelaufen und hat nach mir gesucht. Er hatte mich nicht gefunden, ist zurück in unser Haus, hat wieder geraucht und ist dann eingeschlafen. Am nächsten Morgen lag ich ja wieder neben ihm, aber er schien verändert und ich fragte ihn, ob es ein Problem gäbe.

Er fragte mich, wo ich gewesen sei und ich sagte, dass ich am zweiten Strand war und dich dort später getroffen hatte. Erst war er ganz ruhig, doch dann sprang er auf und warf die Tür zu. Nach einiger Zeit stiegen dicke Rauchwolken aus dem Fenster und dann schrie er, dass ich fremdgegangen sei und dies ein unverzeihbarer Fehler war. Dann kam er heraus, nahm eine Flasche Whiskey und schrie, dass dies für uns beide schwerwiegende Konsequenzen haben würde.

Da ich leider meine Erfahrungen in diesen Situationen sammeln musste, war mir klar, dass ich ihm erst einmal aus dem Weg gehen sollte. Also lief ich ins Restaurant, doch außer Sah war niemand dort. Ich erzählte ihr die Geschichte und sie riet mir, mit dir zu sprechen.

Es gab ja keinen Grund für seine Eifersucht und ich möchte dich bitten, mit Herb zu reden."

Mein Anflug von Vorfreude auf das Wiedersehen war verschwunden und langsam kroch mir das Unwohlsein einer Bedrohung den Rücken herauf.

Vielleicht neigte ich damals dazu, Gefahren überzubewerten, da ich ihnen in der Vergangenheit immer versucht hatte aus dem Weg zu gehen. Vielleicht entstand damals der erste Ansatz, Probleme nicht vor sich herzuschieben, da sie sich nie von allein lösen würden.

„Setze dich mit Sah an den Strand und ich gehe zu Herb und werde mit ihm reden."

Sie sah mich ungläubig an und versuchte einfach, ihre Angst vor meiner Entscheidung so kurz wie möglich auf mich wirken zu lassen, da ich sie unausgesprochen und vollkommen teilte.

Ich ging direkt zu Herbs Haus, und da er auf der Terrasse seiner Leidenschaft der frei geblasenen Gedanken nachhing, kam ich sofort zum Punkt.

„Ich habe erfahren, dass du, nachdem dir Vera von unserem Treffen am Strand erzählt hat, verärgert bist. Ich bin hier, um dir zu versichern, dass deine Vermutungen völlig unbegründet sind. Es war ein zufälliges Treffen und von einer Affäre kann schon einmal gar keine Rede sein. Ich hatte eine anstrengende Nacht hinter mir und mich eigentlich auf unser Treffen gefreut, doch mit dieser Unterstellung kann ich den Abend nicht genießen."

Er war wieder völlig dicht, doch nach einer kurzen Zeit beugte er sich langsam vor und ich blickte in seine verschwommenen Augen.

„Ich weiß doch, dass du nicht mit ihr geschlafen hast – aber darum geht es mir nicht. Du machst dir grundlos Sorgen. Was mich jedoch wütend macht, ist die Ungewissheit über die Dinge, über die sie mit dir geredet hat.

Ich führe ein – sagen wir es einmal so – abwechslungsreiches Leben. Deshalb spreche ich auch nie darüber. Doch mit meinen Frauen ist es schon deshalb anders, da sie mich ja auch zu Hause erleben und zwangsläufig Einblicke in meine Geschäfte haben. Ich kann auch dir gegenüber nicht auf Einzelheiten eingehen, doch so viel kann ich sagen: Ich habe mit sehr einflussreichen und teils gefährlichen Leuten zu tun, und es könnte für scheinbar Unbeteiligte problematisch werden, davon zu erfahren. Meine bisherigen Frauen konnten sich leider nicht immer an diese Anweisung halten und so musste ich mich zwangsläufig auf die eine oder andere Weise von ihnen trennen. Dies ist der Grund, warum ich sauer bin, denn ob sie fremdgehen oder sonstige Dinge anstellen, ist für mich nicht relevant. Ich unterhalte sie, biete ihnen ihren Unterhalt und erwarte nur ein wenig Toleranz, aber Verschwiegenheit von ihnen. Ich finde, es ist nicht zu viel verlangt, wenn man bedenkt, dass die meisten auf meine Kosten nicht nur hier, sondern auch zu Hause gut leben können.

Jede von meinen Frauen ist freiwillig mit mir zusammen und einige habe ich vor dem Absturz gerettet. Ihre Indiskretion könnte mich in Schwierigkeiten bringen und nicht nur mich."

Er zündete sich einen dicken Joint an und lehnte sich zurück.

„Weißt du, Wolf, ich habe Angst und das nicht nur um mich selbst. Ich verdränge es, so schrecklich es auch ist, auf meine Art, denn es ist momentan die einzige Alternative, die mir einfällt."

Nicht nur der Rauch baute eine undurchdringliche Wand zwischen mir und ihm auf. Es waren die letzten Worte dieser Unterhaltung und es fiel mir schwer, Gedanken oder gar Erklärungen für seine Beurteilung von Toleranz zu finden. Was mir jedoch klar wurde, war die Tatsache, dass ich noch Schwierigkeiten hatte, hintergründige Menschen einzuschätzen.

Der Wolf grinste und wedelte mit dem Schwanz und ich wurde erstmals an seine Instinkte erinnert, die mir fehlten, aber missfielen.

In diesem Dorf war ich kein Urlauber mehr und meine Oberflächlichkeit wurde nicht akzeptiert. Wir waren eine scheinbar zufällig entstandene Gemeinschaft, doch die erhoffte Integration wurde zur Herausforderung, was mich nach der letzten Nacht eher verwunderte als besorgte.

Herb hatte sich mit tiefer Atmung und geschlossenen Augen von mir verabschiedet und so stand ich auf und ging zurück ins Haus. Niemand begegnete mir auf dem Weg zurück und als ich das Haus betrat bemerkte ich sofort, dass es sorgsam aufgeräumt und gereinigt worden war.

Ich legte mich aus Bett, stopfte mir eine kleine Pfeife, blies meine Gedanken an die Decke und dies nahm mir die Möglichkeit, mich zu sehr in sie zu vertiefen.

15. Kapitel
Erinnerungen an Steven

Als ich an den Strand kam, sah ich, wie meine Mitbewohner Holz zu der Feuerstelle brachten, die ich gestern Nacht vom Fels aus neidisch betrachtet hatte. Als sie mich sahen, winkten sie freudig und ich fühlte mich sofort wieder wie zu Hause.

Doch zuerst ging ich ins Restaurant, wo Herb wie üblich am Tisch saß und dampfte. Aber das gehörte sozusagen zum Ritual und er schien sich wirklich zu freuen mich zu sehen, was auf Gegenseitigkeit beruhte. Ich klopfte ihm auf die Schulter und er zuckte übertrieben zusammen.

„Der Steiger ist zurück“, sagte er lachend und streckte den Arm in die Höhe. Sofort kam Sah mit einem kalten Bier und einem Glas um die Ecke und ich setzte mich zu ihm. „Hab die Mädels zu George geschickt, damit sie Bier holen für dich. Kannst dich freuen, ein Biertrinker weniger im Dorf, seit John weg ist.“

„Wie kommt eigentlich das Eis hier ins Dorf?“, fragte ich Herb. „Ich glaube, George besorgt es und lässt es mit einem kleinen Boot hier rüber schaffen.“ „Aber warum bringt er dann nicht auch Bier mit, oder andere Dinge, die wir benötigen?“ „Gute Frage – aber keine Antwort.“ „Wir könnten doch so eine Art Einkaufsliste erstellen und sie bei George hinterlegen und mit dem Boot rüberbringen lassen. So bräuchten wir nicht wegen jeder Kleinigkeit über den Berg.“

„Besprich solche Dinge am besten mit Pappa San, solange ich versorgt bin, mach ich mir über so was keinen Kopf.“ Ein typischer Herb – welcome home!“

Ich ging zur Theke und fragte nach Sah. Dort erfuhr ich: „Sie ist unten am Strand und bereitet mit den anderen das Lagerfeuer vor.“

„War ne aufregende Nacht gestern“, sagte er und der Geruch verriet, dass er wieder seiner Lieblingsbeschäftigung nachging. „Kann man so sagen“, bemerkte ich beiläufig und ging zum Strand. „Kann ich euch helfen?“, fragte ich dummerweise und betrachtete das Lagerfeuer. „Sind gerade fertig“, meinte Klara. Neben der Feuerstelle stand Sah und ich ging zu ihr. „Vielen Dank für die Wäsche und den Walkman", sagte ich nur. Sie errötete leicht und in ihrem Gesicht stand unmissverständlich, dass sie wusste, wovon ich sprach. „Sorry", sagte sie nur und wollte gehen. „Nein, ich wollte mich wirklich bedanken. Ich muss ziemlich tief geschlafen haben." „Wie ein Fels", sagte sie und wir lachten beide.

„Wo hast du die Batterien herbekommen?" „Bin zu George nach Naihan, denn als ich den Rekorder fand, stand er noch auf Play, spielte aber nicht mehr. Ich habe sechs Batterien gekauft, sie sind oben im Restaurant." Nach der Sache mit dem Tuch wollte ich sie nicht fragen. Wir gingen ins Restaurant zurück, ich bezahlte die Rechnung von George und setzte mich wieder zu Herb. Kaum hatte ich mich gesetzt, kamen Vera und die Schwestern herein.

„Bist du verrückt geworden?", sagte Vera und die beiden Schwestern stimmten kopfnickend zu. Vera sah wieder gut aus, hatte ihre Arme in die Hüfte gestemmt und kam mir vor wie eine Mutter, die ihr Kind entsetzt bei einer Schandtat erwischt hatte. „Wirst du jetzt zum Grenzgänger?", fügte Gertrud hinzu. „Wir haben uns echte Sorgen gemacht!" „War auf einem Erfahrungstrip", sagte ich lapidar, „war halb so schlimm." Alle wussten, dass ich log, doch ihre Minen hellten sich schnell wieder auf und sie klopften mir heftig auf den Rücken. Damit war das Thema abgehakt.

„Gestern war selbst für mich ein besonderer Abend", meinte Herb. „Die Schwestern hatten Steven auf seine Gitarre angesprochen und gefragt, ob er am Abend spielen würde. Auch Pappa San hatte zugestimmt. Steven machte den Vorschlag, ein Feuer am Strand zu errichten, und nachdem ER auch zugestimmt hatte, bauten sie einen riesigen Scheiterhaufen auf. Zuerst blieb ich hier oben, aber Steven spielte verdammt gut und ich ging hinunter. Alle saßen um das Feuer und wir lauschten gebannt seiner Musik. Sogar Pappa San setzte sich zu uns. Manchmal hatte ich das Gefühl, er wäre es wirklich." „Was meinst du?", fragte ich ihn. „Na, dieser Cat Stevens, dieser Sänger aus den Staaten. Er spielte die Lieder runter, wie 'ne Platte." „Natürlich war er es", meinte Klara, „und ich habe ihn danach gefragt. Er selbst hat nur gelacht und sich nicht dazu geäußert."

„Ich habe ihn auch gehört." „Aber du warst doch gar nicht dabei", meinte Herb. „Wo warst du eigentlich gestern Abend?" Vera verdrehte nur die Augen und ich ließ die Frage im Raum stehen, denn mir ging nur eine Frage durch den Kopf. Konnte es sein, dass ich seinen Namen bei George falsch verstanden hatte? „Du hast ihn doch bei George getroffen, was hat er dir von sich erzählt?" „Eigentlich nicht viel, er wollte durch ganz Asien reisen und nur kurz in Thailand bleiben. Er hat mich nach unserem Dorf gefragt, aber ich habe versucht, ihn davon abzuhalten hierher zu kommen."

„War trotzdem schön, dass er kurz hier war", meinte Vera.

Den ganzen Abend drehten sich alle Gespräche um dieses Thema. Die Frage wird wohl nie abschließend zu klären sein, doch soll er Vera gesagt haben, dass er den Sänger kenne und gelacht haben. Da ich nicht anwesend war, werde ich mir auch kein Urteil darüber erlauben.

Ein schwaches Mondlicht fiel auf den Fels, um den herum das Wasser angestiegen war, und in mir erklangen die letzten Akkorde von „Father and Son", die gestern um diese Zeit in den Wellen um mich herum versunken waren.

16. Kapitel
Der Weg zurück

So früh am Abend hatte ich die Dorfgemeinschaft noch nie verlassen, doch die Vorfreude auf meine neue Unterkunft und die Gespräche der letzten Nacht hatten mich wohl überfordert. Ich ging zurück zum Haus.

Es war noch früh am Abend, aber da ich immer noch keine Taschenlampe besaß, war es hinter dem Waschplatz dunkel. Ich blickte hinüber zu der Hütte auf den Felsen, die bisher meine Unterkunft gewesen war. Sie war alles andere als komfortabel gewesen, doch da es keine Alternative zu geben schien, hatte ich sie letztlich akzeptiert. Ich wollte gerade auf den Weg zu meinem neuen Haus abbiegen, als ich im Schatten eine Bewegung bemerkte.

„Hallo Wolf", sagte Pappa San. „Ich würde mich gern mit dir unterhalten. Du bist für deine Verhältnisse früh auf dem Heimweg."

„Alle haben über Steven geredet, und da ich in der Nacht nicht dabei war, fühlte ich mich etwas fehl an Platz. Die letzte Nacht war wohl anstrengender, als ich es mir eingestehen wollte und deshalb möchte ich einen ruhigen Abend im Haus verbringen."

„Falls du möchtest, setzen wir uns noch einen Moment auf die Terrasse." Schon aus einiger Entfernung sah ich Licht im Haus, und als wir auf die Terrasse kamen, standen ein Obstkorb, eine Flasche Bier mit einem Glas und zwei kleine Päckchen, die in eine Zeitung eingewickelt waren, auf dem Tisch.

„Ich bin John sehr dankbar, dass er mir sein Haus zur Verfügung gestellt hat und der Service hier ist ausgezeichnet." Pappa San lachte und setzte sich in den Sessel vor die kleinen Pakete.

„Ich möchte, dass du dich nach der letzten Nacht etwas entspannst und dir die Beweggründe erklären, warum ich dir anbot, auf den Fels zu gehen. Wie ich schon sagte, hatte mich mein Vater damals zu ihm geschickt, um eine Nacht auf ihm zu verbringen. Es sollte mir helfen, den Verlust meiner Mutter zu verarbeiten und mich zu neuen Gedanken führen. Als ich am nächsten Morgen ins Dorf zurückkam, konnte ich ihn für einige Tage nicht finden und war sehr enttäuscht, da ich ihm viele Fragen stellen wollte. Er war der Einzige, der die gleichen Erfahrungen gemacht hatte und wem hätte ich sonst erklären sollen, was ich selbst nicht begriff. Auf dem Tisch im Haus stand etwas zu essen, ein Obstkorb und eine zusammengerollte Zeitung. Ich trank ein Glas Wasser und öffnete die Zeitung. In ihr fand ich zwei Zigaretten und einen kleinen Zettel, auf den mein Vater nur ein Wort geschrieben hatte: entspanne!

Vielleicht hast du dich seit deiner Ankunft über das Ritual des Rauchens gewundert – gefragt hast du nie. Ich trinke heute kaum Alkohol, da ich nicht viel davon vertrage. In meiner Jugend verbrachten die Erwachsenen die Abende meist auf dem Dorfplatz und da Alkohol teuer war, rauchten sie. Es waren immer lustige und vor allem friedliche Treffen, die Stimmung war entspannt und viele Geschichten aus der Vergangenheit wurden erzählt. Bis zu dem Tag, als mein Vater mich auf den Fels schickte, hatte er mir das Rauchen strikt untersagt. Natürlich war mir bekannt, dass es sich um Drogen handelte, aber da nur am Abend geraucht wurde, war es eher ein Ritual und Bestandteil des gemütlichen Zusammenseins.

Als Herb das erste Mal ins Dorf kam, brachte er Alkohol mit und manchmal tranken wir zusammen. Doch da ich mich am nächsten Tag schlecht fühlte, rauchte ich, wenn ich mich entspannen wollte. Herb jedoch trank und rauchte von Tag zu Tag mehr, was zu ersten Spannungen mit Vera führte. Ich unterhielt mich mit ihm und er erklärte mir, dass Bier, Schnaps und Wein in der westlichen Welt akzeptiert wurden, während der Gebrauch von Cannabis verboten sei.

Wie beim Alkohol gibt es auch verschiedene Sorten dieser Pflanze, doch die Wirkung ist durchaus unterschiedlich. Ich kenne viele unterschiedliche Arten und brachte jeden Abend verschieden Sorten mit. Über die Zeit wurde es die Entspannung nach dem gemeinsamen Essen und zu einem Ritual. Es gab nie Probleme und bis auf Herb kannte ich niemanden, der auch tagsüber rauchte.“

Ich hatte ein etwas komisches Gefühl, als ich mein Bier trank. Dann blickte Pappa San zur Treppe und als ich mich umdrehte, stand Sah vor der Terrasse. Ich bat sie heraufzukommen und sie begrüßte uns freundlich und setzte sich auf die Bank hinter dem Tisch. Pappa San schob ihr die Päckchen zu. Sie öffnete eines von ihnen und begann mit flinken Fingern, den wie verdorrte Zweige aussehenden Inhalt zu entfernen. Sie schichtete ihn zu einem kleinen Häufchen auf, griff in ihre Tasche und legte eine kleine Pfeife auf den Tisch. Während sie konzentriert arbeitete, blickte sie mich manchmal an und lächelte. Das gleiche tat sie mit dem Inhalt des zweiten Päckchens. Als sie fertig war stand sie wortlos auf, verbeugte sich kurz und ging zur Treppe.

„Vielen Dank für die Wäsche und den Walkman." Sie errötete leicht, als sie mich ansah, und fragte: „Möchtest du noch ein Bier?" Als ich verneinte, ging sie und verschwand in der Dunkelheit.

„Wie du siehst, habe ich zwei verschiedene Sorten mitgebracht. Eine wirkt beruhigend, während die andere eine belebende Wirkung hat. Ich werde dir die Pfeife hier lassen, so kannst du selbst entscheiden, ob und wann du rauchen möchtest. Doch wenn du möchtest, rauchen wir jetzt zusammen und ich erzähle dir eine Geschichte."

Er stopfte die Pfeife sorgfältig, zog einen langen Halm aus der Tasche, zündete erst ihn und danach die Pfeife mit ihm an.

„Keine Angst, es ist nicht sehr stark. Stell dir verschiedene Teesorten vor. In manchen Ländern wie in Japan ist die Teezubereitung ein Ritual und die Menschen sind überzeugt, dass jede Sorte ihre eigene Wirkung hat. Du musst langsam an der Pfeife ziehen und dann sanft inhalieren. Halte den Rauch einen Moment und atme ihn langsam aus."

Ich hatte erst gestern auf dem Fels geraucht und war mir nicht sicher, wie groß die Auswirkungen auf die Gedanken waren, die ich dort gehabt hatte. Also zog ich an der Pfeife, bis er „Stopp!" rief.

„Du musst versuchen es zu genießen."

Ich entschuldigte mich kurz, ging ins Zimmer und hustete mehrmals lautstark. Als ich mir die Tränen aus den Augen gewischt hatte, ging ich zurück und setzte mich wieder zu ihm. Ich war ein wenig erstaunt, als ich ihn zurückgelehnt im Sessel sitzen sah und er leise ein Lied summte. Er blickte mich an und lächelte.

„Wenn du bereit bist, fange ich mit meiner Geschichte an, sie heißt ‚Der Weg zurück'.

Ich war schon immer ein unruhiger Junge gewesen, wie mein Vater mir oftmals bescheinigte. Wenn ich ein Ziel erreicht zu haben schien, wandte ich mich schlagartig einer neuen Herausforderung zu und so geschah es oft, dass ich nicht in den Genuss eines Erfolges kam. Ich war ungeduldig und meine Gedanken waren schon wieder mit anderen Zielen beschäftigt. Für mich schienen die Dinge an einem gewissen Punkt erledigt und eine weitere Beschäftigung mit ihnen bedeutete für mich verschwendete Zeit, wie ich es nannte. Andere brachten so meine Ideen zum Abschluss und genossen das Wohlwollen der Gemeinschaft. Ich fühlte mich um meinen Erfolg betrogen und missverstanden. So trieb mich mein unstetes Verhalten in Missverständnisse, aus denen sich eine Unzufriedenheit mit mir selbst aufbaute. Doch ich schaute nie zurück und stürzte mich in Abenteuer, vor allem um eine Selbstbestätigung in meinem Handeln zu finden. Vielleicht ist es ja bei vielen jungen Menschen so, doch ich übertrieb es immer mehr, bis mein Bestreben nur noch darin bestand, die Messlatte so hoch zu legen, dass kein anderer sie überwinden konnte. Dadurch wurde ich zum Außenseiter und sowohl mein Vater als auch mein Umfeld bekamen irgendwann keinen Zugang mehr zu mir. So wurde ich zu einer von sich selbst getriebenen einsamen Person. Manchmal verließ ich meine gewohnte Umgebung sprunghaft, um die Bestätigung an einem anderen Ort zu suchen. An vielen Plätzen war ich ein gern gesehener Gast, auch bemüht, mich an die Gemeinschaft anzupassen, bis mir die Geborgenheit zur Gewohnheit wurde und ich mich langweilte.

Heute suche ich nach ihr und bin froh, wenn ich sie für kurze Zeit finde. Ich glaube heute, dass es gar keine Suche, sondern die Flucht vor mir selbst war, die mich antrieb. Natürlich ist es richtig, Ziele zu haben und viele sind nur durch viel Arbeit und Beharrlichkeit zu erreichen. Aber ohne Erfahrungen, die sowohl positiv wie negativ sein können, bringt dich manchmal erst die Geduld ans Ziel.

Ich musste feststellen, dass selbst die Erfüllung meiner sehnlichsten Wünsche nicht automatisch zu Gelassenheit und Ruhe führten, denn sie konnten schnell zur Selbstgefälligkeit der eigenen Person führen. Dann ist bei einem Misserfolg der Schmerz beträchtlich, denn je höher du meinst aufgestiegen zu sein, umso größer ist die Enttäuschung. Erste Zweifel beginnen an dir zu nagen, denn dir fehlte die Einsicht, in dem brüchigen Fundament die eigenen Fehler zu suchen. Dieses Fundament wird durch das Wissen über deine eigene Person erbaut, denn nur wenn du bereit bist, den Fehler bei dir zu suchen, kannst du etwas korrigieren und auf den richtigen Pfad zurückfinden. Der gerade Weg zu innerlicher Ruhe und Gelassenheit ist eine Illusion und eine Selbstüberschätzung, die zum Starrsinn führen kann, denn sie verspricht eine trügerische Geborgenheit. Sie ist der falsche Glaube, alles richtig gemacht zu haben.

Mein Vater schickte mich auf den Fels, um mir einen Weg zu zeigen, mit dem Verlust meiner Mutter zurechtzukommen, doch auch, um in die Realität zurückzufinden und mich selbst zu hinterfragen. Ich bin in jener Nacht meinen persönlichen Ängsten begegnet, doch als ich mich auf den Weg machte, sah ich es eher als ein Abenteuer.

Da rief er mich noch einmal zurück, griff in seine Tasche und gab mir ein ledernes Säckchen. Es enthielt eine kleine Pfeife, Zündhölzer und etwas von der Substanz, die wir gerade geraucht haben. Auch er überließ es mir, ob und wann ich es rauchen sollte. Erst, als ich mich noch mal umsah und in sein sorgenvolles Gesicht blickte, begriff ich, mit welcher Verantwortung er mich losgeschickt hatte. Denke weniger an den Zustand oder die Bedrohung, sondern nimm die Gedanken und Eindrücke, die dir begegnen werden, in dir auf, denn sie werden dir einen Einblick in dich selbst geben."

Ich hatte die ganze Zeit aufs Meer geschaut und sah einige Lichter auf Booten, die ich gestern auf den Fels gar nicht bemerkt hatte. Mit dieser Offenheit hatte Pappa San noch nie über sich gesprochen, denn ich kannte ihn bisher nur als einen zurückhaltenden, eher in sich gekehrten Mann. Er kannte keinen meiner Gedanken, die ich letzte Nacht hatte, doch uns verband eine Erfahrung, die ich irgendwann mit ihm teilen wollte. Dann sprach er ruhig weiter:

„Als ich auf dem Fels angekommen war, ging gerade die Sonne unter und das Wasser reichte mir bis unter die Arme. Ich kletterte den Fels hinauf bis zu einer schmalen Plattform und winkte meinem Vater, der immer noch am Strand stand. Die Wellen reichten gerade einmal bis zur Hälfte des Felsens und ich war mir sicher, dass sie mich hier oben nie erreichen konnten. Doch wie du aus eigener Erfahrung weißt, sollte dies nicht die letzte Fehleinschätzung in dieser Nacht bleiben. Anfangs gingen mir viele Gedanken unsortiert und völlig bedeutungslos durch den Kopf. Mein Vater hatte mich gebeten, einen Gegenstand, der mich an meine Mutter erinnerte, mit auf den Fels zu nehmen. Ich nahm das Buch meiner Mutter in die Hände, legte mich auf den Fels und blickte in den Himmel. Mit zunehmender Dunkelheit erstrahlten die Sterne und bildeten einen weißen Schleier wie glitzernde Perlen auf schwarzem Samt. Eigentlich war dies für mich alltäglich – ich war damit aufgewachsen, doch da es keine weitere Ablenkung gab, setzte ich mich auf, nahm das Ledersäckchen, stopfte die Pfeife und zündete sie an. Ich hatte die Männer oft beim Rauchen beobachtet, also nahm ich einen tiefen Zug und musste augenblicklich husten. Nach einigen weiteren Zügen erlosch sie und ich klopfte sie am Fels aus. Dann legte ich mich wieder auf den Rücken und sah in den Himmel. Zuerst vernahm ich ein Rauschen, war mir allerdings nicht sicher, ob es aus meinem Kopf oder vom Meer her kam. Doch als ich seitlich am Fels heruntersah bemerkte ich, dass sich rund herum weiße Schaumkronen gebildet hatten, doch da sie sich nur langsam bewegten, legte ich mich zurück. Die Sterne blinkten, und wenn meine Augen von einem zum nächsten sprangen, erkannte ich Linien, die ich zu Bildern formte. Ich ließ meiner Phantasie freien Lauf, bis ich plötzlich an einen alten Mann im Dorf denken musste, der mir einmal erzählt hatte, dass Menschen, wenn sie ein anständiges Leben geführt hatten, in den Himmel kamen. Ich nahm das Buch meiner Mutter in die Hand und meine Gedanken konzentrierten sich auf sie, doch konnte ich nicht sagen, ob die Gewissheit, dass sie jetzt dort oben war, eine Erleichterung für mich sein könnte. Also versuchte ich in Gedanken wieder Linien zwischen den Sternen zu ziehen. Ich suchte nach einer Tür oder einem Tor, durch das sie gegangen sein könnte und tatsächlich schien sich ein Eingang vor meinen Augen zu öffnen.

Gedanken können alles beschreiben, wenn man ihnen die Zeit lässt und nicht andauernd versucht, sie mit der Realität in Übereinstimmung zu bringen. Wenn man sie nur wie Träume behandelt, die man nicht willentlich beeinflussen kann, eröffnet sich ein Einblick in sich selbst, der zwar belanglos ist, doch Beachtung verdient. Wenn meine Mutter also tatsächlich dort oben wäre, müsste sie mich eigentlich hier auf dem Fels sehen können und würde nun auch den Grund verstehen. Wenn sie schon nie mehr bei mir sein konnte, war es doch tröstlich zu wissen, wo sie war. Denn sie war in ihrem Leben immer ein guter Mensch gewesen und somit im Himmel gut aufgehoben. Außerdem wäre sie für mich immer erreichbar, ich brauchte nur in den Himmel zu schauen. Leider war ich nie ein sehr gläubiger Mensch, aber wenn der Glaube eine tröstliche Hilfe ist, sollte man jedem das Recht einräumen, ihn zu nutzen.

Bedenklich finde ich allerdings, dass es so viele verschiedene Formen gibt und ständig werden neue Glaubensbekenntnisse hinzugefügt.

Nimm die Bhagwangruppe. Sie verehren einen Menschen als fast göttliches Wesen, folgen dem, was er aus seiner Sicht für richtig hält und vertrauen ihm sogar ihr Leben an. So verlangt er von den Gläubigen eine volle Hingabe, erteilt sich aber selbst die Absolution, der einzig Wahre zu sein.

Seit Menschengedenken wurde der Glaube vielen Menschen auch aufgezwungen und als Machtinstrument missbraucht. Nicht einmal vor Gewalt und Verfolgung Andersdenkender wurde zurückgeschreckt. Die scheinbar auf Barmherzigkeit und Verständnis aufgebaute Brücke zu den Menschen, die zur Linderung ihrer seelischen Schmerzen führen sollte, führte nicht selten zu Kriegen und zur

Vernichtung ganzer Völker im Namen einer gewissen Glaubensvorstellung. Die Religion als Institution wurde zu einem Machtgebilde, das selbst die eigenen Gebote missachtete.

Ich war damals noch sehr jung und machte viele weitere Erfahrungen auf dem Fels, doch ich hielt an dem Glauben fest, dass sie dort oben sei. Es half mir, meinen Schmerz zu überwinden und somit die Realität zu akzeptieren.

Doch mein naiver Glaube, meine Mutter dort oben im Himmel zu vermuten, wurde, wenn ich darüber sprach, von den Dorfbewohnern anfänglich belächelt, es entwickelte sich aber immer mehr zur Abneigung, die ich lange Zeit nicht verstand. Alle Menschen in unserem Dorf waren Buddhisten und für sie war dies eine christliche Glaubensvorstellung. Erst als ich älter wurde und das Dorf schon verlassen hatte, erklärte mir jemand in einem langen Gespräch, dass sie meinen Glauben nur akzeptiert hatten, weil meine Interpretation nur durch mein junges Alter und die Stellung meines Vaters in der Dorfgemeinschaft begründet war. Für sie war der Glaube an einer Person im Himmel nicht nachvollziehbar, denn er passte nicht in ihre Vorstellungen, da er ihrem indoktrinierten Weltbild widersprach. Da kamen mir erste Zweifel, mich auf eine feste Glaubensvorstellung zu konzentrieren und ich beschloss, den Glauben in mir selbst zu suchen, denn bis heute schaue ich in den Himmel, auch wenn die Fragen an meine Mutter mit den Jahren weniger wurden.

Dies ist der Grund, warum ich mich mit vielen Ansichten der Religionen beschäftigt habe, es mir jedoch schwerfällt, den Glauben auf eine einzige Wahrheit zu beziehen. Doch solange sie keinen totalitären Anspruch erhebt, würde ich mich freuen, wenn jeder in seiner eigenen Glaubenswelt glücklich wäre, so wie mir mein ganz persönlicher Glaube über den Tod meiner Mutter hinweggeholfen hat.“

Wir saßen nur noch kurze Zeit zusammen, und als Pappa San ging, drückte er mir wortlos die beiden Päckchen in die Hand und auf dem Tisch lag noch die kleine Pfeife.

Das flackernde Licht auf dem Schreibtisch im Zimmer warf einen verführerischen Schein auf das frisch bezogene Bett, also legte ich mich unter das Moskitonetz, setzte die Kopfhörer auf und nach drei Zügen aus der Pfeife stiegen die Wolken von der Decke herab, umhüllten mich und deckten jeden Gedanken an die vorherigen Tage langsam zu.

17. Kapitel
Der zweite Abend auf der Terrasse

Der Tag schien nicht meine Tageszeit zu sein. Wieder wachte ich erst gegen Mittag auf, doch fühlte ich mich großartig. Johns Haus war ein Traum, denn er hatte viele Dinge in ihm umgesetzt, die für einen Langzeitaufenthalt gedacht waren. Wieder standen meine Thermoskanne und ein Obstkorb auf der Terrasse und die Spuren der letzten Nacht waren säuberlich entfernt worden. Natürlich hatte ich wieder nichts mitbekommen, doch ich vermutete, das Sah sich wieder um alles gekümmert hatte. Ich schätzte sie auf etwa 18, 19 Jahre. Sie war eine hübsche junge Frau, stets zu allen freundlich, obwohl sie den ganzen Tag anwesend zu sein schien und viel beschäftigt war. Sie hatte eine ruhige Art, die Dinge anzugehen, sprach allerdings nie viel. Ich hatte sie einmal im Restaurant sitzen sehen, als sie ein Buch las. Als ich eintrat, schloss sie es sofort, als sie mich sah, und es schien ihr fast peinlich zu sein, dabei gesehen worden zu sein. Sie stand auf, fragte mich, ob ich etwas brauchte und ging in die Küche. Das Buch lag noch auf dem Tisch und ich las den Titel. „Die Geschichte der Welt" hieß es, aber da ich es nicht aufschlagen wollte, blieb mir der Inhalt verborgen.

Ich nahm eine Dusche und ging danach hinunter zum Strand, wo die Schwestern nackt in der Sonne lagen und der Affenfelsen gut besucht war. Etwa zehn meist junge Männer saßen dort und betrachteten wortlos die nackte Schönheit der menschlichen Natur.

„Gut, dass wir dich treffen, wir haben heute Mittag Pappa San getroffen. Er lässt dir ausrichten, dass er heute gern wieder auf der Terrasse mit dir sprechen möchte. Muss ein interessantes Gespräch bei dir gewesen sein, wenn er dich schon wieder sehen will. Kann mich nicht erinnern, wann er zuletzt so viele Hausbesuche gemacht hat."

Wir schienen wirklich in einem Dorf zu leben, denn anscheinend sprachen sich Dinge wie sein Besuch bei mir schnell herum. Andrerseits freute ich mich, da ich den Abend und die Nacht entspannt seiner Geschichte zugehört hatte, die uns durch meine ähnliche Erfahrung mit dem Fels verband.

Es war gegen vier Uhr nachmittags und ich entschloss mich, ins Restaurant zu gehen, um etwas zu essen und dann am Abend im Haus auf Pappa San zu warten.

Außer Herb war um diese Zeit keiner dort und ich setzte mich zu ihm, bestellte einen Krabbensalat und natürlich ein Bier. (Kein Bier vor vier!!!)

„Wir haben gestern den ganzen Abend über Steven geredet. Schade, dass du an dem Abend nicht hier warst, hätte dir sicher gefallen. Aber wo warst du eigentlich? Vera hat irgendetwas von einem Fels geschwafelt."

„Ich war auf einer Art Selbsterfahrungstrip", sagte ich und war im ersten Moment selbst über das Wort erschrocken, aber es beschrieb eigentlich genau das, wonach ich gesucht hatte. Ich zeigte auf den Fels, der im seichten Wasser vor dem Restaurant lag. „Ich habe eine Nacht auf ihm verbracht. Konnte euch eine Zeit lang von dort oben sehen und habe auch einen Teil der Musik gehört, die Steven gespielt hat."

„Mann, du bist ja noch verrückter als ich dachte", war seine Antwort und er starrte auf den Fels. „Wie in Gottes Namen kommt man denn auf so eine Idee?" Da er anscheinend die Geschichte mit Ischda gar nicht mitbekommen hatte, beließ ich es bei der Bemerkung, dass es sich um eine spontane Entscheidung gehandelt hatte. Er schüttelte den Kopf, griff in seine Tasche und zog wieder einen seiner Selbstgedrehten heraus. „Ich dachte schon, ich wäre der einzige Verrückte in diesem Dorf – sehr beruhigend zu wissen", sagte er lachend und zündete sie sich an. Vera war wieder die ganze Nacht unterwegs, sie meinte, ich würde zu laut schnarchen. Würde gern wissen, was sie die ganze Nacht so treibt."

Ich wusste, wo sie gewesen war, sagte aber kein Wort und machte mir keine weiteren Gedanken über die Frage, was noch für einige Ver(w)irrungen sorgen sollte. Da er kurz darauf der Wirkung seines, wie er es nannte, Entspannungsprogramms Tribut zollen musste, schien die Frage vom Tisch zu sein. Dann kamen Vreni und Wally und fragten mich, ob ich mit zu George an den Naihan Beach kommen würde. Sie wollten dort essen und den Abend verbringen. „Ich habe heute noch eine Verabredung mit Pappa San, aber ein anderes Mal gern."

Etwas später verabschiedete ich mich von Herb, der seinem Rausch jetzt die letzte Couleur in Form von Whiskey hinzufügte, und ging zum Haus zurück. Es blieb bis zum letzten Tag die Vorfreude auf mein neues Zuhause, das den Rückweg begleitete. Dann, ganz plötzlich, verfiel ich auf den Gedanken, dass auch meine Zeit in diesem Dorf einmal zu Ende gehen würde, aber da sah ich Pappa San, der mit den Schwestern auf mich zukam und der Gedanke war verflogen.

„Ich hatte heute meinen Strandtag – haben uns knapp verpasst", sagte er und lachte. Er schien sehr entspannt und gut gelaunt zu sein, was mich aufgrund des doch ziemlich ernsten Themas, über welches wir gestern gesprochen hatten, sehr erfreute. Wir verabschiedeten uns von den Schwestern und gingen zum Haus.

„Sie haben mir von deiner Geschichte in Bangkok erzählt. Ist schon verrückt, wenn man bedenkt, wie vielen Zufällen es bedurfte, dass wir jetzt hier auf der Terrasse sitzen." „Ehrlich gesagt habe ich in letzter Zeit so meine Zweifel, was Zufälle betrifft. Sicher, es gibt keine rationale Erklärung und Zufall mag das annähernd richtige Wort sein, aber eine plausiblere Erklärung werden wir wohl nie finden."

„Ich glaube, die Schwestern haben dir einen recht passenden Namen gegeben, Wolf." „Wenn ich dich kurz unterbrechen darf: Eigentlich habe ich mir den Namen zufällig selbst gegeben", entgegnete ich und erzählte ihm die Geschichte von meinem ersten Abend, als John mich nach meinem Namen gefragt hatte. „Wieder ein Zufall?"

Pappa San nickte kurz und sprach dann weiter: „Du scheinst die Einsamkeit zu lieben und die Nähe zu anderen wirkt eher befremdlich als anziehend auf dich. Auch ich war verstrickt in der Suche nach klärenden Antworten und meinte, sie nur in mir selbst finden zu können. Meist liegt der Grund in den vielen Enttäuschungen, die man meint erfahren zu haben. Doch auch du warst anfänglich für viele eine Enttäuschung. Nicht unbedingt durch dein Verhalten, sondern eher durch die Unfähigkeit, weder dir selbst und noch weniger anderen Menschen deine Beweggründe erklären zu können. Du wirst lernen müssen, dass es schmerzlichen Erfahrungen bedürfen wird, dies nicht als Fehler der anderen oder dir selbst, sondern als deine Eigenart zu verstehen, die dich immer wieder in Widersprüche verstrickt. Vielleicht wirst du nie ein wirklich „‚glückliches Leben' führen, doch interessant wird es allemal." Dieser letzte Nebensatz machte mir Hoffnung, denn mit den anderen Anmerkungen hatte er größtenteils recht, obwohl sie zuerst sehr verstörend auf mich wirkten.

„Bereit für ein neues Ritual?", fragte er für mich unerwartet. Er hatte einen kleinen Leinenbeutel aus seiner Tasche gezogen und legte ihn auf den Tisch. „Ich habe heute Nacht noch ein Geschenk für dich gemacht und hoffe, es gefällt dir." Er griff unter den Tisch und holte ein blank poliertes Bambusrohr hervor – eine Bong! Sie war schmaler als die von gestern Abend, aber das Entscheidende war, dass in schwarz eingefärbten Buchstaben der Name WOLF eingeschnitzt war. Die Bong war sorgfältig bearbeitet worden und erschreckend schön! „Sie hat eine kleinere Öffnung, was die Wirkung zwar intensiviert, aber mit etwas Übung wird es leichter für dich sein, sie zu kontrollieren. Bereit für die Einweihung? Sah hat zwei verschiedene Arten schon gereinigt und vorbereitet." Er öffnete das erste Päckchen und schon die Farbe unterschied sich von den gestrigen Pulvern. Er zündete die Bong kurz an und reichte sie mir. Der Rauch war angenehm mild und der Hustenreiz blieb aus. Die Worte, die Pappa San gesagt hatte, waren zwar tief in mich eingedrungen, doch die dämpfende Wirkung des Rauches ließen sie nicht so intensiv in meine Gedankengänge eindringen. Dann begann er erneut, seine Geschichte fortzusetzen:

„Ich saß immer noch auf dem Fels und fragte mich, ob Vergessen und Verdrängen ein Mittel wären, mit dem Verlust meiner Mutter zurecht zu kommen. Der Gedanke, dass beide nicht zur ‚Erlösung' führen würden, kam mir nicht. Heute, nach all den nachfolgenden Erfahrungen, erscheint die Antwort so einfach, doch für mich damals wie auch für dich heute unverständlich. Auch wenn es niemand gern freiwillig akzeptieren will, auch die schlimmsten Ereignisse sind wertvolle Bausteine zur Entwicklung und sollten verarbeitet und weder verdrängt, noch ignoriert werden. Doch ich glaube, dies kann man von jungen Menschen nicht erwarten."

Nach einem weiteren Zug musste ich lachen und er sah mich fragend an. „Mir kam gerade ein Gedanke. Wie wäre es wohl, wenn man als alter Mensch auf die Welt käme, mit all den Erfahrungen? Dann wäre es einfacher, Fehler zu vermeiden und die Welt müsste dadurch doch grundsätzlich verständlicher werden."

„Nehmen wir einmal an, du beginnst dein Leben mit all dem Wissen und den Erfahrungen, die du heute erst noch machen musst. Welche Herausforderungen, welche Ziele könntest du dann noch haben? Es wäre ein langweiliges Leben, doch dies ist der harmloseste Aspekt darin. Der Mensch ist spätestens seit der Erfindung der Schrift, die allerdings anfänglich nur von Gelehrten und anderen ‚Privilegierten' genutzt werden konnte, über die Erfahrungen der letzten Generationen informiert. Doch wurde dieses Wissen meist nur zur Festigung der eigenen Macht verwendet. Wissen ist Macht, insbesondere dann, wenn es nur einem kleinen Kreis von Menschen zugänglich ist. Viele Dynastien, vom alten Ägypten bis in die heutige Zeit hinein, nutzen diesen Wissensvorsprung als Begründung der Rechtmäßigkeit ihres Anspruches auf die Macht. Um jedoch auch der Masse der Bevölkerung diesen Anspruch glaubhaft zu machen, mussten auch für sie Wege zu ihrer Zufriedenheit geschaffen werden. Da Ablenkung ebenso wie Ignoranz zwei nur kurzfristig befriedigende Antworten auf die ungerechte Verteilung der Macht und der Besitztümer sein konnten, mussten Instanzen geschaffen werden, die jedem in seiner Entfaltung zwar gewisse Spielräume zugestand, diese jedoch durch Gesetze wie Gebote begrenzen konnte. Jeder konnte sie ja mittlerweile lesen, doch nur durch Wissen hätten sie sich dagegen wehren können. So sorgten die Mächtigen durch Ablenkung dafür, dass den Menschen, da einfacher zu vermitteln als Wissen, weniger Zeit für kritische Fragen blieb. Brot und Spiele – schon die Römer wussten, dass dies das geeignetste Mittel war, den Menschen die Zeit für Bildung zu stehlen und so ihre Macht trotz aller Widersprüche zu erhalten. Natürlich ist dies eine sehr oberflächliche Betrachtungsweise, aber denk mal über die Verbreitung von Film und auch Fernsehen nach. Natürlich werden auch wichtige Nachrichten über sie verbreitet, doch in erster Linie dienen sie zur Ablenkung, wodurch für die Menschen die Zeit für sinnvollere Tätigkeiten begrenzt wird.

Aber um auf die Anfangsfrage zurückzukommen: Gerade diese Machthaber kannten die Erfahrungen vorheriger Generationen und ihrer Vorfahren sehr genau, waren über deren Fehler und die daraus resultierenden Konsequenzen informiert. Doch statt daraus zu lernen, verstrickt sich die Welt in immer größer werdende Konflikte, werden die Fehler der Vergangenheit wiederholt und wohlbekannte Risiken mit der Aussicht auf ein besseres Leben ‚für alle' begründet.

Ich war damals noch jung, ohne diese Erfahrungen, und beschloss, meiner Mutter einen Platz im Himmel zu wünschen und bei Bedarf nach oben zu blicken, um mir die Richtigkeit meiner Naivität zu bestätigen. So entlastete mich diese Vorstellung und schuf mir den Raum, mich wieder freier in meinen Gedanken bewegen zu können. Selbst später, als ich mehrfach leise Zweifel an dieser Lösung erkennen musste, hielt ich sie für die damals einfachste und beste Lösung."

Ich lag in meinem Bambussessel und die Worte verteilten sich langsam in meinem Kopf. Vielleicht konnte ich nicht allen Zusammenhängen folgen, doch neben mir hatte sich die Umwelt für kurze Zeit eine Pause gegönnt und so konnte ich mich auf jedes Wort konzentrieren. Ich stellte erst einmal nichts infrage und ließ es auf mich wirken, denn es sollten sich später genug Gelegenheiten eröffnen, sie in Verbindung mit diesem Gespräch zu bringen. Ich begriff nicht einmal, wie bedeutend sie in einer schwierigen Situation – richtig angewandt – einmal sein konnten. Doch die Dosierung war entscheidend, denn wie bei einem schmerzlindernden Medikament führte unsachgemäße Handhabung nur zu ungewollten und schmerzlichen Nebenwirkungen.

Noch heute, in der Erinnerung, beeindruckt mich, dass, wenn wir nicht sprachen keine Unterbrechung stattfand, sondern sie der Entspannung diente.

Ich beugte mich vor, nahm eine Banane aus dem Obstkorb und reichte sie wortlos Pappa San. Er lächelte, schälte sie langsam und zeigte aufs Meer. Nach einer längeren Pause sagte er: „Vielleicht ist es ja ein Teil der Antwort, warum ihr alle hier seid" – mehr sagte er nicht zu diesem Thema.

Langsam kehrten die Geräusche der Nacht zurück, doch ich wusste, dass der Abend noch nicht beendet war, dass es noch eine Geschichte zu erzählen gab und ich sollte mich nicht täuschen.

18. Kapitel
Eine neue Geschichte von Pappa San

Pappa San setzte sich gerade in den Sessel und fragte mich, ob ich für eine andere Geschichte bereit war und erwartungsvoll nickte ich ihm zu.

„Um ehrlich zu sein, Wolf – es geht um dich. Ich hatte am ersten Abend beschlossen, dich am nächsten Morgen aufzufordern, das Dorf zu verlassen. Nach dem Ritual hatte ich mich mit John getroffen, um ihm meine Entscheidung mitzuteilen. Wir redeten sehr lange und er schlug mir vor, noch einen Abend abzuwarten. Zum einen hatten wir keine freien Unterkünfte, bis auf die Hütte über dem Meer, aber dort hatte schon seit langer Zeit keiner mehr wohnen wollen, oder die Leute waren spätestens nach einigen Tagen von sich aus abgereist.

Du machtest mir den Eindruck, sehr einsam zu sein, in deiner eigenen Welt zu leben und als die Schwestern mir vom Flughafen erzählten, bestärkte mich die Geschichte eher darin, sie nicht als sehr wahrscheinlich zu betrachten. Also saß ich am nächsten Abend mit John am Tisch und du hattest dich zu Herb gesetzt.

Herb kam vor etwa vier Jahren das erste Mal ins Dorf. Wenn er viel getrunken hatte, wurde er manchmal laut und gelegentlich sogar aggressiv. Doch am Tag hatte er sich beruhigt und verbrachte die meiste Zeit am Strand. Ein Jahr später fragte er uns, ob er sich eine kleine Hütte hinter dem Restaurant auf seine Kosten bauen dürfte und nach langer Unterredung mit John stimmte ich zu. Doch nach einiger Zeit nahm sein Konsum an Whiskey stetig zu und er begann obendrein noch unkontrolliert zu rauchen. Eines Abends setzte ich mich zu ihm und ich redete intensiv auf ihn ein. Seine Art passte nicht mehr in diese ruhige Gemeinschaft. Für mehrere Tage blieb er dem Restaurant fern, blieb in seiner Hütte und bestellte nur Wasser. Als er wiederkehrte, setzte er sich nicht mehr zu uns an den großen Tisch, sondern an den Eingang, wo er bis heute noch Platz nimmt.

Vera war einmal mit ihrer Freundin hier im Dorf und kam ein Jahr später wieder mit Herb in Begleitung zurück. Sie war aufgeschlossen und stets freundlich. Beide schienen sich gut zu verstehen und Herb hatte die Hütte vergrößert und komfortabel gestaltet. Doch Herbs Konsum von Alkohol und das ständige Rauchen veränderten nicht nur ihn, auch Vera zog sich immer mehr aus der Gemeinschaft zurück. Wir mischen uns nicht gern in persönliche Angelegenheiten ein, solange sie nicht der Gemeinschaft schaden. Eines Abends traf ich Vera am Strand und sie erzählte mir, dass sie gern mit Herb reden würde, er jedoch immer seltener in einem Zustand war, um normale Gespräche zu führen. Wir mochten Vera, doch mit der Zeit wurde sie immer schweigsamer und zog sich dann völlig in sich zurück.

In diesem Jahr kamen sie schon zu Beginn der Regenzeit, verkrochen sich in ihrem Haus und waren kaum zu sehen. Sah ging jeden Tag ins Haus, wechselte die Bettwäsche und versorgte sie mit Lebensmitteln. Sie berichtete uns über die Zustände, die im Haus herrschten, die Verwahrlosung, die auch an beiden zu bemerken war. Aber es war sein Haus und so hatten wir wenig Einfluss auf die Zustände, die dort herrschten. Vera saß nur noch zusammengekauert auf der Terrasse, während Herb den ganzen Tag trank und rauchte.

Möglich, dass es ein Zufall war, dass du dich bei deiner Ankunft direkt an ihren Tisch gesetzte hattest. John und ich beobachteten die Situation und insbesondere Vera, die mit angezogenen Beinen eine völlige Abwehrhaltung dir gegenüber einnahm. Aber auch du redetest am Abend wenig. Ich sah in dir einen Problemfall und noch einen wollte ich nicht im Dorf haben. Wie schon erwähnt, setzten John und ich uns zusammen, um die Lage zu besprechen. Spät in der Nacht ging ich noch einmal ins Restaurant zurück und sah dich auf der Bank an Herbs Tisch schlafen. Ich saß am großen Tisch, trank ein Glas Wasser und bemerkte einen Schatten am Strand. Ich zog mich in eine Nische ins Dunkel zurück und beobachtete die Situation. Es war Vera und sie stellte sich zuerst an den Pfosten außerhalb und betrachtete dich intensiv. Dann betrat sie das Restaurant, setzte sich neben dich und begann zu reden. Doch sie sprach nicht, sondern bewegte nur ihre Lippen. In ihrem Gesicht sah ich verschiedene Regungen, die ich schon seit Langem nicht mehr bei ihr erkennen konnte, bis sie plötzlich wieder die Beine anzog, sie mit ihren Armen umschlang und lautlos zu weinen begann. Nach einiger Zeit stand sie auf und verließ das Restaurant. Kurze Zeit später ging auch ich und auf dem Weg erlebte ich dieses Bild in mir aus den unterschiedlichsten Blickwinkeln. Es berührte mich, denn man konnte meinen, dass sich zwei Seelenverwandte gegenübergestanden hatten, von denen der eine gar nicht wusste, dass der andere da war.

Am nächsten Abend trafen John und ich uns schon am frühen Abend und ich erzählte ihm die Geschichte der letzten Nacht. Also gingen wir ins Restaurant und warteten, bis du kamst und dich zu ihnen an den Tisch geselltest. Du setztest dich wie selbstverständlich wieder neben Vera, obwohl sie wieder ihre Abwehrhaltung eingenommen hatte. Doch betrachtete sie dich intensiv. John schlug vor, eine Bong an euren Tisch zu reichen, doch du hast sie gleich weitergegeben und wir sahen uns fragend an. Du trankst dein Bier und redetest nicht viel mehr als am ersten Abend. Ich sprach mit John über Vera und dann bemerkten wir, wie sie sich aufsetzte und mit dir sprach. An meinem Entschluss, dir die Abreise nahezulegen, hatte sich allerdings nichts geändert, doch John bat mich nochmals, mir meine Entscheidung zu überlegen. Dann gaben wir dir die Hütte über dem Meer und warteten auf deine Reaktion am nächsten Abend. John hatte dich am Waschplatz beobachtet, und als du am nächsten Abend ins Restaurant kamst, erwarteten wir eine Beschwerde oder wenigstens einen Kommentar zu den gegebenen Umständen, doch du warst wie immer. Kein Wort über die Hütte oder über den Waschplatz. Also versuchte ich herauszufinden, wo ein Ansatzpunkt zu dir zu finden war. Dann kam der Tag, an dem ich dich zum Fischen einlud und ich beobachtete deine Reaktion, als ich dann doch allein ins Meer ging und dich am Strand zurückließ. Als mir John noch sagte, dass du Wolf heißt, erweckte allein dieses Wort erstmals Interesse an deiner Person. Schließlich ergab sich die problematische Situation mit der Bhagwangruppe und John schlug vor, dich mit der Lösung des Problems zu beauftragen. Dass es zu der Begegnung mit Ischda und den daraus resultierenden Ereignissen kam, konnte niemand von uns erwarten. Da erinnerte ich mich an die Geschichte mit meiner Mutter und den Fels. Anfangs schloss ich die Möglichkeit als völlig absurd aus, doch ich wusste instinktiv, dass sie dir helfen könnte. Bis zuletzt hoffte ich, du würdest dich dagegen entscheiden, auf den Fels zu gehen. Aber du nahmst die Herausforderung ohne groß zu fragen an. Ich habe mir in dieser Nacht große Sorgen um dich gemacht und das Lagerfeuer wurde nur errichtet, weil ich dich von dort besser beobachten konnte, denn vorher hatte ich es nie erlaubt. Ich habe bis spät in die Nacht damit gerechnet, dass du zurückkommen würdest, und betrachtete mit großer Sorge die ansteigende Flut.

John hatte mir an dem Tag, an dem du mit der Gruppe gesprochen hast gesagt, dass, wenn du die Gruppe zur Abreise überreden könntest, er sie aus dem Dorf begleiten und für einige Zeit nach Penang gehen werde. ‚Ich möchte, dass Wolf während meiner Abwesenheit in mein Haus einzieht', hatte er mir gesagt. Die Gruppe reiste mit John am nächsten Morgen ab und ich habe dich am Strand sitzen gesehen. Dann erfuhr ich von dem Tag, den du mit Ischda verbracht hattest, und konnte deinen Verlust nachempfinden. So kam ich auf die Idee mit dem Fels.

Als du gegen Mitternacht immer noch nicht vom Fels zurückgekommen warst, traf ich die Entscheidung, dich in Johns Haus umzusiedeln. Alle haben geholfen, selbst Steven. Die einen putzten das Haus, die anderen brachten deine wenigen Sachen dorthin. Die Mädchen wuschen in der Nacht deine Wäsche und wir trockneten sie noch in der Nacht am Feuer. Das war ‚deine Geschichte' und ich hoffe, dass dir jetzt die Zusammenhänge etwas klare verständlich sind. Ich hoffe, wir werden noch viele Abende gemeinsam verbringen, denn wenn du auch ein schweigsamer Wolf zu sein scheinst, ein guter Zuhörer bist du allemal." Dann lehnte er sich wieder zurück und lächelte.

Ich war mein Leben lang relativ allein gewesen und niemand hatte mir bisher so eindringlich offen sein Leben erzählt oder sich die Mühe gemacht, so viele Gedanken an mich zu verschwenden. Dieses Gefühl überwältigte mich und ich verschränkte die Arme über dem Tisch und ließ meinen Tränen freien Lauf. Als ich wieder aufsah, stand Pappa San am Treppenaufgang. „Du wirst hier immer willkommen sein", sagte er und ging.

Ich begriff nur langsam, dass die Gefühle, die mich überwältigt hatten, nur zum Teil mit der Geschichte zu tun hatten. Es war die Entscheidung, dass ich im Dorf bleiben konnte und die Erfahrungen, die mich, so schmerzlich sie auch zum Teil waren, bis in die heutige Zeit begleitet haben und die ich ohne dieses Dorf wohl nie gemacht hätte.

Die kleine, frisch gestopfte Pfeife lag auf dem Tisch. Ich ging ins Bad, duschte und legte mich ins Bett.

Ich zündete sie an, nahm nur zwei kurze Züge und der Rauch bedeckte mich wie ein seidenes Tuch, unter dem ich in einem Traum verschwand.

19. Kapitel
Der Tag im Nebel

Ich wurde durch einen beißenden Geruch am Morgen aus dem Bett gerissen, und als ich mich mühsam auf die Terrasse quälte, sah ich vom Berg hinter dem Restaurant weiße Rauchschwaden aufsteigen. Offensichtlich brannte in nächster Nähe ein Feuer und ich befürchtete, es könnte aus dem Restaurant kommen. Ich zog mir die in der Nähe liegenden Kleidungsstücke an und rannte in Richtung des aufsteigenden Rauches. Als ich im Restaurant ankam, war ich überrascht, dass Sah scheinbar völlig unberührt ihren Tätigkeiten in der Küche nachging, obwohl oberhalb weißer Rauch über den Berg stieg. Ein wenig beruhigt fragte ich völlig unsinnigerweise, ob es ein Feuer in der Gegend gebe. Sah lächelte nur kurz und sagte, dass es sich um die jährliche Brandrodung handelte.

„Sie brennen das vertrocknete Geäst und die Sträucher ab, damit sie sich bei der Hitze nicht von allein entzünden.“ „Da kann auch wirklich nichts passieren?“, fragte ich verständnislos.

„Das einzige Problem sind die Schlangen, denn sie fliehen vor dem Feuer und tauchen dann manchmal im Dorf auf. Auf dem abgebrannten Land wächst allerdings alles schnell wieder nach. Das wird so gemacht, solange ich denken kann.“

Beruhigt von der scheinbaren Selbstverständlichkeit dieser Aktion wollte ich gerade zurückgehen, als Vera mit einer Thermoskanne in der Hand das Restaurant betrat. Anfangs fiel mir nur ihr zerzaustes Haar und ihr nur notdürftig um den Körper gewickeltes Tuch auf, doch als ich in ihr Gesicht blickte, erschrak ich. Ihre Augen waren geschwollen und ihr Körper war mit blauen Flecken übersät. Als sie mich sah, blickte sie verwirrt, da sie wohl außer Sah niemanden um diese Zeit im Restaurant erwartet hatte. Sie wendete sich auch sofort von mir ab und bat Sah um heißes Wasser.

„Was ist passiert?“, fragte ich besorgt, doch als wäre ich nicht anwesend verließ sie das Restaurant und ging zum Haus zurück.

„Heute Nacht hat es eine große Auseinandersetzung mit Herb und Pappa San gegeben“, sagte Sah. „Am Abend ist Vera laut schreiend den Strand langgelaufen, gefolgt von Herb, der eine Harpune in der Hand hielt. Es waren nur die schwedischen Schwestern im Restaurant. Ich bin dann zu Pappa San ins Dorf gelaufen und habe ihn geholt. Als er eintraf, ist er sofort an den Strand gelaufen und hat Herb angeschrien aufzuhören. Es dauerte eine ganze Zeit und dann kam Pappa San mit der Harpune in der Hand zurück und trieb Herb vor sich her. Ihm lief Blut aus der Nase und Pappa San schrie ihn an, sich zu setzen. Ich habe Pappa San selten so erregt gesehen. Dann ging er zum Strand zurück und kam wenig später mit Vera zurück. Sie sah furchtbar aus, hatte viele blaue Flecken und ein ganz geschwollenes Gesicht. Als sie Herb sah, schrie sie ihn an, doch ich konnte nicht verstehen, was sie sagte. Pappa San verbrachte den ganzen Abend mit ihnen, redete auf sie ein und sie beruhigten sich schließlich. Dann verließen sie sehr spät zusammen das Restaurant."

Sowohl Vera als auch Pappa San hatten mir von Herbs Gewaltausbrüchen erzählt und ich hatte mich einmal mit ihm unterhalten, hätte mir aber nicht vorstellen können, dass es zu so einem extremen Verhalten kommen könnte.

Dann sah ich Pappa San durch den Hintereingang kommen. Er ging wortlos an den Tisch und bestellte einen Tee.

„Es war eine furchtbare Nacht", sagte er kurz und strich sich über den kahlen Schädel. „Ich habe mich entschlossen, Herb noch heute aus dem Dorf zu schmeißen. Er ist in seinem Zustand unkontrollierbar und eine Gefahr für das ganze Dorf. Heute Nacht hat er eine Grenze überschritten und das ist unverzeihlich. Ich habe mich schon oft gefragt, was Vera an ihm findet und warum sie trotz seiner unangenehmen Art bei ihm bleibt, aber noch keine Antwort gefunden. In der Gemeinschaft scheint er sich einigermaßen unter Kontrolle zu haben, aber ich möchte nicht wissen, was so in seinem Haus abläuft." „Aber er hat doch sein eigenes Haus hier, wie willst du das regeln?" „Das mag ein Problem werden, aber ich bin für die Sicherheit des ganzen Dorfes verantwortlich und die gefährdet er durch sein Verhalten. Ich wäre ohnehin zu dir gekommen, da ich möchte, dass du mich zu ihnen begleitest, wenn ich es ihm mitteile."

Ich wünschte mir, wieder im tiefen Schlaf in meinem Bett zu liegen, doch Pappa San wollte das Problem sofort lösen: „Wäre John hier, hätte ich ihn gebeten mich zu begleiten, doch ich werde Herb überzeugen müssen, von sich aus zu gehen und dazu brauche ich deine Unterstützung."

Mir wurde bei dem Gedanken an eine möglicherweise gewalttätige Auseinandersetzung und dem Zweifel, hilfreich bei der Überzeugungsarbeit sein zu können, fast schlecht. Doch als Pappa San aus meiner Sicht viel zu schnell aufstand, um zu Herb zu gehen, blieb weder Zeit für diese Gedanken noch für die vielen Fragen, die ich eigentlich stellen wollte, um mich aus seinem Vorhaben zu streichen. Also schlich ich hinter ihm her und war mir auf dem Weg zu Herbs Haus nicht sicher, ob mir der immer noch beißende Rauch oder die Angst die Tränen in die Augen trieb.

Vor dem Haus war es erschreckend ruhig und ich wollte Pappa San schon bitten, später wieder zu kommen, in der Hoffnung ... doch es war schon zu spät! Energisch trat er an die Tür und hämmerte mit geballter Faust gegen das Holz.

„Herb, komm raus, ich will mit dir reden!" Die Pause, die entstand, war zu kurz, um die Möglichkeit einer Flucht in Erwägung zu ziehen, denn der Türknauf drehte sich und die Tür öffnete sich einen Spalt breit. Pappa San drückte die Tür auf und im nun einfallenden Licht konnte ich Vera erkennen. Als sie wortlos zur Seite trat, winkte mir Pappa San ihm zu folgen.

Herb lag ausgestreckt auf dem Bett und wie üblich umhüllte ihn eine Wolke aus süßlichem Rauch.

„Nett dich zu sehen, alter Mann", waren seine ersten Worte und ich befürchtete, die Situation würde jeden Moment eskalieren. Ich griff Vera am Arm und zerrte sie auf die Terrasse. Dann schrie ich sie an draußen zu bleiben und sie erstarrte. Ich nahm all meinen Mut zusammen und ging ins Zimmer.

„Wolf??" „Komm mit nach draußen, bevor wir hier drin alle ersticken", sagte ich zu Herb und zu meiner Verwunderung quälte er sich aus dem Bett. Ich drehte mich um und erschrak, als ich Veras Gesicht im Sonnenlicht sah. Augen und Lippen waren geschwollen und ihr ohnehin schon blasses Gesicht wechselte mit jeder Bewegung die Farbe. Sie war nackt und über den ganzen Körper waren Striemen und auch offene Wunden zu erkennen, die mich erschaudern ließen. Ich reichte ihr, immer noch vom Anblick schockiert, ein Bettlaken, das über einer Leine hing. Sie wirkte immer noch abwesend, nahm wortlos das Laken und wickelte es notdürftig um ihren Körper. Pappa San hatte sich in einen Sessel gesetzt und als Herb aus der Tür torkelte, blickte er ihm zornig ins Gesicht.

„Ich bin nicht hier, um mit dir zu verhandeln", sagte er knapp. „Bis heute Abend bist du aus dem Dorf verschwunden, und falls es weitere Probleme mit dir geben sollte, werde ich die Sache auf eine dir scheinbar bekannte Art und Weise regeln – nämlich mit Gewalt!"

Die Sätze trafen ihn wie ein Faustschlag, denn zuerst schien er teilnahmslos, dann verwirrt und nun schlagartig ernüchtert, als wäre ihm seine Lage bewusst.

„Wir werden über meine Entscheidung nicht diskutieren, sie ist unumkehrbar." Dann stand Pappa San auf, ging zu Vera, strich ihr zärtlich über den Kopf und ging zur Treppe.

„Falls du nach deinem gestrigen Verhalten nach irgendwelchen Ausreden suchen solltest, besprich sie mit Wolf, der war unbeteiligt und bleibt hier, bis ihr eure Sachen gepackt habt. Wir sehen uns bis spätestens vier Uhr im Restaurant, damit ihr noch vor Sonnenuntergang am Naihan Beach seid. Ich kann dir nur empfehlen, dieser Aufforderung zu folgen."

Dann ging er und ließ mich mit Vera und Herb allein zurück.

20. Kapitel
Herbs Abschied

Vera stand mit ihrem Bettlaken umhüllt wie eine Darstellerin da, die eine Szene wiederholen musste, die ihr schon beim ersten Mal Widerwillen bereitet hatte. Da ich in der letzten Nacht nicht anwesend gewesen war, überlegte sie krampfhaft, wie sie mir den Abend und die nachfolgende Auseinandersetzung beschreiben sollte. Doch wie so häufig starrte sie mich nur an und zog sich in sich zurück.

Herb stand auf und ging ins Zimmer, also bat ich sie, sich zu setzen. Sie ging jedoch hinter Herbs Sessel und blieb dahinter stehen, als wollte sie seinen Platz verteidigen.

„Glaub mir, ich hatte keine Ahnung, dass Pappa San mich auffordern würde, diese Angelegenheit mit euch zu besprechen. Du würdest mir helfen, wenn ich wenigstens wüsste, was letzten Abend geschehen ist und was letztlich zu dieser Eskalation geführt hat."

„Es war wie immer meine Schuld, denn ich hätte Herbs Aufforderung, das Dorf zu verlassen, einfach folgen sollen. Er glaubt immer noch, wir hätten am Abend unseres Treffens am Strand miteinander geschlafen." Mir drehte sich fast der Magen um. Sollte diese unbegründete Vermutung tatsächlich der Auslöser für den gestrigen Abend gewesen sein, war ich hier völlig fehl am Platz.

„Dein Gespräch mit ihm scheint nicht sehr überzeugend gewesen zu sein, obwohl ich denke, dies ist nur ein Vorwand, um sich von mir zu trennen. Natürlich habe ich ihm erklärt, dass die Geschichte mit uns nicht stimmt, und anfangs schien er auch Verständnis dafür aufzubringen. Ich weiß nicht, ob du mitbekommen hast, dass am gestrigen Morgen eine Gruppe Italiener ins Dorf gekommen ist. Es sind zwei Frauen und ein Mann, die wir am Mittag im Restaurant getroffen haben. Sie waren eigentlich ganz nett, vielleicht ein wenig aufgedreht. Ich dachte zuerst, dass es an der langen Anreise gelegen haben könnte, von der sie uns erzählten. Doch dann zog der Mann Herb vom Tisch weg, um mit ihm zu reden, so als würden sie sich kennen. Kurze Zeit später gingen sie an den Strand und plötzlich wurde das Gespräch laut. Ich spreche ein wenig Italienisch und unterhielt mich mit den Frauen. Als Herb und Carlo, wie er sich nannte, vom Strand zurückkamen, schien Herb völlig verändert. Ich kenne ihn glaube ich gut genug, um diese Veränderung zu bemerken. Du weißt selbst, dass Herb am Tag schon sehr viel raucht – meist beruhigt ihn das Zeug, doch jetzt erschien er mir, als sei er betrunken oder in einem Zustand, den ich bei ihm nicht kannte. Er war aufgekratzt und redete völlig wirres Zeug. Etwas später stand er einfach auf und verließ ohne ein Wort das Restaurant. Ich blieb noch einen Moment und ging dann ebenfalls zurück ins Haus. Als ich ankam, lag Herb auf dem Bett und starrte an die Decke. Als ich ihn fragte, was los sei, antwortete er nur, dass seine Vergangenheit ihn eingeholt hatte. Ich legte mich zu ihm und wir schliefen miteinander.

Als er aufwachte, schwieg er eine ganze Weile und nach einiger Zeit, wie aus dem Nichts, forderte er mich auf, das Dorf sofort zu verlassen. Er sagte, es gäbe Dinge, die er so auf Dauer nicht länger akzeptieren könne und bat mich eindringlich, noch heute zu gehen. Ich fiel aus allen Wolken, denn wir hatten gerade miteinander geschlafen und nichts deutete auf diese Reaktion hin. Ich redete lang auf ihn ein, doch er antwortete nicht einmal. Dann stand er auf und sagte, er würde zu den Italienern gehen und wenn er zurück sei, sollte ich meine Sachen gepackt haben.

Ich schrie ihm sicher einige unangenehme Worte ins Gesicht, doch er ging und ich brach in Tränen aus und wurde fast hysterisch. Mir gingen tausend Dinge durch den Kopf, aber eine Erklärung fiel mir nicht ein, denn mit so einer Situation hatte ich natürlich nicht gerechnet. Ich ließ mich auf den Sessel auf der Terrasse fallen und geriet in Zorn und Panik zugleich. In meiner Wut ergriff ich alle Dinge, die Herb gehörten, und schmiss sie über das Terrassengeländer nach draußen."

Dann kam Herb plötzlich aus dem Zimmer. Er sagte kein Wort, doch ich war mir sicher, dass er mein Gespräch mit Vera mitgehört hatte. Er setzte sich in den Sessel, und als Vera ihre Arme um seine Schultern legte, ergriff er sie und zog sie zu sich herunter.

„Geh ins Zimmer, pack alle Sachen, die wir brauchen werden, und lass uns allein. Wenn du fertig bist, sag Bescheid. Ich muss mit Wolf alleine reden!"

Sie schluchzte kurz auf und ging wie ferngesteuert an mir vorbei. Sie hatte wieder diesen Gesichtsausdruck einer Porzellanfigur – eingefrorene Gesichtszüge, über die eine Flut von Tränen floss. Sie ging ins Zimmer und schloss die Tür.

Vielleicht war eine Stunde vergangen, seit wir zum Haus gekommen waren und Herb auf dem Bett vorgefunden hatten. Jetzt wirkte er fast nüchtern, ein Zustand, in dem ich ihn selten gesehen hatte. Herb starrte mich an und wippte unruhig mit den Beinen. Um ein Gespräch zu beginnen wiederholte ich noch einmal, dass ich von Pappa San aufgefordert worden war, mit ihnen zu reden, da ich nicht wusste, was in der Nacht geschehen war.

Wieder entstand eine längere Pause und als er anfing zu reden, schien mir eine völlig andere Person gegenüber zu sitzen.

„Man hat mich nie besonders beachtet, als ich noch in einem kleinen Dorf in der Nähe von Nürnberg wohnte. Sicher, ich war in der Schule kein großes Licht, wie mein Vater zu sagen pflegte. Mein Interesse beschränkte sich auf die Umgestaltung schon vorhandener Gegenstände. Ich brachte sie in eine andere Form, veränderte sie so lange, bis sie mir gefielen. Ich baute Modelle aus Alltagsgegenständen, ich hatte viele Einfälle, doch mein Vater meinte, es wäre vergeudete Zeit und bezeichnete es als Müll, und wenn ich in der Schule war, schmiss er sie weg.

Er selbst arbeitete als Maurer, trank sehr viel und behandelte meine Schwester und mich je nach seinem Zustand als wären wir nicht existent oder aggressiv belehrend. Insbesondere an meinem Aussehen hatte er ständig etwas zu bemängeln. In den Siebzigerjahren trugen alle lange Haare und ich wollte natürlich, wie es in dem Alter so ist, nicht als Außenseiter dastehen. Doch bei jeder Gelegenheit, insbesondere am Mittagstisch, zog er über mich her, während ich mit gesenktem Kopf in mein Essen starrte und hoffte, es würde einfach vorübergehen. Wir hatten nie ein richtiges Gespräch, so wie im Fernsehnen, wo Vater und Sohn sich über Probleme oder ganz normale Dinge unterhielten. Es waren immer Monologe und Zurechtweisungen, da jeglicher Widerspruch von ihm als Kritik an seiner Person angesehen wurde.

Meine Leistungen in der Schule wurden immer schlechter, was natürlich nur an meiner Faulheit und nicht an meiner Intelligenz liegen konnte. Also verließ ich das Gymnasium, womit das Scheitern in meinem zukünftigen Leben für meinen Vater bereits vorprogrammiert war.

Für mich war es eine Demütigung und der Beweis, wirklich zu Nichts nütze zu sein, wie er sich ausdrückte. Also nahm er mich nach Beendigung meiner Schulzeit mit auf den Bau um mir zu zeigen, was wirkliche Arbeit ist.

Die ersten Monate waren eine Qual, da nun auch noch die Belehrungen auf der Arbeit dazukamen. Ich schmiss nach einiger Zeit hin und ging nicht mehr zur Arbeit. Ein Fliesenleger war der Einzige, der bereit war, mich in die Lehre zu nehmen, doch bestand meine Arbeit meist darin, seinen Dreck wegzuräumen. In der Berufsschule hatte ich jedoch einen Klassenkameraden, dessen Vater ein eigenes Geschäft besaß. Auch er war Fliesenleger, und als ich meinen Freund einmal besuchte, sah ich, wie sein Vater Fliesen zertrümmerte und aus den Splittern Mosaike herstellte.

Verstehst du? Dinge verändern und daraus etwas Neues entstehen lassen, so, wie ich es früher gern gemacht hatte. Wir freundeten uns an und ich verbrachte, wann immer ich konnte, Zeit in seiner Werkstatt. Er brachte mir das Lasieren und einige Techniken bei, wie man die Fliesen bearbeiten konnte. Ich gestaltete meine ersten kleinen Mosaike und konnte meiner Phantasie freien Lauf lassen. Ich bestand meine Ausbildungsprüfung gerade so, da ich in meiner Abschlussarbeit einen Engel aus bunten Fliesensplittern zu einem Mosaik zusammengesetzt hatte, was die Prüfungskommission als ‚die Aufgabe verfehlt' beurteilte.

Wie sich mein Vater heute noch brüstet, war es sein Verdienst, dass ich den Abschluss überhaupt schaffte.

Danach ging alles ziemlich schnell. Ich arbeitete in der Werkstatt des Vaters meines Freundes. Er nahm mich oft in die Häuser reicher Leute mit, wo er beispielsweise die Schwimmbäder mit Mosaiken verzierte. Ich lernte viel und in meiner Freizeit fing ich an, eigene Entwürfe zu gestalten. In einem Buch hatte ich Chagalls Kirchenfenster gesehen, die als Glasmosaike die reinste Inspiration für mich waren. Als ich meine Entwürfe dem Vater meines Freundes vorlegte, war er beeindruckt und half mir, mein erstes eigenes Mosaik zu gestalten.

Mit zunehmender Erfahrung bekam ich eines Tages den ersten kleinen Auftrag. Nach dessen Abschluss häuften sich die Anfragen und ich bekam einen Auftrag aus Italien. Dort lernte ich Carlo kennen, der gestern im Dorf angekommen ist. Er kommt aus einer sehr angesehenen Familie, die neben ihren ‚normalen' Geschäften auch in der Baubranche tätig ist. Auf nähere Einzelheiten möchte ich zu deinem eigenen Interesse nicht weiter eingehen, doch nach einigen ‚speziellen' Aufträgen musste ich Italien verlassen. Da ich aus bestimmten Gründen auch nicht nach Deutschland zurück konnte, ging ich nach Griechenland auf die Insel Santorin. Auch dort lebten einige reiche Leute, für die ich Mosaike für Bäder, Eingangshallen und ähnliches entwarf und baute. Bald konnte ich auch auf dem Festland mein Geschäft ausbauen und nach einiger Zeit ging es mir wirklich gut. Ich trank jedoch sehr viel, was zwar nicht meine Kreativität, aber meine Arbeit einschränkte. Als ich anfing Gras zu rauchen, schien dieses Zeug meinen Alkoholkonsum zu bremsen und meine Phantasie zu immer ausgefalleneren Entwürfen zu inspirieren. Ich war schon fast berühmt, was jedoch zum großen Nachteil für mich wurde.

Ich hatte in dieser Zeit oft wechselnde Beziehungen, unter anderen zu einer heißblütigen Italienerin. Eines Tages wurden mir ihre Eskapaden jedoch zu viel und ich setzte sie kurzerhand vor die Tür, was sich als Fehler herausstellen sollte. Aus gekränkter Eitelkeit oder aus Wut schwor sie mir, ich würde mich noch an sie erinnern. Wie schon gesagt, ich hatte viele neue Bekanntschaften und vergaß sie schnell."

In diesem Moment öffnete sich die Tür und Vera kam heraus. „Wir haben zwei Rucksäcke und zwei kleine Taschen", sagte sie. Sie trug enge Jeans und eine rote, langärmelige Bluse. So hatte ich sie noch nie gesehen. Die große Sonnenbrille verdeckte ihre geschwollenen Augen und auch die weißen, halbhohen Stiefel ließen sie zu einer anderen Person werden. Sie kam auf mich zu und fiel mir um den Hals. „Ich glaube, wir werden uns wohl nie wiedersehen", sagte sie.

„Darauf würde ich nicht wetten", entgegnete ich und sie lachte leise. „Leb wohl, Wolf!" Dann ging sie.

„Ich komme bald nach! – Aber die Geschichte geht noch weiter. Eines Tages stand plötzlich Carlo bei mir vor der Tür. Meine Italienerin sei eine ‚Verwandte' und mein Verhalten ihr gegenüber für die Familie nicht hinnehmbar. Auch wären da noch einige andere Rechnungen gegenüber der Familie zu begleichen. Kurz gesagt, er erpresste mich und forderte unter Androhung von Gewalt, meinen Beitrag an die Familie zu entrichten. Ich hatte Vera kennengelernt und sie erzählte mir von diesem Dorf in Thailand, wo sie einmal mit ihrer Freundin gewesen war. Wir packten viel Geld ein und über viele Umwege kamen wir in dieses Dorf.

Als ich letztes Jahr nach Griechenland zurückkehrte erfuhr ich, dass Carlo mehrmals bei mir gewesen war und da ich einige ‚Geschäfte' für ihn erledigen musste, war ich nicht besonders wild darauf, ihm zu begegnen. Also kamen wir schon während der Regenzeit hierher zurück. Wir hatten ja in den Jahren zuvor dieses Haus gebaut und Geld besaß ich ausreichend, um hier in Ruhe leben zu können. Ich hatte Vera mehrfach darauf hingewiesen, niemandem unseren Standort mitzuteilen, denn ich fühlte mich hier sicher, um das Leben entspannt und sorgenfrei verbringen zu können. Doch dann machte Vera einen großen Fehler und schrieb an ihre Freundin. Wie auch immer der Brief an Carlo gekommen ist: Als er gestern hier auftauchte, war es für mich vorbei! Ich sagte Vera, sie solle umgehend das Dorf verlassen, da sie mit der Sache nichts zu tun hatte, doch sie weigerte sich energisch. Dann bin ich nochmals zu den Italienern, habe mit ihnen einige Drogen verkonsumiert und Carlo bestätigte mir, dass er mich durch Veras Brief an ihre Freundin finden konnte. Ich war in sehr schlechter Verfassung und als ich dann ins Haus zurückkam, Vera immer noch auf der Terrasse saß und meine Sachen verstreut vor dem Haus lagen, brannten bei mir die Sicherungen durch.

Ich habe Vera die ganze Geschichte heute erzählt, kurz bevor du und Pappa San hierher gekommen seid. Da war für mich schon klar, dass wir verschwinden werden. Ich wollte Pappa San die Sache erklären, doch er ließ mich nicht einmal ausreden. Aber der Grund, warum wir heute das Dorf verlassen, ist nicht auf seine Entscheidung zurückzuführen.

Carlo ist gefährlich und um das Dorf zu schützen, reisen wir heute ab. Ich würde euch aber empfehlen, sie dazu zu bringen, das Dorf zu verlassen."

Dann stand er auf, ging ins Zimmer und kam kurze Zeit später mit einer kleinen, lackierten Kiste zurück. „Mein Rucksack ist nur halb voll, aber diese Kiste muss unbedingt mit." Dann, völlig unerwartet, grinste er übers ganze Gesicht. „Es sind ungefähr 100 sorgfältig gedrehte Joints drin, die mir die Mädels im Restaurant gedreht haben – die verstehen ihr Handwerk. Ich glaube, bei meiner Reise werde ich bei jedem einzelnen, den ich mir anstecke, an euch denken. Wohin die Reise geht, weiß ich noch nicht, doch wenn der Vorrat zur Neige geht, werde ich mich wohl für eines der Anbaugebiete entscheiden." Dann stellte er sich breitbeinig vor mich, nahm meinen Kopf in seine Hände und küsste mich auf die Stirn. „Ich hätte gern noch erfahren, was du auf dem Felsen wolltest, aber wer weiß, vielleicht gibt es irgendwo die Möglichkeit dazu. Wenn du willst, kannst du hier wohnen, solange du willst. Ich glaube nicht, dass wir so bald zurückkommen werden. Ich weiß nicht, warum dich Pappa San zu mir geschickt hat, aber ob ich meine Geschichte jemand anderem als dir erzählt hätte, wage ich zu bezweifeln. Pappa San ist ein sehr gescheiter Mann, von dem man viel lernen kann."

Ich nahm einen Rucksack und die Tasche und wir gingen zusammen zum Restaurant. Ich hatte während der ganzen Zeit kaum ein Wort gesagt, doch ich dachte darüber nach, wie es wohl gewesen wäre, wenn er immer so aufgeschlossen gewesen wäre. Im Moment fühlte ich mich, als würde ich zwei gute Bekannte verlieren.

Es gab keine große Abschiedsszene, doch kurz bevor die beiden aufbrachen, gab mir Herb ein kleines Kästchen mit den Worten „Erst öffnen, wenn wir nicht mehr zu sehen sind!" Dann kam Pappa San, ungewohnt in kurzer Hose, Schuhen und weißem Hemd. „Ich fahre mit ihnen bis nach Phuket City, bin morgen Abend wieder zurück", teilte er uns mit. Dann waren sie weg und ich setzte mich an unseren Tisch, hob wie Herb es gemacht hatte meinen Arm und kurze Zeit später stellte Sah mir ein Bier und ein Glas auf den Tisch.

Dann nahm ich das Kästchen und öffnete es. In ihm lag ein antik aussehendes Feuerzeug und … ein Joint, um den ein Zettel gewickelt war.

In zittriger Handschrift war zu lesen: „Wenn du mich genießen kannst, bin ich dein Freund, doch auch beste Freunde können zu Feinden werden. Herb."

Als ich mein Bier getrunken hatte, machte ich mich auf den Heimweg, und als ich sein Haus sah, wusste ich, dass ich dort nie einziehen würde.

Der Tag des Nebels war vorbei und die Luft wieder klar!

21. Kapitel
Das Treffen mit den Italienern

Ich hatte es mir vorgenommen, das Treffen mit den Italienern. Allerdings verschob ich es auf den nächsten Tag, da ich Vera und Herb einen gewissen Vorsprung geben wollte. Ich befürchtete, dass falls Carlo erfuhr, dass sie abgereist waren, er sich sofort aufmachen würde, um sie zu suchen. Ich fühlte mich nicht wohl bei dem Gedanken, die Italiener zum Abreisen zu bewegen, denn zum einen war auch Pappa San abgereist und zum anderen klangen mir noch die Worte von Herb in den Ohren, dass Carlo ein gefährlicher Typ war. Was immer ihn bis nach Thailand gebracht hatte, um nach Herb zu suchen, musste triftige Gründe haben, und im Hinterkopf verband ich italienische Familien im Baugeschäft mit einer Organisation, mit der man nicht freiwillig Konflikte eingehen sollte. Doch das Problem musste gelöst werden. Ich hatte die drei bisher noch nicht einmal getroffen, wusste aber, dass sie sich am unteren Strand aufhielten. Ich erinnerte mich schlagartig an die Bhagwangruppe und dass Strände, an denen ich eigentlich vorgehabt hatte mich zu erholen, mittlerweile zu einer Art Krisengebiet geworden waren. Herb war sicher kein ängstlicher Mensch, aber wenn er es vorgezogen hatte, das Dorf freiwillig zu verlassen, musste ein ziemlich großes Problem mit Carlo dahinter stecken. Wieder regten sich der Wolf und seine Instinkte in mir und sofort hatte ich wieder die Begegnung mit Ischda und der Bhagwangruppe vor Augen. Auch damals hatte ich Angst vor einer möglichen Auseinandersetzung gehabt. Ich hatte immer versucht, seine Aggressivität zu ignorieren und den Weg des geringsten Widerstandes gewählt – meist aus der Furcht heraus, zu versagen.

Er war ein Bestandteil von mir, den ich nicht ständig leugnen konnte. Ich hatte meinem zweiten Ich einen Namen gegeben und würde fortan mit ihm leben müssen. Also machte ich mich gegen Mittag auf den Weg zum Restaurant. Ich ging zu Sah und fragte sie, ob sie die Italiener gesehen hätte.

„Sie sitzen dort unten am Strand“, sagte sie und deutete auf drei Personen, die im Sand saßen und lautstark gestikulierend miteinander redeten. Aus irgendeinem Grund trug ich die Sonnenbrille, die mir Herb am Tag mit der Bhagwangruppe gegeben hatte. Ich hatte vergessen sie zurückzugeben und jetzt schien sie mir geeignet, meine aufkommende Unruhe etwas zu kaschieren.

Als ich auf die Gruppe zuging, verstummte augenblicklich die Unterhaltung. Der Mann stand auf und kam auf mich zu. „Hallo, ich bin Carlo", sagte er und reichte mir die Hand. „Ich vermute, du bist Wolf, wenn ich mich nicht irre." Als er mir jedoch erzählte, Herb hätte mich erwähnt, kamen mir erste Zweifel. Ich setzte mich zu den beiden Frauen und sagte kurz „Wolf." „Wie ich gehört habe, wart ihr beide befreundet", sagte Carlo. „Kein besonders guter Freund, kann ich dir aus eigener Erfahrung sagen. Auch wir sind einmal gute Freunde gewesen, bis er aus unerfindlichen Gründen nicht nur mich, sondern auch ein weiteres Familienmitglied beleidigt und betrogen hat. Ich habe lange nach ihm gesucht und jetzt, wo ich ihn gefunden habe, hat er sich aus dem Staub gemacht. Du kannst dir sicher vorstellen, dass es schon gravierende Gründe gibt, warum ich bis in dieses Nest gereist bin, um ihn zu finden. Aber wir sind hartnäckig, und weit können er und seine Schlampe ja nicht sein und wir werden sie finden." „Ich kann leider deine Meinung über sie nicht teilen, allerdings sind mir die Umstände auch nicht bekannt, die dich bis hierher gebracht haben." „Eigentlich geht dich die Geschichte ja gar nichts an, aber ich werde dir trotzdem einige Dinge über deinen Freund erzählen, die er dir vielleicht wohlweißlich verschwiegen hat. Er kam eigentlich als einfacher Handwerker in das Haus meiner Eltern. Sicher, er hatte Talent und mein Vater wollte in seinem neuen Haus die Wände des Innenpools mit Mosaiken verschönern. Mein Vater war mit seiner Arbeit sehr zufrieden und Herb wohnte einige Zeit sogar in unserem Haus. Da er keine weiteren Aufträge hatte, bot ich ihm ein paar kleine Geschäfte an, durch die er nach Griechenland kam. Ich besorgte ihm auch dort einige Aufträge, doch er glitt ein wenig in eine gewisse Szene ab und der Alkohol kam hinzu. Nach etwa einem Jahr besuchte ich ihn, nahm meine Cousine mit und verbrachten einige Wochen in seinem Haus. Sie und Herb begannen ein Verhältnis, und da sie zur Familie gehörte, fasste ich Vertrauen zu ihm. Er rauchte sehr viel und ich machte ihm ein Angebot, in Griechenland für mich zu arbeiten, das er bereitwillig annahm. Für ihn war es nicht nur lukrativ, sondern versorgte ihn auch für seinen eigenen Konsum. Lange Zeit liefen die Geschäfte gut – doch hatte er nicht nur ständig neue Affären mit anderen Frauen, auch seinen geschäftlichen Verpflichtungen kam er immer weniger nach. Er verdiente schließlich über uns viel Geld, aber ihm lief alles aus dem Ruder, wenn du verstehst, was ich meine. Zuerst schmiss er meine Cousine raus und beging danach den riesigen Fehler, auf eigene Rechnung zu arbeiten, wodurch sich nicht nur meine Cousine, sondern die ganze Familie betrogen fühlte. Beträchtliche Summen liefen an uns vorbei in seine Taschen und von Dankbarkeit keine Spur. Ich habe mehrfach versucht, die Sache friedlich zu lösen, bis ich in Griechenland im Krankenhaus landete. Wie du dir sicher vorstellen kannst, endete damit unsere Freundschaft und meine Familie beschloss, wieder ein wenig Ordnung in die Angelegenheit zu bringen.

Irgendwann ist Herb dann abgetaucht und ich habe ihn bei seinen kurzen Aufenthalten in Griechenland mehrfach verpasst. Er hätte nur einige Rechnungen begleichen müssen, doch er zog es vor, sich zu verstecken. Er lebte mittlerweile mit Vera zusammen, einer hübschen, aber nicht äußerst intelligenten Frau. Sie erwähnte in einem Brief an ihre Freundin ihren Aufenthaltsort und über Umwege kam ich so an diese Adresse. Als ich Herb und Vera endlich gefunden hatte, verlief das Gespräch mit ihm für mich einigermaßen erträglich – meine Cousine Lorrett jedoch sah es nicht so."

Ich blickte zu den Frauen, und als eine von ihnen mit dem Kopf nickte, war mir klar, wer Lorrett war. „Ich habe ihn aufgefordert, zu allererst die Schlampe Vera zu entsorgen, sich bei Lorrett zu entschuldigen und die offenen Rechnungen zu begleichen. Leider schien sich Vera nicht von Herb überzeugen lassen zu wollen und so kam es zu einer kleinen Auseinandersetzung zwischen ihnen, wie sie sich in einer Beziehung schon mal ereignen können. Anscheinend gibt es in diesem Kaff so etwas wie ein Dorfoberhaupt, das Herb wohl aufgefordert haben soll, das Dorf zu verlassen."

Ich unterbrach ihn nicht, sah ihn aber auch nicht an, denn mein Blick richtete sich auf den Fels. Die Flut schien zurückzukommen und so, wie ihn die Wellen immer kraftvoller umspülten, schien sich ein Spannungsverhältnis zu bilden, welches mir Kraft verlieh.

„Du hast mit Herb gesprochen, bevor er und Vera abgehauen sind, doch ich befürchte, du wirst mir nicht sagen, wohin sie gegangen sind!"

Die andere der beiden Frauen stand auf und kniete sich vor ihn. Zärtlich strich sie ihm über die Haare und nahm sein Gesicht in beide Hände.

Ich nahm die Sonnenbrille ab, sah allen drei Gestalten nacheinander eindringlich in die Augen und flehte eine Antwort herbei.

„Verschwindet so schnell ihr könnt aus dem Dorf, denn was ihr sucht werdet ihr hier nicht finden. Ihr verbreitet eine schlechte Stimmung, die diesem Ort unwürdig ist. Mag sein, dass ihr bei euch zu Hause alles beeinflussen könnt – für dieses Dorf trifft es allerdings nicht zu."

Ich hielt nach den Worten den Blick starr auf den Fels gerichtet, denn was ich soeben von mir gegeben hatte, widersprach so erschreckend meiner Einstellung – allerdings nicht meiner Überzeugung! Ich dachte an die Ängste auf dem Fels, aber auch an den Willen, sie zu überwinden, und ich konnte tatsächlich entspannen. Man merkt, wenn sich ein Knoten in einem löst! Ich stand auf, reichte Carlo die Hand und sah ihm in die Augen. Die beiden Frauen schwiegen und ich drehte mich um und ging zurück ins Restaurant.

Ich setzte mich an unseren Tisch am Eingang und hob in Herb-Manier den Arm. Ein Bier VOR vier ... doch heute war es mir egal. Ich hatte einen guten Blick auf die drei, die sich wieder auf „italienische" Art mit fliegenden Händen laut unterhielten. Dann stand Carlo auf, nahm sein Handtuch und ging, und kurze Zeit später erhoben sich auch die beiden Frauen und folgten ihm. Ich saß allein im Restaurant und auf Herbs Platz. Irgendwie hatte ich das Gefühl, jeden Moment aufstehen zu müssen, weil er in seinen Wickelrock eingedreht sicher sein Recht auf seinen Stammplatz eingefordert hätte. Ich sah den Pfosten, der zum Markenzeichen von Vera geworden war. Ob die Zeit die Wunden heilen konnte und sie eine bessere Zukunft nach dem Verlassen des Dorfes erwarten würde? Wieder viele Fragen, zu denen mir die Antworten noch lange fehlen sollten.

Sah stand hinter der Theke und las in ihrem Buch. „Ich fühle mich ziemlich allein", sagte ich zu ihr und war im ersten Moment über mich selbst erstaunt. Aber es entsprach der Wahrheit. Viele Menschen, die ich hier kennengelernt hatte, waren nicht mehr da. Ischda, John, Herb und Vera – alle gehörten zu diesem Dorf und hatten einen Eindruck bei mir hinterlassen, und auch wenn Pappa San zurückkehren würde, heute würde ich den Tag ziemlich einsam verbringen.

„Was für ein Buch liest du?" „Es ist eine Geschichte über die Entstehung der Welt, Pappa San hat es mir ausgeliehen." „Wenn du Zeit hast, setz dich zu mir, ich möchte so lange warten, bis die

Italiener abgereist sind." Etwas schüchtern nahm sie ihr Buch und setzte sich an den Tisch. „Manchmal sitze ich noch lange mit Pappa San hier, wenn alle Gäste gegangen sind, und rede mit ihm über die Bücher, die er mir gibt. Er kann mir viele Dinge erklären, in denen ich keinen Zusammenhang sehe. Er muss viele Bücher besitzen und sie alle gelesen haben, denn er kann mir fast zu jeder meiner Fragen eine Geschichte erzählen. Ich lese, wann immer es die Zeit erlaubt. Die Welt muss ein aufregender Ort sein!"

Ich musste überlegen, was ich ihr antworten sollte, denn durch meinen Beruf hatte ich schon viel sehen dürfen. Doch befürchtete ich, dass wenn ich damit anfangen würde, es kein anderes Thema mehr geben würde. Niemand im Dorf wusste von meiner Tätigkeit und dabei wollte ich es auch belassen, allerdings konnte ich mich nicht erinnern, ob ich es Pappa San gegenüber erwähnt hatte.

„Den meisten Menschen bleibt nicht viel Zeit, um zu reisen, da auch sie die meiste Zeit mit ihrer Arbeit verbringen. Geld spielt in unserer Welt eine entscheidende Rolle, denn das Leben ist sehr teuer. Man muss viel bezahlen, nur um eine Wohnung haben zu können, meist braucht man ein Auto, viel Kleidung, es gibt viele Grundbedürfnisse, die alle Geld kosten und dadurch nimmt die Arbeit einen großen Zeitraum in Anspruch. Wenn man dazu eine Familie zu ernähren hat, wird die Verantwortung noch größer und irgendwann begreift man, dass man die Zeit in viele kleine Einheiten aufteilen muss, um allem gerecht zu werden. Deshalb kommen einige Leute wie John hierher, wo sie mehr Zeit für sich haben, eine schöne Natur und Ruhe. Aber irgendwann muss jeder wieder zurück und deshalb genießt man diese Zeit hier."

„Wie lange wirst du bleiben?" „Ich habe insgesamt zwei Monate Zeit, bis ich wieder arbeiten muss, aber nach all den Erlebnissen, die ich hier schon in so kurzer Zeit hatte, ist es schwer zu sagen, wie lang ich noch im Dorf bleibe." „Wirst du nächstes Jahr wiederkommen?" „Eine schwierige Frage, denn wenn ich heute sagen würde, ich komme zurück, wäre auch für mich die Enttäuschung groß, wenn es aus irgendeinem Grund nicht klappen sollte."

In diesem Moment sah ich die Italiener auf dem Weg zum Restaurant. Sie hatten wenig Gepäck, wenn man bedenkt, dass zwei Frauen dabei waren. Ich schloss daraus, dass sie nie vorgehabt hatten, längere Zeit im Dorf zu bleiben und ihr Gepäck wahrscheinlich irgendwo deponiert hatten. Sie bezahlten bei Sah ihre Rechnung und kamen zu mir an den Tisch.

Carlo sagte: „Sollten Herb und Vera zurückkommen, sag ihnen, dass ich es irgendwie erfahren werde und dann wieder hier bin.“ Dann nahmen sie ihre Sachen und verschwanden über den Berg.

Ich war erleichtert und nachdem Sah angefangen hatte in der Küche zu arbeiten, verabschiedete ich mich und ging zurück ins Haus.

„Verschiebe die Lösung von Problemen nie in eine andere Zeit, denn von allein werden sie sich nicht lösen“, hatte Pappa San einmal gesagt und ich war froh, dass er einmal nicht Recht behalten sollte.

22. Kapitel
Pappa Sans Rückkehr

Ich hörte Papa San schon, bevor ich ihn den Berg herunterkommen sah. Es waren Kinder, die vor ihm hergelaufen waren und kleine Körbe mit Gemüse und den notwendigen Dingen brachten, die im Dorf nicht zu bekommen waren. Die Kinder mussten aus dem Dorf kommen, in dem er wohnte, denn in unserem kleinen Dorf hatte ich sie bisher nicht gesehen. Seine grellroten, neuen Shorts bemerkte ich zuerst, aber die Art, wie er ging, wäre selbst für eine jüngere Person erstaunlich gewesen. Aufrecht und scheinbar ohne sichtliche Erschöpfung hatte er einen Sack Reis auf den Schultern über den Berg getragen. Er setzte sich auf seinen Platz am Ende des Tisches und bestellte ein Glas Wasser. Dann fuhr er sich mit seinen großen Händen über das Gesicht und beugte sich vor.

„Hallo Wolf, ich habe Vera und Herb noch am gleichen Abend bis nach Phuket City bringen können. Sie sind am nächsten Morgen in den Norden weitergereist. Habe ein paar Sachen eingekauft." Dann griff er in eine der Taschen und stellte eine Taschenlampe auf den Tisch. Ich ging hoch erfreut zu ihm und bedankte mich. „Ich glaube, du findest den Weg auch ohne, aber vielleicht kannst du sie noch gebrauchen. Es war wirklich ein schwerer Abschied, wenn man bedenkt, wie lange wir uns kannten. Herb hat mir erzählt, dass ihr euch lange unterhalten habt."

„Es war wohl eher ein Monolog, denn mir blieb weder die Zeit, noch fand ich die richtigen Worte, um eine sinnvolle Antwort auf seine Ausführungen zu geben. Herb war vielleicht kein enger Freund, aber ich habe viel Zeit mit ihm und Vera am Tisch verbracht. Sie waren mein erster Anlaufpunkt, als ich ankam. Hätte er mir früher einmal seine Geschichte so erklärt, wie er es am letzten Tag getan hat, wäre unser Verhältnis wahrscheinlich wesentlich inniger gewesen. Trotzdem, ich werde beide vermissen. Übrigens sind auch die Italiener abgereist, worüber ich sehr froh bin."

„Lass uns später darüber reden. Ich gehe erst einmal zurück ins Dorf, wir sehen uns zum Sonnenuntergang." Dann hob er wortlos den Arm, Sah nickte und kam mit einem Bier und einem Glas an den Tisch. Für diesen Moment war Herb noch einmal anwesend, und als ich Pappa San ansah, wusste ich, dass er es genau aus diesem Grund gemacht hatte. Er legte sich den Sack Reis wieder über die Schulter und verschwand durch den Hinterausgang.

Ich liebe den frühen Morgen, den Abend, aber insbesondere die Nacht. Mit der Zeit dazwischen hatte ich immer meine Probleme. Möglich, dass Pappa San mir gerade über diese Zeitspanne die Herausforderungen auferlegt hatte, mit denen ich zu einem späteren Zeitpunkt einfacher hätte umgehen können.

Wieder war ich mit Sah allein im Restaurant und ich bat sie, sich zu mir zu setzten. „Bediensteten ist es nicht erlaubt, sich zu den Gästen zu setzen", sagte sie mit tiefer Stimme und wir lachten beide. Ich wusste nicht, ob sie in diesem Dorf aufgewachsen war, Verwandte oder Freunde hatte – ich traf sie immer bei der Arbeit. Sie besaß eine schnelle Auffassungsgabe und ihre ruhige, freundliche Art gefiel mir. Ich sah zum Strand und dachte an die Italiener. Jetzt war alles wieder sauber und die reflektierende Sonne auf dem Meer, der Fels im gleißenden Licht und der weiße Strand schienen wieder in mich einzudringen und bescherten mir eine beruhigende Dankbarkeit. Um mich herum hatte sich seit meiner Ankunft einiges verändert. Wieder musste ich an Ischda, Vera, Herb, John und auch Steven denken. Alle waren mir nur kurz begegnet, hatten jedoch jeder auf seine Weise einen Eindruck bei mir hinterlassen. Bei Steven war ich mir sicher, keinen Einfluss darauf gehabt zu haben, da ich mich in jener Nacht auf dem Fels befunden hatte. Aber mit allen anderen hatte ich vor ihrer Abreise einen intensiven Kontakt und deshalb schienen sie mir zu fehlen. Die Beziehung zu Pappa San hatte sich von seiner Ablehnung zu einer Beziehung mit respektvollem Abstand entwickelt, in der ich Antworten auf nie gestellte Fragen bekam und mit Herausforderungen konfrontiert wurde, die sich mir vorher nie gestellt hatten. Ich stellte mir die Frage, mit welchem Gefühl ich wohl diesen Ort verlassen würde und ob ich tatsächlich von einer Urlaubsreise sprechen konnte. „Die verlässlichsten Antworten findest du in dir selbst, doch dafür musst du dir ehrliche Fragen stellen", hatte Pappa San einmal gesagt.

Mein persönlicher Widersacher wohnte immer noch in mir selbst und stellte die berechtigte Frage, wann ich für die Antworten denn anfangen würde, die dazugehörigen Fragen an mich zu stellen, um dann sie endlich selbst zu beantworten. Ich hatte noch keine

Antworten und so behielt mein zweites „Ich“ seine Berechtigung und ich meine Zweifel. Denn es würde stets die einfacheren Antworten parat haben – zu kapitulieren, um seine Existenz zu schützen und es einfach zu ignorieren, wenn die richtige Antwort schmerzhaft sein könnte.

Hier war ich das erste Mal ganz bewusst mit Problemen konfrontiert worden, vor denen ich weder kapitulieren, noch sie ignorieren konnte.

Im Grunde hatte ich wenig zur Lösung der Probleme beigetragen, wenn man das Zuhören als Möglichkeit einmal außer Acht lässt. Wichtiger für mich war, mich der Herausforderung gestellt zu haben, selbst wenn ich es in aufkommender Panik oder mit leichter Angst getan hatte.

23. Kapitel
Ein unerwartetes Geschenk

Die letzte Nacht hatte sich wieder einmal bis in die Morgenstunden hingezogen. Wir hatten einfach nur gefeiert, obwohl die Teilnehmerzahl sich stark reduziert hatte. Es war ein sorgloser Abend, keine tiefgreifenden Gespräche, nur die reine Entspannung.

Als ich gegen Mittag aufwachte, schienen Gewichte schwer wie Blei über meinem ganzen Körper verteilt zu liegen. Deshalb betrachtete ich meine Umgebung und versuchte, die letzte Nacht zu ignorieren. Nur das Jetzt sollte heute entscheiden, wie der Tag verlaufen sollte. Das Moskitonetz erinnerte mich an meine ersten Tage in meiner von Mücken verseuchten Hütte und damit verband sich die Frage, warum mir John sein Haus zur Verfügung gestellt hatte. Er schien ein enger Freund von Pappa San zu sein, doch hatte ich bis auf die Begegnung vor dem Treffen mit Ischda und auch danach nie die Möglichkeit gehabt, mit ihm zu sprechen.

Als sich mein Körper nicht mehr gegen das Aufstehen zu sträuben schien, ging ich auf die Terrasse, wo wieder ein Korb mit Früchten, heißem Wasser, Teebeuteln und sauber aufgeschichteten Handtüchern und Bettlaken stand. Ich schien mich fast einem schon beinahe vergessenen Standard zu nähern, ohne ihn wirklich vermisst zu haben. Die Ereignisse der letzten Tage hatten diese Frage so überdeckt, dass mich meine Verwunderung selbst überraschte.

Vom Strand her hörte ich laute Stimmen, die von einem nach Applaus klingenden Geräusch überdeckt wurden. Ich musste kurz an Steven denken, doch verwarf den Gedanken schnell. Ich aß eine Mango und ein paar Bananen und da ich letzte Nacht geduscht hatte verdrängte ich meine Eitelkeit und entschied mich für die Neugier.

Als ich am Strand ankam, sah ich eine kleine Gruppe um einen Mann herumstehen, der seltsam bunte Kleidung trug. Er trug ein hochgeschlossenes Hemd mit weiten Ärmeln, die wie aufgeblasen aussahen. Das Hemd war gelb, die Ärmel grün und die rote Weste, die er darüber trug, erinnerte mich an einen Narren aus längst vergangenen Zeiten. Auch wenn sich dieser Eindruck nicht bestätigen sollte, die außergewöhnliche Kleidung passte zu einem ungewöhnlichen Menschen. George, wie er hieß, sollte immer so in meiner Erinnerung bleiben.

Er stand breitbeinig am Strand und hantierte mit drei wie Ziegelsteine aussehenden Holzklötzen, die er geschickt mal zu einem Turm und danach schnell zu einer geraden Linie formte. Er war braungebrannt und hatte schütteres Haar, doch was alles überstrahlte, war sein offenes Gesicht mit makellos weißen Zähnen. Pappa San stand am Eingang und war von seiner Darbietung freudig beeindruckt. „Er kommt direkt aus Bangkok und würde gern einige Zeit bei uns bleiben. Scheint ein netter Kerl zu sein und Platz hätten wir ja in unserer reduzierten Gemeinschaft."

Ich war ein wenig überrascht, denn selten hatte Pappa San Neuankömmlingen diese Art von freundlicher Aufmerksamkeit geschenkt. Dann war die Vorführung vorbei und der Mann kam direkt auf mich zu. Er strecke mir die Hand entgegen und lächelte freundlich. „George – bin Gaukler und komme aus Kanada", sagte er und schüttelte kräftig meine Hand. „Wolf, Deutschland", sagte ich etwas überrascht. Wir gingen hinein und George schnappte sich als erstes seinen Rucksack und stellte eine Flasche „Black Label" auf den Tisch. Es sollte zu seinem Markenzeichen werden! Mit einer rauen tiefen Stimme, die genau zu seinem Aussehen passte, lud er alle ein, mit ihm zu trinken.

Neben dem Hintereingang standen noch zwei weitere Rucksäcke und ich fragte mich, wie er all das Gepäck über den Berg geschafft hatte. Aber ein Gegenstand fiel mir besonders auf: An der Wand lehnte ein langer Stab mit einem Schmetterlingsnetz und daneben standen mehrere Kartons mit Gläsern, die mit einem Deckel verschraubt waren. George schien meine Verwunderung bemerkt zu haben und stellte einen der Kartons auf den Tisch. „Ich habe angefangen Insekten zu fangen, ein Hobby von mir. Jetzt reise ich durch Asien und suche nach seltenen Exemplaren. Ich habe einige Bücher darüber gelesen und steige jetzt in die Praxis um." Dann zog er ein großes dickes Buch aus einer seiner Taschen und legte es auf den Tisch. Es war sein Arbeitsbuch, wie er es nannte. Er führte es wie eine Art Tagebuch, in das er sowohl die Geschehnisse als auch die Fangergebnisse des jeweiligen Tages eintrug. Noch waren erst wenige Seiten beschreiben, was sich jedoch schnell ändern sollte.

Für meine Verhältnisse war es noch früh am Tag, und da ich mich immer noch nicht ganz von der letzten Nacht erholt hatte, ging ich ins Haus zurück. Kaum hatte ich das Restaurant verlassen, begegnete ich Pappa San. Schwer zu sagen, ob er auf mich gewartet hatte, aber für mich war eine Begegnung mit ihm eine Freude und Herausforderung zugleich. Ich konnte seine Sichtweise auf die Welt nachvollziehen, erklären konnte ich sie mir nicht. In einem kleinen Dorf, am Rande einer Welt ohne Zugang zu Informationen über die täglichen Geschehnisse, war dieser Mann in der Lage, aus Erfahrungen heraus einen Blick auf die Welt zu werfen, der den Horizont der sogenannten „gut informierten Quellen“ überstieg. Seine Logik war nicht einfach zu verstehen, doch musste ein fundamentales Wissen hinter seinen Äußerungen liegen, welches er sich durch harte Arbeit und Aufgeschlossenheit angeeignet haben musste.

„Falls du Zeit hast, begleite ich dich ein Stück. Wie denkst du über George?“

„Eigentlich ist es zu früh, mir über einen Menschen eine Meinung zu bilden, den ich gerade einmal kurz gesehen habe. Erinnere dich an die Einschätzung, die du über mich in den ersten Tagen gemacht hast. Ich brauche einige Zeit, aber selbst dann wird mein Bild nie vollständig sein. Erinnere dich an Herb, wir saßen täglich mehrere Stunden zusammen, doch erst am Tag seiner Abreise hat er über sich selbst gesprochen und selbst danach fiel mir eine Beurteilung schwer. Ich glaube einfach, dass der Mensch ein komplexes Gebilde seiner Erfahrungen ist und wenn es ihm selbst Schwierigkeiten bereitet sich zu erkennen, wie steht es dann einem anderen zu, sich eine abschließende Meinung über ihn zu bilden? Ich glaube, ich bin Egoist, wenn ich versuche, zuerst mich selbst zu finden, bevor ich die Einschätzung mir fast unbekannter Personen vornehme.“

Wir erreichten den Waschplatz und ich wollte weiter, doch da blieb Pappa San plötzlich stehen. „Was siehst du, wenn du dir die Hütte über dem Meer ansiehst?“

„Den Platz, mit dem ich eine der schönsten Erinnerung meines Lebens verbinde!“ „Manchmal beneide ich dich! Was denkst du, wollen wir uns auf die Terrasse setzen?“ Ich wusste, dass er wusste, dass dies mehr als eine Frage war, doch im Moment hatte ich wieder keine Antwort. Mein Gefühl musste sich damit auseinandersetzen, Emotionen zu unterdrücken und Erfahrungen zu bewerten, um einen gerechten Ausgleich für diese Herausforderung zu finden.

Als wir über den Steg gingen kam die Flut zurück, und auch die Moskitos hatten sich schon versammelt für das Mahl, das ihnen zwei scheinbar Verrückte boten. Ich überließ Pappa San die kleine Bank, holte mir den Hocker aus dem Zimmer und wir saßen uns gegenüber. Dann legte er den Arm auf die Brüstung, schaute nach rechts und ich war gespannt, welche der vielen Fragen er mir zuerst stellen würde. Doch er stellte keine Frage, sondern stellte nur fest:

„Du wirst einen beschwerlichen Weg vor dir haben, Wolf, so viel ist sicher! Aber solange du bereit bist zu lernen und zu kämpfen wirst du, wenn auch manchmal schmerzhaft, vorankommen. Du bist geboren um Erfahrungen zu sammeln, und wenn du der Zeit vertraust, wird sie dich einem Ziel näher bringen, von dem du heute noch träumst. Aber solange du das Vertrauen nicht zu dir selbst hast, wird es schwierig und jeder Schritt vorwärts kann zur Qual werden. Der Mensch, der sich selbst, wenn auch aus Zufall, den Namen Wolf gegeben hat, kann durch Erklärungen über sich selbst nur Missverständnisse erzeugen, die dich bis in die Nacht verfolgen. Man wird dir deine Gedanken als Illusionen, deine Ideen als Hirngespinste und deine Phantasien als undurchführbar erklärend. So lange, wie du versuchst, sie durch Argumente zu begründen, wird eine Weiterentwicklung nicht möglich sein. So wie du noch nicht in der Lage bist, dir deine eignen Fragen selbst zu beantworten, kannst du nicht erwarten, dass es andere Menschen können. Die Welt wird immer mehr Fragen als Antworten bereithalten, aber konzentriere dich auf die unbeantworteten Fragen an dich selbst, denn wenn du darauf eine Antwort findest, kannst du anderen zumindest helfen, sich eigene Fragen zu beantworten!“

Ich schwieg, denn ich hatte wenig, was ich ihm entgegenzusetzen hatte. Oft schon war es mir wie einem Menschen ergangen, der versuchte, sich aus dem Treibsand der Gefühle zu befreien, abrutschte und von vorn anfangen musste. Es hatte mich nicht abgehalten, wieder auf die Beine zu kommen, doch stecke ich mein Zwischenziel niedriger, während ich das Hauptziel noch höher ansiedelte.

„An was musst du denken, wenn du hier sitzt?“ „Ich denke an den knarrenden Bambusboden, wodurch ich wusste, wenn jemand zur Hütte kam, an das Geräusch, das vom Wasser bei eintreffender Flut gemacht wurde und natürlich an Ischda!“ Er schüttelte einfach nur mit dem Kopf!

„Was bleibt einem Menschen wie mir anderes übrig, wenn er seinem Instinkt folgen muss?“ Eine kurze Pause entstand und Pappa San rieb seine Augen, als müsse er sich konzentrieren und ich erwartete endlich eine Frage.

„Hättest du drei Wünsche frei, was würdest du wählen?“ Ich überlegte nur kurz, denn diese Frage war falsch gestellt! Jedem Menschen würde diese Frage einmal vor die Füße geworfen werden.

„Nehmen wir einmal an, ich würde den Begriff ‚Geborgenheit‘ wählen, den ich für meine Person fast ausschließen kann. Was glaubst du müsste passieren, um dieses Wort für einen kurzzeitigen Gemütszustand verwenden zu können?“

„In Ruhe dein Umfeld zu genießen!“

„Was wäre Zufriedenheit?“

„Es gibt sie nicht, denn Zufriedenheit ist der Schlussstrich für die Weiterentwicklung!“

„Was würde finanzielle Unabhängigkeit bedeuten?“

„Der Schlussstrich, verbunden mit Langweile und Frustration!“

„Bitte, warum stellst du mir dann solch eine Frage?“

Er kratzte mit seinen Fingernägeln auf der Tischplatte und blickte zurück auf den Fels. „Wenn du reden kannst, wenn man dich fordert, warum redest du nicht und hörst lieber zu?“ „Weil ich Fragen liebe, denn nur durch sie kann ich feststellen, wo ich mich befinde. Fragen sind Herausforderungen, doch wenn man die Antworten, die ich gebe, nicht versteht, liegt der Fehler bei mir, denn es fehlt die Überzeugungskraft.“

„Du solltest irgendwann mal mit dem Schreiben beginnen, falls du bis dahin noch nach Geborgenheit suchst. Dies wäre eine Herausforderung für dich!“

Ich hatte bisher außer einigen unbeantworteten Liebesbriefen nichts Literarisches verfasst und über den Versuch hinaus, mich in der Malkunst zu üben, war die Kreativität auch auf diesem Gebiet nicht weit fortgeschritten.

„Entschuldige, wenn ich das Thema wechsele, aber kannst du mir erklären, warum John mir sein Haus angeboten hat?“

„Als du dich auf den Weg zum Strand zu den Bhagwans gemacht hattest, kam er zu mir. Ich gebe zu, dass ich davon ausging, dass du ablehnen würdest. John sagte mir, wenn du es schaffen würdest, sie von einer Abreise zu überzeugen, würde er sie begleiten. Dann würde er danach für einige Zeit nach Penang fahren und ich solle dafür sorgen, dass du dort einziehen kannst. Es war sein ausdrücklicher Wunsch an mich, alles vorzubereiten.“

„Ist es also wieder so eine Art Zufall, dass der Umzug gerade in der Nacht stattfand, als ich auf dem Fels war?“

„Es war einfach der beste Zeitpunkt!“ Selbst die logischen Erklärungen gelangen ihm ansatzlos! Eigentlich ein Widerspruch, wenn er mich aufforderte, mehr über mich zu reden. Denn wenn mir auf seine Antworten nur neue Fragen einfielen, konnte er nicht erwarten, selbst Antworten zu liefern!

Ich lächelte ihn an und streckte drei Finger in die Luft. Er sah mich an, lächelte zurück und schüttelte den Kopf.

„Dass mich die Leute verstehen, begreifen und sich an mich erinnern – mehr kann ich nicht verlangen!"

Wie in einem Buch weiß man, wann ein Kapitel abgeschlossen ist, wenn man es schreibt. Er stand auf und wir gingen über den Steg zurück zum Strand. Ich deutete auf den Mond, der als breite Sichel über dem Meer stand.

„Das war eines der wenigen Dinge, die ich als Nachtmensch vermisst habe, als ich auf dem Fels saß."

„Wir haben noch eine gute Zeit vor uns", sagte er und ging.

Eine Lampe hing leuchtend über der Terrasse und warf ein diffuses Licht auf die Umgebung und die Taschenlampe, die er mir zum Abschied in die Hand gedrückt hatte, ein Ausdruck eines schönen Abends.

Natürlich war mir wieder entgangen, wer für die Laterne auf der Terrasse und vor allem für den angenehmen Duft, der das Haus umgab, zuständig gewesen sein konnte. Als ich ins Zimmer kam, sah ich sofort, dass mein Bett frisch bezogen und meine hinterlassenen Kleidungsstücke gewaschen waren und das Badezimmer immer mehr Hotelstandard annahm. Die Handtücher lagen in einem Regal gefaltet und Seife und Shampoo auf einem kleinen Hocker neben der Dusche. Allerdings schien mein Karton, den ich mir bei George im Restaurant für meine wenigen Habseligkeiten als Koffer ausgesucht hatte, nicht mehr dem Standard zu entsprechen, also schob ich ihn unter das Bett ... und stieß auf einen Widerstand. Es war eine kleine Blechkiste. Ich griff nach ihr und zog sie hervor. Sie war leicht verbeult und an einigen Stellen rostbraun angelaufen. Ich nahm sie, ging auf die Terrasse und stellte sie auf den Tisch. Ich betrachtete sie lange und unterschiedliche Gedanken verbanden sich plötzlich mit der Kiste. Zwangsläufig sah ich mich nach allen Seiten um, lehnte mich zurück und wartete, bis meine Neugier mich besiegt hatte.

Knarrend ließ sich der Deckel öffnen und ein in ein buntes Tuch eingewickelter Gegenstand kam zum Vorschein. Wieder zögerte ich kurz, doch dann nahm ich ihn heraus und schlug das Tuch zur Seite.

Zuerst rollte eine kleine Pfeife auf den Tisch, dann fiel ein Zettel heraus und schließlich hielt ich ein kleines Buch in den Händen. Ich legte das Buch zur Seite und entfaltete den weißen Zettel.

„Hallo Wolf!“ Ich erschrak!

„Ich habe dieses Buch zurückgelassen, obwohl ich mir nicht sicher sein konnte, dass du es überhaupt finden würdest. Wir hatten nicht viel Zeit, um uns ein wenig näher kennenzulernen, denn ich musste aus persönlichen Gründen das Dorf für voraussichtlich mehrere Tage verlassen. Ich habe vor meiner Abreise Pappa San gebeten, dir meine Hütte während meiner Abwesenheit zur Verfügung zu stellen. Da du also das Buch auf irgendeinem Weg gefunden hast, hier ein paar kurze Erläuterungen.

Als ich 1971 von Australien nach Singapur kam, arbeitete ich dort als Berufstaucher für einen großen amerikanischen Ölkonzern. Es war eine gefährliche Arbeit, denn wir arbeiteten in großer Tiefe an Fundamenten für Ölplattformen. Die Tätigkeit konnte man aus gesundheitlichen Gründen nur kurze Zeit durchführen, sie wurde aber sehr gut bezahlt. Mein kleines Buch beschreibt meinen Weg, wie ich über Umwege in dieses Dorf gekommen bin. Die Pfeife ist ein kleines Geschenk an dich. Rauche sie, wenn du dich ungestört dem Buch widmen kannst. Ich hoffe, dass du noch im Dorf bist, wenn ich zurückkomme. Dann können wir uns vielleicht darüber unterhalten. Viel Vergnügen! John“

Es war nicht das erste Mal, dass ich an Zufällen zu zweifeln begann. Der heutige Zeitpunkt passte … und ich nahm das Buch und begann zu lesen.

24. Kapitel
Johns Tagebuch

„Im November 1972 verließ ich Singapur, da die letzten Monate meiner Arbeit mich an meine Grenzen gebracht hatten und der Arzt der Firma mir eine viermonatige Pause nahelegte. Mit Geld in der Tasche konnte man in Singapur entspannt leben, doch ich wollte auch andere Orte in Asien besuchen, da es mein erster Aufenthalt dort war und ich die Stadt bisher nicht verlassen hatte. Zuerst reiste ich nach Tioman Island, eine wunderschöne Insel und vom Tourismus kaum entdeckt. Doch ich war das Leben in der Stadt gewohnt und irgendwann wurde es mir zu langweilig. Ich reiste weiter entlang der Ostküste Malaysias und traf in Dungun eine Amerikanerin mit ihrer Freundin und verlebte einige schöne Tage dort. Nach einer Woche flogen wir nach Kuala Lumpur, wo wir das Nachtleben ausgiebig genossen.

Schon damals gab es viele Rucksacktouristen, die sich an bekannten Punkten der Stadt trafen. Einige waren schon seit Jahren unterwegs und berichteten von ihren Erlebnissen und Erfahrungen auf Reisen in verschiedenen Ländern Asiens.

In einer Bar trafen wir eines Abends einen Landsmann von mir. Er war gerade aus Manila in die Stadt gekommen. Mit langen Haaren und einem Vollbart kam er den Vorstellungen, die man sich von Abenteurern macht, die ständig auf der Suche nach unbekannten Orten sind, sehr nahe. Er war von Manila aus per Boot und über den Landweg von Insel zu Insel gereist und schließlich auf einer lang gezogenen größeren Insel namens Palawan gelandet. Er schwärmte von der Schönheit des Landes, den freundlichen Menschen und der unberührten Natur. Besonders war ihm aufgefallen, dass ihm nur wenige ausländische Reisende begegnet waren. Wenn er doch einmal jemanden traf, der schon längere Zeit die Philippinen bereist hatte, sprachen viele von ihnen von einer Insel namens Boracay Island.

Doch keiner hatte die Insel bisher besucht und auch die Einheimischen konnten mir bei der Reise durch das Land keine genaue

Beschreibung der Lage der Insel geben. Ich habe lange gesucht, doch nach drei Monaten musste ich nach Manila zurückkehren, da mein Visum abgelaufen war. Man konnte es nicht verlängern, sondern musste erst ausreisen und ein neues beantragen. In Kuala Lumpur konnte ich nach längerer Wartezeit erneut ein dreimonatiges Visum erhalten und wollte mich wieder auf die Suche nach der Insel machen.

Wir verbrachten den ganzen Abend zusammen und mein Landsmann bot an, mit mir auf die Philippinen zu reisen. Wieder dauerte es eine Woche, bis auch er ein Visum bekam.

Da er wenig Geld besaß schlug ich ihm vor, wenn er mich bei der Suche nach der Insel unterstützte, würde ich das Flugticket für ihn bezahlen. Er willigte sofort ein und wir flogen kurz vor Weihnachten nach Manila.

Manila

Ich hatte mich noch nicht intensiver mit dem Land beschäftigt und einen detaillierten Reiseführer hatte ich in Manila nicht bekommen können. Deshalb überraschte mich die ausgelassene Stimmung in den Tagen vor dem Weihnachtsfest. Als streng katholisches Land war es einer der höchsten Feiertage und wurde entsprechend aufwendig gefeiert. In Manila gab es in diesen Tagen viele amerikanische Soldaten, die in den Bars von Ermita, einem Barviertel der Stadt, feierten. Die USA besaßen zur damaligen Zeit einen der größten militärischen Stützpunkte im Ausland auf den Philippinen. Wie in vielen asiatischen Staaten, in denen GIs, wie sie sich nannten, stationiert waren, bildete sich eine Vergnügungsindustrie in der Nähe ihrer Standorte.

Bei jeder sich bietenden Gelegenheit fragten wir nach dieser Insel, die sich angeblich südlich von Manila befinden sollte. Doch eine Wegbeschreibung konnten wir auch von ihnen nicht erhalten. Da aber bis nach Silvester keine öffentliche Behörde geöffnet war, um dort mögliche Informationen zu erhalten, schlug ich vor, Manila zu verlassen und unsere Suche zu beginnen. Es gab sieben Hauptinseln auf dem Archipel, aber weitere 7000 kleinere Inseln und Boracay Island konnte nicht besonders groß sein, da niemand sie zu kennen schien. Da mein Mitreisender sich schon an den ersten Tagen in ein philippinisches Mädchen verliebt hatte und er die Feiertage mit ihr verbringen wollte, beschlossen wir, uns zu trennen. Wir verabredeten, uns in einem Monat wieder in Manila zu treffen. Vielleicht war ja eine getrennte Suche erfolgreicher.

So machte ich mich am nächsten Morgen Richtung Süden auf und nach einer ziemlich beschwerlichen Reise über Land und mit Booten erreichte ich eine der größeren Inseln namens Mindorro.

Um die Geschichte zu verkürzen: Ich traf meinen australischen Bekannten nie wieder und weiß deshalb nicht, ob er möglicherweise die Insel gefunden hat. Trotz vieler Anläufe und Bemühungen, die mich über viele Inseln des Landes führten, und vieler Versprechen der Einheimischen, die Insel zu kennen, gelang es mir damals nicht, sie zu finden. Ich wartete noch eine Woche vergeblich auf meinen ‚Freund' und da mein Visum erneut auslief, flog ich zurück nach Kuala Lumpur. Die Insel geht mir bis heute nicht aus dem Kopf und vielleicht mache ich mich irgendwann erneut auf die Suche nach ihr.

Gegenüber der Abgeschiedenheit und der Ruhe auf den Philippinen kam mir jetzt die Großstadt furchtbar nervig und laut vor also entschloss ich mich, in den Norden nach Penang zu reisen. Aus lauter Langeweile kam ich eines Tages in das chinesische Viertel von Penang. Diese Tage sollten mein Leben nachhaltig beeinflussen.

Immer noch war ich über die vergebliche Suche frustriert, oder vielleicht nur gelangweilt. Jedenfalls hatte ich den Wunsch, mich einfach ablenken zu lassen. Also setzte ich mich in ein vom Trubel und dem Lärm etwas entferntes Café und bestellte eine Flasche Whiskey.

Ich tank und beobachtete währenddessen das Treiben auf den Straßen. Irgendwann fiel mir ein Gebäude auf, über dessen Eingang ein roter Laternenballon hing. Ich sah einige Leute schweigend hineingehen und wieder herauskommen, was mein Interesse weckte. Ich nahm meine halb volle Flasche und ging auf das Gebäude zu.

Hinter dem Eingang hing ein schwerer roter Vorhang, der den Einblick verwehrte. Dann trat aus dem Dunkel ein kleiner chinesischer Mann hervor. Die rote Laterne beleuchtete nur spärlich sein Gesicht, aber er sah furchterregend hässlich aus.

‚Come in, Sir', murmelte er mit einer verrauchten Stimme. Seine dunkel verfärbten Zähne gaben dem Ganzen eine schaurige Dimension.

Wahrscheinlich dem Alkohol geschuldet suchte ich nach einem Abenteuer und ging weiter. Als ich gerade den Vorhang zur Seite ziehen wollte, öffnete er sich wie von Geisterhand und eine kleine hübsche Chinesin in einem engen, roten Seidenkleid stand vor mir.

‚Ich möchte Sie in unserem kleinen Palast willkommen heißen, bitte treten Sie ein', sagte sie in akzentfreiem Englisch. Nie hätte ich einen Raum wie diesen hinter einer so schäbigen Fassade vermutet. Die Wände waren mit roten Seidenvorhängen verkleidet und ein großer Kristallleuchter hing von der Decke. Mehrere Nischen waren zu erkennen, von denen manche mit einem Vorhang verdeckt waren. Der ganze Raum war von einem seltsamen exotischen Duft durchtränkt, der einen fast zu erdrücken schien.

„Bei uns können Sie entspannen, es ist alles für Sie vorbereitet. Bleiben Sie so lange, wie es Ihnen gefällt."

Dieses Angebot klang verlockend, und obwohl es mir wie ein gepflegtes Bordell erschien, was ich auf meinen Reisen immer gemieden hatte, willigte ich ein, mich von ihr führen zu lassen. Sie ging auf eine der noch offenen Nischen zu und ich sah eine etwas zurückgesetzte Tür. Sie schob sie langsam auf und ich blickte in einen kleinen Raum, in dem eine Liege stand, neben der eine junge Chinesin kniete. Als sie mich erblickte, erhob sie sich fast würdevoll und reichte mir einen halblangen seidenen Morgenmantel. Ich war also doch in einem wenn auch gepflegten Bordell gelandet – so dachte ich. Doch sie zog mir den Mantel über mein Hemd und bat, mich auf der Liege niederzulassen. Kein guter Abschluss, dachte ich, als das Mädchen neben mir eine kleine Schale öffnete, in der ich rot glühende Holzkohle zu sehen glaubte. Dann blies sie mit einem dünnen Bambusrohr hinein und kleine Funken stiegen empor. Als die Kohle in der Schale glühte, legte sie eine Art Sieb darüber, nahm eine schwere Pfeife mit großem rundem Kopf und reichte sie mir. Als sie merkte, dass ich nicht zu wissen schien, was ich tun sollte, nahm sie die Pfeife, drehte den Kopf nach unten und hielt ihn über die Glut. Dann deutete sie mir an, daran zu ziehen und gab sie mir zurück. Ich überlegte nur kurz und hielt dann die Pfeife über die Feuerstelle. Ich zog erst leicht, dann kräftiger, bis mein Mund sich mit Rauch füllte. Sie sah mich die ganze Zeit an und lächelte. Als sie den Zeigefinger hob und wieder auf die Glut zeigte, drehte ich den Kopf erneut darüber und zog noch intensiver.

Danach stand sie langsam auf, stellte sich hinter mich und drückte meine Schultern behutsam auf die Liege. Über mir war ein Spiegel an der Decke angebracht und zum ersten, jedoch nicht letzten Mal blickte ich mir ins Gesicht. Was dann geschah, kann ich in seiner Intensität schwer mit Worten beschreiben. Mein Gesicht im Spiegel war die letzte bewusste Wahrnehmung, über die ich hier sprechen möchte. Die Welt, die ich kannte, war verschwunden – sie wurde einfach weggespült. Letztlich waren es wohl zwei Tage, denn mir fehlte jegliches Zeitgefühl.

Als ich in mein Hotel zurückkam, schien mein ganz normales Leben wieder zu beginnen. Doch leider war auch dies nur eine Täuschung und der Anfang auf dem Weg in ein anderes Leben."

Ich legte das Buch zur Seite, denn jemand näherte sich dem Haus. Zwar hatte ich immer noch nicht mit John geredet, doch er hatte mir schon viel über sich erzählt.

25. Kapitel
Die Größe der Welt

Ich traf mich fast allabendlich mit Pappa San, vielleicht auch nur, weil auch ihm durch die vielen Veränderungen und das Abreisen einiger Bewohner die Gesprächspartner fehlten. Doch ich wusste, dass er gern kam, und freute mich auf seine Geschichten, denn sie waren ein Ausdruck von Zuneigung, wie ich sie nicht so oft in der Vergangenheit erlebt hatte.

Wenn sich jemand die Mühe macht, eine Geschichte zu erzählen, gibt er sich schon aus diesem Grund der Herausforderung hin, sie nicht nur interessant, sondern auch glaubwürdig zu gestalten.

Pappa Sans Geschichten waren jedoch oftmals von Metaphern umhüllt, und da ich ihn ungern bei seinen Monologen unterbrechen wollte, musste ich sie erst einmal aufnehmen, als Erinnerung speichern, mich an sie erinnern und dann eine Form der Erklärung suchen. Grundsätzlich nennt man es lernen, doch oftmals sind nicht alle Faktoren gleichzeitig vorhanden, um die richtigen Schlüsse daraus zu ziehen.

Er saß mir gegenüber und wartete immer so lange, bis er meinte, meine volle Aufmerksamkeit zu haben. Dann begann er:

„Unsere Umgebung ist nicht sehr abwechslungsreich und das Dorf sehr klein – nur ein winziger Bestandteil dieser großen Welt, doch ironischerweise spielen sich einige Abläufe überall ähnlich, wenn auch in einer anderen Größenordnung ab. Ich selbst habe noch nicht viel von der Welt gesehen und hatte so auch wenig Argumente, wenn neue Besucher in unserem Dorf mir vorhielten, die Gesamtheit der Problematiken nicht auch nur ansatzweise verstehen zu können. Doch durch die Vielzahl der Besucher glaubte ich, ein gewisses Muster in ihren Problemen erkennen zu können.

Also begann ich, ihnen einfach zuzuhören, nickte manchmal aus wirklicher Unwissenheit, dann wieder um mehr zu erfahren mit dem Kopf. Sie schienen zufrieden mit meiner Einsicht, sie zu verstehen, und so erzählten sie mir so lange von ihren festen Überzeugungen, bis sie an den Punkt kamen, zwar mit ihren Ausführungen zufrieden zu sein, allerdings nicht alle Zweifel ausgeräumt zu haben.

Ich verstand sie zwar, doch ließ ich mich nicht spontan weder zur Zustimmung, noch zur Ablehnung hinreißen. Dies öffnete einen kleinen Spalt des Zugangs zu den eigentlichen Problemen, die sie beschäftigten.

Denn wenn sie auch scheinbar nur entschlossen waren, mir mit ihren Bekundungen ihre Unabhängigkeit von den Widrigkeiten des Lebens zu beschreiben, denen sie durch ihre Entschlusskraft und ihren Überzeugungen auf dem Weg waren zu entrinnen, blieb mir oft die Erkenntnis, von ihnen nicht viel Hilfreiches zu erfahren.

Eines Tages traf ich einen jungen Mann aus Griechenland und nach seiner Beschreibung seiner für ihn untragbaren Lebensbedingungen erzählte ich ihm eine Geschichte.

Der erste Ausländer, dem ich je in meinem Dorf begegnet bin, war ein Japaner, der nach Kriegsende erst Ende der Fünfzigerjahre aus der Kriegsgefangenschaft in Singapur entlassen worden war und sich nun auf dem Landweg bis nach Japan in sein Heimatdorf durchschlagen wollte.

Er war ziemlich abgemagert und hatte kaum finanzielle Mittel, um direkt in seine Heimat zurückreisen zu können. Er war über Malaysia nach Penang gereist und dann mit dem Boot in Phuket gestrandet. Mein Vater hatte ihn aufgenommen und mit in unser Haus gebracht. Ich war damals noch sehr jung und seine Geschichten über den Krieg und seine Gefangennahme waren spannend und ich hörte ihm stundenlang zu.

Er hatte als Lehrer in seinem Dorf in Japan gearbeitet, bis der Krieg ausbrach. Doch seine ganze Passion galt einer japanischen Tradition, aus großen Bäumen kleine zu gestalten. Er nannte sie Bonsais und zuerst erschien mir die Vorstellung, aber insbesondere der Zweck sinnlos. Er berichtete von kleinen Landschaften, die er mit kleinen Bäumen bestückt und sich so eine kleine Welt erschaffen hatte, die er liebte und pflegte.

Als ich ihn fragte, warum er eine kleine Landschaft in einer ihm doch noch unbekannten Welt schaffe, antwortete er, dass sich in dieser Größenordnung ähnliche Prozesse, wie sie auch auf der ganzen Welt geschehen, wiederholen würden. Ich sah ihn erstaunt an, obwohl auch ich von der Welt außerhalb meines Dorfes noch nicht viel gesehen hatte. Dann erklärte er es mir in seinen eigenen Worten:

‚Stell dir vor, eine kleine Mücke fliegt in ihrem kurzen Leben durch die ihr unbekannte, große Welt und kommt plötzlich an einer dieser kleinen Landschaften vorbei. Im Verhältnis zu der Welt, die sie bisher kennengelernt hatte, ist sie von einem Moment auf den anderen riesig groß! Kleine Bäume, Berge, Flüsse – in diesen Proportionen fühlt sie sich ‚großartig'.

Sie hat eine Welt betreten, in der sie den Gefahren der ihr bisher bekannten Welt entronnen ist und in der ihr eigener Wert durch die scheinbar überschaubareren Risiken größer ist.

Ihr Trugschluss liegt in der Tatsache begründet, dass wir oft aus Übermut, Sorglosigkeit oder Neugier heraus diese Welt freiwillig verlassen, weil sie uns nach einer Weile zu klein und eng erscheint. Wir verlassen unser gewohnte Umgebung in der Hoffnung, einen noch besseren Platz finden zu können, Abenteuer zu erleben und noch glücklicher zu werden.

Sie flog über ihr kleines ‚Paradies' – doch dann überschritt sie freiwillig für einen kurzen Moment dessen und ihre Grenzen und der Vogel, der sie dort nie hätte erreichen können, verschlang sie im Flug!

Das Leben wird sich immer in gewissen engen Grenzen abspielen, egal wie weit man reist. Doch sollte man in dem Drang, immer im Bestreben, neue Horizonte zu entdecken, dies nicht aus Unzufriedenheit mit der jetzigen Situation tun, denn das wäre nur eine Flucht vor sich selbst und somit ein Trugschluss.

Die Welt kann im kleinen Maßstab nicht besser oder schlechter sein als das, was wir daraus machen. Wenn sich allerdings zum Beispiel durch Krieg oder Naturkatastrophen deine Welt verändert, bleibt dir möglicherweise keine andere Wahl, doch bevor du dir dein eigenes Umfeld durch deine Unzufriedenheit zerstörst, nimm dir viel Zeit, diesen Schritt zu überdenken.

Ich musste in einem Krieg, den ich nicht wollte, gegen Feinde kämpfen, die ich nicht kannte und allein diese Tatsache widerspricht jeglicher Art von Vernunft. Denn seine Familie, seine Kinder und sein Zuhause wegen einer Indoktrinierung höherer Ideale zu opfern entbehrt jeder menschlichen Logik.'

‚Wie viel Zeit werde ich haben, bis ich die Geschichte in vollem Umfang begreifen werde?', fragte ich lächelnd.

‚Solange du dich an sie erinnern kannst, wirst du mit ihr leben. Sie wird in dir arbeiten und irgendwann wirst du sie verstehen und aufschreiben – denn wenn du das schaffst, wird sie dir während des Schreibens nochmals bewusst. Dann wirst du sie in Worten formulieren müssen, damit andere sie verstehen können und so für dich verständlich werden!'"

Wieder entnahm er einer kleinen Tasche zwei Päckchen, legte die Pfeife daneben und stopfte sie sorgsam. „Dies ist eine besondere Mischung. Lass uns die Gedanken an diese Geschichte im Rauch in den Himmel aufsteigen lassen, denn dadurch wird sie nie von der Erde verschwinden, bis du dich irgendwann einmal an sie erinnern wirst."

Wir saßen noch eine Weile auf der Terrasse, bis sich Pappa San entschloss, ins Restaurant zurückzukehren. Ich würde den Abend hier verbringen, denn ich hatte das Gefühl, das Rauschen der Wellen an dem Fels vernehmen zu können. Auch empfand ich eine angenehme Schwere und so trennten sich für diese Nacht unsere Wege.

Viele Dinge, die ich in der kurzen Zeit meiner Anwesenheit an diesem Ort erlebte, würden mich noch lange beschäftigen, doch die Erlebnisse auf dem Fels sollten meine Entscheidungen noch beeinflussen. Leider, so musste ich befürchten, würden sie mich auch zum unglaubwürdigen Außenseiter machen, würde ich sie mit der Geschichte auf dem Fels versuchen begründen zu wollen.

Ich wollte mich gerade wieder Johns Aufzeichnungen widmen, als ich einen Schatten auf dem Weg zum Haus erkennen konnte.

Als sie mit einem Stapel Wäsche vor der Tür stand war ich erstaunt, um diese Zeit noch Handtücher und Bettlaken zu bekommen.

„Darf ich hoch kommen?", fragte Sah schüchtern und ich nickte nur kurz. Was für ein arrogantes Verhalten, dachte ich sofort und stand auf und ging auf sie zu. Wie die Aufforderung an einen Bediensteten, dabei hatte sich Sah die letzten Tage rührend um mich gekümmert. Wahrscheinlich hatte sie sogar jeden Tag den Wassertank vollgepumpt, den ich gestern entdeckt hatte.

„Bitte komm rauf", sagte ich und versuchte, so freundlich wie möglich zu klingen. Sie legte die Wäsche auf den Tisch und blieb unbeholfen stehen.

„Setz dich doch einen Moment", bot ich ihr an, nur um meine eigene Unsicherheit zu kaschieren. „Ich habe leider nur noch eine halb volle Flasche Bier und Wasser, das ich dir anbieten könnte", stotterte ich. Zu meinem Erstaunen bat sie um ein Glas Bier und ich stand unbeholfen auf und holte ein Glas. Sie nahm es, trank einen Schluck davon und stellte es auf den Tisch. Ich erkannte sofort, dass es ihr zuwider war, denn ich hatte sie noch nie Alkohol trinken gesehen.

„Pappa San hat mir in der Nacht, als du auf dem Fels warst, davon erzählt. Er schien sehr besorgt zu sein, aber erklärte mir, dass er dir die Entscheidung überlassen hatte, um dir deinen Verlust erklärbarer zu machen. Um was es sich dabei handelte, hat er nicht gesagt, doch ich weiß, dass er, seit ich im Dorf arbeite, bisher nur John diesen Vorschlag gemacht hat, doch ich weiß nicht, ob er ihn angenommen hat. Doch er schien in den nächsten Tagen irgendwie verändert und deshalb würde mich interessieren, wie du diese Nacht erlebt hast."

„Habe ich mich seither auch verändert?", wollte ich wissen. „Doch, schon, du bist aufgeschlossener geworden."

Ich war erstaunt, dass Sah mich auf diese Nacht ansprach, denn unsere Gespräche im Restaurant und bei zufälligen Begegnungen waren zwar freundlich, doch sehr oberflächlich verlaufen.

„Ich hatte mich verliebt", brach es aus mir heraus. Ich erschrak nicht nur wegen meiner Antwort, eher wegen dem Eingeständnis, das ich mir selbst bisher verweigert hatte. Jetzt hatte ich es sogar Sah gegenüber erwähnt und schob es einfach auf das Rauchen.

„Die Erlebnisse auf dem Fels sind bis heute für mich nicht richtig erklärbar, aber sie lenkten mich ab und machten es mir so leichter, sie zu vergessen. Viel mehr kann ich wirklich im Moment nicht dazu sagen, doch habe ich dort draußen einige Ängste überwinden müssen. Viele der Eindrücke verwirren mich bis heute und nach meiner Rückkehr war ich erst einmal froh, es hinter mich gebracht zu haben."

„Um ehrlich zu sein, ich habe Pappa San gesagt, dass ich dich sehr mag, worauf er nur den Kopf geschüttelt und gelächelt hat. Er meinte, du wärst anders als alle Leute, die er bisher im Dorf getroffen habe. Du wärst, wie dein Name schon aussagt, ein einsamer Wolf, auf der Suche nach sich selbst, aber zu unerfahren, um den richtigen Weg zu finden. Das finde ich sehr traurig, doch hatte ich bisher nicht den Eindruck, dass dies stimmen könnte. Warum bist du einsam, wenn es doch viele Menschen um dich herum gibt, die dich mögen?"

Ihre Ehrlichkeit verwirrte mich zunehmend und auch die Einschätzung von Pappa San erstaunte mich, da er sie so mir gegenüber nie erwähnt hatte. Diese Frage war mir im Ansatz schon oft durch den Kopf gegangen, doch hatte ich es stets vorgezogen, sie zu verdrängen und wenn dies nicht möglich war zu ertränken! Deshalb fiel es mir jetzt schwer, eine Antwort zu finden.

„Pappa San hat mir heute Abend eine Geschichte über einen japanischen Soldaten erzählt, der sie vielmehr ihm erzählt hatte. Ich habe noch nicht alles verstanden, doch sehe ich im Ansatz einen Hinweis auf das Problem, das ich offenbar mit meinen Mitmenschen habe. Ich glaube, es ist eine Kombination unterschiedlicher Aspekte. Zum einen ein fehlendes Selbstbewusstsein – die Angst vor Enttäuschungen, aber kein Misstrauen. Ich bin wahrscheinlich ein Widerspruch von mir selbst.

Ich hatte mal einen Freund, der sich sehr intensiv auf wissenschaftlicher Basis mit der Astrologie beschäftig hat. Er hat sich eingehend mit mir unterhalten und ein kompliziertes Horoskop von mir erstellt. Ich selbst halte nicht besonders viel von dieser Wissenschaft, aber er hat mir erstaunlich aufschlussreich einige Dinge über mich erklärt, über die ich mit ihm nie gesprochen hatte. Ich scheine nach seiner Aussage immer in der Mitte von allem zu liegen. Selbst mein Geburtsdatum liegt fast genau in der Mitte des Jahres und mein Sternzeichen ist Zwilling. Ich habe schon manchmal gedacht, ich würde aus zwei grundlegend verschiedenen Menschen bestehen.

Ich habe mich eine Zeit lang mit Psychoanalyse beschäftigt, vor allem mit einem Mann namens Alfred Adler. Er hatte ein Buch mit dem Titel ‚Menschenkenntnis' geschrieben, in dem er verschiedene Charakterzüge von Menschen analysiert hat und zu meinem Entsetzen habe ich festgestellt, sowohl dem einen wie auch dem extrem entgegengesetzten zu entsprechen. Es war, als würden vor jeder Entscheidung, die ich gern spontan getroffen hätte, sich zwei Personen streiten und beide hatten aus ihrer Sichtweise mir durchaus nachvollziehbare Argumente, obwohl sie genau gegensätzlich waren. Also überdachte ich beide Seiten und zog mich solange zurück! Das würde dann allerdings laut Aussage des Buches auf eine gespaltene Persönlichkeit mit Ansatz zur Schizophrenie hindeuten. Danach habe ich das Buch zur Seite gelegt, doch die Verunsicherung über diese Auffassung hatte sich anscheinend schon innerlich so festgesetzt, dass ich mich bis jetzt noch davon beeinflussen lasse." Nach diesem Akt der Selbstzerfleischung musste ich mich erst einmal zurücklehnen. Wie ich auf diese spontane Analyse gekommen war, blieb mir schleierhaft und so schob ich sie spontan wieder auf das Rauchen.

„Das ist mir zu kompliziert", sagte Sah und ich konnte sie gut verstehen. „Mir auch", antwortete ich und wir lachten laut auf.

Unser beider Verlegenheit ließ eine längere Pause entstehen. Während sie aufs Meer sah, erinnerte ich mich an den Fels. Dort hatte ich mein scheinbares zweites Ich herausgefordert und ihm letztlich meine Entscheidung zu bleiben aufgezwungen. Es hatte sich daraufhin zurückgezogen und mich dadurch ein wenig entspannter gemacht. Doch noch immer stellte ich zu viele Entscheidungen in Frage, obwohl ich oft festgestellt hatte, dass die spontanste meist die richtige war.

Doch der Abend war noch nicht zu Ende, auch wenn er von meiner Seite kaum komplizierter hätte gestaltet werden können.

26. Kapitel
Sah

Ich wusste nicht, wie ich nach meinem langen Vortrag die Richtung auf ein neues Thema lenken sollte, also schaltete ich auf Fragen um, die für mich immer noch ungeklärt geblieben waren.

„Ich werde ab morgen den Wassertank selbst auffüllen, denn ich kann dir nicht zumuten, auch noch diese Arbeit zu übernehmen." Sie blickte mich fragend an und lachte.

„Dann müsstest du erstens sehr früh aufstehen, was dir sicherlich als Nachtmensch nicht leicht fallen würde. Zum Zweiten: die Pumpe liegt oberhalb des Felsens hinter dem Haus und sie ist nur über den Weg zum großen Dorf zu erreichen, der hinter dem Restaurant nach oben führt. Aber du glaubst doch nicht wirklich, dass ich den Tank auffülle?" Ich überlegte kurz und sagte: „Ja, das glaube ich!" „Gut, in den ersten Tagen nach Johns Abreise habe ich mich darum gekümmert, doch dann hat Pappa San mich gebeten, mich ganz auf dein Haus zu konzentrieren und zwei junge Männer im Dorf beauftragt die Arbeit für mich zu übernehmen. Ich mache jetzt meine Arbeit im Restaurant nur noch, bis die letzten Gäste gegangen sind, tagsüber bin ich sozusagen allein für die Belange des Hauses und für dich zuständig."

Ich ließ mich in meinen Sessel fallen und war sprachlos. „Warum hat Pappa San das gemacht?" Es entstand eine längere Pause und sie rutschte in ihrem Sessel hin und her. „Weil ich ihm gesagt habe, dass ... na ja, dass ich dich sehr mag!"

Einen Wolf streichelt man nicht, schoss mir als erstes durch den Kopf, gefolgt von einem Gefühl der Hilflosigkeit. Ich dachte, ich hätte einen Moment, doch sie fragte, ob ich noch ein kaltes Bier mochte. Mit so vielen Herausforderungen hatte ich nicht gerechnet. Ich nickte einfach nur – langsam, nicht bestimmt, sondern nur aus Verwunderung über die letzten Sätze. Da stand sie auf, und da ich vermutete, sie würde... aber dass tat sie nicht. Sie stellte sich an die Treppe und ein schriller Pfiff durchschnitt die nächtliche Stille. Dann setzte sie sich zurück, zuckte mit den Schultern und sagte „Sorry" – mehr nicht!

Aus der heutigen Perspektive ist es einfacher, sich die Frage zu stellen, warum man Menschen aufgrund ihrer Tätigkeiten in Kategorien stecken will, die mit der Persönlichkeit eines Menschen wenig zu tun haben. Um es so simpel wie möglich zu machen: Eine Toilettenfrau bleibt es so lange, bis man sie zufällig trifft, nicht weiß, was sie macht, und einer netten und aufgeschlossenen Person begegnet, die sie selbst ist. Wie viel Vorsprung hat sie gegenüber vielen, mich ausdrücklich eingeschlossen, in der Bewältigung ihrer Probleme. Wie viel Erfahrungen hat sie gesammelt, die ihr das Leben nicht leichter machten, doch möglicherweise lebenswerter!

Sah konnte meine Gedanken nicht lesen, davon war ich überzeugt, aber so, wie sie mich ansah, war ich mir nicht mehr ganz sicher. Sie hatte diese offene Ehrlichkeit, die mir zu fehlen schien, eine Spontanität, die mir abhanden gekommen war. Natürlich kann man nicht jedem Menschen seine Aufmerksamkeit schenken, was auch niemand je verlangen wird. Doch Respekt für seine Arbeit hat jeder verdient.

„Hat dein anderes ‚Ich' dich gerade in Beschlag genommen?", fragte der Wolf und ich lächelte sie und damit auch „IHN" an. In diesem Moment kam ein Mädchen an die Treppe, welches ich noch nie im Restaurant gesehen hatte, und kam mit einem Tablett auf die Terrasse. Sie stellte das Bier mit zwei Gläsern auf den Tisch und wollte gerade gehen, als ich sie fragte, wie sie hieß. „Miriam, Sir", erwiderte sie und ging. Ich habe mich später immer wieder gefragt, wie Menschen in guten Hotels mit dem ihnen angebotenen Personal fast verächtlich umgehen können.

„Bist du jetzt befördert worden? Die Chefin mit besonderem Aufgabenbereich – mich!" Da war er noch einmal, er meldete sich zurück und suchte seine letzte Chance. Ich musste spontan handeln und das tat ich!

„Lass uns an den Strand gehen, ich werde nicht mehr reden, und falls du möchtest, spiele ich Musik für dich. Die Musik, die ich auf dem Fels gehört habe."

Als wir am Strand ankamen, leuchteten die Sterne wie vor ein paar Tagen. Die Wellen schlugen heftig gegen den Fels, nur beschien ein Halbmond den Strand – ein Licht, das ich zu jener Zeit vermisst hatte. Ich hatte seit dem Morgen als ich zurückkam keine Musik mehr gehört und so war es einfach, den Anfang von „At the Harbour" zu finden. Ich setzte ihr den Kopfhörer auf und blickte aufs Meer. Ich konnte das Lied hören, ich brauchte keinen Kopfhörer.

Sah bewegte sich nicht. Sie sah zuerst aufs Meer und dann zu dem Fels. Weiße Schaumkronen schienen ihn verschlucken zu wollen, doch ich wusste, dass er sich verteidigte.

Dann war das Lied zu Ende und sie nahm den Kopfhörer ab.

„Erzähl mir die Geschichte des Liedes, so, wie du sie verstanden hast."

„In einem kleinen Dorf leben die Menschen vom Fischfang und um ihren Lebensunterhalt zu bestreiten, müssen sie bei jedem Wetter hinausfahren, um zu fischen. Die Jahreszeiten ändern sich und im Rhythmus zwischen Winter, Frühling, Sommer und Herbst entsprechend die Bedingungen für die Fischerei.

Das Lied beschreibt einen aufkommenden Sturm und Männer, die ihm auf dem Meer ausgesetzt sind. Ihre Familien versammeln sich am Hafen und sorgen sich um ihre Männer, da der Sturm immer heftiger wird. Es ist Verzweiflung und die Ungewissheit, ob sie zurückkommen werden, doch das Lied lässt die Antwort offen."

Ich hatte das Lied nur zweimal gehört und das letzte Mal, als ich vom Fels zurück an den Strand ging – es war Anfang und Abschluss zugleich.

„Ich habe sie gesehen, als sie abgereist sind. Sie war wunderschön und hatte so strahlend grüne Augen." „Smaragdgrün", rutschte mir heraus.

„Es war nur ein Tag, aber sie fand einen Zugang zu mir, der ohne viele Worte stattfand. Sie schien beide Seiten von mir zu akzeptieren und deshalb war ihre Abreise für mich schwer zu ertragen."

Sah legte ihren Kopf an meine Schulter und schwieg – ein beruhigendes Gefühl.

Warum musste ich mich immer erklären? Hatte ich die Ausstrahlung eines Menschen, vor dem man Abstand hielt oder sich gar fürchten musste? Zweifel mögen erlaubt sein.

„Ich sitze oft nach der Arbeit noch am Strand und schaue in die Sterne. Ich habe einmal ein Buch gelesen und darin hieß es, dass alle Sterne Sonnen seien und wir nur einen Bruchteil von dem sehen können, was wirklich existiert – faszinierend und erschreckend zugleich."

„Ein wenig mehr Abstand hätte ich mir schon gewünscht", sagte der Wolf!

Verständnis hatte ich maximal erwartet, doch Erläuterungen und Antworten nicht. Ich war zu überrascht, um schüchtern zu sein. Meine Gefühle waren nur verstaubt und nicht verschüttet und eine junge

Frau stellte Fragen, die mit Emotionen und nicht mit Rationalität zu beantworten waren.

Da ich mir dachte, dass „Wish You Were Here" zu Missverständnissen führen könnte, nahm ich den Walkman und wir gingen zurück.

Als wir wieder auf der Terrasse saßen, kam schon die Antwort auf eine Frage, die mir schwer fiel zu stellen.

„Mach dir keine Sorgen um mich, Pappa San weiß, dass ich bei dir bin. Ich bin ihm auf dem Weg ins Restaurant begegnet und er hat mich angelächelt und ich wusste, dass er mich versteht!" Dann stand sie auf, holte ein Glas und schenkte mir ein Bier ein.

„Rauchst du auch manchmal?", fragte ich sie.

„Ich bin Expertin – wusstest du das nicht? Entspannung ist wohl das beste Gefühl, das man haben kann, denn man kann es sich weder einreden noch verdächtigen zu betrügen."

Also legte ich die beiden Päckchen, die Pappa San zurückgelassen hatte, auf den Tisch und die kleine Pfeife daneben. Sie nahm sie, wickelte sie auf und roch an ihnen.

„Das eine hattest du schon, aber das andere ist sehr gut. Pappa San hat eben Erfahrung mit diesen Dingen."

Ich reichte ihr die Pfeife, doch sie sah mich an, griff unter den Tisch und holte die Bong hervor.

„Wenn wir schon zwei Wölfe haben, sollten wir einen benutzen." War diese Frau, die vor wenigen Tagen noch ein „Mädchen" im Restaurant gewesen war, verschlagen?

„Wolf, glaub mir, über die Jahre habe ich viele Menschen in diesem Dorf kennengelernt. Pappa San hat immer für Ordnung gesorgt, wenn sich Probleme auch nur zu entwickeln schienen. Deshalb genieße ich es, hier zu arbeiten und die Bewohner akzeptieren aus diesem Grund seine Entscheidungen. Wir leben auch, wenn wir schweigen und in Asien hat es eine lange Tradition, Demütigungen zu ertragen, da wir glauben, dass schlechtes Karma auf einen zurückfällt, wenn man es aussendet. So müssen wir es nur ertragen, aber nicht damit leben. Du jedoch bist selbst für Pappa San ungewöhnlich. Verschlossen und gleichzeitig zugänglich. Wer bist du?"

„Ich bin ich, und mit der Frage, wer ich wirklich bin, werde ich mich wahrscheinlich mein ganzes Leben lang herumschlagen müssen!"

Sie nahm die Bong und brach einen Zweig von einem herunterhängenden Baum ab. „Pappa San weiß, was er macht. Und bevor wir rauchen, sag mir, ob ich bleiben darf."

„Ich würde mich freuen, wenn du bleibst."

Ich nahm die beiden Sessel und trug sie vor das Haus – ganz spontan, und sie nahm die Bong, das Päckchen, das Feuerzeug, den Zweig und einen kleinen Tisch. Als wir mit unserem kleinen Umzug fertig waren, kam ich mir vor, als säße ich in einer Kapsel, die gerade ins All geschossen werden sollte – und genau DAS geschah!!

Wie lange wir unterwegs waren ist schlecht zu beurteilen, da Zeit für uns keine Rolle spielte. Jedoch landeten wir sanft, und als ich zum ersten Mal aufwachte, war Sah schon gegangen.

Allerdings hatte sie mir einen Brief geschrieben:

„Hallo Wolf, ich musste zur Arbeit. Doch eine Frage hattest du mir nicht!! gestellt – wie das Tuch von Ischda über deinem Kopfkissen gelandet ist. Die Antwort würde ich dir gern persönlich mitteilen. Sah“

27. Kapitel
George, der Insektensammler

Über die Zeit, zu der ich aufstand, verschwendete ich keinen Gedanken mehr und war froh, sie am Sonnenstand ablesen zu können, da mir dadurch ein gewisser Spielraum blieb, mich selber zu täuschen. Doch heute hatte ich mir vorgenommen, an den Strand zu gehen und dem Tag auch im hellen Sonnenschein seine positiven Aspekte abzugewinnen.

Ich war gerade auf dem Weg zum Waschplatz, als ich Sah bemerkte, die auf dem Betonsockel saß und in einem Buch zu lesen schien. Ich setzte mich zu ihr und auf ihren Beinen lag ein umfangreiches Werk, in dem jede Art von Insekten abgebildet war.

„George hat mir heute Morgen das Buch gezeigt und mir erklärt, dass es einige der Arten nur in entlegenen Gebieten Thailands gibt. Er ist schon früh aufgebrochen, um nach Insekten zu suchen, die er hier vermutet. Er hat mir erklärt, dass er alles, was er fangen kann, in Gläser steckt und dann anhand des Buches bestimmt und in sein Tagebuch überträgt. Er hat es mir gezeigt und er hält darin sowohl den Tagesverlauf, als auch die einzelnen Insekten fest. Er arbeitet sehr sorgfältig. Als er sich am Morgen mit Gläsern und seinem Schmetterlingsfänger auf den Weg machte, gab er mir das Buch und bedankte sich sogar für das Interesse, das ich ihm widmete. Er meinte, dass die meisten Leute ihn für verrückt hielten, was ihn allerdings nicht zu belasten schien. Das Buch hat fast tausend Seiten, aber die Abbildungen haben mir gefallen und er hat mich gefragt, ob ich schon mal einige der Insekten gesehen hätte. Er schlug die Seiten über Thailand auf, aber leider konnte ich ihm nicht helfen. Doch er gab mir das Buch und sagte, dass er sich am Abend mit mir alle Insekten, die er gefangen hatte, ansehen und sie in sein Buch eintragen wollte. Dann hat er es mir einfach überlassen."

„Ich habe ihn nur kurz getroffen, aber er scheint ein aufgeschossener Mensch zu sein." „Wenn er nicht so viel trinken würde", ergänzte Sah.

Sah blätterte in dem Buch und ich fand es interessant, welche Vielfalt an Insekten es allein in Thailand gab.

Dann hörte ich die tiefe Stimme des Insektensammlers, und die beiden Schwestern und er kamen vom Strand auf den Waschplatz zu. Ich hatte einmal eine Rekonstruktion von Livingston in Afrika gesehen, und als ich ihn mit seinem Köcher in der einen Hand und dem Glas in der anderen sah, erinnerte er mich an Charles Darwin, der in jungen Jahren mit der Beagle seine Reisen nach Südamerika unternommen hatte und sicher beim Sammeln von seinen Spezies ähnlich vorgegangen sein musste. Als er uns sah, strahlten seine Zähne in der tief einfallenden Sonne und die Schwestern schienen gebührenden Abstand zu dem Glas zu halten, in dem er seinen Fang des heutigen Tages trug. Er hatte seine bunte Gaukler-Bekleidung abgelegt und trug einen Kaftan, der zu seinem Markenzeichen werden sollte. Er setzte sich zu uns und stellte das Glas neben uns ab.

„Eine unbekannte Welt, diese Insekten. Sie sind so klein und filigran gebaut, doch haben sie uns gegenüber einen ungemeinen Vorsprung – denn sie wissen zu überleben!“ Sollte ich erneut auf eine Person treffen …?!

Sah gab ihm sein Buch zurück und er verstaute es sorgfältig in seinem Rucksack. Dann verabschiedete sie sich, stand auf und ging.

„Du bist doch Wolf, wenn ich mich richtig erinnere. Pappa San hat dich erwähnt. Bist du der Verrückte, der eine Nacht auf dem Felsen dort drüben verbracht hat?“ Ich war mir nicht sicher, ob Pappa San es ihm gesagt hatte, doch schien es mittlerweile zu einem Thema im ganzen Dorf geworden zu sein.

„Falls du noch Zeit hast, zeige ich dir einen Ort, den ich als ‚Insektentreffpunkt‘ bezeichnen würde. Liegt nicht weit von hier entfernt, du brauchst dich nur umzudrehen.“

Ich stand auf und bat ihn mir zu folgen. Es war Ebbe und der Steg trocken.

„Dies ist die Hütte, in der ich einige Zeit gewohnt habe und intensiven Kontakt zu Lebewesen hatte, die deiner Begierde entgegenkommen könnten. Ich bin im Nachhinein froh, sie nicht alle wahrgenommen zu haben, doch mir bleiben Zweifel, sie alle gesehen zu haben.“

Wir setzten uns auf die Terrasse und er stellte das Glas auf den Tisch. Einige der Tiere waren wohl aus Sauerstoffmangel eines unnatürlichen Todes gestorben, während andere noch verzweifelt versuchten, ihrem Schicksal zu entgehen.

Der Bambusboden vibrierte, ein untrügliches Zeichen, und als ich mich umsah, kam eine der Bedienungen mit einem Tablett auf die Terrasse. Auf ihm lagen eine Flasche Bier, eine Flasche „Black Label“ und zwei Gläser.

„Für diese einfache Hütte hast du aber einen guten Zimmerservice“, sagte George und lachte.

„Natürlich bin ich verrückt!“ Die Antwort kam unerwartet, doch dadurch erübrigte sich meine erste Frage an ihn.

„Ich hatte eine Anwaltskanzlei in Toronto, Kanada, war einigermaßen erfolgreich, aber ich hatte zwei Kinder. Während mein Privatleben und das Leben mit meiner Frau immer mehr der Gewohnheit zu verfallen drohten, überkam mich ein zunehmendes Gefühl der Leere. Dann gingen die Kinder aus dem Haus und zunehmend ihrer eigenen Wege, und meine Sehnsucht nach einer neuen Herausforderung wuchs.

In meiner Kindheit hatte ich viel gelesen und über die Bücher von Doyle und Darwin ein Interesse an der Biologie entwickelt. Insekten waren eine Nische, da die meisten Menschen sie abscheulich fanden – was meinen Drang, mich mit ihnen zu beschäftigen, nur verstärkte. Mein Vater war Jurist und für ihn, aber insbesondere für meine Mutter war meine aufkommende Leidenschaft für diese Tiere der wahrste Horror. Abends stellte ich voller Stolz meine gefangenen Exemplare in einem Glas auf den Tisch, worauf er mir meine Leidenschaft verbot.

Ich studierte Jura und wurde schließlich Anwalt, doch eine Leidenschaft ist keine Idee, sondern der Wunsch, sie eines Tages umsetzen zu können.

Plötzlich war der Zeitpunkt gekommen und nach einiger Überlegung zog ich einen Schlussstrich unter mein bisheriges Leben, verkaufte die Kanzlei, meine Frau trennte sich von mir und ich wurde der ‚Verrückte‘, wie mir alle Freunde versicherten. Aber, Wolf, was wäre aus mir geworden? Ein zufriedener Golfspieler mit viel zu junger Freundin und der irrealen Hoffnung, dass sie mich nie verlassen würde? Nachdem ich meine Abwicklung der Geschäfte erledigt hatte, bemerkte ich zum ersten Mal, welche Bedeutung Zeit überhaupt hat. Ich war zwar erfolgreich, doch von einem Termin zum nächsten gehetzt. Ich fiel in ein Loch, als ich feststellen musste, dass mir die Zwischenräume meiner neu gewonnenen Freiheit immer größer erschienen. Ich hatte schon alles und war nun abhängig von den täglichen Gemütsschwankungen! Ich hatte mir vordergründig alle meine Wünsche erfüllt, aber war trotzdem nicht glücklich. An einem Abend ging ich in einen Park, setzte mich auf eine Bank und genoss die Ruhe, als mir ein bunter Käfer vor die Füße fiel. Ich hob ihn auf und dachte an meine Kindheit. Wolf, besteht das Leben wirklich aus Zufällen?" Ich schwieg und bewegte nur verneinend den Kopf. Ich wollte ihn nicht unterbrechen – so einfach kann Konversation sein!

„Ich kaufte mir in den nächsten Wochen Bücher wie dieses auf dem Tisch und beschäftigte mich ausgiebig mit Insekten. Die Reaktion der wenigen verbliebenen Freunde kannst du dir sicher vorstellen. Der Regenwald des Amazonas wäre zu viel für den Anfang gewesen, also entschied ich mich für Asien, zumal das Wetter mir entgegenkam. Letztlich bin ich in Thailand gelandet. Ich bin in der Stadt einem Paar begegnet, das in den Norden wollte. Sie erzählten mir von einem kleinen Dorf und erwähnten auch deinen Namen, Wolf. Ist leicht, ihn sich zu merken. Ich hatte viel Equipment, Kisten mit notwendigen Dingen, die ich für meine Arbeit brauche, aber ich habe erst einmal alles bei George gelassen und bin nur mit leichtem Gepäck zu euch gekommen. Falls ich bleiben kann, hole ich die anderen Sachen und setze meine Arbeit fort."

Er nahm sich ein Glas und füllte es bis zum Rand mit seinem Whiskey.

Er lächelte nicht mehr, sondern starrte auf das Glas. Wenn er verrückt war, so wäre das Leben unverständlich. Falls sich ein Weg immer mehr verengte, wäre es ratsam umzukehren, insbesondere, wenn man es erkannte. Doch je länger dieser Weg war, umso mehr Kraft war erforderlich, um nach neuen Wegen zu suchen. In seiner Konsequenz war George, trotz seiner finanziellen Unabhängigkeit, ein gutes Beispiel für die Hoffnung, einen Traum in einen Wunsch zu verwandeln und ihm die Zeit zu geben, ihn zu verwirklichen!

„Du redest nicht sehr viel", sagte George. „Eigentlich schon, aber, wenn du schon Verrückte ansprichst: Ich rede sehr viel mit mir selbst. Fragen wie auch Antworten scheine meine Passion zu sein. Vielleicht sind wir uns auf eine gewisse Art in unserer Suche ähnlich. Du suchst nach Insekten, ich nach Antworten, aber ich glaube, unsere Bemühungen scheitern an der Vielzahl der Möglichkeiten. Es wird immer ein Insekt geben, das du nicht finden kannst und für mich Fragen, die sich nicht beantworten lassen. Doch solange wir bereit sind, die Suche fortzusetzen, ist für Langeweile kein Platz und allein dieser Aspekt ist die Suche wert."

Es waren wahrscheinlich die längsten persönlichen Äußerungen, die ich bisher gemacht hatte.

„Was denkst du …?“ Ich hob nur spontan den Arm und zeigte auf das Meer und er drehte sich um.

„Dort draußen werden unser Lebensbedingungen geschaffen, seien es das Wetter oder tektonische Verschiebungen, und nicht zuletzt wurde dort der Anfang des Lebens auf diesem Planeten entwickelt. Und wir werden die Antwort auf alle diese Fragen nicht finden, wenn wir uns durch Unwissenheit und Profitgier der Antworten berauben, für die wir nicht mal ansatzweise eine Erklärung haben. Wir waren auf dem Mond, doch dies war ein Wettlauf zwischen zwei Supermächten und hat vielleicht den technologischen Fortschritt gefördert, doch den Zugang verstellt, diese Mittel für die Gewinnung grundlegender Erkenntnisse über unseren Planeten zu nutzen. Das Meer stirbt durch Verschmutzung und Überfischung und wir wissen mittlerweile mehr über andere Planeten als über unsere eigene natürliche Umgebung. Die Meere werden nicht naturwissenschaftlich untersucht, sondern nur, um neue profitable Geldquellen zu erschießen. Wir haben in der Menschheitsgeschichte viel erreicht, doch immer noch nicht erkannt, dass dieser Weg der Ignoranz gegenüber der Natur in eine Sackgasse führen wird. So lange, wie wir nicht bereit sind, einen kleinen Prozentsatz der jährlichen Rüstungsausgaben für die Beseitigung elementarer Defizite für die Natur und damit letztendlich für alles Leben und dessen Erhaltung abzuzweigen, ist es Ignoranz und Kapitulation zu Lasten nachfolgender Generationen – zu Land, zu Wasser und in der Luft, wie militärische Kreise gern zu äußern pflegen.“

Ich wusste instinktiv, dass ich zu viel geredet hatte, denn er schenkte sich das Glas erneut ein und sah mich fragend an.

„Wie kamen sie auf den Namen ‚Wolf‘?“

„Es ist einfach ein Teil meines Namens, aber wenn ich überlege … Ich heiße Wolfgang, was in Deutschland für die Namensgebung in den Fünfzigerjahren kein außergewöhnlicher Name ist. Aber Wolf war hier einfacher und mittlerweile habe ich mich damit abgefunden.“

Dann kam mir ein Gedanke: „Wie würdest du einen ‚Gang‘ beschreiben?“

Er sah mich wieder etwas verwirrt an, doch dann sagte er: „Ein Gang ist kein Weg, sondern etwas Verborgenes, eine Art Tunnel, ein Pfad, der zu etwas Verborgenem führt." Ich liebte von nun an meinen Namen, auch wenn er in Asien für die nächsten 26 Jahre kaum benutzt werden würde.

George war und blieb ein außergewöhnlicher Mensch. Wir trafen uns gelegentlich, aber nur kurz, und er zeigte mir seinen Fang, den er in Gläsern allabendlich auf dem Tisch präsentierte und die Eintragung, die er über diesen Tag in sein Tagebuch geschrieben hatte. Ich hatte das Glück, alles fast zwanzig Jahre später zu lesen.

Ich freue mich, ihn kennengelernt zu haben.

28. Kapitel
Einladung in Pappa Sans Dorf

Nach unserem letzten Gespräch hatte Pappa San mich eingeladen, in sein Heimatdorf zu kommen, das nur etwa 15 Minuten Fußweg von unserem „kleinen Dorf" entfernt lag. Als ich es Sah am Abend erzählte, war sie sehr überrascht, denn sie selbst war schon oft in dem Dorf gewesen, doch in sein Haus war sie nicht eingeladen worden.

„Ich weiß nur, dass John schon mal bei ihm gewesen ist, aber an andere Bewohner war von Seiten Pappa Sans nie eine Einladung gemacht worden. Es muss etwas Wichtiges sein, denn ohne Grund würde er so eine Einladung nie aussprechen."

Ich fragte sie, ob ich mir Sorgen machen müsse, doch sie lachte nur und merkte an, dass Pappa San geneigt war, Probleme an Ort und Stelle zu lösen und sie sicher nicht in sein Dorf tragen würde.

„Falls du möchtest, begleite ich dich bis vor das Dorf, dann wird dir sicher jemand den Weg zu seinem Haus zeigen können."

„Möchtest du mitkommen und bei dem Gespräch anwesend sein? Es könnte wirklich interessant werden."

Sah lehnte sich zurück und nahm meine Hand. „Pappa San bat mich, mich zu ihm zu setzen, da keine Gäste mehr im Restaurant waren. Er erzählte mir von eurem Gespräch in deiner alten Hütte. Er hatte das Gefühl, dass du dich langsam aber zunehmend entwickeln würdest, was immer es auch bedeuten mag. Du hättest wohl deinen Verlust verkraftet und er glaubte, dass der Fels eine entscheiden Rolle dabei gespielt haben könnte. Aber er braucht ein wenig Unterstützung und deshalb hat er mich gebeten, mich um dich zu kümmern. Versteh mich bitte nicht falsch – er hat mich an unserem ersten Abend nicht zu dir geschickt. Ich erzählte ihm von der ersten Nacht, als du im Restaurant übernachtet hast. Du bist direkt am Tisch eingeschlafen und ich habe mich an den Tisch gesetzt und dich lange angesehen. Mit deinem Karton sahst du aus wie ein Flüchtling, jemand, der geflohen war und nicht wusste, wie es weiter gehen sollte. Du hast mir leid getan, aber irgendwie mochte ich dich, habe dich zugedeckt und bin dann gegangen. Bei einem Gespräch, das Pappa San mit John geführt hat, bekam ich mit, dass Pappa San plante, dich zu bitten, das Dorf zu verlassen. Er glaubte, du würdest nicht hierher passen, was mich sehr traurig machte. Als ich John allein traf, habe ich ihn gebeten, noch einmal mit Pappa San über dich zu sprechen. Er konnte mir nicht versprechen, dass er seine Meinung ändern würde, wollte es aber versuchen. Warum er letztlich seine Entscheidung geändert hat, weiß ich nicht, aber ich war erleichtert darüber. Ich hatte manchmal wirklich Angst um dich. Die Sache mit der Bhagwangruppe, dann Herb und Vera. Aber an dem Abend, als du auf dem Fels gewesen bist, habe ich mir ständig gewünscht, dass du vorzeitig zurückkommen würdest – und als ich dich am Morgen aus dem Wasser kommen sah, war ich sehr erleichtert." Dann lachte sie und fügte hinzu: „Du sahst wirklich wie ein Wolf aus, den man ins Wasser geworfen hatte!

An jenem Abend habe ich Pappa San gestanden, dass ich mich in dich verliebt hatte.

‚Du bist erwachsen, und auf persönliche Gefühle will ich keinen Einfluss nehmen. Aber er ist ein schwieriger Mensch, verletzlich, und reden möchte er immer noch nicht viel. Das Entscheidende jedoch ist die Tatsache, dass er irgendwann abreisen wird. Ich hoffe, dass dir dies bewusst ist. Wenn du dir allerdings trotzdem sicher bist, musst du zu ihm gehen und es ihm sagen.' Dann lachte er und ich sah ihn fragend an. ‚Bei dem Gespräch würde ich gern dabei sein!'

Daraufhin bot er mir an, mich von einigen Arbeiten zu befreien und mich um dich zu kümmern, was ich natürlich gerne tat.

An dem Morgen, als du vom Fels gekommen bist, fand ich ein großes Tuch, das du auf dem Tisch vergessen hattest. Ich wickelte es auf und fand den Walkman und die Kopfhörer darin. Er lief noch, und als ich ihn aufsetzte, merkte ich, dass die Batterien fast leer waren. Da habe ich neue besorgt. Auf dem Weg zu deinem Haus habe ich Musik gehört, und da sie mir sehr gefiel, mich auf die Terrasse deiner alten Hütte gesetzt. Ich war mir nicht sicher, ob ich zu dir gehen sollte, und dachte mehrfach daran, ihn dir am Abend zu geben. Doch dann überwand ich meine Zweifel und ging zum Haus. Die Tür war nur angelehnt, und als ich eintrat, lagst du auf dem Bett und hast fest geschlafen. Ich kroch unter das Moskitonetz, legte deinen Kopf zur Seite, wickelte das Tuch um das Kissen und legte den Walkman daneben. Ich überlegte die ganze Zeit, was ich sagen sollte, falls ich dich wecken würde, aber du schliefst weiter."

Ich hatte es vermutet, doch jetzt hatte ich wieder eine Antwort mehr. Doch wie wäre wohl meine Reaktion gewesen, wenn ich wirklich aufgewacht wäre? Müßig, darüber nachzudenken. Ich war von ihrer Offenheit gerührt und nahm sie in die Arme.

Wenn ich mit ihr zusammen war, verspürte ich keinerlei Druck, war entspannt und genoss die Zeit in vollen Zügen. Dieser Ort und alle Ereignisse entwickelten sich zu einer der schönsten Zeiten, die ich erleben durfte, und ich bin heute noch dankbar dafür.

Als ich am nächsten Morgen gegen Mittag aufwachte, war Sah natürlich schon nicht mehr im Haus, doch als ich auf die Terrasse ging, hingen über der Leine frisch gewaschene Unterhosen und ich war peinlich berührt. Frisches Obst stand auf dem Tisch und nach einer langen, warmen Dusche machte ich mich auf den Weg zum Restaurant.

Ich hatte eine der Unterhosen in die Tasche gesteckt und als ich Sah hinter der Theke erblickte und mich vergewissert hatte, dass niemand es sehen konnte, zog ich sie aus der Tasche und hielt sie in die Luft. „Danke" – und nach einem kurzen Moment der Stille mussten wir beide laut lachen. „Gern geschehen!"

Nach einiger Zeit kam Sah, legte mir eine kleine Tasche auf den Tisch und deutete auf den Weg zum Dorf.

„Hattet ihr eine bestimmte Zeit vereinbart?" „Nein, er hat gesagt, wann immer ich möchte."

Sie trug einen langen Bambusstab mit sich, und immer, wenn das verdorrte Gras dichter wurde, stocherte sie darin herum und ging erst danach weiter.

„Es gibt nach der Brandrodung manchmal giftige Schlangen, die sich hierher zurückgezogen haben. Wir wollen doch beide nicht, dass unsere Beziehung auf diese Weise endet." Sie lachte, doch mir war bei dem Gedanken, wie oft ich nachts schon zum Teil barfuß und ohne Taschenlampe nach Hause gegangen war, nicht zum Lachen zumute.

Als wir das Dorf erreichten, nahm sie mich in den Arm und küsste mich auf die Stirn. „Ich hoffe, du wirst die Zeit genießen. In der Tasche sind Papajakerne für die Konzentration und eine Blume."

„Wofür ist die Blume?", fragte ich erstaunt.

„Leg sie auf den Tisch, dann erinnerst du dich an mich, wenn du sie siehst. Ich möchte, dass du sie mir wieder zurückgibst, wenn ich dich abhole." Dann drehte sie sich um, winkte noch einmal kurz und war verschwunden.

Der schmale Pfand mündete in einen breiten Weg, der wiederum zu einem großen Platz führte, auf dem Kinder spielten. Als sie mich sahen, kamen sie kreischend auf mich zu gerannt.

„Pappa San?“, fragte ich nur und es wurde ruhig.

Ein kleiner Junge aus der Gruppe trat hervor und nach einigem Zögern fragte er: „Wolf?“ „Grrrrr“, machte ich und nach einem kurzen Aufschrei lachten alle.

Dann nahm der kleine Junge meine Hand und führte mich über den Platz nach rechts auf einen sauber gefegten Weg, neben dem bunte Blumen gepflanzt waren. Vor einem großen Haus, das vom Fundament bis zur ersten Etage massiv gebaut war, blieb er stehen. „Pappa San!“, rief er und rannte davon.

29. Kapitel
Der Tag bei Pappa San (1. Teil)

Vor dem Haus waren Bananenstauden und Bougainvillea gepflanzt worden. Für die Verhältnisse in unserem kleinen Dorf war dieses Haus riesig und ich war erstaunt, wie schnell man die Größenverhältnisse verliert, wenn man auch nur kurzfristig die vertraute Welt verlässt. Einige massive Stufen führten an die Eingangstür, die aus massivem Holz und mit zahlreichen Schnitzereien verziert war.

Allerdings hatte die Tür kein sichtbares Schloss. Neben der Tür hing eine kleine Glocke, und als ich gerade daran ziehen wollte, öffnete sich die Tür und eine ältere Dame bat mich freundlich einzutreten. Ich betrat einen weiß gestrichenen Flur, an dessen Wänden bunte Kinderzeichnungen hingen. Doch am auffälligsten war ein großer schwerer Baumstamm, der unter der Decke hing.

„Er hat mir einmal das Leben gerettet – hallo Wolf! Ich war noch sehr jung und wir kenterten mit unserem Boot weit draußen auf dem Meer. Mehrere Männer ertranken, doch ich erreichte an dem Stamm geklammert das Ufer und überlebte – wie du siehst. Ich habe ihn viele Jahre später wiedergefunden und ins Dorf bringen lassen. Mein Vater hielt mich für verrückt und ließ ihn bis zu seinem Tod vor dem Haus liegen. Ich habe ihn dann später bearbeitet und unter die Decke gehängt. Er erinnert mich immer daran, wie kurz das Leben hätte sein können." „Eine gute Geschichte, gleich zum Anfang. Ein schönes, großes Haus, wenn man es mit den Hütten im kleinen Dorf vergleicht."

„Mein Vater hat es gebaut und ich habe es vor einigen Jahren etwas vergrößert. Aber gehen wir erst einmal ins Zimmer."

Er führte mich in einen großen Raum, wo mir sofort ein riesiges Bücherregal auffiel, in dem auf der einen Seite viele gebundene Bücher standen, während auf der anderen Taschenbücher in bunten Farben und unterschiedlichen Größen gestapelt waren.

„Die Taschenbücher haben ehemaligen Dorfbewohnern gehört und bei der Abreise habe ich sie gebeten, sie mir zu überlassen. So hat sich mit der Zeit einiges angesammelt. Auf der anderen Seite stehen zum größten Teil wissenschaftliche Werke und Biografien, aber auch Bücher bekannter Schriftsteller. Ich hatte einige langjährige Besucher gebeten, sie für mich zu kaufen und sie brachten sie mir bei ihrem nächsten Besuch mit. Ich habe mich immer gefreut, wenn sie für mich die Schlepperei auf sich genommen haben. Doch setz dich erst mal, wir haben den ganzen Tag Zeit und ich werde sicher noch darauf zurückkommen."

Er bot mir einen großen Sessel an und nahm auf einem reich verzierten Holzsessel Platz. (So ist aus meiner Erinnerung das Coverbild entstanden, dem ich noch Teile unserer Gespräche hinzugefügt habe).

Dann betrat die nette ältere Dame mit einem großen Tablett in den Händen den Raum und stellte es zwischen uns auf den Tisch. Auf dem Tablett waren eine Karaffe mit Wasser, zwei Gläser Saft und zu meinem Erstaunen eine große, kalte Flasche Bier.

„Zuerst muss ich dir etwas über Herb und Vera erzählen. Ich habe sie bis in die Stadt begleitet und Herb erzählte mir, dass es um Probleme mit einem Italiener namens Carlo gegangen war. Er ging nicht auf Einzelheiten ein, doch so langsam setzte sich für mich ein Bild zusammen. Vera hat während der ganzen Zeit kein Wort gesagt und ich bin mir nicht sicher, ob sie begriffen hatte, wie gefährlich die Situation auch für sie hätte werden können. Ich habe ihnen einen Bus mit Fahrer besorgt, der sie noch am gleichen Abend in den Norden bringen sollte. Es war kein leichter Abschied, denn ich glaube nicht, dass Herb nochmals zurückkommen wird. Er hat mir übrigens gesagt, dass du sein Haus bewohnen kannst, solange du willst. Später habe ich mich mit einigen ehemaligen Kollegen auf dem Polizeirevier unterhalten, denn du weißt sicher mittlerweile, dass ich einmal Polizeichef in der Stadt gewesen bin. Ich bin froh darüber, dass du die Italiener dazu bringen konntest abzureisen, denn Carlo war eine gewaltbereite Person, wie mir Herb bestätigte.

Von meinen Kollegen erfuhr ich, dass die Polizei nach ihnen suchte, da sie in Verbindung mit der Einfuhr von harten Drogen gebracht wurden. Ich habe mir große Sorgen gemacht, da ich wusste, dass sie noch im Dorf waren.

Zwar hatte man bei ihrer Einreise in Bangkok keine Drogen finden können, doch waren sie von dort an die Grenze im Norden gefahren und es wurde vermutet, dass sie dort illegale Geschäfte getätigt hatten. Den Behörden lagen Unterlagen aus Italien vor, die an die zuständige Stelle in Phuket weitergeleitet worden waren. Daraufhin bat ich die Polizei, mit mir und einem Aufgebot von zehn Männern ins Dorf zu kommen. Als wir bei George im Restaurant ankamen, erzählte er uns, dass sich besagte Leute bei ihm am Nachmittag in einer Hütte eingemietet hatten und ich war froh, dass sie das Dorf verlassen hatten. Die Polizei durchsuchte daraufhin seine Hütte und fand eine Vielzahl von Drogen. Der leitende Officer forderte daraufhin weitere Leute an, und als sie eintrafen, umstellten sie am Abend das Restaurant. Die Italiener waren wohl in die Stadt gefahren, um nach Vera und Herb zu suchen, und kamen spät am Abend zurück. Als sie das Polizeiaufgebot sahen, lief Carlo an den Strand. Auch nach mehrfacher Aufforderung blieb er nicht stehen, sondern wollte aus der Tasche, die er bei sich trug, einen Gegenstand entnehmen. Daraufhin schoss der ihn verfolgende Beamte auf ihn. Auch wenn es dich im ersten Moment wohl schockieren wird ... Carlo ist tot! Die beiden Begleiterinnen wurden festgenommen und nach Bangkok überstellt. Übrigens haben sie auch George mitgenommen, da sie in seinem Restaurant ebenfalls harte Drogen gefunden haben. Er beteuert, dass sie von den Italienern dort zurückgelassen worden waren – und ich hoffe, die Sache lässt sich schnell klären. Ich blieb noch eine Nacht bei George und kam am nächsten Tag zurück."

Ich war wie versteinert, denn zum ersten Mal wurde mir bewusst, was alles hätte passieren können, wenn sie sich geweigert hätten zu gehen.

„Weißt du, ob Herb und Vera davon erfahren haben?" „Falls sie Zeitung lesen schon, denn einige Reporter waren noch am gleichen Abend dort, haben Bilder gemacht und die Polizei befragt. Wenn jedoch, wie Herb mir erzählte, eine ganze Familie hinter der Sache stecken sollte, befürchte ich, dass die Angelegenheit noch nicht beendet ist. Doch lass uns die Sache abschließen – wir haben uns nicht heute hier getroffen, um weiter zu spekulieren."

Der Übergang fiel mir erst einmal schwer, doch dann dachte ich an Vera und Herb und hoffte, dass sich auch ihr Problem damit erledigt hatte.

„Lass uns zur Ablenkung ins Dorf gehen, ich führe dich ein wenig herum. Was ist übrigens mit der Blume da auf dem Tisch?" „Die hat mir Sah gegeben, aber darauf komme ich später sicher zurück."

Erst an der Eingangstür bemerkte ich, wie angenehm kühl es in dem Haus gewesen war, denn jetzt schlug mir die Hitze entgegen.

„Im Dorf wohnen 72 Menschen, Kinder mir eingerechnet. Ich kümmere mich um anfallende Kleinigkeiten. Meine Familie lebt schon in der dritten Generation hier und da ich der Älteste bin habe ich die Verantwortung, gewisse Dinge zu regeln. Diese Welt hier ist zwar klein, aber wie schon gesagt, treffen die elementaren Probleme des Zusammenlebens auch hier aufeinander. Bisher konnte man alle Schwierigkeiten friedlich lösen. Doch die Menschen verändern sich in der heutigen Zeit und wenn erst einmal die Kinder das Dorf verlassen, um in die Stadt zu gehen, wird diese Veränderung wohl auch vor diesem Dorf nicht Halt machen. Ich habe bisher bis auf John keinen Bewohner des kleinen Dorfes hierher eingeladen. Einige sind mal durchgelaufen, doch da es nicht viel Aufregendes zu sehen gibt, sind sie nicht wiedergekommen.

Dort drüben ist das Familienhaus, eine Art Rathaus, in dem Streitigkeiten besprochen und Beschlüsse, die das Dorf betreffen, erörtert werden. Bei uns kann sich jeder äußern, sobald er sprechen kann.“ Dann lachte er und schon nach kurzer Zeit waren wir von Kindern umringt.

„Als mein Großvater hier ankam, lebten nur vier Familien mit etwa 25 Mitgliedern am Naihan Beach – auch Georges Eltern gehörten dazu. Mein Großvater kam eines Tages über den Berg und ins heutige kleine Dorf, wo ihr wohnt. Er ließ ein Boot bauen und ernährte seine Familie durch den Fischfang. Mein Vater war ebenfalls Fischer und verkauft den Überschuss seines Fanges an die Dorfbewohner in Naihan. Bald gab es auch Nachfragen aus der Stadt und so ließ er vier neue Boote bauen und stellte einige Männer ein, die mit ihren Familien im kleinen Dorf lebten. Die Gruppe wuchs schnell auf über 30 Personen an und der Platz am Strand wurde knapp.

Wenn die Männer am frühen Morgen oder am Abend zum Fischfang hinausfuhren, wohnten sie in den Häusern am Strand, während die ersten Hütten in diesem Dorf entstanden. Nach einigen Jahren entwickelte sich die Dorfgemeinschaft auf über 40 Personen und mein Großvater war der Dorfälteste und kümmerte sich wie ich heute um die kleine Gemeinde. Doch dann starb meine Großmutter, was meinen Vater in eine tiefe Depression trieb, er begann zu trinken und rauchte unablässig ‚Gras‘, von dem niemand genau wusste, wie es ins Dorf gekommen war. Wahrscheinlich hatte es einer der Fischer angebaut, aber es gedieh prächtig. Doch er trank viel Thaiwhiskey und in der Kombination mit dem Rauchen verlor er jeglichen Antrieb und fuhr nicht mehr selbst aufs Meer, sondern kümmerte sich nur noch um den Verkauf. Nach vielen Streitigkeiten mit meinem Großvater kam er immer seltener ins Dorf, worunter meine Mutter sehr litt.

Eines Tages ging mein Großvater zu ihm ins kleine Dorf und nach langen Gesprächen kehrte mein Vater ins Dorf zurück.

Meine Mutter erzählte mir später, dass sein Vater ihn für eine ganze Nacht auf einen Fels geschickt hatte und als er zurückkam, hätte diese Nacht sein ganzes Leben verändert. Er trank nicht mehr, doch er widmete sich ausgiebig dem Anbau der Pflanzen. Er züchtete neue Arten, die alle unterschiedliche Wirkungen hatten. Wie du siehst, hat der Fels eine Art Familientradition, doch bis auf John und dich ist nie ein Fremder auf den Fels geschickt worden. John blieb jedoch nicht die ganze Nacht dort, sondern kam schon am späten Abend zurück und war sehr verängstigt. Somit sind mein Vater, du und ich die einzigen Personen, die ich kenne, die eine ganze Nacht dort verbracht haben. Natürlich wüsste ich gern, welche Erfahrungen du in dieser Nacht gemacht hast, doch ich weiß auch, wie lange es bei mir dauerte, bis ich einen Zusammenhang zwischen dem Erlebten und den Gedanken aufbauen konnte. Deshalb behalte sie im Gedächtnis, denn es könnte sein, das du nochmals in eine ähnliche Situation kommst und dir diese Erfahrungen helfen, damit besser zurechtzukommen.“ Damit war das Gespräch über den Fels für uns beendet, doch wie man sieht, habe ich die Geschichte bis heute nicht vergessen!

Als Pappa San in die Taschen seiner orangenen Shorts griff und einige Süßigkeiten für die Kinder hervorzauberte, war bei dem Lärm an eine weitere Unterhaltung nicht mehr zu denken.

Wir sahen uns das Familienhaus an und besuchten einige Häuser in der Umgebung. Alles war sehr gepflegt und sie hatten zum Teil Gärten mit Hibiskusbäumen und anderen bunten Blumen und Pflanzen. Die Familien, die wir besuchten, gingen sehr respektvoll mit Pappa San um.

Als wir ins Haus zurückkehrten war ich von der Freundlichkeit, die sie mir gegenüber zum Ausdruck brachten, beeindruckt.

Doch der Tag sollte noch viele Überraschungen und Gespräche für mich bereithalten.

30. Kapitel
Der Tag bei Pappa San (2. Teil)

Als wir wieder im kühlen Zimmer angekommen waren, sah ich zwei große Ventilatoren, die sich in an der Decke drehten. „Gibt es Strom in eurem Dorf?“ „Nein, wir haben einige Generatoren, die das Dorf versorgen und ich habe einen kleinen im Haus, aber es sind nur der Kühlschrank und die Ventilatoren abgeschlossen. Elektrisches Licht mag ich nicht besonders, da ich natürliche Quellen vorziehe. Aber eine Stromleitung gibt es noch nicht und eigentlich bin ich froh darüber. George hat in seinem Restaurant seit einiger Zeit eine Leitung, aber oftmals funktioniert sie nicht und wenn, läuft den ganzen Tag das Radio und auch einen Fernseher möchte er sich anschaffen. Gerade die Kinder und die junge Generation sind davon begeistert, aber falls man sie ließe, säßen sie den ganzen Tag davor und ich bin mir nicht sicher, aber vieles, was gesendet wird, weckt Bedürfnisse und nicht alle Berichte müssen wahr sein, obwohl selbst die Erwachsenen es glauben. Aber auf Dauer wird diese Einflussnahme nicht zu verhindern sein.“

Dann ergänzte er: „Dein Bier ist bestimmt jetzt warm“, und bevor ich etwas sagen konnte, kam die ältere Dame und stellte eine neue Flasche auf den Tisch. „Mamma San, das ist Wolf, von dem ich dir erzählt habe.“ Sie faltete die Hände vor dem Gesicht und verbeugte sich leicht, dann zog sie sich mit einem Lächeln zurück.

„Ich wusste nicht, dass du verheiratet bist.“ „Nein, nein – sie ist meine Haushälterin und kümmert sich bis auf den Garten um alles, was im Haus an Arbeiten anfällt. Ich war nie verheiratet – war wohl ein zu schwieriger Mensch für die Frauen. In Thailand ist es ungewöhnlich, nicht verheiratet zu sein, aber ich glaube, jetzt wäre es zu spät“, sagte er und lachte.

„Ich hätte noch eine kleine Geschichte, die ich dir erzählen möchte.“ Er lehnte sich zurück und begann:

„Mein Großvater hat mir einmal gesagt, dass das Leben, wenn man es in Ruhe abschließen möchte, einen Kreis bilden sollte, und ich sah ihn verständnislos an.

Bei den meisten Menschen ähnelt das Leben dem griechischen Zeichen Omega: ein Strich, ein nicht vollendeter Kreis und wieder ein Strich. Der Strich, so meinte er, steht für die frühe Kindheit, in der sich zwar eine Endwicklung abspielt, aber man wenig Einflussnahme darauf hat. Dann, langsam, steigt man auf und bestimmt immer mehr durch seine eigene Persönlichkeit den entstehenden Kreis, der allerdings nur das Grundgerüst ist, das uns die Natur mitgegeben hat. Von ihm verzweigen sich im Laufe der Zeit ständig neue Wege, die er Erfahrungen nannte. Mit jedem Jahr in deiner Jugend kommen mehr Wege hinzu und mit zunehmendem Alter auch die Entscheidungen, welchen Weg du einschlägst und wann es angebracht wäre, wieder umzukehren. Dieser Prozess setzt sich dein ganzes Leben lang fort. Natürlich können von außen kommende Einflüsse große Veränderungen bewirken. Seien es Katastrophen oder gar Kriege, auf die du wenig einwirken kannst. Doch selbst dann wirst du mit deinen Erfahrungen konfrontiert und musst Entscheidungen treffen. Bildung und Wissen, so sagte er, sind deshalb Abzweigungen des Weges, die den meisten Menschen offenstehen. Sie vermitteln Erfahrungswerte, die Generationen vor dir gesammelt haben. Somit ist Lernen ein Geschenk, und wenn du Freude an diesem Geschenk hast und es vielleicht weiterentwickelst, leistest du einen Beitrag und eröffnest neue Wege für nachfolgende Generationen. Deshalb habe ich einmal gesagt, dass Zufriedenheit einem Stillstand gleichkommt, da sie für den Willen, neue Erfahrungen zu sammeln und somit neue Wege zu gehen, wenig hilfreich ist. Ein Problem der Suche nach neuen Wegen ist allerdings, dass nicht alle für jeden gleich leicht zu beschreiten sind, und das somit zu Enttäuschungen führen kann. Aber sie können trotzdem nützlich sein, wenn du nämlich erkennst, dass Veränderungen notwendig sind, doch dies bedarf einer gewissen Selbstkritik, die wiederum Ehrlichkeit mit dir selbst beinhaltet. Niemand wird all diese Kriterien immer erfüllen können, doch schlechte Erfahrungen sind ein Warnsignal, und wenn du auch sie beachtest, erfährst du eine Weiterentwicklung. Diese Wege und Erfahrungen stabilisieren wie ein Gerüst deine Entwicklung zu einem Kreis und mit zunehmendem Alter erreichst du den Scheitelpunkt. Vielleicht hast du eine Familie, Kinder, an die du nun deine Erfahrungen weitergeben kannst, doch damit sollte deine eigene Entwicklung nicht enden. Immer mehr äußere Einflüsse bestimmen nun dein Leben und die Zeit beginnt zunehmend ein wichtiger Faktor zu werden, da sie für jedes Leben endlich ist. Du solltest dich über sie nicht sorgen, denn je ausgeprägter das Gerüst aus deinen Erfahrungen ist, umso besser wirst du mit deinem Alter zurechtkommen. Du bist erwachsen und vielleicht hast du schmerzliche Erinnerungen an die Jugend, doch wenn du ihr nachtrauerst, wirst du in deinem jetzigen Leben nie glücklich sein können. Beginnst du den Kampf gegen dein Älterwerden, wird er dich neben viel Energie möglicherweise auch viel Geld kosten aber dich letztlich nur der Erkenntnis näher bringen, dass du trotz aller Anstrengungen nur Zeit vergeudet hast. Je früher du dir über diesen unveränderbaren Bestandteil der Natur, deiner Existenz im Klaren bist, umso mehr neue Wege zu neuen Erfahrungen werden sich dir öffnen.

Das Omega hat rechts wie links eine gerade auslaufende Linie, was nichts anderes bedeutet als: Du verschwindest ins Nichts ... wenn du nicht bereit bist, die Suche nach dem Abschluss des Kreises bis zuletzt voranzutreiben, denn dann wirst du endlich die Zufriedenheit erreichen, die dir im Leben hinderlich gewesen ist."

Er hatte all dies oftmals mit einem Lächeln begleitet, aber um die innerliche Ruhe, die er dabei ausstrahlte, beneidete ich ihn. Schließlich stand er voraussichtlich viel näher an dem letzten Tag seines Lebens als ich.

„Versucht denn nicht jeder Mensch, zufrieden zu sein? Dies hieße ja, Unzufriedenheit wäre erstrebenswerter."

„Der Nachteil von Worten ist der Schatten, den sie auf die innerliche Befindlichkeit werfen. Denn Zufriedenheit ist ein Begriff und der Interpretation ausgeliefert. Aber Zufriedenheit ist ein Gefühl und ständigen Schwankungen unterworfen, für die uns oft selbst die Erklärung in Worten fehlt. Doch je besser du dich selbst kennst, umso leichter wird es dir fallen, die Wahrheit vom Selbstbetrug zu unterscheiden."

Eine weitere Geschichte – nicht mehr?

Wären Erinnerungen mit Erfahrungen gleichzusetzen, würde die Umsetzung wahrscheinlich leichter zu bewerkstelligen sein.

31. Kapitel
Der Tag bei Pappa San (3. Teil)

„Ich habe dich mit Sah in Johns Haus gesehen. Ich bin nach einer Unterhaltung mit Georg, dem Insektensammler, noch mal zur Hütte, in der du zuvor gewohnt hast, gegangen. Er sagte mir, ihr hättet ein gutes Gespräch gehabt. Ich war ehrlich gesagt ein wenig überrascht, denn geredet hast du bisher nicht sehr viel."

„Es ergab sich aus der Situation, denn er hat mir viel über sich erzählt und da antwortete ich ihm spontan. Möglich, dass er mich für ein wenig verrückt hält."

„Nein, mich würde nur interessieren, über welche Themen du mit Sah sprichst – falls du überhaupt darüber reden möchtest."

„Ich habe ihr wahrscheinlich nur Schwachsinn erzählt. Habe auf meinen Verdacht auf den Zwiespalt meiner Person hingewiesen, wohl in der Hoffnung, sie von mir abschrecken zu können. Aber sie hat geduldig zugehört. Nach der Sache mit Ischda hatte ich nicht damit gerechnet, so kurzfristig eine Beziehung einzugehen. Vor allem aber war mir klar, dass ich irgendwann abreisen werde und ihr dadurch keine Probleme bereiten wollte. Aber es hat sich anders ergeben und ich bin sehr froh, sie bei mir zu haben."

„Sie war auf einer guten Schule in Bangkok, hat ihren Abschluss gemacht, aber sich in der Stadt nicht wohl gefühlt. Ich hätte gern gesehen, wenn sie studiert hätte, doch sie entschied sich erst einmal dagegen. Sie liest viel und ich habe mich sehr oft mit ihr unterhalten. Sie hat mir schon früh erzählt, dass sie dich mag und sich bei John für deinen Verbleib im Dorf eingesetzt. Es war sicher nicht das entscheidende Kriterium, warum ich meine Meinung revidierte habe, doch einen gewissen Einfluss hatte es auch. Ich sagte ihr, sie müsse dir sagen, dass sie dich mag, aber auch, dass sie nicht enttäuscht sein dürfe, falls du lieber allein bleiben wolltest. Ich habe selten jemanden getroffen, bei dem mir seine Entscheidung so ungewiss war. Ich hoffe, ihr werdet noch eine schöne Zeit zusammen haben."

„Wusste Sah eigentlich sah von der Sache mit Carlo?"

„Ich habe es ihr nicht erzählt, doch diese Dinge sprechen sich schnell herum und ich glaube, sie wusste es." „Sie hat mich heute bis ans Dorf begleitet, doch nicht darüber gesprochen, wahrscheinlich wollte sie es dir überlassen, es mir zu erzählen."

„Allerdings möchte ich dir etwas über John erzählen. Kurz nachdem ich in sein Haus eingezogen bin, fand ich beim Verstauen meines Kartons unter dem Bett eine kleine Truhe, in der sich ein Tagebuch befand. Zu Anfang war ich mir unsicher, ob ich es lesen sollte, doch befand sich ein Brief darin, der an mich gerichtet war, als hätte John gewusst, dass ich die Truhe finden würde. Also habe ich angefangen, es zu lesen. Er beschrieb darin seine Tätigkeit und die interessante Suche nach einer Insel auf den Philippinen. Trotz einem langen Aufenthalt schien er sie nicht gefunden zu haben und kehrte nach Kuala Lumpur zurück. Dort sei er in einer Art Bordell gestrandet, wo er nach meinem Empfinden mit Drogen in Kontakt kam. Weiter bin ich noch nicht gekommen, aber ich hoffe er kommt ins Dorf zurück, bevor ich abreisen muss."

„Was ist mit deinem Bier? Es ist bereits nach vier!" Pappa San lächelte. „Bei mir ist es kein Ritual, es ist nur ein Vorsatz, und da ich die Zeit anhand des Sonnenstandes einschätze, kann sich das erste Bier in der Zeit sowohl nach vorn, wie auch nach hinten verschieben. Ich möchte allerdings etwas mehr über John erfahren. Sah hat mir erzählt, dass er bisher der Einzige war, von dem sie wüsste, dass du ihn in dein Haus eingeladen hast."

Pappa San stand auf, ging zu einem Schrank und kam mit einem ähnlichen Kästchen, wie ich es unter Johns Bett gefunden hatte, zurück. Er öffnete es und reichte mir eine weiße Rolle Papier mit der Bemerkung, sie nicht gelesen zu haben.

„Er hat mir das Kästchen am Abend vor seiner Abreise gegeben und mich gebeten, den Brief darin dir zu übergeben, falls du in mein Haus kommen solltest."

Er gab mir den mit einem roten Bindfaden eingerollten Brief. Gespannt las ich ihn.

„Hallo Wolf, wie ich es mir gedacht habe, hat dich Pappa San zu sich ins Haus eingeladen. Außerdem habe ich in meinem Haus mein Tagebuch für dich hinterlassen, das sich unter dem Bett in einer Truhe befindet. Solltest du es bisher nicht gefunden haben, überlasse ich es dir, es zu lesen. Möglicherweise wird dich einiges in diesem Brief verwundern oder gar verletzen – was jedoch nie meine Absicht war. Ich konnte nicht wissen, dass Pappa San dich beauftragen würde, die Gruppe um Ischda zum Verlassen des Dorfes

zu bringen und als du zu mir ins Haus gekommen bist, fand ich nicht den richtigen Zeitpunkt dir zu sagen, dass ich Ischda schon vorher kannte. Noch in der Nacht vor unserer Abreise erzählte sie mir von dem Tag, den ihr zusammen verbracht habt. Sie war emotional sehr bewegt und es fiel ihr sichtlich schwer, am nächsten Tag abreisen zu müssen. Doch ohne sie hätte die Gruppe das Dorf nicht verlassen und so war auch sie gezwungen, mit ihnen abzureisen. Wir hatten uns auf den Philippinen kennengelernt und gemeinsam nach der Insel Boracay gesucht. Als wir nach Manila zurückgekehrt waren, trennten sich unsere Wege, da sie beabsichtigte, nach Puna in Indien zu gehen, um den Bhagwan kennenzulernen, woraufhin ich nach Kuala Lumpur zurückreiste. Sie kam eigentlich ins Dorf, um mich wiederzusehen, doch wir hatten uns beide in völlig unterschiedliche Richtungen entwickelt. Sie ist eine sehr starke und emotionale Frau und auch aufgrund ihrer Attraktivität wurde sie zum Anziehungspunkt für die anderen Gruppenmitglieder. Sie war anfänglich von der in Indien verbreiteten Lehre des Bhagwans sehr angetan. Doch in dieser Nacht hatte ich den Eindruck, dass sie ernste Zweifel hatte und sich von der Gruppe trennen würde, wenn sie wieder in Bangkok ankommen würden. Sie wollte zurück auf die Philippinen, da ihr die Menschen und das Land sehr gefielen. Allerdings war sie sich auch nicht sicher, ob sie nicht vielleicht noch mal allein ins Dorf zurückkehren würde. Ich weiß nicht, wie eure Unterhaltung verlief, einen Eindruck hatte sie auf jeden Fall bei ihr hinterlassen. Ich werde nach Penang weiterreisen und wollte dich einige Tage vorher schon fragen, ob du mich begleiten würdest. Wenn du mein Tagebuch liest, wird dir vielleicht der Grund klar, warum ich dorthin reise. Ich habe Pappa San gebeten, dir mein Haus anzubieten und falls du das Angebot angenommen hast, hoffe ich, du fühlst dich wohl.
Ich hoffe, ich werde vor deiner Abreise wieder im Dorf sein und würde mich auf ein Gespräch mit dir freuen. Falls nicht, wünsche ich dir, Wolf, für dein Leben nur das Beste. John“

Ich hatte den Brief laut vorgelesen und Pappa San sah mich ausdruckslos an.

„Manchmal sind Dinge sehr kompliziert, und selbst wenn man alle Fakten hätte, braucht es Zeit, sie einzuordnen. Doch obwohl ihr sehr wenig Zeit hattet, euch richtig kennenzulernen, scheint er dich zu mögen.“ Dann griff er unter den Tisch und holte eine schwarze Schatulle hervor, in der eine Pfeife lag.

„Ich habe mich ein wenig auf deinen Besuch vorbereitet. Wie man einem Gast bei euch einen guten Wein anbietet, habe ich für den besonderen Tag eine besonders seltene Sorte ausgewählt.“

32. Kapitel
Der Tag bei Pappa San (4. Teil)

Als wir geraucht hatten, breitete sich ein wohlig-lockeres Gefühl in meinem Kopf aus, entspannend und leicht. Die Geschichte, die er mir erzählt hatte, war mir zwar noch bewusst, doch hatte sie sich etwas in den Hintergrund verschoben.

Ich blickte auf die Bücherwand und dann auf einen Menschen, der mich besser als ich mich selbst zu kennen schien.

„Es wird viel im Dorf geraucht, dieses Ritual hat mich anfänglich doch sehr erstaunt. Könnte dies nicht irgendwann zum Problem werden?“, fragte ich.

„Ich kenne niemanden von den Bewohnern, die über den Tag rauchen und wenn doch, ist es ihre Entscheidung, denn ich würde ja auch nicht auf die Idee kommen, dein Bier vor (!) vier zu kritisieren. Nur mit Herb war es anders, da das Rauchen bei ihm zum Tagesablauf zu gehören schien. Außerdem kam bei ihm noch der Alkohol dazu. Ich glaube, er hatte die ganze Zeit die Erinnerungen an die Italiener im Hinterkopf und versuchte, sie auf diese Weise zu verdrängen. Zudem steht es jedem frei, sich an dem sogenannten Ritual zu beteiligen. Mein Vater hat nie groß über das Rauchen nachgedacht, doch auch er sah es eher als Genussmittel und rauchte nur zu bestimmten Anlässen, aber ich war froh darüber, dass er nicht mehr trank. Auch bei den Treffen der Dorfvorsteher gehörte es zum Abschluss dazu und mein Vater berichtete, es habe nie Probleme gegeben. Wenn Leute Alkohol in größeren Mengen zu sich genommen hatten, war es mehrfach anders und mein Vater verbot schließlich den Alkohol bei diesen Treffen.

Aber du hast recht, es ist ein Rauschmittel, doch Drogen sind bei vielen indigenen Völkern auf der Welt ein Bestandteil ihres Brauchtums, also eine Art Ritual. Ich habe sogar gelesen, dass Tiere einige Pflanzen kennen, die Rauschzustände verursachen und sie, falls erreichbar, auch ausgiebig nutzen. Elefanten zum Beispiel essen gegorene Früchte eines Baumes und versetzen sich so in einen Rausch.

Wie bei allen Dingen kann übermäßiger Gebrauch zur Sucht führen, doch wo mag man die Grenze ziehen? Ich selbst rauche nicht sehr viel und wenn, in einer ruhigen und entspannten Atmosphäre. Es verstärkt meine Gefühle und hilft mir, mich zu entspannen. Wenn sich meine Gefühle mir verschließen benutze ich das Rauchen, um sie aus mir herausfließen zu lassen und wenn ich in meinem Garten sitze, intensiviert es die Schönheit meiner Empfindungen. Wenn ich ein Buch lese, eröffnete es mir einen tieferen Zugang und ich denke mich in die Gefühlswelt des Autors und frage mich oft nach dem Grund, warum er es gerade so niedergeschrieben hat. Ein Buch zu schreiben erscheint mir, als sitze der Autor vor einem Spiegel, in Gedanken mit sich selbst und in dem Versuch, seine Gefühle in die Geschichte, die er schreibt, zu verweben. Er gibt immer einen gewissen Teil seines Selbst preis, doch lässt er noch so viel im Schatten, dass er sich selbst nicht als entlarvt fühlen muss. Dann setze ich mich manchmal auf meine Bank im Garten, rauche eine kleine Pfeife und bin dem Schreiber dankbar, dass er bereit war, mir einen kurzen Einblick in sein Inneres zu erlauben. Es muss schön sein, ein Buch zu schreiben und ich habe mehrfach Ansätze gestartet, doch die Schwierigkeit besteht darin, Gedanken in einer Geschichte zu verknüpfen und sie in einen Zusammenhang zu bringen. Je besser dies dem Autor gelingt, umso interessanter ist es für den Leser, ihm zu folgen. Bei mir blieben die Gedanken, die ich aufschrieb, ohne nachvollziehbare Verbindung und deshalb ist es eigentlich nur ein Tagebuch.

Wenn dir irgendetwas deine Beschwerde erleichtert, so nutze sie als eine Art Brücke, aber halte dir stets den Rückweg offen. Nimm Medikamente. Sie mögen deine Schmerzen lindern, möglicherweise komplett beseitigen, aber sie sind nicht nur teuer, sondern haben meist eine Menge Nebenwirkungen. Wir hatten damals wenig Zugang zu Medikamenten und viele der Bewohner würden dir bestätigen, dass sie das Rauchen von Schmerzen befreit hat. Möglich, dass es irgendwann einmal als natürliches Medikament genutzt wird. Natürlich ist es eine Droge, doch nimm den Alkohol, das übermäßige Essen von Fettmachern und andere Abhängigkeiten – für die Industrie ein riesiges Geschäft und erlaubt und geduldet. Der Mensch hat schon immer Interesse an dem Verbotenen gezeigt, das steht selbst in der Bibel, und abgehalten hat es ihn trotzdem nicht. In Amerika führte die Prohibition mit dazu, dass sich das organisierte Verbrechen ausbreiten konnte, ohne dass der Konsum von Alkohol entscheidend abnahm. Wer dem erwachsenen Menschen die eigene Entscheidungsfreiheit einschränkt, wird sich immer auch mit den Konsequenzen auseinanderzusetzen haben!"

Er nahm einen tiefen Zug und lehnte sich entspannt zurück.

„Ich habe mit Sah gesprochen. Sie hat mich nach einem Gespräch mit dir nach einem Mann namens Adler gefragt. Leider konnte ich ihr nicht weiterhelfen. Wer war dieser Mann?"

„Ich kann mich nur auf meine Erinnerungen verlassen. Er wurde im Ende des 19. Jahrhunderts geboren, war eigentlich Arzt und gilt neben Sigmund Freud und C.G. Jung zu den Männern, die das Fundament der Psychologie begründeten. Er hat einige Jahre mit Freud zusammengearbeitet, doch sich mit ihm nach der Veröffentlichung eigener Arbeiten überworfen. Er entwickelte die Individualpsychologie und war der Überzeugung, dass der Mensch bewusst sein Schicksal aufbauen sollte. Neurosen, so meinte er, bestehen aus dem Konflikt zwischen dem natürlichen Geltungsstreben und seiner tatsächlichen sozialen Rolle (Quelle „Menschenkenntnis", Alfred Adler). Er beschreibt in seinem Buch gewisse Charaktereigenschaften und das soziale Umfeld, in dem sich seelische Störungen entwickeln könnten. Wie ich allerdings am ersten Abend auf dieses Thema gekommen bin, bleibt für mich bis heute ein Rätsel. Aber ich habe ihr auch gesagt, dass ich das Buch irgendwann zur Seite gelegt habe, da ich mich in allen Charakterschwächen wiederzufinden schien. Sie muss mich für völlig verrückt gehalten haben!"

Pappa San lächelte nur und schüttelte den Kopf. „Verrückt würde ich nicht sagen – etwas sonderbar für den ersten Abend allerdings schon!"

„Sie hatte mich gefragt, warum ich einsam bin und ich hatte ihr zu erklären versucht, dass ich mich nicht einsam fühle, sondern lediglich allein, und für mich besteht darin ein großer Unterschied. Adler meinte, dass sich der Mensch mit sich und seinen Problemen auseinander setzen sollte, um sie zu erkennen und über Fragen an sich selbst Antworten zu finden. Anscheinend hat mich diese Sichtweise mehr beeinflusst, als ich mir selbst eingestehen möchte."

Er reichte mir die Pfeife. In dem Rauch vor mir schien sich ein Bild zu gestalten und ich begann zu reden, ohne es eigentlich zu wollen.

„Ich hätte wohl jemanden gebraucht, der sich mit dieser Thematik mit mir auseinander gesetzt hätte. Aber es war niemand da und so entstanden wahrscheinlich die Missverständnisse und der Rückzug in meine Person. Eigentlich empfand ich, es sei egoistisch von mir, sich so intensiv mit sich selbst zu beschäftigen. Andererseits lernte ich viel über meine Schwächen. Ich zog mich in mein Zimmer zurück und schmiedete Pläne, wie ich mein Leben gestalten würde. Es gab so viele Interessen und meine Neugier auf die Welt wurde in meinem Kopf von einem Traum in einen Wunsch umgewandelt. Ich habe mit George, dem Insektenfänger, gesprochen. Er hat sich seinem Wunsch aus der Kindheit gestellt und ihn wenn auch spät verwirklicht und selbst Herb war in der Lage, Inspirationen und von seinem Umfeld als Spinnereien Verurteiltes zu kombinieren. Von diesem Ziel bin ich noch weit entfernt, doch Wünsche inspirieren auch mich, nach Wegen zu suchen, sie eines Tages vielleicht verwirklichen zu können.

Als ich elf Jahre alt war, hatte ich mir zu Weihnachten nichts sehnlicher als ein Buch über die Entstehung der Welt gewünscht. Ich bekam ein Fahrrad und freute mich sehr darüber, doch das Buch, das ich ebenfalls bekam, faszinierte mich. Es war reich bebildert und weckte in mir die Vorstellung, mich mit der Vergangenheit zu beschäftigen. Als ich jedoch einmal erwähnte, Archäologe werden zu wollen, hatte ich wohl die Grenzen der ‚Normalität' eindeutig überschritten. Meine Naivität und die Unkenntnis, dieses Ziel zu erreichen, setzten dem Wunsch schnell ein Ende.

Ich hatte jedoch wenig später zwei ‚Pfosten' in meiner Phantasie eingeschlagen, zwischen denen ich mich bewegen konnte. Auf der einen Seite stand Leonardo da Vinci und auf der anderen Vincent van Gogh. Ich hatte eine Karte für die Stadtbücherei und verbrachte lange Zeit meine Nachmittage dort und las. So stieß ich eines Tages auf die Tagebücher von da Vinci und beschäftigte mich ausgiebig mit seinen Ausführungen, insbesondere seiner Lebensphilosophie. Einige Sätze sind mir bis heute im Gedächtnis geblieben wie ‚Das Sinnbild der Gegenwart'. Er schrieb: ‚Das Wasser, das du in einem Fluss berührst, ist das erste von dem, was vergangen ist und das erste von dem, was kommt. Ebenso ist es mit der gegenwärtigen Zeit.' Oder: ‚Die Ehrlichkeit schockiert den Menschen so sehr, dass man sie vielleicht deshalb so selten hört.' Ich habe mir in dieser Zeit ein dickes leeres Buch gekauft und erstmals solche Sätze aufgeschrieben und meine eigenen Kommentare hinzugefügt, da sie niemand hören wollte. Ob ich jemals begreifen werde, welche Gedanken er mit diesen Sätzen ausdrücken wollte, bleibt dahingestellt, nur vergessen habe ich sie nicht. Er war ohne Zweifel ein Universalgenie, denn er war gut ausgebildet, besaß aber zusätzlich die Fähigkeit, durch ständiges Infragestellen neue Gedanken zu entwickeln, die weit über seine Zeit hinausreichten.

Auf der anderen Seite stand Vincent van Gogh, eigentlich Theologe. Ihn beschäftigte die Ungerechtigkeit seiner Welt und er konnte irgendwann den Widerspruch zwischen seinem Glauben, der Religion und der Realität nicht mehr ertragen. Sein Bruder war Kunsthändler und er begann, selbst Bilder zu malen. Er begann mit Alltagsszenen aus dem Leben, doch die Menschen, die sie sahen, sprachen ihm jegliches Talent für die Malerei ab – aber er malte weiter. Mit diesem Unverständnis kam er nicht zurecht und machte sich selbst dafür verantwortlich. Er schnitt sich ein Ohr ab und letztlich beging er Selbstmord.

Wenn ich manche Fragen stellte, machte ich mich nicht nur für die Menschen in meinem Umfeld ‚sonderbar', sondern auch für mich selbst. So blieben viele Fragen unbeantwortet. Hier, an diesem Ort, habe ich jedoch, so absurd es auch klingen mag, so viele Antworten, deren Fragen ich mir bislang noch nicht einmal gestellt hatte."

Ich sah ihn an und wieder bauten sich erste Zweifel in mir auf, missverstanden zu werden.

„Lass uns etwas essen, bevor wir uns weiter unterhalten."

33. Kapitel
Der Tag bei Pappa San (5. Teil)

Mamma San, wie ich sie nennen durfte, brachte ein großes Tablett mit Schalen, in denen sich verschiedene Speisen befanden. Es duftete exotisch nach Gewürzen, doch mit dem Reis hatte ich wie immer Schwierigkeiten. Sie stellte das Tablet auf den Tisch, und als sie sah, dass ich die Blume nahm und mir auf den Schoß legte, kam sie kurze Zeit später zurück, stellte eine kleine Vase auf den Tisch und stellte die Blume hinein und ich dachte an Sah.

„Sie sieht alles", sagte Pappa San und lächelte sie freundlich an. Ich bedankte mich und wir aßen die hervorragenden Speisen.

„Was ist mit dem Reis?", fragte er und ich sagte ihm, dass meine Mutter eine hervorragende Köchin war. Aber in großen Abständen hatte es Reissuppe gegeben und sie war das einzige Essen, was mir nie geschmeckt hatte. Kinder scheinen eine gute Erinnerung an Dinge zu haben, die sie nicht mögen, und eine rationale Erklärung ließe sich wohl schwer finden. Für mich sollte es über Jahrzehnte ein Problem werden, doch dies ist eine andere Geschichte.

Nach dem Essen unterhielten wir uns noch kurz über George. Pappa San mochte seine offene Art und ich konnte ihm nur zustimmen. Allerdings, so bemerkte er, waren die Tiere, die er in seinen Gläser allabendlich ins Restaurant brachte und klassifizierte, beunruhigend.

„Ich habe ihm bei unserem Gespräch in meiner alten Hütte vorgeschlagen, dort nach einigen ausgefallenen Exemplaren zu suchen und anscheinend ist er fündig geworden."

Pappa San erschrak fast ein wenig und blicke mich an. „Vielleicht sollte ich die Hütte abreißen."

„Ich habe meinen Aufenthalt dort genossen und bin vielleicht durch sie zum Nachtmenschen geworden, denn es war fast unmöglich, dort zu schlafen. Also verdanke ich ihr viel, denn hätte ich durchschlafen können, wäre mir manche schöne Nacht am Strand samt den Gesprächen, die ich dort führen konnte, entgangen. Der Platz ist traumhaft schön und ich würde ihn erhalten. Ein Tier würde nie den Vergleich mit der Vergangenheit suchen, sondern muss sich den Gegebenheiten anpassen. Vergleiche wären existenziell bedrohlich. Für mich, den Wolf", und ich musste lachen, „war es einfach dort besser als die erste Nacht im Restaurant. Ich konnte mich zurückziehen, falls ich wollte, und dies allein war ein beruhigendes Gefühl."

„Was machst du eigentlich, wenn du nicht denkst?" Ich dachte kurz darüber nach, lächelte und blickte entspannt auf die Blume in der Vase, die jetzt wieder aufzublühen schien.

„Du kannst doch reden!", sagte er und ich begriff, dass es nicht als Vorwurf gemeint war. „Wenn ich das Gefühl habe, dass mir jemand zuhört und Interesse an meiner Meinung hat, dann schon, aber meine Gedanken müssen verständlich formuliert sein, um überhaupt verstanden zu werden und wenn ich merke, ich kann sie nicht vermitteln, bin ich enttäuscht. Deshalb suche ich nach anderen Mitteln, mich zu artikulieren. Die Malerei ist eines von ihnen – eine Art Selbstgespräch, in dem ich mein Denken ausdrücken und vermitteln kann. Es entlastet mich und fordert mich heraus, die Techniken besser zu anerlernen. Somit sind wir bei der tragischen Figur von van Gogh angelangt und dem Spannungsverhältnis, das ich mir zwischen den beiden – da Vinci und van Gogh – aufgebaut habe und in dem ich leben kann. Auch dort bin ich einsam, aber ich fühle mich nicht allein!

Adler hätte seine Schwierigkeiten, mich zu analysieren, und er war Profi und ich bin nur Laie auf dem Gebiet."

„Gibt es Dinge, von denen du sagen würdest, sie motivieren die Art, wie du denkst?" „Obwohl es jetzt wie ein Widerspruch in sich klingen mag: Ja. Ich liebe Gespräche und mache mir den größten Vorwurf, nicht nach Menschen zu suchen, mit denen ich diese Art von Fragen erörtern kann. Meine einzige Entschuldigung ist mein Beruf, denn ich bin viel auf Reisen und habe wenig Zeit, mich diesen Menschen nachhaltig zu widmen."

„Gibt es eine Schriftsteller oder ein Buch, eine Geschichte, die dir gefällt? Ich habe einige Bücher, für die mir das Verständnis zu fehlen scheint."

Ich glaube bis heute noch, dass ich damals immer auf diese Frage gewartet hatte! Ich griff nach der Pfeife, warf fast die Vase um und fragte ihn, ob er in seiner Auswahl auch etwas für ‚die totale Konzentration' hätte. Er stand schon im nächsten Moment auf, ging zum Bücherregal, schob beide Seiten auseinander und verschwand hinter einer Tür in einen dahinter liegenden Raum. Nur das Licht einer Taschenlampe durchschnitt kurzzeitig den dunklen Raum. Dann kam er mit einem kleinen Päckchen zurück, öffnete es und schob es zu mir über den Tisch. Er legte einen dünnen Halm daneben, und nachdem er sich gesetzt hatte, schien er auf meine Geschichte zu warten.

Hinter mir war die Dämmerung, vor mir der Sonnenuntergang und ich bemühte mich, die Pfeife sorgsam zu stopfen. Dann nahm ich den Halm und mit dessen Flamme entzündete ich die Pfeife. Der Geschmack würde mir nie zusagen, und nach den ersten Zügen reichte ich sie über den Tisch. Die Geschichte würde nicht einfach zu erzählen sein, da sie meine Interpretation wäre und deshalb zu Missverständnissen führen konnte. Er rauchte langsam und legte sie danach auf den Tisch.

Was mich beeindruckte, war die Wirkung. Man brauchte eine Menge Alkohol …!

Sie kam sanft und kontrollierbar, entspannte mich, ohne mich zu erregen.

Mein Blick fiel auf das Bücherregal und ich dachte an die bewiesene Tatsache, dass es an den entlegensten Orten der Welt Menschen gab, die Interesse an der Gedankenwelt eines Schriftstellers hatten. Es würde eine erneute Herausforderung, doch ich hatte selten so eine Freude daran, mich ihr zu stellen.

34. Kapitel
Der Tag bei Pappa San (6. Teil)

Ich rückte den Stuhl so, dass ich den Sonnenuntergang sehen konnte, jedoch drehte ich Pappa San nicht den Rücken zu. Dann stand er auf, nahm einen Stuhl und setzte sich neben mich.

„Als ich auf dem Gymnasium war, gab es zu Beginn des Schuljahres immer ein Buch, das ein Thema über das gesamte Schuljahr in Germanistik wie ein roter Faden durchzog. Für dieses Jahr war es ‚Der Steppenwolf' von Hermann Hesse. Jeder meiner Mitschüler schien entsetzt über die Wahl unseres Lehrers und ich schloss mich aus Unwissenheit dieser Meinung an.

Während ich meinem Traum Archäologe zu werden hinterherhing, erschien mir das Schreiben in Aufsätzen über einen Menschen, der vorhatte sich das Leben zu nehmen, unsinnig. Und so quälte ich mich durch das Schuljahr, ohne je den Sinn dieses Buches zu erkennen.

Dies änderte sich, als ich meine erste feste Freundin hatte, die mit meinem damaligen Problem ebenfalls auf ihrem Gymnasium kämpfte. Um ihr zu gefallen sah ich mich gezwungen, mich erneut mit dem Buch auseinanderzusetzen. Nur dieses Mal ohne Druck, und so gestaltete sich das Lesen zu einem interessanteren Ereignis, als ich es damals empfunden hatte. Ich ging in meine geliebte Stadtbibliothek und beschaffte mir eine Ausgabe, die in altdeutscher Schrift verfasst worden war. Ich ging mit einem anderen Bewusstsein an den Text heran und meinte erkennen zu können, dass dieser Harry Haller meiner eigenen Person ähnlich war. Auch er war schon viel gereist und fühlte sich trotzdem allein. Dass er sich umbringen wollte, erinnerte mich an van Gogh, doch die Geschehnisse, die dann folgten, erregten meine Phantasie. Er hatte sich in sich zurückgezogen und die Auffassung gepflegt, keinen Platz in seiner Gesellschaft finden zu können – er fühlte sich einfach unverstanden. Als er dann das Theaterplakat mit der Beschreibung ‚Nur für Verrückte' las, empfand er eine Art Geborgenheit, so widersprüchlich es auch klingen mag. Er, als schon älterer Herr, wie er sich selbst bezeichnete, traf auf Menschen, denen seine Verklemmtheit nichts auszumachen schien. Als er dann Hermine kennenlernte und feststellen musste, dass sie Interesse an ihm fand, verwirrte diese Tatsache ihn völlig. Eigentlich war er Realist – kritisch mit der Welt, aber insbesondere mit sich selbst. Die Kritik an seiner Person von ihr, die in seinen Augen eine Prostituierte war, wurde hinfällig, denn er hatte einen Menschen gefunden, der ihm zuhörte. Er schlief sogar mit ihr, da ihn sein schlechtes Gewissen nicht mehr quälte, sondern er die Auseinandersetzung mit ihr als hilfreich und inspirierend empfand. Dem Höhepunkt steuerte er allerdings entgegen, als er Pablo begegnete. Er war der absolute Gegensatz seiner Vorstellung von Recht und Gesetz und erfüllte so alle Voraussetzungen, sich mit dem Widerspruch in sich selbst … dem ‚Wolf' auseinandersetzen zu müssen.

Das Buch in der Bibliothek hatte noch einen eingefügten Band, der sich herausnehmen ließ und der den Namen ‚Das Traktat des Steppenwolfs' trug.

Pablo gab ihm einige Substanzen, die zwangsläufig sein Bild von der Realität verfälschten, doch es gleichzeitig infrage stellten sollten. Er kam in einen Gang des ‚Magischen Theaters', in dem verschiedene Türen mit Schildern versehen waren, die unterdrückten Phantasien Einlass gewährten. ‚Ohne Risiko', hatte Pablo gesagt, ‚alles, was du sehen kannst, sind deine eigenen Phantasien und du kannst das Zimmer verlassen, wann immer du willst und in ein anderes gehen.' Er machte reichlich Gebrauch davon und schließlich waren diese Erfahrungen eine Offenbarung für ihn. Seine vermeintlichen Schwächen waren erklärbarer geworden und selbst die Trennung von seiner geliebten Hermine konnte an der Tatsache, sich selbst besser zu verstehen, nichts ändern. Wenn du so willst, erinnert es mich sehr an die Nacht auf dem Fels. Ischda mag ein Auslöser für meine Unzufriedenheit gewesen sein, die ich als Verlust zu kaschieren versucht habe, doch dort oben wurde ich mit Fragen konfrontiert, die ich nicht einmal beschreiben, geschweige denn bis jetzt beantworten kann. Aber irgendwo sind sie abgespeichert und ich werde nicht darum herumkomme, sie mir zu beantworten."

„Was, glaubst du, ist aus dem Menschen, Harry Haller, geworden?"

„Ich glaube, er hat weitergelebt, sich zurückgezogen und sein Leben neu überdacht. Vielmehr sehe ich den Autor, Hermann Hesse, der auf geniale Weise einen nicht unwichtigen Teil seiner eigenen Persönlichkeit beschrieben hat.

Ein Buch ist wie das Bild eines Malers – in irgendeinem Teil des Bildes hat er sich selbst zu verewigen versucht. Aber ein Schriftsteller kann sich nicht verbergen, denn er beschreibt Personen, Ereignisse und damit seinen Blickwinkel, und wenn er selbst ein Teil der Geschichte ist, wird es unmöglich sein, sich dem Leser nicht zu öffnen."

„Ich habe dieses Buch schon gelesen und ich muss zugeben, ich sollte aus dieser neuen Perspektive noch versuchen, es besser zu verstehen.

Ich freue mich, dass du meine Einladung mich zu besuchen angenommen hast und ich glaube, wir werden noch einen bereichernden Abend miteinander verbringen. Ich schlage vor, wir setzen uns auf die Terrasse und reden dort weiter."

35. Kapitel

Der Tag bei Pappa San (7. Teil)

„Bevor wir uns auf die Terrasse setzen: Was kannst du mir über Hermann Hesse erzählen?"

„Ein Satz ist mir bis heute im Gedächtnis geblieben: ‚Sei du selbst.' Und er hat bei den Personen in seinen Büchern versucht, jedem einen eigenständigen Charakter zu geben. Er kam aus einer konservativen, theologisch geprägten Familie und wurde in jungen Jahren sogar von ihnen in eine Nervenheilanstalt geschickt, um ‚den widerspenstigen Teufel' aus ihm herauszutreiben. Ich habe viele seiner Bücher gelesen und einige von ihnen bedürfen viel Konzentration, um den verschlungenen Wegen seiner Vorstellungen folgen zu können. Ich glaube, er legte viel seiner eigenen Persönlichkeit in die Protagonisten seiner Bücher, und Harry Haller bildet da wohl keine Ausnahme. Für den ‚Steppenwolf' hat er Mitte der Vierzigerjahre den Nobelpreis für Literatur erhalten, aber er war auch Maler, was die wenigsten Menschen wissen. Ein Schriftsteller hat die Möglichkeit, sich selbst zu widersprechen, Absurditäten einer anderen Person in den Mund zu legen und es dem Leser zu überlassen, sich ein eigenes Bild der Situation zu machen und sich eine eigene Meinung zu bilden. Ich sehe durchaus eine Verbindung zu Alfred Adler, da der Autor seinen Lesern ebenfalls Charaktereigenschaften seiner Personen näherbringen muss. Wenn man ihm einen Teil seiner eigenen einverleibt, hat man die Möglichkeit, beide Seiten – sowohl die positiven als auch die Schwächen – in sich zu erkennen, sie zu beschreiben und somit offenzulegen.

Harry Haller hatte viele Schwächen und der Buchtitel ‚Der Steppenwolf' beschreibt seine Persönlichkeit, wie man sie kaum treffender ausdrücken kann. Jeder Mensch hat einen vielfältigen Charakter, der durch seine Umwelt geprägt wird. Wenn es gelingt, sich dessen bewusst zu werden, wäre man in der Lage, sich in der Beschreibung einer Person selbst zu erklären und ihr damit ‚Lebendigkeit' zu verleihen. Kunst ist Ausdruck einer inneren Stimme, die viele Fragen hat und nach Antworten sucht. Und selbst, wenn sie nur aus einigen Kreisen und Linien bestehen sollte, findet der Künstler sich durch sie in seiner Aussage bestätigt – ist es Kunst. Aber wahrscheinlich stiften meine Formulierungen eher Verwirrung statt Antworten auf deine Frage zu geben."

Er sagte kein Wort, stand auf und griff unter den Tisch. „Ich habe ein kleines Geschenk für dich, obwohl ich es mehr als Herausforderung an dich ansehe."

In einem weißen Papier eingewickelt befand sich ein Buch und er reichte es mir. Vorsorglich bedankte ich mich bei ihm. Es war groß und schwer und als ich es ausgepackt hatte bestätigte sich meine Vermutung. Es erinnerte an Georges Tagebuch, in das er am Abend seinen Fang des Tages und seine persönlichen Anmerkungen eintrug. Ich ließ die Seiten – es waren sicher einige hundert – durch die Finger gleiten und bis auf die Linien auf jeder Seite war es leer! Nur auf der ersten Seite stand am unteren Rand: ‚geschrieben von WOLF'!"

„Ich würde mich freuen, wenn du eines Tages beginnen würdest, darin zu schreiben und dem Buch einen Namen geben kannst."

Ich überlegte und nun wusste ich, was er mit Herausforderung gemeint hatte.

„Ich nenne es erst einmal ‚das Wolfsbuch', aber ob ich es je schreiben werde, kann ich nicht versprechen."

„Aber natürlich wirst du es schreiben, denn du hast mir doch gerade erklärt, warum ein Autor ein Buch schreibt."

Jetzt wog das Buch mehr, als ich tragen konnte, und ich legte es auf den Tisch. Wenn ich es einfach hier liegen lassen würde, scheinbar vergessen hätte … doch sofort erkannte ich die Absurdität dieses Gedankens.

Pappa San schien meine Gedanken lesen zu können und lächelte.

„Es würde viel Zeit und Abgeschiedenheit bedürfen, ein Buch zu schreiben, und ein einsamer Wolf möchte ich nicht werden!"

Ich sah erschreckende Bilder meiner selbst in einem abgedunkelten Zimmer, allein über dem Buch sitzend, erschlagen von der Vorstellung, je auch nur einige Seiten mit sinnvollen Geschichten zu füllen. Ich dachte an Edgar Allen Poe, der in seiner Verzweiflung in seinem Buch ‚König Alkohol' beschrieb, erst sinnvolle Gedanken niederschreiben zu können, wenn sich die Würmer in seinem Kopf begannen zu bewegen. Er hatte viele Abenteuer überstanden, doch als er begann, sich in seiner eigenen Person zu suchen, schien er in tiefe Abgründe zu blicken. Im Rausch waren die Geschichten für ihn erträglich, bis er die Dunkelheit in sich selbst erkannte. ‚The Raven' und andere Geschichten erschreckten nicht nur die Leser, sondern schienen ihm jene Türen zu öffnen, die wie im ‚Magischen Theater' des ‚Steppenwolf' besser geschlossen geblieben wären. Er schien dem normalen, nüchternen Leben entflohen zu sein, um seiner Berufung zu folgen – um der Realität in Richtung Abgrund zu entfliehen."

„Ich glaube, du hattest vor allen Aufgaben, die ich dir aufgetragen hatte, Angst zu scheitern, aber du bist ein guter Zuhörer. Höre einfach in dich hinein, sei ehrlich und wenn du einige Erfahrungen gesammelt hast, wird es dir gelingen, eine Geschichte darüber zu schreiben. Doch nimm dir Zeit und lasse dich nicht unter Druck setzen. Unterhalte dich mit dem Buch und schreib hinein, was du empfindest, dann wird es dir gelingen. Erzähle DIR die Geschichten – dann kannst du sie auch ausdrücken und brauchst sie nur noch in das Buch einzutragen."

Dann kam Mamma San mit einem großen Tablett an uns vorbei und ging hinaus auf die Terrasse. Noch lag sie im Dunkel, doch sie begann Kerzen aufzustellen und langsam warf deren Licht flackernde Schatten über den Boden, bis der Außenbereich in hellem Licht erstrahlte. Pappa San bedankte sich bei ihr und bat mich, nach draußen zu gehen. Dort stand ein kleiner runder Tisch mit zwei Korbsesseln, umgeben von vielen Pflanzen, die die große Terrasse zu einem abgeschlossenen Raum machten. Zwischen zwei Ventilatoren hing ein riesiger Farn in einem Korb unter der Decke, und im hinteren Teil lächelte mir eine Buddhafigur im Lotussitz entgegen. Vor ihm war ein kleiner Teich mir Lotusblumen angelegt, in dessen Mitte sich ein großer Stein befand, der auf zu Kaskaden aufgeschichteten Steinplatten stand, über die lautlos Wasser floss. Die um ihn herum stehenden Kerzen warfen bei leichtem Wind Licht auf einige Bonsais, die in einer Landschaft eingebettet waren. Ich erinnerte mich an seine Geschichte ‚Die Größe der Welt' und als ich ihn ansah und er nur lächelnd nickte wusste ich, es nicht ansprechen zu müssen. Der ganze Ort strahlte Harmonie aus, unaufdringlich und trotzdem erdrückend schön. Der Boden war aus Teakholzbrettern und poliert, sodass sich der Kerzenschein auf ihnen in wirbelndem Flackern spiegelte. Links neben mir führten einige Stufen in einen Garten, der noch in der Dunkelheit verborgen war. Doch als wäre mein Gedanke laut ausgesprochen worden, kam Mamma San mit zwei Jungen auf die Terrasse, die viele Petroleumlampen bei sich trugen. Sie gingen in den Garten, die Lampen wurden aufgehängt und mit jedem Licht wurde er größer.

„Dies wäre eine schöner Ort um zu schreiben. Ich würde hier den ganzen Tag verbringen, aber warum kommst du jeden Tag und am Abend ins kleine Dorf?"

„Ich lebe allein und im Dorf leben Menschen, die ich mag. Vielleicht mag dies die Erklärung dafür sein, nicht jeden Fremden aufzunehmen. Ich lerne viel von ihnen und Geld verdient man ebenfalls, obwohl ich dies eher in den Hintergrund schieben möchte. Geld ist notwendig, aber es verändert die Menschen. Nie scheint man genug davon zu besitzen und selbst wenn man weiß, es würde bis zum Lebensende reichen, liegt das Bestreben, es weiter anzuhäufen, wohl im Charakter des Menschen begründet. Mit Geld lassen sich viele Wünsche erfüllen, es gibt Sicherheit und kann Probleme lösen. Es verleiht eine gewisse Macht und gibt die Möglichkeit, sich materielle Wünsche zu erfüllen. Aber – und darauf komme ich noch zurück – Zeit kann man mit ihm nicht erwerben. Viel Arbeit ist notwendig, um seinen Lebensunterhalt zu bestreiten. Mit neuen Ideen kann man erfolgreich werden und mit geschicktem Handeln sein Geld vermehren. Doch wo beginnt das Streben und wann wird es Passion und möglicherweise zur Gier? Manche Menschen, die Reichtümer besitzen, kommen in die Versuchung, der eigenen Selbstüberschätzung zu erliegen. Aber wenn sie mit sich allein sind und noch nicht bereit, sich selbst zu hinterfragen, fühlen sie eine Einsamkeit, für die sie keine Begründung finden. Denn sie haben viel Energie eingesetzt, und somit auch Zeit! Sie, hatte mein Großvater einmal angemerkt, ist das wertvollste Gut im Leben, da sie immer begrenzt sein wird, egal, wie sich das Leben entwickelt. Die Geschichte über das Omega ist nur ein Teilaspekt seiner Sichtweise."

„Ich habe einmal eine Geschichte von einem russischen Schriftsteller gelesen, sie hieß ‚Wie viel Erde braucht der Mensch?'. Es ging dabei um ein Rennen, das über den Landbesitz eines jeweiligen Dorfes entscheiden sollte. Dazu wurden die besten Läufer des jedes Ortes an den Start geschickt. Jeder Läufer sollte vom Sonnenaufgang bis zum Sonnenuntergang den Bereich des Landes umlaufen und wenn er bis zu diesem Zeitpunkt das Ziel erreichte, gehörte das Land dem jeweiligen Dorf.

Drei Läufer starteten, von denen sich der erste nach wenigen Schritten unter einen Baum setzte und dort fast bis kurz vor Sonnenuntergang blieb. Um die Geschichte abzukürzen: Als er sah, dass nur noch wenig Zeit blieb, stand er auf und rannte los, die Augen immer auf den Sonnenstand gerichtet, und erreichte genau zur festgesetzten Zeit sein Ziel. Keiner der beiden anderen Läufer war zurückgekehrt. Anfänglich war die Dorfgemeinschaft nicht zufrieden mit ihm, doch nach kurzer Zeit begriffen sie: Wenn es auch nur wenig war, so hatten sie doch mehr als die beiden anderen Gemeinschaften erreicht. Die Interpretation der Geschichte lässt viele Fragen offen – war es Gier, Ehrgeiz oder einfach nur Selbstüberschätzung?"

„Das wäre doch eine Geschichte in deinem Buch. Doch mich würde interessieren, was du beruflich machst, du hast nicht darüber gesprochen."

„Ich hatte meine Gründe, denn ich hatte die Befürchtung, auf meine Tätigkeit reduziert zu werden. Außerdem hätte ich viel reden müssen, was – wie du feststellen konntest – nicht zu meinen Stärken zählt.

Ich bin einige Jahre im Staatsdienst tätig gewesen und habe als Flugbegleiter unsere Regierungsmitglieder auf Staatsbesuchen begleitet. Ich war sozusagen das letzte Rad am Wagen, doch Bestandteil der Delegation und habe dadurch einiges erleben dürfen, zu dem sonst kein Zugang bestanden hätte. Ich habe einige Flüge mit unserem Außenminister gemacht und bin in den letzten Jahren fast täglich mit unserem Bundeskanzler unterwegs gewesen. Als mein Dienst endete, habe ich mich für eine Tätigkeit in der zivilen Luftfahrt beworben und beginne in zwei Monaten meine Ausbildung."

Er wirkte nachdenklich und ich hatte nichts anderes erwartet. Diese Art von Tätigkeit schien dem Bild über mich zu widersprechen, das er sich gemacht hatte.

Es waren diese zwei „Zwillinge", die ich in mir trug, diese Gegensätze in meiner Person, die für mich schwer zu kontrollieren waren, für Außenstehende jedoch unverständlich blieben. Das Leben mit meiner Person war nicht einfach – selbst für mich nicht, aber es reichte aus, mich damit auseinandersetzen zu wollen und Erklärungen Dritten gegenüber zu vermeiden.

„Dann hast du sicher einige Geschichten erlebt. Fällt dir eine ein, die du mir erzählen würdest?"

Ich musste nicht lang überlegen, denn es gab einige außergewöhnlich Erlebnisse, über die ich noch nie gesprochen hatte, da es in dieser Tätigkeit schon aus Sicherheitsgründen verboten war, darüber zu reden. Es war die Zeit, während die RAF Terror in Deutschland verbreitete und die Minister, mit denen ich flog, unter extremer Anspannung standen.

„Es könnte eine längere Geschichte werden."

„Ich habe Zeit, wie ist es mit dir?"

Ich blickte mich noch einmal um und das Umfeld war der perfekte Rahmen für meine Geschichte … der Pyramide!

36. Kapitel
Der Tag bei Pappa San (8. Teil)

Ich konnte durch das Fenster auf das ungeschriebene Buch, aber auch auf die Vase mit Sahs Blume blicken und dachte unvermittelt an den Tag, nachdem ich das Dorf verlassen haben würde. Die Geschichten über mich würden sicher irgendwann zur Sprache kommen und ich wusste nicht, ob sie für Sah zur schmerzlichen Erinnerung an mich werden könnten. Bisher war es mir gelungen, die Abreise nur als Trennung von Pappa San und dem Dorf zu sehen, doch jetzt war eine Beziehung entstanden, die tiefere Schichten von Gefühlen erreicht hatte. Mir wurde erstmals bewusst, dass ich schneller abreisen würde als geplant. Jeder Tag würde die Beziehung, die ich zu Sah und dem älteren Herrn, der vor mir saß und auf meine Geschichte wartete, intensivieren und umso schwieriger für alle Personen machen.

Doch noch war ich hier und es schien mir, als würde ich einen Film einlegen, ich drückte auf „Play“ und erzählte Pappa San die Geschichte der Pyramide.

Ich sah ihn kurz an und bildete mir ein, dass die Schatten in seinem Gesicht nicht nur durch das flackernde Licht, sondern durch meine Gedanken auf ihn übertragen wurden. Er blickte mich an und wartete.

„Ich lausche dir und freue mich auf deine Geschichte.“

„Durch meinen Beruf hatte ich während der Staatsbesuche die Möglichkeit, Peking und die verbotene Stadt, Angkor Wat, Machu Picchu und einige andere Sehenswürdigkeiten zu besuchen, doch mein größtes Erlebnis sollte eine zehntägige Reise nach Ägypten werden. Wie ich schon erwähnte, wollte ich als Junge Archäologe werden, und obwohl ich dieses Ziel nicht erreichte, las ich viel, darunter auch ein Buch eines polnischen Wissenschaftlers, der über fantastische Erlebnisse berichtete, die sich seiner Aussage zufolge ereignet hatten, als er in der Cheops-Pyramide übernachtete.

Die Delegation, mit der ich nach Ägypten reiste, war klein – etwa zehn Personen samt dem Minister und seiner Ehefrau. Unter den Besichtigungsterminen waren die Pyramiden von Gizeh, der

Nasser-Staudamm, das Tal der Könige in Luxor, der Tempel der Hatschepsud und zum Abschluss eine Nachtvorstellung im Tempel von Karnak. Auch die Crewmitglieder wurden zu den Besichtigungen eingeladen, für die der Ort vorher abgesperrt und somit nur für die Delegation zugänglich war.

Der Besuch der Pyramiden war für den frühen Abend geplant, und als wir auf einige Fahrzeuge verteilt das Plateau erreichten, waren außer uns nur ein paar Sicherheitsleute und einige Experten für ägyptische Geschichte anwesend, die dem Minister fachkundig die historischen Hintergründe erklärten. Unter ihnen war der Leiter der Altertumsbehörde, der auch die Führung in die große Pyramide anführte. Der Eingang lag etwa in der Mitte, er war vor langer Zeit in die Steinquader geschlagen worden und führte über ein Labyrinth von Gängen, die letztlich an einem leeren Sarkophag in eine Grabkammer endeten. In den Gängen stand die Luft und die Hitze nahm mit jedem Meter zu, der weiter ins Innere führte. Einige Mitglieder der Gruppe kehrten auf halber Strecke um und verließen die Cheops-Pyramide wieder. Die Größe des Bauwerkes war schon überwältigend, wenn man es vorher nur auf Bildern und Filmaufnahmen gesehen hatte, doch die Präzision im Inneren machte sprachlos. Dass Menschen vor über 3500 Jahren in der Lage waren, solch ein Monument zu entwerfen und zu bauen, erstaunt selbst Fachleute bis heute.

Gern hätte ich die große Galerie gesehen, die in Büchern als eine architektonische Meisterleistung beschrieben wird, doch der Zeitplan der Besichtigung war begrenzt und so gingen wir von der Grabkammer zurück zum Eingang. Auf dem Boden fielen mir rote Markierungen auf, die den Weg bis in die Kammer kennzeichneten, und unter der Decke waren flache Lampen angebracht, die den Gang ausleuchteten. Doch seitlich führten im Dunkel liegende Gänge tiefer ins Innere hinein.

Die Delegation hatte den Ausgang erreicht und niemand schien zu bemerken, dass ich schon weit hinter ihnen war. Da fiel mir wieder das Buch des polnischen Archäologen ein und ich rannte zum Ausgang und fragte unseren Kapitän, welche Termine für den nächsten Tag geplant waren. Der Tag stand uns zur freien Verfügung und da bat ich ihn um Erlaubnis, noch einige Zeit hier verbringen zu dürfen, ich würde dann mit einem Taxi zurückfahren. Während der Minister und sein Gefolge schon auf dem Weg zu den bereitstehenden Autos waren, ging ich seitlich die Stufen entlang, was damals noch erlaubt war, und als ich den unbeleuchteten Teil erreichte, setzte ich mich und sah, wie der Konvoi mit der Gruppe den Ort verließ.

Der Eingang wurde von einer schweren Holztür umrahmt, vor der ein Tisch stand, hinter dem ein älterer Mann saß. Ein massives Eisengitter verschloss zusätzlich den Gang ins Innere. Meine Gedanken kreisten um die Möglichkeit, diese einmalige Situation zu nutzen und um die Unmöglichkeit, sie umzusetzen.

Zu Beginn der Fahrt hatte jeder einen Anhänger bekommen, der ihn als Mitglied der Delegation auswies. Dies würde meine einzige Hoffnung sein, meinen Wunsch in die Tat umzusetzen. Also ging ich zurück an den Tisch. Der Mann sah mich verwirrt an. Ich griff in die Tasche und bot ihm eine Zigarette an, die er dankend annahm. Dann setzte ich mich auf die Stufe neben ihm und deutete auf den Eingang, während ich ihm meinen Ausweis und einige Geldscheine auf den Tisch legte. Er sprach einige Worte Englisch, so vermutete ich, da er mit der Frau des Ministers geredet hatte, aber in dem Moment stand er auf und verstaute einige Dinge in einer Tasche. Ich könne am Morgen zurückkommen, da er ab 8 Uhr wieder hier sein würde, jetzt jedoch würde er gehen.

Manchmal gibt es im Leben die Möglichkeit, sich einen Wunsch zu erfüllen, die vielleicht nie wiederkommt. Andererseits hoffte ich innerlich, er würde den Wunsch ablehnen. Ich könnte mein Gewissen mit dem Satz, es wenigstens versucht zu haben, kurzfristig beruhigen, langfristig jedoch würde ich der verpassten Gelegenheit nachtrauern.

Ich hatte mich einige Zeit nach meinen Erfahrungen mit Alfred Adler mit Esoterik beschäftigt, doch schien sie keine Antworten zu enthalten und die Erklärungsversuche schienen mir aus der Luft gegriffen. Zwar gab es diesen Zwiespalt auch zu dem Buch über die beschriebenen Erlebnisse des Wissenschaftlers in dieser Pyramide, doch schien mir seine Reputation als Wissenschaftler fahrlässig aufs Spiel zu setzen weniger sinnvoll.

Nachdem er seine Sachen gepackt hatte, schien sich die Idee erledigt zu haben, doch dann streckte er den Arm wie eine Aufforderung in den beleuchteten Gang. Er schüttelte den Kopf, doch lächelte er mich, wenn auch verständnislos, an. Ich stand auf und bat ihn, das Licht im Hauptgang anzulassen. Dann sah ich einige Kerzen, die auf seinem Tisch standen. Einige von ihnen waren schon zur Hälfte abgebrannt, doch ich bat ihn, sie mir zu überlassen. Er öffnete seine Tasche und gab mir vier neue sowie eine Schachtel Streichhölzer. Erneut gab ich ihm einen Geldschein aus meiner Hosentasche und ging hinein. Um acht Uhr morgen früh wäre er spätestens zurück, waren die letzten Worte – dann schloss er das Eisengitter und danach die Holztür. Ich hörte, dass er den Platz verließ und war froh, dass er vielleicht aus Routine das Licht im Hauptgang nicht ausgeschaltet hatte. Die Absurdität meiner Entscheidung wurde mir schlagartig bewusst. Sicher hatte er mich für verrückt gehalten, was mich in Anbetracht meines Endschlusses kaum verwunderte, zumal ich selbst Schwierigkeiten hatte, eine aufkommende Panik zu unterdrücken. Doch nachdem sich die Türen geschlossen hatten, begann eine unvergessliche Nacht."

Ich blickte mich auf der Terrasse um, denn mir kam es vor, als befände ich mich wieder an dem Ort, über den ich Pappa San erzählte. Dann fiel mein Blick auf den Buddha, der mich mit seinen geschlossenen Augen und dem Lächeln zu begleiten schien. In die kleine Landschaft um den Teich flog ein Insekt und ich dachte erneut an George und den Japaner und Pappa San. Ich sah in den nun beleuchteten Garten und in seinem Gesicht schien sich Buddhas Lächeln wiederzuspiegeln. Doch er sagte kein Wort. Also fuhr ich fort:

„Ich wollte anfänglich nochmals bis zum Sarkophag in die Grabkammer gehen, doch schon an der ersten Abzweigung verspürte ich den Drang, den beleuchteten Weg zu verlassen, um einen neuen Eindruck von der Gewalt verspüren zu können, die dieses Bauwerk auszustrahlen schien.

Als ich die ersten Schritte in einen dunklen Gang machte, stellte ich an der Abzweigung meine erste Kerze auf und entzündete sie. Dann strich ich mit der Hand die Wände entlang und schon diese Berührung und der Gedanke an die Menschen, die solche handwerklichen Fähigkeiten besaßen, widersprach einer gewissen Realität. Dann erreichte ich einen zweiten Gang, der zwei Alternativen bot, meinen Weg weiterzugehen. Ich setzte mich vor ihnen auf den Boden und war glücklich, den Kerzenschein meiner aufgestellten Kerze sehen zu können.

Ich griff in meine Hosentasche, bemerkte meine Zigarettenschachtel und fragte mich augenblicklich, ob es wohl den ‚Fluch des Pharaos' auslösen würde, in seiner Grabstätte zu rauchen.

Zuerst entzündete ich eine neue Kerze und dann die Zigarette. Erst bildete sich eine dichte Wolke von Rauch um den Schein der Kerze um dann wie von einem Sog angezogen im rechten Gang zu verschwinden. Meine Entscheidung war gefallen! Ich würde dem Rauch folgen, und als ich aufstand, meinte ich ein Geräusch zu hören, was unter den Millionen von tonnenschweren Steinquadern unmöglich sein konnte. Der Gang war steiler und am Ende stieß ich auf eine glatte Wand. Meine Kerze erleuchtete einen abgeschlossenen Raum, der nur diesen einen Zugang hatte. Der Boden war eben und sah aus, als hätte sich jemand die Mühe gemacht, ihn vor meinem Besuch zu reinigen! Die scheinbar sinnlose Gestaltung von Räumen, die ins Nichts führten, mag ermessen lassen, wie viel Aufwand betrieben wurde, um dem Wunsch des Pharaos nachzukommen, für alle Zeiten seine Ruhe zu finden.

Ich ging den Weg zurück, doch als ich an der Abzweigung angekommen war, konnte ich den Widerschein meiner ersten Kerze nicht mehr erkennen – sie war erloschen. Also tastete ich mich an der Wand entlang, um den erloschenen Kerzenrest zu finden. Es gab aus meiner Erinnerung nur diesen Weg, doch ich kam erneut an eine Abzweigung. Das saugende Geräusch, das den Rauch und auch mich angezogen hatte, war verklungen, doch jetzt verspürte ich eine leichte Brise. Auch sie konnte nur auf einer Täuschung beruhen, aber andererseits war die Kerze ausgegangen und ich fand keine andere Erklärung. Die Flamme meiner Kerze, die ich in der Hand hielt, bewegte sich eindeutig und ich ging ein einen dunklen Gang, der gerade nach links verlief, und stand wenig später erneut vor einer massiven Wand. Ich war noch relativ gefasst, denn eine Sicherheit war die Beleuchtung im Hauptgang, die ich finden und mit deren Hilfe ich zum Ausgang zurückkehren könnte.

In meiner Ausbildung für meine Tätigkeit war ich mehrfach auf Ausnahmesituationen vorbereitet worden und Panik gehörte sicher nicht zu den Dingen, die mir einen erfolgreichen Abschluss ermöglicht hätten.

Ich besaß noch zwei ungebrauchte und eine fast abgebrannte Kerze und entschloss mich an der Wand sitzen zu bleiben, mir eine Zigarette anzuzünden und zu verfolgen, welche Richtung der Rauch nehmen würde. Dieses Mal verschwand er jedoch scheinbar in Bodennähe in einem eingemeißelten Hohlraum, den ich vorher nicht gesehen hatte. Ich stellte die Kerze direkt zwischen meine Füße und bemerkte Sand auf dem Boden. Nicht ungewöhnlich, dachte ich im ersten Moment, doch als ich in die Ecken des Raumes leuchtete, sah ich kleine Sandhügel, die wie eine Verwehung aussahen, die ich mir nicht erklären konnte.

Damals trug ich noch eine Uhr und so wusste ich, dass bis zum Eintreffen des Wärters noch sechs Stunden lagen.

Anfänglich war es eine Schwere, doch schließlich ein tiefer Schlaf. Als ich erwachte, entzündete ich ein Streichholz und sah auf die Uhr. Es war erst einige Minuten nach vier und ich saß in völliger Finsternis. Über Träume sollte man, falls man sich an sie erinnern kann, nicht reden, doch der Traum in jener Nacht ist mir bis zum heutigen Tag lebendig in Erinnerung geblieben. Eine Tatsache jedoch wurde wichtig für mich – ich hatte mir meinen Wunsch erfüllt und ich glaube kaum, dass es sehr viele Menschen gibt, die auf so verrückte Wünsche kommen und sie dann noch mit einer Möglichkeit verbinden können, die es in dieser Kombination wohl nie mehr für mich geben wird.

Ich stand auf und ging wie selbstverständlich den Weg zum beleuchteten Gang zurück. Dann bog ich nach rechts und setzte mich für den Rest der Nacht neben den geöffneten Sarkophag und wartete auf den nächsten Morgen.

All meine Gedanken konzentrierte ich auf die Berichte und Filme, die ich bisher über diese alte Kultur noch im Gedächtnis hatte. Es waren zu wenige Informationen und ich nahm mir vor, mich sehr intensiv mit der Geschichte zu beschäftigen und bis heute fasziniert mich jedes neue Detail über diese Kultur erneut.

Manchmal frage ich mich, wie sie mit einem Menschen, den sie als Gott verehrten, eine Kultur erschaffen konnten, die nicht friedvoll, aber beneidenswert kreativ war.

Ich habe diese Geschichte noch nie erzählt, da ich Konsequenzen befürchten musste und mich auch nicht lächerlich machen wollte. Doch was immer dieser polnische Wissenschaftler beschrieben hat, ich habe einen kurzen Einblick erhalten und dieser reichte mir aus, ihn aus dem esoterischen Bereich in eine Selbsterfahrung zu verwandeln. Er selbst hat dieses Buch erst in seinem Ruhestand geschrieben, da er wahrscheinlich ähnliche Reaktionen befürchtete. Ich habe lange überlegt, ihm einen Brief über meine Empfindungen in dieser Nacht zu schreiben, habe es aber verschoben, da mir zu viele Dinge unbeschreiblich geblieben sind.

Wenn ich an die Nacht auf dem Fels denke, liegen die Fragestellung und die Erfahrungen mit mir selbst nicht sehr weit auseinander, obwohl ich mir viele Dinge bis heute nicht beantworten kann und zu der Überzeugung neige, sich nicht alles erklärbar machen zu müssen.

Der wichtigste Aspekt jedoch war, sich ‚Wünsche zu erhalten und der Zeit die Möglichkeit zu geben, sie zu verwirklichen‘!“

„Vielleicht werde ich mal in die Situation kommen, die Geschichte zu erzählen, doch werde ich deinen Namen nicht erwähnen.“ Pappa

San stand auf, ging zum Tisch im Zimmer und kam mit der Vase und dem „Wolfsbuch“ zurück. „Erzähle die Geschichte Sah, denn sie wird dich dadurch besser verstehen und dann schreib sie in dein neues Buch. Denn wenn du einmal diese Geschichte lesen wirst, erinnerst du dich gleichzeitig an unseren gemeinsamen Abend und an Geschichten, die uns miteinander verbinden.

Bevor wir in den Garten gehen möchte ich dich bitten, mir noch in ein Zimmer zu folgen, das mein Vater immer unter Verschluss hielt und in welches ich bisher noch niemandem Einblick gewährt habe. Ich selbst habe nur Vermutungen darüber gehabt, doch ich hätte mir nie erlaubt, es zu betreten. Kurz vor seinem Tod hat mein Vater mir den Zugang gezeigt und den Schlüssel übergeben. Der Raum war sein Vermächtnis an mich und ich kann dir versprechen, er ist … außergewöhnlich!“

37. Kapitel
Der Tag bei Pappa San (9. Teil)

Wir gingen ins Zimmer zurück, das von mehreren Gaslampen beleuchtet wurde, die tanzende Schatten an die Decke warfen. Eine Seite des Bücherregals ließ sich zur Seite schieben und gab eine Tür frei, die Pappa San knarrend öffnete.

„Warte einen Moment, ich muss erst eine Kerze anzünden." Ich erinnerte mich sofort an einen Gang in der Pyramide von Cheops, als sich das Licht langsam in einer Kammer verteilte und aus Dunkelheit Licht und Schatten wurden. Ein grobes Fischernetz hing an der Decke, und als er eine weitere Kerze auf einen kleinen Tisch stellte, nahmen die Schatten langsam Strukturen an.

Ein Seesack, eine Harpune und mehrere hölzerne Truhen wurden sichtbar – eigentlich ein Abstellraum, wäre da nicht ein Schrank gewesen. Die beiden Türen waren aus rötlich glänzendem Holz, mit filigranen Figuren verziert. Messingbeschläge und Griffe waren poliert und auf dem Schrank standen viele verschiedene, aus chinesischem Porzellan gefertigte Töpfe. Er war etwa einen Meter hoch und circa anderthalb Meter breit, erinnerte mich an eine Antiquität aus dem 17. oder 18. Jahrhundert und wäre ein Schmuckstück in jedem Raum gewesen.

Als Pappa San die Türen öffnete, sah ich viele verschiedene kleine Schubladen, die über den gesamten Innenraum angeordnet waren. Auf Bildern aus alten Apotheken hatte ich ähnliche Schränke gesehen. An der Innenseite einer Tür hingen an kleinen Messinghaken kleine Ledersäckchen, während an der anderen Tür eine Vielzahl unterschiedlicher kleiner Pfeifen angebracht waren.

„Ich hatte diesen Raum bis zum Tode meines Vaters nie betreten dürfen. Ich wusste, dass es ihn gab, aber er war immer von den Regalwänden, in denen sich nutzlose Dinge stapelten, verstellt, die Tür verschlossen und ich hätte es nie gewagt, ihn zu betreten." Er bat mich näher heranzutreten und leuchtete mit einer Taschenlampe auf die Schubfächer. Auf jedes war ein handgeschriebenes Etikett geklebt, und da es in thailändischer Schrift war bat ich Pappa San, es mir zu übersetzen.

„Mein Vater war kein sehr sorgfältiger Mensch gewesen, und als ich den Schrank zum ersten Mal sah, war ich sehr überrascht, denn es eröffnete mir eine unbekannte Seite von ihm."

Er schob eine kleine Bank vor den Schrank und wir setzten uns davor.

„In den Laden befinden sich ebenfalls kleine lederne Beutel, in denen sich die Samen der verschiedenen Hanfsorten befinden, und die Beschriftung weist auf ihre unterschiedlichen Wirkungen hin. An der Türinnenseite sind die Endprodukte, ebenfalls beschriftet, doch ich weiß nicht, wie lange sie hier schon lagern. Doch aus eigener Erfahrung kann ich dir sagen, dass er eine Art Kräuterfachmann gewesen sein muss."

Es erinnerte mich schlagartig an den Steppenwolf und die Beschriftung jeder einzelnen Tür im ‚Magischen Theater', die ebenfalls Gefühlszustände beschrieben. Im Hinterkopf hatte ich die Frage, um deren Beantwortung ich Pappa San gern gebeten hätte, doch wie mit der Fee, die einen Wunsch erfüllt, wurde die Frage plötzlich zur Belastung und ich verschob den Zeitpunkt.

„Einsamkeit", „seelische Schmerzen", „Verlust" und „Niedergeschlagenheit" waren einige der Beschreibungen auf den Schildern – doch auch „Ausgelassenheit", „Freude" und „Erinnerungen". Und dann sagte er … „Antworten"!

Ich erschrak und schlagartig stiegen Zweifel an der jeweiligen Wirkung ungewollt in mir auf. Ich sah ihn an und er lächelte.

„Erinnerst du dich? Ich war heute Nachmittag schon einmal in diesem Raum und habe genau diese Sorte ausgewählt. Und ich muss sagen, so viele Antworten, wie ich heute von dir erhalten habe, waren während des gesamten Aufenthaltes von dir vorher nicht zu bekommen. Wenn ich bei dir an den Abenden auf deiner Terrasse saß, hatte ich immer zwei verschiedene Sorten in kleinen Päckchen mitgebracht. Ich rauchte die ‚Antworten', während du die ‚Konzentration' bekamst. Ich möchte dies nicht überbewerten, völlig ausschließen möchte ich den Einfluss jedoch nicht." Dann nahm er ein Säckchen und zwei kleine Pfeifen und bat mich, mit ihm in den Garten zu gehen.

Als er die Kerzen ausblies dachte ich an Howard Carter, der im Tal der Könige das Grab von Tutanchamun gefunden hatte. Ich dachte an eine berühmte Szene, wie er im Kerzenschein zum ersten Mal, nachdem er eine Mauer durchbrochen hatte, einen Blick auf den Sarkophag werfen konnte. Er wusste, dass er zurückkehren würde, während mir schmerzlich klar wurde, dass ich diesen Ort nie mehr betreten würde.

38. Kapitel
Der Tag bei Pappa San (10. Teil)

Als die letzte Kerze gelöscht war und Pappa San die Tür verschloss und das Regal davorschob, wurde mir der Tag meiner Abreise immer bewusster. Der Zeitpunkt würde unvermeidlich kommen und mein Gefühl sagte mir, dass er nicht mehr allzu fern lag.

Er schien meine Gedanken lesen zu können und safte: „Wir werden noch eine schöne Zeit miteinander verbringen", und als wir auf die Terrasse traten und ich in den hell beleuchteten Garten sah, der nach oben von einem funkelnden Sternenhimmel eingerahmt war, verschwanden meine wehmütigen Gedanken, als wir die drei Holzstufen hinuntergingen. Die Beleuchtung bestand aus natürlichem Licht – Kerzen, Gaslampen und viele Petroleumleuchten, die den Garten in ein Mysterium verwandelten und ihn zum schönsten Bereich des ganzen Hauses machten. Die Wege waren mit weißem Sand aufgefüllt und von niedrigen Randsteinen begrenzt. Im Verhältnis zur Terrasse war der Garten riesig groß und der Weg führte an einer kleinen Bank vorbei an einen im Schatten hoher Palmen gelegenen dunklen Platz. Auch dort gab es eine Bank; wir setzten uns und ich schaute auf ein Grab.

„Wie alle meine Vorfahren ihre Eltern selbst begruben, sind auch meine Mutter und mein Vater hier beerdigt worden. Manchmal sitze ich an diesem Ort, rauche und habe das Gefühl, mehr mit ihm zu reden, als wir es getan haben, als er noch lebte. Manchmal kann das Verhältnis zwischen Vätern und Söhnen angespannt sein, insbesondere dann, wenn selten über Gefühle gesprochen wird. Erziehung ist eine schwierige Sache, denn Werte zu vermitteln, eigene Erfahrungen weiterzugeben und auf das Verständnis eines sich entwickelnden Menschen Rücksicht zu nehmen ist nur im Dialog einfacher. Mein Vater hat fast nie über sich gesprochen, sodass es nicht leicht für mich war, ihn zu verstehen.

Doch nach seinem Tod ging ich in die Kammer und fand dort einen Brief an mich. Er hatte nie mit diesen Worten zu mir gesprochen, doch sein Brief erklärte mir viele seiner Ängste. Als ich eines Nachts hier saß, ihn las und auf sein Grab sah, meinte ich ihn reden zu hören.

„Sohn, ich habe es dir gesagt – es gibt nur Worte, mit denen man Gefühle ausdrücken kann, und die habe ich selten gefunden. Ich litt zu sehr unter dem Verlust deiner Mutter und habe mich zurückgezogen. Ich hätte dein Partner, ja ein Freund für dich sein sollen, doch nachdem sie nicht mehr da war, fühlte ich mich einsam und allein. Ich konzentrierte mich darauf, dich vor Fehlern zu bewahren, doch mehr als Kontrolle über dein Leben ist nicht daraus geworden.

Das Leben besteht oftmals aus Erinnerungen an die Vergangenheit – an schöne Momente, während schlechte Erfahrungen meist verdrängt werden. Doch man muss sie gleichzeitig verarbeiten, denn aus deinem Kopf verschwinden sie nie. Irgendwann kehren sie zurück, und wenn sie nie verarbeitet wurden, belasten sie sehr. Als du in die Stadt gezogen bist und wir uns seltener sahen, blieben nur die Erinnerungen an dein manchmal unverständliches Verhalten. Doch du bist erfolgreich und zu einer respektierten Persönlichkeit gewachsen.

So hoffe ich, dass du nur die wenigen schönen Erinnerungen an mich in dir tragen kannst, denn mit dem Verblassen der schlechten tilgen sich auch meine Fehler, bis ich letztlich meinen Frieden finden kann."

„Ich frage mich bis heute, warum ein solches Gespräch nie stattgefunden hat, doch sein Brief war eine große Erleichterung für mich."

„Die gleiche Frage habe ich mir an dem Tag von Herbs Abreise gestellt, als er mir viel über sein Leben erzählt hat. Ich glaube, wenn er früher bereit gewesen wäre darüber zu reden, hätte sich eine Freundschaft entwickeln können, doch andererseits wäre die Trennung noch schmerzhafter geworden."

Dann stand er auf und wir gingen einen anderen Weg entlang, der uns an wunderschönen Pflanzen vorbei zu einem kleinen Wasserfall führte. Einige Lampen warfen ein indirektes Licht auf eine Landschaft, in der kleine Bäume standen und schmale Wege zwischen Felsen zu einem Dorf mit winzigen Häusern führten. Alles war von einem aufgeschütteten Wall aus weißem Sand umgeben und durch das herabfließende Wasser wirkte der Ort fast lebendig.

„Der Japaner hat fast ein Jahr bei uns gelebt und diese Landschaft angelegt. Er hat für meinen Vater gearbeitet und sich so sein Geld für seine Heimreise nach Japan verdient. Er hat den Grundstein für diesen Garten gelegt und mir die Kunst der Bonsai-Gestaltung beigebracht. Ich habe diesen Garten nun seit über 50 Jahren aufgebaut und er ist für mich zum schönsten Ort zur Entspannung geworden."

Neben der Landschaft saßen rechts und links auf einem Sockel zwei weitere weiße Buddhafiguren im Lotussitz, vor denen zwei rechteckige kleine Teiche angelegt worden waren, und wurden von einem Mond angestrahlt, der fast seine Vollkommenheit erreicht hatte. Niedrige rote Ahornsträucher umrahmten den Teich und das einfallende Mondlicht ließ die Blätter in silbrigem Licht glänzen.

„Wenn ich abends ins Restaurant komme, trage ich immer einige Sorten von meiner Plantage mit mir, ich selbst rauche aber dort kaum. In entspannter Atmosphäre lassen sich gute Gespräche führen und bis auf deine anfängliche Abneigung genießen es die Leute sehr. Für mich sind es Pflanzen wie jede anderen auch – den die einen entfalten ihre Wirkung durch wunderschöne Blüten und durch Farben und erzeugen so ihre spezielle Art von Wirkung auf den Betrachter.

Mag sein, dass es nicht der perfekte Weg ist, die Wirkung dieser Pflanze zu nutzen, doch mit betrunkenen Menschen hatten wir mehr Probleme. Wir gehen bald zurück, aber vorher würde ich dir gern noch etwas über Pflanzen erzählen.

Sie sind Lebewesen, und was oft übersehen wird, die Grundlage aller Lebensformen, da sie uns durch die Fotosynthese mit Sauerstoff versorgen, ohne den es auch uns nicht geben würde. Doch sind sie immobil, also meist an ihren Standort mit den besten Bedingungen gebunden. Doch sie haben auch viele Gemeinsamkeiten mit uns. Eine junge Pflanze ist leichter zu verpflanzen als eine ältere und die Umgebung und das Umfeld, in der sie aufwachsen, spielen eine wichtige Rolle für ihr Wohlbefinden und ihr Wachstum. Dort können sie heranwachsen und eine gewisse Dominanz entwickeln. Manchmal sind es ihre Blüten oder ihr Duft, der sie befähigt, sich zu vermehren.

Ein Garten ist ein Ort, an dem sich der Mensch mit ihnen umgibt, um ihre Schönheit zu genießen. Doch meist mussten sie umgesiedelt werden und je weiter sich ihr Umfeld von ihren gewohnten Lebensbedingungen entfernt, umso schwerer fällt es ihnen, sich in der neuen Umgebung zu entwickeln. Sie haben sich nicht freiwillig für diese Veränderung entschieden, und so haben wir durch ihre Verpflanzung eine gewisse Verantwortung für sie übernommen. Leider ist es so, dass die schönsten von ihnen die schwierigsten Vertreter ihrer Art sind und Kenntnis, Pflege und Einfühlungsvermögen Voraussetzungen für ihr Gedeihen sind. Ein schöner Garten ist eine Herausforderung an das Gespür, und falls du es mit der Zeit entwickeln kannst, wird dir mit jedem neuen Trieb oder einer Blüte bewusst, dass sich die Pflanze mit ihrem neuen Standort identifizieren konnte und bereit ist, sich zu entwickeln. Ich weiß, es klingt anfänglich etwas seltsam, doch ich spreche mit meinen Pflanzen und sie scheinen mir mit ihrer Blütenpracht und ihrem Wachstum eine Antwort zu geben, die ich innerlich verspüre. Falls du das Gefühl hast, mit niemandem über deine Gedanken sprechen zu können, setzte dich zwischen sie und rede mit ihnen. Selbst falls sie dich nicht verstehen sollten, entlastest du dich, da du dir deinen Gedanken bewusst wirst – du hast sie formuliert. So ist das Anlegen eines Gartens der Ausdruck deiner Persönlichkeit und nicht der Zweckmäßigkeit, denn mit jeder Pflanze, die du einsetzt, übernimmst du Verantwortung wie für ein Kind, und sie wird es dir bei guter Versorgung durch ihre Schönheit und gute Entwicklung zurückgeben – anspruchsvoll und dankbar zugleich!"

Die Eindringlichkeit, mit der er sprach, ließ in mir die Hoffnung keimen, auch einmal einen Garten gestalten zu dürfen, mit eigenen Ideen und Zuversicht, dass sich gleiche Empfindungen, wie er sie hatte, damit verbinden ließen.

Wir gingen zurück und kamen an die Bank, die in der Nähe der Terrasse stand.

Mamma San hatte einen kleinen Tisch vor die Bank gestellt, auf dem sich ein großer Teller mit Früchten befand. Er war mit Blumen dekoriert und das Obst war kunstvoll geschnitten, sodass es mir nicht leicht fiel, es überhaupt zu essen – es kam einer Zerstörung gleich!

Nachdem wir gegessen hatten, legte Pappa San zwei Pfeifen auf den Tisch, die er aus der Kammer mitgenommen hatte.

„Es ist aus dem Fundus der ‚Antworten'", sagte er und lächelte auf seine beruhigende Art. Wieder wurde es eine Art Zeremonie, denn er legte neben jede der Pfeifen einen langen Halm sowie eine Streichholzschachtel und entnahm aus dem Ledersäckchen eine gewisse Menge, die er zu einem Häufchen auf ein Stück Papier legte. Ich beobachtete ihn beim Stopfen und bemühte mich, die gleiche Sorgfalt an die „Nacht" zu legen. Dann übertrugen wir die Flamme auf den Halm, mit dem wir die Pfeife entzündeten.

Noch bevor ich überhaupt eine Wirkung verspürte, wusste ich, dass unsere Gespräche für diesen Tag beendet waren.

Pappa San hatte mir sehr viel über sich und seine Gefühle, seine Gedankenwelt und Erinnerungen erzählt und ich konnte seit langer Zeit einmal wieder mit jemandem reden, der mir zuhörte und meine (!) Geschichte zu verstehen schien. Ich war noch jung und hatte nur wenige umsetzbare Erfahrungen gesammelt, doch mit jedem Zug an der Pfeife atmete ich diese Gedanken aus, blies sie in einer dichten

Wolke in den Himmel und war dankbar für jede Minute, die ich an diesem Ort verbracht hatte.

Als ich Pappa San auf der Bank sitzen sah, gelöst, entspannt und mit diesem Lächeln, entwickelten sich neue Wünsche und ich wusste, dass ich ihnen die Zeit geben musste, sich zu entwickeln.

Wir redeten kein Wort, doch manchmal zeigte er auf eine Pflanze und ich sah sie zum ersten Mal, doch ich nickte mit dem Kopf, da ich verstand, was er meinte.

Ich würde ihn vermissen, genau wie die Menschen, die ich hier kennenlernen durfte – die mir mit ihrer Offenheit entgegengetreten waren und von denen einige nicht mehr hier waren. Er jedoch würde mir nur fehlen, denn er hatte mir so viel von seinen Antworten mit auf den zukünftigen Weg mitgegeben, dass er immer bei der Suche nach Lösungen anwesend sein würde und dadurch nie in Vergessenheit geraten konnte. Meine Zeit hier ging dem Ende entgegen, wurde mir unvermittelt klar, aber ich würde mir Mühe geben, sie zu einem schönen Abschluss zu bringen.

„Es war ein wunderbarer Tag für mich, doch eine abschießende Frage hätte ich dann doch noch. In deinem Bücherschrank habe ich das Buch ‚Der alte Mann und das Meer' gesehen. Ich habe bisher nur den Film mit Spencer Tracy gesehen und obwohl ich ihn hervorragend fand, blieb mir nur der Verlust des alten Mannes in Erinnerung, der einen Fisch als Skelett in den Hafen brachte."

„Schriftsteller sind tiefgründige Menschen, die jeder ihrer Figuren eine gewisse Eigenschaft mitgeben, die tief in ihm verwurzelt ist. Büchern von bekannten Autoren sollte das Studium ihrer Biografie vorausgehen, denn dadurch wird es einfacher, deren eigene Person in ihnen zu erkennen. Du selbst hast über Herrmann Hesse gesprochen und auch bei Hemingway schien es mir aus meiner Sicht nicht anders gewesen zu sein.

Hemingway war ein ziemlich wilder Kerl, der immer auf der Suche nach Abenteuer war. Denk an Edgar Allen Poe, auch er hatte als Journalist angefangen. Erfahrungen prägten ihr Leben und legten sich auf ihre Seele. Als sie dann ihre Bücher schrieben, verarbeiteten sie viele Aspekte ihrer eigenen Vergangenheit und sahen den einzigen Weg darin, sie zu beschreiben.

Es ist nicht nur die Zeit, die Einsamkeit und die verzweifelte Suche nach dem letzten Satz, manchmal einem einzigen Wort, die diese Art von Menschen vorantreibt, sondern die Erkenntnis, dass die Geschichte tief in ihnen selbst verborgen liegt. Bildhauer sehen in einem Steinquader die fertige Skulptur, doch sie muss herausgearbeitet werden und dies bedarf handwerklichen Geschicks. Künstler lassen sich jedoch nicht davon abhalten, endlich den Ausdruck für ihre Emotionen gefunden zu haben. Sie leiden unter ihrer Unfähigkeit, doch aus der kleinen Flamme der Inspiration kann ein loderndes Feuer der Leidenschaft werden. Nur der Künstler selbst wird sich die Antriebsfeder versuchen zu erklären, scheitern und darin die Bestätigung seiner Arbeit erkennen. Widersprüchlich, ich weiß! Denn erst der Zweifel an seinem Werk erweckt in ihm die Bereitschaft, es beim nächsten Mal besser zu machen. Irgendwann muss er sich von seinem Projekt lösen, doch wenn er den Wunsch verspürt, weiter an sich zu arbeiten, wird er lernen und schließlich die Leidenschaft in sich entdecken und sich erneut vor ein weißes Stück Papier, eine leere Leinwand oder vor einen Marmorblock setzen. Denn ohne sie bleibt er stets hinter seinem eigenen Anspruch zurück und gibt irgendwann auf. Es ist wahrlich ein steiniger Weg, doch auch ein Geschenk an Leser, Betrachter und letztlich auch an sich selbst.

Denk an van Gogh, oder sogar an da Vinci. Nur die beständige Suche, sich zu verbessern, ihre Gedanken in einen Ausdruck zu verwandeln, ließ sie zu dem werden, was sie sind – Künstler!

Ich bin auch nur der Genießer jener Bücher, Bilder und Skulpturen. Doch welch ein berauschendes Gefühl muss es sein, sie erschaffen, gemalt, oder geschrieben zu haben."

Er nahm eine kleine Pfeife aus der Tasche, zündete sie an und nahm zwei tiefe Züge. Danach reichte er sie mir und lehnte sich zurück.

„Hinter Harry Haller scheint mir auch bei Hemingway der Wunsch dahinter zu stecken, sich einen Kindheitstraum zu verwirklichen. Er wollte dieses Gefühl, einen verzweifelten Kampf mit sich selbst zu gewinnen.

Der alte Mann kam in den Hafen zurück und von dem Fisch, den er an der Außenseite seines Bootes festgezurrt hatte, war kaum mehr etwas übrig. Die Leute am Strand lachten über das Ergebnis seiner Anstrengungen, doch er ging wortlos in die Bar. Er setzte sich an die Theke und als er das erste Whiskeyglas in einem Zug leerte, tropfte das Blut seiner zerschundenen Hände auf das Holz. ‚Du bist ein verdammter Egoist', sagte er zu sich selbst und als die anderen Gäste sich wieder ihrer gewohnten Oberflächlichkeit hingaben, lächelte er und trank die ganze Nacht allein mit sich zufrieden weiter.

Achte darauf, Abstand zu deinen Kritikern und deinen Bewunderern zu halten, sonst könntest du enttäuscht sein, sie in dir selbst zu finden.

Konzentriere dich auf die Arbeit, und die langsamen Fortschritte werden dir die Tiefen deiner eigenen Person öffnen und dich näher zu deinem eigenen Ziel bringen – zu erfahren, wer du eigentlich bist."

Dann lächelte er nur und ich zweifelte, ob es notwendig war, ihm diese Frage gestellt zu haben.

„Ich habe für heute Abend einen Tisch an dem Strand im kleinen Dorf aufstellen lassen. Ein Lagerfeuer, und es gibt nur vier Plätze am Tisch. Ich möchte, dass du Sah mitbringst und ich erwarte John aus Penang zurück. Also gehen wir zurück ins Haus und wir treffen uns in etwa zwei Stunden am Strand."

Als wir auf die Terrasse zurückkamen, standen zwei Kerzen auf dem Tisch. Neben der ersten lag das „Wolfsbuch", in weißem Lackpapier sorgfältig eingewickelt, neben der anderen die Blume, die immer noch in voller Blüte stand.

„Sollte ich jemals dieses Buch schreiben, so nenne ich es ‚Das Land der Antworten', sagte ich zu Pappa San, der laut lachte. „Natürlich wirst du es schreiben, denn ein Wolf kann die Fährten lesen, die ihn letztlich an sein Ziel führen werden."

Dann stand Mamma San in der Tür und begleitete mich durch den Flur zum Ausgang. Ich hatte das Buch in die Tasche gepackt und es lag schwer in meiner Hand. Die Blume entlastete wie eine schwere Feder und ich verneigte mich vor Mamma San für den schönen Tag. Als sie die Tür öffnete, sah ich den kleinen Jungen, der mich vor „unendlich langer Zeit" zu Pappa Sans Haus geführt hatte. Wir gingen über den Dorfplatz bis zu dem schmalen Weg hinaus aus dem Dorf.

Natürlich hatte ich keine Taschenlampe! Doch an dem Ort, an dem sie mich am Mittag abgeliefert hatte, stand Sah und strahlte mich freudig an.

Ich gab ihr die Blume und sie küsste mich innig.

Auf dem Weg zum Haus erzählte ich ihr von der Einladung für den Abend und sie antwortete nur: „Wolf, du Nachtmensch, hast du jegliche Zeitvorstellung verloren?"

„Nein, ich habe heute viel über die Zeit und deren Wert gelernt, und wenn man sie sinnvoll verbringt, trauert man ihr nicht nach." Sie blickte mich etwas verständnislos an, doch dann war das Thema beendet.

Um Zeit zu sparen, duschten wir gemeinsam.

Der Abend sollte noch einige Überraschungen für die ganze Nacht für mich bereithalten, doch zuerst begann er wunderschön.

39. Kapitel
Der Abend am Strand

Als ich aus dem Bad kam, saß Sah auf dem Bett. Ihr Körper glänzte verführerisch und ich kroch unter das Moskitonetz und setzte mich zu ihr.

„Leg dich hin, ich habe ein spezielles Öl. Es entspannt und wird dich aalglatt machen“, lachte sie. Der Duft war schwer und fruchtig und die Art, wie sie mit ihren Händen und ihrem Körper das Öl auf meinem Körper verteilte, war Erregung und Entspannung zugleich. Als wir miteinander schliefen, war es eine Symbiose, eine Verschmelzung zweier Körper. Doch als ich schwer atmend neben ihr lag und meine Augen schloss, rüttelte sie mich wach. „Wir haben heute Abend noch einen Termin!“ Ich erschrak fast bei dem Wort, als würde es mich in eine andere Welt zurückholen. Ich hätte viel gegeben, um neben ihr einzuschlafen und einmal mit ihr am Morgen aufzuwachen.

Kurz bevor wir das Haus verließen, nahm ich Johns Tagebuch und steckte es ein. Ich hatte es nicht bis zum Ende lesen können, wollte es ihm aber trotzdem zurückgeben. Als ich auf die Terrasse trat, stand Sah mit offenen Haaren und einem eng anliegenden weißen Kleid dort und lächelte mich an. Der Mond stand über ihr und umgab sie mit einer silbernen Aura. Ich hatte an diesem Tag viele schöne Dinge erleben dürfen, doch dieser Anblick verschlug mir die Sprache. Ich umarmte sie und wir gingen die Stufen hinunter.

Schon von der Terrasse aus sahen wir, dass der Waschplatz hell erleuchtet war. Auch in meiner alten Hütte über dem Meer hatte jemand Petroleumleuchten aufgehängt, und deren Licht spiegelte sich auf der Wasseroberfläche.

Als wir den Waschplatz erreicht hatten, waren Fackeln in den Sand gesteckt worden, die den Weg bis zum Strand säumten.

Sah sagte: „John ist heute Mittag im Dorf angekommen. Er wohnt in Herbs Haus und freut sich auf den Abend mit dir.“

Schon auf dem Weg war der Schein eines großen Feuers zu erkennen und die Funken stoben in wilden Wirbeln in den vom Mond beschienenen Himmel. Immer, wenn sie mich anblickte, lächelte sie.

„Ich hoffe, du hattest einen schönen Tag und vielleicht wird er dir noch lang in Erinnerung bleiben."

Am Strand stand ein kleiner runder Tisch, um den herum lediglich vier Stühle platziert waren. Kerzen brannten und das Lagerfeuer hüllte den ganzen Platz in einen rötlichen Schein. Der weiße Sand war eingeebnet worden und ein aufgeschütteter Weg führte bis ins Restaurant. Ich dachte an meine Ausbildung, nahm der Stuhl und bat Sah sich zu setzen, als ich plötzlich zwei Hände auf meinen Schultern spürte. Es war John, der hinter mir im Schatten stand. Als ich mich umdrehte, nahm er mich wie einen langjährigen Freund in die Arme. Als er ins Licht trat, sah ich, dass er noch mehr abgenommen hatte, seine Wangen eingefallen waren und er dunkle Ränder unter den Augen hatte.

„Es ist schön, dass ich dich noch antreffe. Pappa San hat mir gerade erzählt, dass ihr euch in seinem Haus getroffen habt. Ich habe mit Sah den Strand ein wenig umgebaut."

Wir setzten uns und ich griff automatisch in die Tasche und legte sein Tagebuch auf den Tisch.

„Ich konnte es noch nicht bis zum Ende lesen, aber es ist eine interessante Geschichte. Bist du dir sicher, dass diese Insel tatsächlich existiert?" „Wenn du die Zeit gehabt hättest, es zu lesen wüsstest du, das ich überzeugt davon bin."

Im Blickwinkel sahen wir einen Schatten auf uns zukommen, und wie eingeübt standen wir auf und nicken Pappa San zu. Er trug zum ersten Mal ein weißes Hemd und lange Hosen. Sein Kopf wirkte wie poliert und ich hatte eine Erinnerung an den Schrank in seiner Kammer, der in der falschen Umgebung zu stehen schien. Er hatte die Arme hinter seinem Rücken verschränkt und während sich das Mondlicht auf seinem kahlen Kopf spiegelte, stellte er zwei Flaschen Wein auf den Tisch. Nachdem er sich gesetzt hatte, reicht er uns beide Hände. Wir nahmen sie und so bildete sich ein geschlossener Kreis. Ich dachte an das Bild von da Vinci „Das letzte Abendmahl" und Wehmut und Freude schienen nah beieinander zu liegen.

„Erinnerst du dich, Wolf – lieb gewonnenen Gästen versucht man, das Beste anzubieten und diesmal ist es Wein", und er lachte gelöst, entspannt, doch zum ersten Mal konnte ich hinter die Fassade sehen und erkannte, dass auch er sich Mühe gab, das Gefühl eines Verlustes zu unterdrücken.

Im Widerschein des Feuers kamen mehrere Personen aus dem Restaurant auf uns zu und schon durch ein leichtes Räuspern wusste ich, dass es nur George sein konnte. Er trug einen langen Kaftan, der zu seinem Markenzeichen geworden war, stellte eine Flasche Black Label auf den Tisch und sagte mit tiefer Stimme: „Ich habe heute einen guten Fang gemacht, alles grillen lassen und wünsche guten Appetit!" Mit einem schallenden Lachen ging er zurück und die schwedischen Schwestern betraten die Bühne. Sie hielten zwei große Tabletts in den Händen, von denen die leichte Brise einen verführerischen Duft bis an den Tisch wehte. Auf einem Tablett waren Gläser, Teller und Besteck, mit denen der Tisch sorgfältig eingedeckt wurde. Dann stellte Gertrud einen riesigen Truthahn auf den Tisch mit der Bemerkung, doch bitte etwas übrig zu lassen. „Wir haben mal als Stewardessen gearbeitet", sagte Gertrud und beide gingen ins Restaurant zurück.

„Ich habe mich an Weihnachten erinnert", bemerkte John, „es war das erste Mal, dass ich dich mit Genuss essen sah, also habe ich ihn auf der Rückreise besorgt."

Das Essen war hervorragend und wir sprachen über Herb und Vera und die Geschichte mit den Italienern. John bot mir an, in seinem Haus bis zu meiner Abreise wohnen zu können.

„Ich habe erst einmal das Haus von Herb grundgereinigt und für meine Bedürfnisse reicht es allemal."

Das Wort „Abreise" schmerzte, doch ich war dankbar, nicht nochmals umziehen zu müssen.

Als das Essen beendet war, standen Sah und Pappa San plötzlich auf. „Ich möchte euch auf eine Fahrt auf eine Insel einladen. Sie heißt Koh Phi Phi und liegt nördlich von hier. Ich habe zwei Boote bestellt, die uns morgen früh dort hinbringen können", sagte Pappa San. „Ich glaube, ihr solltet euch unterhalten und ich schicke jemanden, der den Tisch abräumen wird." Dann gingen er und Sah ins Restaurant zurück.

„Ich glaube, es gibt einiges, was ich dir erklären sollte." „Ich habe heute deinen Brief an mich gelesen und aus deinem Tagebuch habe ich einiges aus deiner Vergangenheit entnehmen können, aber ich frage mich, warum du mir nicht erzählt hast, dass du Ischda kanntest. Es wäre leichter gewesen, dir die Sache zu überlassen, die Gruppe zur Abreise zu bewegen."

„Wie du sicher mittlerweile weißt, wollte dich Pappa San auffordern, das Dorf zu verlassen. Dann sprach Sah mit mir und bat mich, ihn zu der Änderung seiner Meinung zu bewegen. Er übertrug mir die Aufgabe, dich mit der Lösung des Problems zu beauftragen.

Er machte sozusagen deinen Verbleib davon abhängig. Allerdings bin ich mir nicht sicher, ob Ischda mit ihrer Gruppe das Dorf verlassen hätte, wenn ich sie dazu aufgefordert hätte. Wir haben auf der Fahrt in die Stadt viel über dich gesprochen und sie sagte mir, dass ihr die Entscheidung sehr schwer gefallen sei, dich zu verlassen. Sie sagte mir, selten einem so guten Zuhörer und gleichzeitig widersprüchlicheren Menschen wie dir begegnet zu sein. Der einsame Wolf, der die Freiheit sucht und gleichzeitig mit einer Sensibilität ausgestattet ist, die selbst für sie verwirrend war. Ich habe ihr angeboten, mit mir nach Penang zu fahren, doch sie entschied, sich in Bangkok von der Gruppe zu trennen und nach Manila zu fliegen. Sie wollte nach Boracay Island und hat ihre Meinung nicht geändert. Ich kann mir vorstellen, dass auch für dich die Trennung sehr schmerzlich gewesen ist, doch ich kann dir versichern, dass ich es nicht geschafft hätte, sie zu überzeugen und ich weiß, das Pappa San es genauso sieht."

„Ich war auf dem Fels – ich weiß nicht, ob dir Pappa San das erzählt hat. Es war eine aufregende Nacht, und als ich am Morgen wieder am Strand ankam, hatte ich mich von ihr verabschiedet. Ich habe mir den emotionalen Verlust zum einen selbst vorgeworfen und dann wurde ich mit dem genauen Gegenteil konfrontiert. Letztlich konnte ich in den Zwischenräumen dieses Spannungsverhältnisses eine akzeptable Lösung für mich finden. Viele andere Fragen sind für mich auf dem Fels noch unbeantwortet geblieben, doch eine solche Nacht verschweißt sie für immer als Herausforderungen zur Suche nach Antworten im Kopf."

„Ich selbst war einmal auf dem Fels, denn Pappa San hatte mich vor die Alternative gestellt, auf ihm eine Nacht, wie er es nannte, zur Besinnung zu kommen oder das Dorf zu verlassen. Ich hatte mein Haus bereits gebaut und so wäre es unmöglich für ihn geworden, mich einfach zu vertreiben. Doch ich hätte ein Vertrauensverhältnis zerstört, welches sich über Jahre aufgebaut hatte. Es war in jeder Beziehung eine bewegende Nacht, die sich zur Zerreißprobe mit mir selbst entwickelte. Was du Fragen nennst, wurde für mich die Erkenntnis meiner aussichtslosen Lage. Ich kapitulierte und kehrte, als die Flut mich wegzuspülen drohte, an den Strand zurück. Pappa San hatte dort auf mich gewartet, doch obwohl er Verständnis aufbrachte – er schien mehr unter meiner vorzeitigen Rückkehr zu leiden als ich selbst. Manche Dinge sind nicht zu kitten, auch wenn die Risse von außen kaum erkennbar sind. Wenn man weiß, dass es sie gibt, ist es wie in einer gescheiterten Ehe: Das grundsätzliche, blinde Vertrauen ist nie wieder herzustellen.

Er nahm das Taschenbuch in die Hand und es öffnete sich auf der letzten Seite, die ich gelesen hatte. An jenem Abend hatte ich noch Besuch gehabt, ein Blatt von einem Baum gerissen, dessen Äste über die Terrasse hingen, und hatte es wie eine Art Lesezeichen hineingelegt.

„Falls du bis zu diesen Seiten gekommen bist, schulde ich dir glaube ich einige Antworten."

„John, ich bin mit Antworten überflutet, doch was ich gern wissen würde: Hast du diese Insel auf den Philippinen jemals gefunden?"

Es entstand eine lange Pause, und wir blicken beide auf den Fels. Es schien uns nichts von der Wirkung dieser Nacht zu trennen, bis auf die Ausnahme, dass ich freiwillig auf ihn gegangen war und somit eine seichtere Aufgabe … doch ich wusste, dass ich mich mit dieser Aussage selbst betrügen würde!"

„Ich ging nach Penang, da ich süchtig bin, und habe mich in eine der Opiumhöhlen – Höllen! – begeben, und bedaure es wieder.

Ich konnte im Rausch derjenige sein, den ich kannte, doch sah ich in dem Spiegel über mir das Zerrbild einer Person. Dies hatte Pappa San erkannt und schickte mich deshalb auf den Fels. Doch ich hatte Angst, die steigende Flut würde mich mit sich reißen, und der Himmel veränderte sich zu einer Fratze! Meine Ängste wurden schließlich unüberwindlich, obwohl ich tief in meinem Inneren wünschte, die Wellen würden mich fortspülen. Ich schwamm zurück, enttäuscht von mir selbst und mir bewusst, die Auseinandersetzung mit mir selbst verloren zu haben.

Ich habe dir einige neue Anhaltspunkte gegeben, wenn du das Tagebuch bis zum Ende liest. Finde diese Insel, denn du würdest dort hinpassen in deiner Suche nach Freiraum, neuen Erfahrungen und den Fragen, für die du sicher einige Antworten an diesem Ort gefunden hast."

Sein Gesichtsausdruck war ohne jegliche Hoffnung – weder von Alternativen, noch von Perspektiven geprägt.

Als er schwieg, kehrten die Geräusche des Meeres, das Knistern des Feuers und die Gespräche, die im Restaurant geführt wurden, in meine bewusste Wahrnehmung zurück. Als er über den Fels redete, befand ich mich auf ihm – in Penang schien ich durch den Spiegel heraus seinem Glücksgefühl und seiner Verzweiflung ins Gesicht schauen zu können und als Trost blieb mir nur die Offenheit, mit denen mir die Menschen hier begegnet waren.

„Ich habe Gerüchte vernommen, nach denen du mit Sah zusammen bist. Ich habe sie gefragt, doch sie hat nur gelächelt und mir gesagt, sie würde dich am Abend nach dem Tag mit Pappa San abholen. Sie kam vor einem Jahr aus Bangkok zurück, da sie das Leben dort nicht mehr ertrug. Sie ist sehr intelligent und hat eine so ehrliche Art, Verständnis zu zeigen, aber eigenes Selbstverständnis erleben zu wollen. Als sie mich um meine Mithilfe bat, erzählte sie mir die Geschichte der ersten Nacht. Sie hatte sich an den Tisch gesetzt, an dem du schliefst, und dich wohl über längere Zeit wie ein Wesen aus einer anderen Welt betrachtet und ich muss gestehen, dass ich dich in den ersten Tagen ähnlich betrachtet habe. Du passt dich den vorgefertigten Meinungen nicht an und obwohl ich sicher bin, dass du es wusstest, bemühtest du dich, ihnen nicht zu widersprechen. Du warst zwar anwesend, aber nur ‚niemand' – ein Wolf – falls es dein richtiger Name ist."

„Ich heiße Wolfgang, doch zum einen war ich, als du mich nach meinem Namen fragtest, einfach zu müde, dir bei deiner Namensgebung zu widersprechen. Für mich wird dieser Aufenthalt eine schöne Erinnerung bleiben, doch werde ich nicht mehr lange bleiben können. Eine Trennung wird nicht einfacher, wenn man sie bis zum letzten Moment herauszögert. Ich habe das Problem mit Ischda und der Gruppe nicht gelöst, dass Vera und Herb das Dorf verließen, unterlag nicht meiner Einflussnahme, und bei der Sache mit den Italienern hatte ich einfach Glück, dass mich Carlo nicht erschossen hat!

Ängste hatte ich bei allen dieser Herausforderungen, doch sie reißen Mauern zur Selbstüberwindung auf und deshalb bin ich auch dafür dankbar."

Als ich das Gefühl hatte, das Gespräch sei zum Ende gekommen, griff ich erneut in Sahs Tasche und zog das „Wolfsbuch" heraus.

„Pappa San hat es mir zum Geschenk gemacht und er meinte, dass ich einige Notizen hineinschreiben sollte – und sie zu mehreren Geschichten und letztendlich zu einem Buch zusammenfassen sollte. Seine Visionen und Antworten … Hoffnungsschimmer, Träume, Wünsche … doch ich befürchte, alles eine Frage der Zeit!

Ich möchte, dass alle Dorfbewohner, die noch hier sind, eine kleine Anmerkung in das Buch schreiben und ich verspreche, dass ich sie erst lesen werde, wenn ich in dem Buch, das ich ‚Das Land der Antworten' nennen werde, beginne zu schreiben."

Ich lehnte mich zurück, das Gespräch war beendet, und als ich meine ausgespreizten Finger in die Luft streckte, füllten sie sich mit den Händen einer Person, die eine Veranlagung für den richtigen Moment zu besitzen schien.

„Einen Satz noch, John. Wenn Offenheit und Sensibilität zur Charakterschwäche verkommen, wird es nie Menschen geben, die sich ihrer Gefühle entledigen können. Ich werde das Buch erst schreiben können, wenn ich gelernt habe, mich der Kritik durch diese Offenheit stellen zu können, denn es wird immer zwei Seiten der Betrachtung geben und darauf muss man sich vorbereiten, um die nötigen Antworten auf berechtigte Fragen geben zu können."

Ich ging mit John hoch zum Restaurant, wo sich Sah zu mir gesellte und mich in die Arme schloss. Dann stellte sich John vor uns und umarmte uns.

„Ich freue mich auf unsere Fahrt nach Koh Phi Phi, aber gehe jetzt zurück ins Haus. Es war ein langer Tag für mich und schöner als das heutige Gespräch könnte es nicht mehr werden."

Im Restaurant hatten die Schwestern und Pappa San sich um George versammelt, der sein Tagebuch und ein wissenschaftliches Werk vor sich liegen hatte. Doch sie waren weniger an seinen Eintragungen als vielmehr an den bedauernswerten Geschöpfen interessiert, die in Gläsern schwirrend dem Ende ihrer irdischen Existenz entgegensahen.

Ich bedankte mich für den wunderschönen Tag und den Abend und in der Vorfreude auf eine geruhsame Nacht verließen Sah und ich das Restaurant

Im Leben, so hatte Pappa San einmal gesagt, kann sich von einer Sekunde auf die andere etwas verändern, das selbst bei der besten Planung nicht vorauszusehen ist.

Diese Nacht sollte mir ein Beispiel dafür liefern – und dies frei Haus!

40. Kapitel
Die Schlange

Noch immer war der Weg zum Haus beleuchtet und aus der Ferne sahen wir John, der auf der Terrasse seiner neuen Unterkunft in dichte Rauchwolken gehüllt war und uns zuwinkte.

Er hatte mir sein Tagebuch zum Geschenk gemacht und ich hatte mir vorgenommen, es erst nach meiner Abreise zu lesen.

Ich fühlte mich erschöpft und freute mich auf einen ruhigen Ausklang der Nacht. Sah sprach nicht viel und so kreisten meine Gedanken um den Verlauf des gestrigen Tages. Als der Wind die Blätter des großen Mangobaumes vor der Terrasse in rauschende Vibrationen brachte, musste ich an Pappa Sans Garten denken und so kam der Wunsch auf, eines Tages selbst einen Garten zu haben und für dessen Gestaltung meiner Phantasie freien Lauf zu lassen.

Wir gingen direkt ins Haus und legten uns, die Arme hinter dem Kopf verschränkt, auf das Bett und betrachteten das Licht einer Kerze, die an der Decke tanzenden Schatten warf.

„Ich freue mich sehr auf den Ausflug nach Koh Phi Phi, da ich selbst noch nie dort gewesen bin. Ich freue mich besonders, dass Pappa San mich und John dazu eingeladen hat, denn es zeigt mir, dass er unser Zusammensein billigt. Andererseits habe ich das Gefühl, dass uns nicht mehr viel Zeit bleibt." Sie drehte ihren Kopf und blickte mich an.

Ich starrte an die Decke und in diesem Moment war meine Entscheidung gefallen. „Jeder Tag mit dir wird mir in Erinnerung bleiben, doch je länger ich hier bleibe, umso schmerzlicher wird die Trennung und wir wissen beide, dass wir diese Tatsache weder ignorieren, noch herausschieben sollten."

Eine kurze Pause entstand, doch dann sprach sie ruhig und scheinbar entspannt: „Ich werde eines Tages auf den Fels gehen und eine ganze Nacht dort verbringen. Ich bin mir sicher, dass du es fühlen wirst, denn Gedanken kennen keine Grenzen, und obwohl du ein ‚Wolf' sein magst: Deine Sensibilität und dein Gespür sagen mir, dass ich mich nicht täusche. Auf dem Weg zu ihm denke ich an dich und werde dreimal deinen Namen rufen. Einmal leise werde ich dir sagen, dass ich angekommen bin, dann lauter, weil ich weiß, es wird mir die Ängste nehmen, und bevor ich zurückgehe, werde ich mich auf den Fels stellen und in den Morgen schreien: ‚Wolf! Ich habe es geschafft – ich hoffe, du hast ein glückliches Leben!'"

Nun drehte ich mein Gesicht zu ihr und bemerkte, dass wir lautlos weinten. Jetzt jedoch blickte sie schweigend an die Decke.

Ich drückt ihre Hand, kroch aus dem Moskitonetz und ging ins Bad. Die Kerze auf dem Tisch und eine kleine Petroleumlampe im Bad waren die einzigen Lichtquellen im Zimmer. Allerdings konnte ich die Stufe im Bad erkennen, während der Boden in der Dunkelheit lag. Dann trat ich auf etwas Feuchtes, Glitschiges und verspürte unmittelbar danach einen stechenden Schmerz oberhalb des Knöchels. Ich trat zurück und ging ins Zimmer zurück, nahm die Taschenlampe vom Tisch und leuchtete auf den Boden des Bades. Ich erschrak, als ich eine sich windende Schlange sah, die sich im Lichtkegel aufrichtete. Ich schloss die Tür, setzte mich aufs Bett und leuchtete auf meinen Fuß. Zwei kleine rötliche Punkte konnte ich erkennen, um die sich eine leichte Schwellung gebildet hatte.

„Ich glaube, ich bin auf eine Schlange getreten", sagte ich völlig teilnahmslos. Sah sprang aus dem Bett, nahm mir die Lampe aus der Hand und tastete meinen Fuß ab. „Leg dich aufs Bett und bleib ruhig", flüsterte sie. „Ich gehe zurück und suche nach John und Pappa San."

Doch so ruhig, wie sie im Zimmer geblieben war, war sie nicht – kaum war sie draußen, konnte ich sie schreien hören. Der Schmerz war kaum spürbar, doch als ich ein wenig beruhigter eine Spannung in meiner Wade bemerkte, hob ich den Kopf und sah nach unten. An Außenseite meines Fußes hatte sich eine Schwellung gebildet, die stetig zunahm und das Bein heraufzukriechen schien. Mir kam die Erinnerung an den Tag der Brandrodungen, als mir Sah gesagt hatte, dass Schlangen sich danach manchmal ins Dorf geflüchtete hätten. Erst gestern hatte sie mit einem Bambusstab ständig durch das Gras gestrichen, da sie befürchtete, auch dort Schlangen anzutreffen.

Ich erinnerte mich an meinen Überlebenslehrgang See, den ich in meiner Ausbildung zum Lufttransportbegleiter in Nordholz an der Nordsee im Februar absolviert hatte. Eine der Übungen bestand darin, eine zweiunddreißig Personen fassende runde Rettungsinsel aufzurichten, die infolge des Windes umgekippt war. Unter der Insel befand sich ein breites Seil, und wenn man sich auf einen der aufgeblasenen Umrandungsringe stellte, konnte man durch Gewichtsverlagerung die Rettungsinsel wieder aufrichten. Ich hatte eine aufgeblasene Schwimmweste um den Hals und als die Insel sich aufrichtete, fiel sie mir mit ihrem Gewicht auf den Rücken und drückte mich unter die Wasseroberfläche. Ich kam nicht mehr darunter hervor, da ich durch die Weste nicht unten durchtauchen konnte. Irgendwann ging mir die Luft aus, doch ich erinnere mich noch heute daran, dass kurz, bevor ich ohnmächtig wurde, ein Schwarz-Weiß-Film in meinem Kopf ablief, der mein bisheriges Leben beinhaltete.

Als ich am Beckenrand nach der Wiederbelebung aufgewacht war, hatte mir anfänglich jede Erinnerung an den Vorfall gefehlt. Am Abend hatte ich darüber nachgedacht und die einzige Erkenntnis, die für mich relevant blieb, war, dass der Tod durch Ertrinken eine schmerzlose Angelegenheit wäre. Doch meine Situation war erschreckend anders und ich war erleichtert, als ich John und Sah vor dem Bett erblickte.

Vielleicht würde ich diesen Ort ja nie verlassen müssen, schoss es mir durch den Kopf. Dann nahm der Schmerz in meinem Bein zu und ich spürte über die Vibration des Terrassenbodens, dass immer mehr Leute das Haus betraten. Mir war kalt, obwohl mir der Schweiß über das Gesicht lief.

Sie hatten das Moskitonetz entfernt und Sah legte mir kalte feuchte Tücher auf die Stirn und band mir Ischdas Kopftuch darüber. Dann sah ich Pappa San, der die Leute anwies, mich auf die Terrasse zu legen. Die Schwellung wanderte das Bein hinauf – ich konnte jeden Millimeter spüren – doch ansehen wollte ich es mir nicht. Pappa San saß am Tisch vor mir und war damit beschäftigt, aus mehreren Ledersäckchen kleine Haufen auf einer Zeitung zu bilden. Vor mir kniete Sah und wechselte ständig die Tücher. Ich wollte den Arm heben, doch er war schwer, und als ich meine Hand drehte, ergoss sich ein Strom aus Schweiß aus meiner Handfläche auf meinen Bauch. Dann war ich von Rauch umgeben und als Sah meinen Kopf anhob konnte ich meine Bong sehen und das Wort „Wolf", das eingeritzt worden war.

„Ganz langsam und tief inhalieren", sagte Pappa San.

Die Wirkung trat unmittelbar ein und da Sah meinen Kopf noch angehoben hielt, konnte ich die Schwestern sehen, die an dem Tisch Platz genommen hatten und Pappa San, der mit John im Türrahmen stand und mit ihm sprach. Die Schmerzen klangen langsam ab und als Sah meinen Kopf zurück auf das Kissen legte, kam mir eine Erinnerung.

„Ihr seht aus wie das Bild von Vincent van Gogh, ‚Die Kartoffelesser', das er so meisterhaft gemalt hatte, wie es in seiner schlichten Grobheit von Licht und Schatten vor ihm wohl noch nie jemandem gelungen war." Allerdings konnte ich auch einen Augenblick lang mein Bein sehen, das in seinem Umfang nicht mehr zu meinem Körper zu gehören schien. Ich konnte ihre Worte nicht mehr verstehen, doch das Rauschen des Meeres vernahm ich, und da die Fackeln auf dem Weg zum Strand immer noch brannten, legte ich den Kopf zur Seite und blickte zum Fels. Natürlich konnte ich ihn nicht sehen, doch ich wusste, dass er dort war, meine Ängste mit mir geteilt und mir Kraft geschenkt hatte. Dann wurde mir eine kleine Pfeife gereicht und ich inhalierte einen fast süßlich schmeckenden Rauch. „Alternativlos", schoss mir in den Sinn, denn so redete ich mir ein, besser im Rauch zu ertrinken als qualvoll sterben.

Als Sah meinen Kopf zurück auf das Kissen legte, erfasste mich augenblicklich ein Sog, der mich in ferne Tiefen zu reißen schien.

Ich stand im „Magischen Theater", in einem langen Gang, der rechts und links von unzähligen Türen gesäumt war, die mit Riegeln verschossen waren, sich jedoch krachend aufschoben, sobald ich mich auf sie zu bewegte.

Überschriften wiesen auf die Bedeutung der dahinterliegenden zu erwartenden Erlebnisse hin. Einige Türen waren angelehnt, während andere sich knarrend öffneten. Es war, als betrete man ein Kino und wenn man den Vorhang am Eingang zur Seite geschoben hatte, begann der Film. Die erste Tür, in die ich eintrat, hieß „Der Gang des Wolfes" und der Film beschrieb ein hilfloses Jungtier, das gefüttert wurde, jedoch in seiner Sorglosigkeit Fragen stellte, deren Beantwortung nur im Widerspruch Sinn zu ergeben schien. Der Selbstschutz, so musste er erkennen, war das Gebot, doch die Fragen blieben. Ich drehte mich um und verließ den Raum, denn die Vergangenheit zu ändern war nicht möglich – Erkenntnisse aus ihr zu ziehen eine wichtige Erkenntnis.

Vincent van Gogh war nicht einsam! Er hatte eine Familie gegründet, sogar ein Kind, doch aus dem Unverständnis gegenüber seiner Visionen und seiner Arbeit zog er die falsche Schlussfolgerung, dass er das Problem war. Er bewunderte die Robustheit von Paul Gauguin, mit dem er einige Zeit zusammengelebt hatte, doch seine Aggressivität war ihm zuwider. Trotzdem war der Verlust für ihn die Bestätigung seiner Unfähigkeit und er gab sich allein die Schuld an der Trennung.

Sensibilität zur Charakterschwäche und somit zur Grundlage fehlenden Selbstbewusstseins zu machen hat viele Menschen in Abhängigkeiten geführt, die schwer nachvollziehbar sind und die Konsequenzen deshalb erklärbar machen.

Wenn du dem Drang erliegst und in deinem Kopf nur bereit bist, dem geringsten Widerstand zu folgen, magst du vielleicht ein ruhigeres Leben führen, doch du wirst immer mit dir selbst in Disharmonie leben müssen – Interpretation von Leonardo da Vinci.

Ich schloss die Tür hinter mir, denn ich wusste, jede Erkenntnis sollte auf Erfahrungen beruhen. Ich war nicht bereit, mir meine Schwächen ins Gedächtnis zu rufen, denn diesen Versuch hatte ich bereits mit Alfred Adler unternommen und war kläglich und nachhaltig gescheitert. Die Zukunft sollte so unbelastet wie möglich verlaufen, denn ich wollte mich den Schwächen stellen und nicht in der Angst leben, sie zu verheimlichen.

Also ließ ich die Türen, die zwar verheißungsvolle Namen der Selbsterkenntnis versprachen, verschlossen. Nur der Gang, auf dem sie sich befanden, war hell erleuchtet und an dessen Ende stand Herrmann Hesse, breitbeinig und mit offenen Armen.

„Nur für Verrückte", schienen seine Lippen wortlos zu formulieren.

„Du bist ein schwacher Mensch, wenn du nicht einmal den Wünschen deiner eigenen Phantasie unterliegen kannst, denn Neugier wird zur Triebfeder neuer Erkenntnisse. Denk an Newton oder da Vinci – sie haben die Türen aufgestoßen und wurden so Wegbereiter für eine neue Welt."

„Aber auch sie fühlten sich unverstanden", entgegnete ich ihm.

„Du scheinst dich doch auf unerklärliche Weise mit van Gogh verbunden zu fühlen, also musst du auch das Unverständnis deiner Mitmenschen ertragen. Aber ich sehe auch eine kleine Hoffnung. Je länger du bereit bist, dich dieser innerlichen Anspannung zu stellen, wirst du zwar kein zufriedener, aber möglicherweise ein zielgerichteter Mensch werden."

Ich wollte auf ihn zugehen, ihm in die Augen sehen und ihm noch einige Fragen stellen, doch plötzlich war er verschwunden.

Als ich die Augen öffnete sah ich eine Vielzahl von Kerzen, die um mich herum aufgestellt worden waren.

Mein erster Gedanke war, dass ich verstorben war und die Menschen, die ich schätzen gelernt hatte, Abschied von mir nahmen. Der Himmel zeigte die ersten Spuren von aufkommender Helligkeit und als Sah mich ansprach wusste ich, dass ich noch lebte.

„Ich glaube, wir werden den Ausflug noch um einige Tage verschieben müssen", hörte ich Pappa San im Hintergrund sagen.

Ich hob leicht meinen Kopf, blickte an mir herunter und die Verfärbungen an meinem Bein erinnerten mich daran, zwar aus einer Vision erwacht, aber mit der Realität noch verbunden zu sein.

Ich schlief den ganzen Tag und als ich kurz aufwachte, hatte Sah ihre Arme um mein verletztes Bein gelegt und schlief. Sie erwachte, als wir die Stimmen von Pappa San und John auf der Terrasse hörten. Mein Bein war mit mehreren Tüchern umwickelt und als ich es beugen wollte, schien es mir, als wäre es aus einem Stück Holz gefertigt.

Ich hatte keine Schmerzen, doch einen höllischen Durst. Vom unteren Teil des Bettes lachte mich Sah an, stand auf und öffnete die Tür.

„Heute Nacht habe ich mir mehrfach gewünscht, in deine Gedanken sehen zu können. Ich habe den Ausflug auf die Insel verschoben, doch wenn du meinst, du fühlst dich bereit, werden wir ihn unternehmen."

Sah wich vier Tage nicht von meiner Seite und an dritten Tag hatte die Schwellung nachgelassen und ich konnte wieder alleine stehen.

Manchmal, wenn man nicht gerade als Eremit lebt, ist eine vorübergehende Bedürftigkeit eine tolle Sache. Man wird versorgt, gepflegt und fühlt sich geborgen. Ich verlebte eine wunderschöne Zeit, in der ich zwar das Haus nicht verlassen, aber umso mehr Besucher empfangen konnte.

George kam jeden Abend mit seinen mit ohnmächtigen Insekten gefüllten Gläsern, seinem Tagebuch und seiner Flasche Whiskey und verließ mich erst, wenn sie geleert war. Doch ein besonderes „Geschenk" hielt er für mich bereit. In einem seiner Gläser befand sich die Schlange, die er sich nicht hatte nehmen lassen zu fangen und mir in einem mit Formaldehyd aufgefüllten Glas zu präsentieren.

Sie war tatsächlich schön und es war bedauerlich, dass widrige Umstände zu unserem Zusammentreffen geführt hatten. Allerdings war ich erleichtert, dass ich derjenige war, der unsere Begegnung überlebt hatte.

Wir konnten zu dieser Insel fahren, als ich am vierten Tag aufstand und mein Bein fast wieder „normale" Formen angenommen hatte.

41. Kapitel
Die Fahrt nach Koh Phi Phi

Es dauerte noch weitere drei Tage, bevor ich körperlich in der Lage war, die Fahrt zu der Insel mit dem merkwürdigen Namen antreten zu können. Sah kümmerte sich hingebungsvoll um mich, denn ich verließ das Haus nur gelegentlich, um mit ihr zum Strand zu humpeln und mein Bein in den Wellen zu kühlen.

Auf der Terrasse hatte ich begonnen, die ersten Eintragungen in meinem „Wolfsbuch" vorzunehmen.

Mein Aufenthalt, so spürte ich, würde schon bald zu Ende gehen und somit zu einer Vielzahl von schmerzlichen Trennungen führen.

Mein Wunsch beim Antritt der Reise nach Thailand war es gewesen, einen erholsamen Strandurlaub zu verbringen, doch die Begegnungen mit den Bewohnern dieses Dorfes wurden zum unvergesslichen Erlebnis. Dazu gehörten die Offenheit dieser Menschen und die Antworten, die mir eine neue Sichtweise vermittelten, spätestens , nachdem ich die Erfahrung mit der Schlange überlebt hatte.

Die Antworten wurden für mein zukünftiges Leben richtungsweisend, da sie neue Türen öffneten, von denen ich im Rückblick weiß, dass sie besser verschlossen geblieben wären.

Es waren Fehler, die sich zum Teil nicht mehr korrigieren lassen – also muss ich mit den Auswirkungen zurechtkommen. Doch die Suche, eine Antwort darauf zu finden, habe ich nie aufgegeben, um mich eines Tages von der Last befreien zu können.

Doch so schmerzlich diese Auseinandersetzungen mit sich selbst auch sind, es ist der einzige für mich akzeptable Weg, nicht als Omega" zu enden.

Sah ließ sich von der bevorstehenden Trennung nichts anmerken, doch wenn ich manchmal die ganze Nacht an dem Buch schrieb, murmelte sie im Schlaf einige Worte in ihrer Sprache, die ich in dieser kurzen Zeit nicht lernen konnte. Mehrfach fiel der Name „Wolf", doch blieb mir wie auch ihr nur die Phantasie einer Erklärung, denn Träume zu beantworten wäre ein sinnloses Unterfangen.

Nachdem ich ihr gesagt hatte, dass ich mich wieder erholt hatte, teilte sie mir am Abend mit, dass der Ausflug am nächsten Morgen stattfinden würde und wir uns bereits um vier Uhr am Strand einfinden sollten.

In die Vorfreude mischte sich wieder diese vermeintliche Furcht, sowohl einem schönen Ereignis als auch der Trennung entgegensehen zu müssen. Doch diesmal ignorierte ich die Tatsachen und wir schliefen letztmalig nur in Gedanken an UNS miteinander.

Am frühen Morgen sah ich von der Terrasse, dass der Mond sich zu einer Sichel verändert hatte, die sich, anders als in Europa, auf der anderen Seite entwickelte. Durch die abnehmende Leuchtkraft erstrahlten die Sterne wieder intensiver und eine kühle Brise wehte die letzte Müdigkeit aus meinem Körper.

Neben dem Tisch stand ein Rucksack, den Sah irgendwann gepackt haben musste. Sie trug eine dicke Jacke und als ich sie fragend ansah, zog sie nur die Augenbrauen nach unten und bemerkte, dass es schließlich kalt sei.

Am Strand brannten die letzten Überreste eines Lagerfeuers und in ihrem Schein sah ich drei schmale Holzboote und Männer, die wie in einer Karawane Taschen und Kartons vom Restaurant kommend in die Boote luden.

„Hallo Sah, hallo Wolf", sagte eine Stimme und im Schatten des Feuers saß John.

„Ich sitze seit gestern Abend hier und hatte ein langes Gespräch mit Pappa San. Für die letzten Stunden hat es sich nicht gelohnt, sich noch ins Bett zu legen. Du kennst ja mittlerweile seine Ausdauer und sowohl der Ort, die Zeit und der Anlass passten, um über viele Dinge zu reden."

Noch bevor ich etwas sagte, stand Pappa San neben mir und fragte, ob wir bereit wären.

„Wir haben drei Boote. Eines ist für den Proviant, eines für Sah und dich und das letzte für John und mich, also lasst uns einsteigen. Die Sonne wird bald aufgehen und draußen auf dem Meer ist dieser Zeitpunkt ein beeindruckendes Erlebnis."

Zu meinem Erstaunen saßen bereits sechs Männer in jedem der Boote, vier vor uns und zwei im hinteren Teil. „Wir müssen über das vorgelagerte Riff und da sie uns zur Insel paddeln werden, sind so viele Männer erforderlich. Pappa San meinte, nur so könnten wir das Meer hören", erklärte Sah.

Ich versuchte kurz aufzustehen, doch sofort schwankte das Boot bedenklich, sodass ich die erste Zeit wie festgenagelt auf meinem Platz sitzen blieb. Ich suchte den Horizont ab, doch konnte ich keine größere Insel erkennen. Dann deutete Sah auf den Fels, den ich seit meinem Aufenthalt nicht mehr aus der Nähe gesehen hatte.

Doch ich wollte mich heute auf den Ausflug konzentrieren und obwohl das Meer vor uns noch tiefschwarz war, glitzerten am Horizont die Schaumkronen, die von der aufkommenden Helligkeit beschienen wurden. Die Männer ruderten gleichmäßig und scheinbar ohne jegliche Anstrengung aufs Meer hinaus.

Als sich vor uns die Wellen zu kräuseln begannen, ruderten sie seitwärts und Sah erklärte mir, dass wir an einem Riff angekommen waren und es auf diese Art leichter zu überwinden sei.

„Mein Vater ist oft mit den Fischern hinausgefahren. Sie machen diese Fahrt fast täglich und kennen wohl mittlerweile jede Welle", sagte sie und lächelte. Ich werde dich vermissen, dachte ich, aber schwieg und blickte auf den Horizont. An ihm waren die ersten Strahlen der Sonne zu sehen, die sich über den Berg erhoben. Die beiden anderen Boote waren links neben uns und auf ein Zeichen kamen sie näher heran. Als wir das Riff überwunden hatten, bildeten sie ein Dreieck und ich konnte erkennen, dass John und Pappa San sich Taucherbrillen aufsetzten und vom Boot aus ins Meer glitten.

„Hier gibt es viele Garnelen und auch Hummer. Falls du mitkommen möchtest, in der Tasche vor dir liegt eine Taucherbrille." Mein rechtes Bein war noch angeschwollen, so ließ ich die Flossen liegen und sprang ins Wasser und schwamm ihnen entgegen. Pappa San und John bewegten sich im Wasser wie Delfine. Dann tauchten sie ab zum Riff, doch ich folgte ihnen nur einige Meter. Vor mir zerteilte ich mit den Händen einen Schwarm von Fischen, die ohne eine Berührung an mir vorbeiglitten und mich wie ein silbernes Feuerwerk umgaben.

Auf dem Riff bewegten sich Korallen wie Blätter im Wind und bunte Seesterne leuchteten in Rot und Türkis, während schwarze Seeigel wie Orientierungspunkte in einem farbenprächtigen Schauspiel wirkten.

Mein Bein schmerzte wieder und ich tauchte auf, blickte kurz auf die Boote, legte mich beruhigt auf den Rücken und sah zurück zu unserem Dorf. Sie Sonne war gerade über dem Berg aufgegangen und während der Strand noch in grauen Schatten lag, strahlte sie in orangerotem Licht über das Meer. Ich dachte an einen Garten, nur wenige Meter unter mir, und an die geheimnisvolle Tiefe, die wenig erforscht unter mir lag. Piccard und Walsh waren 1960 die bis heute einzigen Menschen, die den tiefsten Punkt der Erde im Marianengraben erreicht hatten und selbst dort in einer Tiefe von fast elftausend Metern auf Leben gestoßen waren. Nur etwa zwei Prozent waren bislang erforscht worden und mir blieb nur die Hoffnung, dass die massiven Zerstörungen, die der Mensch schon an Land verursacht hatte, diesen Lebensbereich verschonen würden.

Sah winkte mir zu und ich forderte sie auf, ins Wasser zu kommen.

„Ich kann nicht schwimmen!"

Ich schwamm zurück zum Boot, und um das Boot stabil zu halten, sollte ich mich mit dem Rücken an den Rumpf anlehnen und danach zogen sie mich hinein.

Er war ein kurzes, aber intensives Erlebnis und als auch Pappa San und John mit ihrem Fang in ihr Boot zurückgekehrt waren, ruderten die Männer mit gleichmäßigen Bewegungen unserem Ziel entgegen. Das Meer hinter dem Riff war spiegelglatt, und die ersten Umrisse einer Insel wurden sichtbar.

Sah nahm meine Hand und drückte sie wortlos. „Diese Insel ist ein schöner Platz, um voneinander Abschied zu nehmen. Ich erinnere mich an den ersten Abend und habe mich zu dir an den Tisch gesetzt, nachdem du eingeschlafen bist. Du hast mir gefallen, doch dein Verhalten war sonderbar. Andere neue Besucher haben ausgiebig gefeiert, als sie bei uns ankamen, du jedoch schienst ein wenig verängstigt. Als du dann in die alte Hütte gezogen bist, habe ich dich am Waschplatz beobachten können und wenn ich dich auf der Terrasse sah und du aufs Meer blicktest, war ich mir nicht sicher, ob du Heimweh hattest. Pappa San hat mir ein wenig von deinem Beruf erzählt, als du die letzten Tage im Haus verbracht hast. Für dich müssen doch die Unterbringung, das Duschen am Waschplatz und viele andere Dinge schrecklich deprimierend gewesen sein, doch beklagt hast du dich nie. Ich fühlte eine innere Verbundenheit, denn auch ich habe einige Zeit in der Großstadt – in Bangkok – gelebt, in der das Leben komfortabler und aufregender war. Aber ich habe mich nach meinem Abschluss entschieden, ins Dorf zurückzukehren. Es gibt immer einen Platz, ein Zuhause, und wenn die Sehnsucht nach Geborgenheit schwindet, steht man vor schwierigen Entscheidungen. Anfänglich hatte ich Angst, dass Pappa San meine Rückkehr nicht begrüßen würde, mir gar Vorwürfe machen könnte, doch er kann ein so liebevoller Mensch sein, wenn er die Aufrichtigkeit in einem Menschen erkennt. Er hat mir in vielen Gesprächen eine neue Sichtweise versucht zu erklären, meine Meinung jedoch auch akzeptiert. Ich hoffe, er hat noch ein langes Leben und wird mir helfen, wenn du gegangen bist."

Eine Welle schwappte über das Boot, als ich mir gerade vorgenommen hatte, Sah zu antworten. Auch vor dieser Insel schien ein kleineres Riff vorgelagert zu sein, da wir erst nach mehreren Richtungsänderungen in eine Lagune einfuhren.

Dies gab mir unverhofft Zeit, über sie und ihre Worte nachzudenken.

Ich werde diesen Anblick nie vergessen. Ich hatte nicht einmal eine Kamera bei mir, doch heute bin ich glücklich darüber, denn so ausdrucksvoll ein Bild auch sein mag: Geräusche, den Blick schweifen lassen, um diese Schönheit zu begreifen, alles besteht aus Gedankengängen, die nie wieder vollständig nachvollziehbar sein können. Man bleibt stumm – man lässt es eindringen und hofft, es irgendwie einmal für sich beschreiben zu können und dadurch die Erinnerung noch einmal zu durchleben.

Ich musste zwangsläufig an die Begegnung von Paul Gauguin mit Vincent van Gogh denken, als sie sich in Frankreich trafen. Paul, ein eher grobschlächtig veranlagter Mensch, versuchte dem eher sensiblen Vincent seine farbenfrohen Bilder aus Tahiti zu erklären. Aber eine emotionale Beschreibung der Schönheiten der Natur konnte er ihm auch durch seine Bilder nicht vermitteln, da die gefühlsmäßige Bindung zu fehlen schien. Es gibt ein schönes Lied von Don McLean, „Vincent", das seinen Charakter gut beschreibt.

Für mich war es einfach nur beeindruckend und auch Sah schien diese Einsicht mit mir zu teilen.

Eine Insel, drei Boote und außer den Männern, die uns an diesen Platz gebracht hatten, Pappa San, John, Sah und mir schienen keine Menschen auf dieser Insel zu sein.

Die Männer brachten Taschen, Kartons und das restliche Gepäck unter einen Felsvorsprung, der unter langen Schatten lag. Zwei Männer blieben zurück, während die anderen in zwei Boote stiegen und kurze Zeit später hinter einem Felsen verschwanden.

„Sie rudern zu den schroffen Felsen, in denen zu dieser Zeit Seemöwen ihre Nester bauen. Sie klettern hinauf und sammeln die Nester ein, die in einigen asiatischen Ländern teuer eingekauft werden, um daraus Suppen zu kochen. Wenn du möchtest, kannst du sie heute Abend probieren."

Schon bei dem Gedanken, aus dem Speichel von Vögeln hergestellte ausgekochte Nester essen zu müssen, verging mir der Appetit.

Wir errichteten eine Feuerstelle und nachdem ein Eisengrill aufgebaut worden war, verabschiedeten sich Pappa San und John, sie gingen zum Boot und ruderten hinaus in die Lagune.

Sah und ich gingen zum Strand und genossen es, in der Bucht zu baden und uns auf den Wellen treiben zu lassen. Das Farbenspiel war fast schmerzhaft schön. Über uns ein blauer Himmel, das satte Grün der Palmen und davor ein gleißend weißer Strand, auf dem Schaumkronen sich ständig verändernde kleine Dünen errichteten. Selbst um uns herum gab es bunte Fische, die ähnlich wie wir von unserer Begegnung überrascht schienen.

Als wir das Boot mit Pappa San und John zum Strand zurückkommen sahen, liefen wir auf sie zu. Dann warf mir John aus dem Boot eine Schlange direkt vor die Füße. „Keine Angst, sie ist tot!"

Ich sprang zur Seite und war ziemlich verärgert. „Danke, John" mehr fiel mir spontan nicht ein. „Ich hatte gerade versucht, den Vorfall zu verdrängen – ich glaube, du bist mir ein Bier schuldig."

„Kein Problem, bin sofort mit deiner Bestellung zurück."

Sah und Pappa San gingen zur Feuerstelle und John kam mit zwei Flaschen Bier zurück und setzte sich neben mich.

„Als ich vor zwei Tagen zurückkam, bin ich bei George im Restaurant gewesen und er hat mir von den Italienern und der Abreise von Vera und Herb erzählt."

„Haben sie ihn schon wieder entlassen?"

„Wenn du die richtigen Verbindungen hast, gibt es kaum Probleme." Er öffnete die Flaschen mit den Zähnen, was mir zukünftig immer einen Schauer über den Rücken laufen ließ.

„Ich finde, du hast die Sache gut gelöst, wenn ich bedenke, dass Pappa San und ich nicht im Dorf waren."

„Glaub mir, hätte ich gewusst, dass er eine Waffe bei sich trug, hätte ich mich mit Sah und den anderen so lange versteckt, bis sie von allein gegangen wären oder vor Hunger hätten aufgeben müssen." Er lachte nur, doch mir lief immer noch ein leichter Schauer über den Rücken bei der Vorstellung, was hätte passieren können. Dann gingen wir zurück zur Feuerstelle, auf der eine Vielzahl von Meeresfrüchten und Fischen lagen.

„Meinst du, die Insel ist wirklich unbewohnt?", fragte ich Pappa San.

„Damals fuhren die Boote nur zur Brutzeit hinaus und keiner der Männer hat mir erzählt, je Einwohnern begegnet zu sein. Doch mittlerweile fahren sie außerhalb der Saison mit Touristen auf die Insel. Wahrscheinlich wird es nicht mehr allzu lang dauern, bis sich die ersten Geschäftsleute dort ansiedeln. Die Fischer verdienen mit den Tagestouren fast das gleiche Geld wie mit ihrer anstrengenden und gefährlichen Arbeit. Schöne Orte auf der Welt werden gesucht und wenn sich erst einmal die Rucksacktouristen den Aufenthalt nicht mehr leisten können und die ersten für Touristen akzeptable Unterkünfte entstanden sind, wird sich die Veränderung nicht mehr rückgängig machen lassen."

Es war wieder nur eine Antwort, nach der ich nicht gefragt hatte, doch genau diese Entwicklung sollte für die nächsten Jahrzehnte ein wesentlicher Bestandteil meines Lebens werden.

„Wir entwickeln uns in eine Zeit hinein, wo der Schönheit ein Preisschild umgehängt wird, das zuerst jährlich, dann saisonbedingt und später fast täglich nach oben korrigiert und ausgetauscht wird", sagte John. „Selbst unser Dorf wird letztlich dieser Zerstörung, die sie Entwicklung nennen, unterliegen, aber ich werde versuchen, so lange ich kann diese Atmosphäre zu genießen."

Die Männer kamen mit den zwei Booten zum Strand zurück und als sie mehrere mit Nestern gefüllte Netze neben die Feuerstelle legten und einen Topf mit Wasser über die Flammen hängten wusste ich, dass ich gehen sollte. Ich nahm Sah an die Hand und ging mit ihr den Strand entlang. Wir kamen an einen Platz, wo kleinere Felsen eine leicht überwindbare Barriere bildeten, stiegen hinüber und betraten eine kleine Bucht, die mit Treibholz bedeckt war. Langsam kam die Flut zurück und nur einige kreischende Vögel über uns, die wohl die Plünderung ihrer Nester erst jetzt bemerkt hatten, übertönten das Rauschen der Wellen.

„Ich hoffe, Pappa San wird dir noch viele seiner Geschichten erzählen, denn sie sind Antworten und Forderungen zugleich. Diese Kombination macht sie wertvoller als jede Zurechtweisung und jeden vermeintlich gut gemeinten Ratschlag, da sie dich auffordern, selbst zuerst die Frage zu formulieren und dann die für dich passende Antwort zu geben. Du wirst nicht suchen müssen, denn das Gespür für eine Situation wird dir seine Antwort ins Gedächtnis rufen und dann wirst du bereit sein, die für dich richtige Antwort zu finden."

„Ihr seid beide zwei sehr komplizierte Menschen", sagte Sah nicht vorwurfsvoll, sondern fast erleichtert, und bevor ich anfing, darüber nachdenken zu können, schaute sie aufs Meer und schrie hinaus:, „Aber ich liebe euch beide!"

„Ich scheine kein Glück mit langfristigen Beziehungen zu haben. Einmal verlässt mich jemand, das andere Mal muss ich jemanden verlassen. Ich hoffe, der ‚Wolf' findet irgendwann einmal einen Kompromiss!"

Sie zog die Beine an ihren Körper, umschlang sie und rief mir schlagartig Vera ins Gedächtnis.

„Du bist der ‚Wolf', denn letztlich wirst du dich nicht aufhalten lassen, nach deinen Antworten auf deine Fragen zu suchen. Entspricht dies nicht einem Charakterzug eines Wolfes, allein zu sein, doch sich nicht einsam zu fühlen?"

Mir wurde klar, dass ich nach den Erfahrungen mit zwei unterschiedlichen Frauen einige Zeit brauchen würde. Solange ich keinen Abstand zu ihnen hatte, würde es mir schwer fallen, eine auf Dauer funktionierende emotionale Verbindung aufrecht zu erhalten. So unterschiedlich Ischda und Sah auch waren, sie waren wie zwei Magnete, die mich im Spannungsfeld zwischen sich hielten und mir das Gefühl gaben, falls ich mich von einer ihrer wunderbaren Kräfte zu deren Seite bewegte, ich die andere Seite vernachlässigen und enttäuschen würde. Viele Antworten sollte ich in meinem Beruf, der Fliegerei finden, denn sie gab mir die Möglichkeit, mir durch die Zeiträume gewisse Freiräume zu schaffen, um mir Fragen zu beantworten, die in einer täglichen zwischenmenschlichen Beziehung zwangsläufig zum Bruch führen mussten.

„Ich glaube, ich werde bald das Dorf verlassen."

Sie hatte sich einen Wickelrock um ihren Körper geschlungen, stand auf und öffnete ihn.

„Herb hat ihn mir geschenkt, als er abreiste. Ich habe ihn mehrmals gewaschen." Jetzt roch er nur noch nach ihr und wir waren das letzte Mal vereint in unserem bevorstehenden Verlust, doch auch in der Bestätigung, eine wunderschöne Zeit miteinander verbracht zu haben.

Ich sah sie nur an und war mir nicht sicher, ob die Bemerkung bald abzureisen nur ignoriert, oder nicht verstanden worden war. Ich stand auf, nahm ihre Hand und ging mit Sah bis an das Ende der Lagune. Dann führte ich sie zu einem Felsen und hatte instinktiv das Gefühl, dahinter einen Platz zu finden, an dem ich mich unbeobachtet auf dieser einsamen Insel von ihr verabschieden konnte.

Das Wasser reichte uns bis an die Schultern, doch dann sahen wir eine kleine Bucht und schlugen diese Richtung ein.

Kein Fußabdruck war zu erkennen, nur angeschwemmtes Treibgut lag am Strand und Muscheln, die schillernd ihr perlmuttfarbiges Inneres zur Schau stellten.

Wir waren allein und an diesem Ort vereint, sahen uns an und begriffen, dass sich ein Kreis harmonisch zu schließen begann und konnten doch beide nur darüber verzweifelt – lächeln!

Als wir zur Feuerstelle zurückgingen fragte uns Pappa San, ob wir hier übernachten wollten. Ich blickte sie an und sie schüttelte den Kopf. Er stellte keine einzige Frage, ging zurück und die Männer begannen augenblicklich mit dem Einpacken. Wir saßen wortlos am Strand neben den Booten, die beladen wurden. Sie griff in ihre Tasche und holte einen Armreif aus Messing hervor. Auf ihm waren mehrere in sich verdrehte Schlangen zu erkennen.

„Ich habe ihn einmal in Patpong auf dem Nachtmarkt in Bangkok gekauft. Nach deinem Erlebnis bei uns soll er dich trotzdem nicht nur an die Schlange, sondern vielmehr an mich erinnern."

Warum sollte ich etwas sagen?

Die Dämmerung brach ein, als wir die Boote bestiegen, und als wir das kleine Riff vor der Insel überwunden hatten, strahlte uns die untergehende Sonne ins Gesicht. Sah weinte lautlos und die Tränen glitzerten wie Perlen auf ihrem Gesicht. Dann rieb sie mit beiden Händen über ihr Gesicht und strich mir mit ihren von Tränen feuchten Händen über den Kopf und den Rücken.

„Es wird dich schützen, Wolf – wenn es dir schlecht gehen sollte, denk an mich, denn es wird dir helfen, den Schmerz zu überwinden."

Alle drei Boote glitten fast lautlos über das Wasser und als die Sonne unterging, hatten wir das Riff vor unserem Dorf erreicht. Durch die einsetzende Flut wurde das Überwinden kein Problem und so kamen alle Boote fast zur gleichen Zeit an dem Fels vorbei. Die Wellen hatten die Mitte schon erreicht und die Strahlen der Sonne schienen auf die Gesichter der beiden Männer auf dem anderen Boot. Pappa San blickte gelassen auf den Fels, während John ihn in scheinbarer Demut betrachtete. Ich drückte Sah die Hand, blickte sie an sagte zu ihr: „Nimm dir die Zeit, wenn du wirklich meinst bereit dafür zu sein, eine Nacht dort zu verbringen. Frag Pappa San, denn er weiß, wenn der richtige Zeitpunkt dafür gekommen ist. Ich habe es zuerst als ein Abenteuer, dann als ein Erlebnis und letztendlich als Herausforderung gesehen. Doch es ist mehr, denn es kann dich an Grenzen führen und sie aus Verzweiflung auf der Suche nach Antworten zu überschreiten wäre Leichtsinn. Ich bin überzeugt, dass du eines Tages dieser Herausforderung gerecht wirst, doch warte – denn dann bin ich auf irgendeine Weise bei dir."

Sie sah mich an und jegliche Traurigkeit war aus ihrem Gesicht verschwunden.

„Denk an einen Baum, denn wir werden wie seine Zweige sein. Auch wenn wir weit voneinander entfernt sind, haben wir den Stamm der Erinnerungen. Selbst wenn er seine Blätter oder gar einen ganzen Ast verlieren sollte, er wird nie trauern, sondern seine Energie in die neuen Triebe legen."

Ich blickte sie an und legte ihr einen Finger über den Mund, wie es damals meine Grundschullehrerin tat, wenn wir schweigen sollten.

Am Strand brannte ein kleines Feuer und Klara und Gertrud saßen mit einer Flasche Black Label und George um drei Einmachgläser, in denen sich Käfer, fliegende Insekten und sonstige Kreaturen vergeblich bemühten, ihrem Schicksal zu entgehen. Sah und ich saßen bei ihnen, als John uns bat, ins Restaurant zu kommen. Ich stand auf und sah, wie die Männer mit ihren Booten den Strand verließen und bedauerte, mich nicht verabschiedet zu haben.

Wir gingen ins Restaurant und sahen John und Pappa San an ihren vertrauten Plätzen sitzen. John hielt eine Bong in der Hand, die ich auf den ersten Blick wiedererkannte. „Wolf" stand eingeritzt an der Außenseite und ich sah, wie er sie sorgfältig füllte. Doch Sah blieb am Eingang stehen und forderte ohne ein Wort zu sagen beide Männer auf, sich an den Tisch zu setzen, an dem diese Geschichte begonnen hatte. Sie drehten sich kurz um, doch keiner zögerte einen Moment.

Eine starke Frau!

„Wir glauben, du willst schon morgen abreisen, deshalb denke ich, wir bringen es heute schon hinter uns", sagte Pappa San und lachte. „Bitte, zünde du sie an, denn wir wollen sehen, ob du überhaupt etwas in dieser Zeit gelernt hast", sagte John und reichte mir die Bong.

Noch einmal nervös sein, einmal noch genießen – doch ich wusste, dass ich mich anlügen musste!

„Mein Vater hat ‚Erinnerung' auf die Schublade in seinem Schrank geschrieben, doch ich habe es selbst noch nie angerührt", sagte Pappa San. „Wir werden uns heute Abend von dir verabschieden, denn wir haben uns auf der Rückfahrt darüber unterhalten. Du als nachtaktiver Wolf wirst unsere Entscheidung sicher verstehen. Ich werde heute bei Pappa San im Haus übernachten und wir bitten dich, unsere Entscheidung zu respektieren, dass wir zu deiner Abreise nicht anwesend sein werden."

Pappa San lächelte, doch sein Gesicht war ausdruckslos, fast starr und ich zündete die Glut an, die uns aus der Situation befreien konnte.

Der Rauch war schwer und schien mit Gewalt die Erinnerungen in unseren Köpfen zementieren zu wollen. Doch nach einiger Zeit merkte ich, dass der Schlussstrich gezogen war und fühlte mich erleichtert.

Auch Sah rauchte mit uns und das Gesicht von Pappa San entspannte sich wieder.

Wir saßen an dem Tisch, an dem ich Herb und Vera am ersten Abend begegnet war. Sie schienen anwesend zu sein, denn wir ließen Veras Pfosten frei und Herbs Platz blieb unbesetzt. Es wurde wider Erwarten ein unbeschwerter Abend.

Für meine Zeit recht früh verabschiedeten wir uns und als Pappa San aufstand, blickte ich ihm kurz in die Augen. Ich stand auf, trat vor ihn und verbeugte mich. Er nahm meine Hände, drückte sie und legte danach wortlos seine Hände auf meine Schultern. Dann ging er zum Hinterausgang und John stand auf, nahm mich in die Arme und sagte: „Such nach dieser Insel, Wolf – Boracay Island. Und wenn du in Kalibo bist, bestelle Grüße an Pablo von mir.“ Danach verschwanden sie einfach in der Dunkelheit und ich blickte Sah verwirrt an, die zum Strand zeigte, an dem die beiden Schwestern und George noch immer am Feuer saßen.

George bot uns seinen Whiskey an, während Gertrud nur einen Satz sagte: „Pass gut auf, in welches Taxi du in Zukunft steigst! Wir wünschen dir eine gute Reise. Pappa San hat mir diese kleine Pfeife gegeben, du wüsstest schon, wann du sie brauchen könntest.“

Auch, wenn sie sich nicht abgesprochen hatten, der Abschied fiel kurz und wohltuend emotionslos ab. Der Mond war nur noch ein Schein seiner selbst und die Flut schlug brachial an den Strand, als würde sie versuchen, mich zu erreichen und mit sich zu reißen.

„Ich werde jetzt nach Hause gehen und ich hoffe, dass du verstehst, dass ich, wenn du abreist, nicht da sein werde.“ Sah küsste mich nur innig auf die Stirn, umarmte mich kurz und ging.

Ich fühlte mich wie ein Mensch, der vor einem Brunnen steht, einen Stein hineinwirft und darauf wartet, dass er endlich mit einem platschenden Geräusch die Wasseroberfläche erreicht. Doch er fiel und ich konnte den ersehnten Aufschlag nicht vernehmen.

Ich verlor mein Zeitgefühl und hatte das Gefühl, auch diese Trennung war wieder unverständlich, aber unvermeidbar.

Schließlich stand ich auf und wollte nur ins Haus zurück. Doch als ich zum Waschplatz kam, sah ich einen großen Bottich mit Wasser und entnahm die Schöpfkelle. Mit jedem Schwall Wasser, den ich über mich goss, kamen die Erinnerungen an die ersten Tage zurück. Der Waschplatz, der für einige Tage mein Badezimmer gewesen war. Die Abkühlung war angenehm und ich beschloss, zum zweiten Strand zu gehen. Ich setzte mich neben den „Affenfelsen", zündete die Pfeife an blickte teilnahmslos über den Strand. Es vergingen einige Minuten, bis mir wie aus dunklem Himmel gesendet das Gespräch wieder einfiel, das ich hier mit Vera geführt hatte. Ich spürte, wie schwer es ihr gefallen sein musste, mit mir zu reden. In den Fußspuren im Sand schien ihr Gesicht aufzutauchen, die dunklen Schatten, die auf ihrer Seele lagen und sich in ihrem Gesicht wiedergespiegelt hatte. Ich hoffte, dass Herb und sie unbeschadet einen Ort gefunden hatten, der ihnen ein wenig Ruhe brachte.

Ich blickte auf den Strand und die beiden Schwestern, die durch ihre nackte Anwesenheit zur Attraktion der einheimischen Jugendlichen geworden waren und als ich aufs Meer blickte, konnte ich das Lied „The Harbour" in meinem Kopf hören und sah Ischda, die mit ihrem Kopftuch winkte. Ihre Haare wirbelten im Wind und dann bedeckten sie ihr Gesicht vollständig, sodass ich sie nicht mehr erkennen konnte. Dann drehte sie sich um, schrie: „Wolf, habe eine schönes Leben" – und wurde von den Fluten verschluckt.

Eine Sache war noch zu erledigen, also stand ich auf und ging so tief ins Meer, bis ich den Fels sehen konnte. Auch wenn der Mond ihn nur schwach erleuchtete, ich wusste, was sich um ihn herum abspielte. Mit diesen Eindrücken ging ich zum Waschplatz zurück.

Dort angekommen nahm ich wieder die Kelle, schüttete mir Wasser über den Kopf und als ich sie wieder in den Eimer legte, fiel mein Blick auf die Hütte, die von der Flut umspült im dunklen Schatten lag. Ich ging hinüber und als ich über den Steg auf die kleine Terrasse trat, fühlte ich mich, als käme ich nach Hause zurück.

Alle Dinge waren sowohl Einbildung, als auch vergangene Realität. Ich setzte mich auf die kleine Bank, dachte kurz an das Gespräch mit George – und wieder verfing sich mein Blick eher zufällig mit dem Fels.

Ich starrte ihn an und wünschte … aber was wünschte ich mir eigentlich? Ich hatte mehr erlebt, als man auf der Suche nach einem Abenteuer hätte erwarten können. Ich war Menschen begegnet, für die ich zu Beginn ebenso seltsam unverständlich war, wie sie für mich.

Gedanken sind Materie, denn sie haben unsere Entwicklung entscheidend geprägt und somit vorhandene Energie, wenn man sie nicht selbst zum Nullsummenspiel verkommen lässt.

Die Tragik schien sich tatsächlich in der vermeintlichen Zufriedenheit versteckt zu haben, dass, wenn man selbst nichts ändert, auch der äußere Einfluss kontinuierlich so weiterläuft, wie man ihn sich vorstellt. Aus Träumen können Wünsche entstehen, doch die Realität nimmt ihnen oft die Möglichkeit, sie zu erkennen. Aber darin eine Herausforderung zu sehen, ist der einzige Weg, sie mit der Zeit zu verwirklichen und sie so zu eigenen Erfahrungen zu machen.

Ich fühlte mich ausgelaugt und verstand den Sinn nicht mehr. Zuerst wollte ich in mein bequemes Haus zurück. Es wären nur einige hundert Schritte, doch es war weder der Aufwand, noch eine Trägheit, sondern einfach der Entschluss, diese Zeit zu einem Abschluss, zu einem Kreis zu machen.

Nicht einmal eine Matratze lag auf dem Bettgestell, nur die Moskitos schienen bei der hereinkommenden Flut ihren Wohnort gewechselt zu haben.

Ich schlief die letzte Nacht in der Hütte und über diese Selbstverständlichkeit habe ich mich bis heute gefreut.

42. Kapitel
Die Rückkehr nach Bangkok – Abreise

Ich wachte auf und sah aus dem Fenster. Die Dunkelheit machte gerade am Horizont den Weg für einen neuen Tag frei und ich wusste, dass es kurz nach sechs Uhr morgens sein musste.

Ich kannte diese Zeit, wenn auch nur aus dem Blickwinkel einer durchlebten Nacht. Doch ich fühlte mich gut, denn somit hatte ich viel Zeit für meine Abreise.

Ich musste noch meine Sachen packen, ging zum Waschplatz, duschte und begab mich zum Haus. Auf dem Tisch der Terrasse stand mein Karton, und als ich ihn anhob, fühlte er sich leicht an. Ich öffnete ihn und darin befand sich nur die Bong mit meinem Namen und ein kleines ledernes Säckchen sowie eine Pfeife.

Dann ging ich ins Zimmer, doch das Bett war abgezogen und der Schrank leer. Das ganze Haus schien gründlich gereinigt worden zu sein – keine Spur mehr von mir, als wäre ich nie hier gewesen. Nur der Walkman, die wenigen Kassetten und Johns Tagebuch lagen auf dem Schreibtisch.

In der Schublade fand ich einen Stift, entnahm einige Seiten aus seinem Buch und schrieb einen Brief. Ich bedankte mich bei allen Menschen, denen ich begegnen durfte, doch auf nähere Einzelheiten möchte ich nicht eingehen, da er sichtbare Spuren meiner Emotionen auf dem Papier hinterließ. Ich wickelte ihn um den Walkman und hinterließ ihn mit zwei Kassetten in der Schublade. Ich bat sie nur darum, sich die Musik erst anzuhören …

Dann nahm ich den Karton und begab mich zum Restaurant. Bis heute ist es, als verspüre ich jeden einzelnen Schritt als schmerzhaft und trotzdem erlösend – ein Widerspruch …? Ja, aber zu schön, um emotional verklärt zu werden.

Ich begegnete keinem Menschen, bis ich ins Restaurant kam.

George saß am großen Tisch vor seinen Gläsern, in denen – na ja!

„Bin heute Nacht mit einigen Taschenlampen, meinen Gläsern und dem Köcher durch die Nacht gezogen. Guter Fang! Ich hab dich auf der Terrasse gesehen, und da ich erst vor Kurzem wiedergekommen bin, dachte ich mir schon, dich hier am Morgen zu treffen. Habe noch mit Sah gesprochen, sie bedauert nicht hier sein zu können, aber du würdest es verstehen, meinte sie."

Dann stand er auf, ging hinter den Tresen und kam mit einem großen, neuen Rucksack zurück. Um die zwei Schultergurte waren zwei Tücher geknotet, von dem ich eines sofort erkannte.

Ich würde in schmerzlich schöner Begleitung das Dorf mit besserem Gepäck als bei meiner Ankunft verlassen. Dann nahm ich die Bong, die Pfeife und das Säckchen aus dem Karton und verstaute alles in meinem neuen Rucksack. Den Karton ließ ich zurück. Der Abschied von George war erfrischend kurz.

Auf dem Weg über den Berg achtete ich erstmalig sorgsam auf Schlangen – vielleicht in der Hoffnung, dass mich eine von ihnen beißen würde und ich ins Dorf zurückkehren müsste. Doch ich kam wohlbehalten vor Georges Restaurant an.

Ich war mir nicht sicher, ob ich ihn antreffen würde, nach all den Dingen, die im Zusammenhang mit den Italienern standen, doch als ich eintrat, kam er mir freudestrahlend entgegen.

„Pappa San war heute am frühen Morgen schon hier und hat mich aus dem Bett geschmissen. Er hat mich gebeten, dir auszurichten, du möchtest zu einem Freund von ihm in eine Praxis in der Stadt gehen und dich wegen deines Schlangenbisses untersuchen lassen. Hier ist die Adresse." Er gab mir einen Zettel, auf dem in Druckbuchstaben eine Adresse geschrieben stand. Darunter waren noch zwei Zeilen in Thai geschrieben.

„Ich habe viele Leute aus dem Dorf abreisen gesehen, doch noch keiner hat vergessen deinen Namen zu erwähnen, bevor er abfuhr, Wolf. Muss eine aufregende Zeit gewesen sein."

Wenn ich schon wenig in der „Wolfszeit" zwischen Abend und der Nacht geredet hatte, so fiel es mir jetzt besonders schwer. Also stand er auf und gab mir ein kleines Päckchen und ich wusste instinktiv, welchen Inhalt es haben würde. Da ich ihn nicht beleidigen wollte, nahm ich es und warf es erst später in der Stadt vor dem Ärztehaus in den Papierkorb.

Ein Wagen kam vor das Restaurant gefahren, wendete und hupte kurz.

„Pappa San hat ihn bestellt, er wird dich direkt zum Arzt und später zum Flughafen bringen." So unorganisiert meine Reise begonnen hatte – jetzt wurde ich behutsam in meine verlassene Welt zurückgeführt. Das Buch bewegte sich auf die letzten Seiten zu, und als ich im Wagen saß und in den Rückspiegel blickte, standen George und … Pappa San vor dem Ausgang und winkten mir ein letztes Mal zu.

Auch wenn mir für Sekunden der Gedanke durch den Kopf schoss, noch einmal anzuhalten – welchen Sinn hätte es gehabt, eine noch offene Wunde weiter aufzureißen?

Die Zeiträume schienen mir verloren gegangen zu sein, doch je mehr wir uns der Stadt näherten, umso intensiver schien die Zeit in sich zusammenzuschrumpfen. Es war nur Einbildung, doch obwohl es mir bewusst war, empfand ich das Tempo der mir entgegenkommenden Motorräder und Autos, die zunehmende Hektik der Menschen auf den Straßen der Stadt als, wie Pappa San es ausgedrückt hatte, „verlaufende Zeit", eingekesselt zwischen Terminen, Verpflichtungen und dem Wunsch, ein wenig Ruhe und Entspannung zu finden. Natürlich gab es auch sie in dieser Miniaturwelt, doch die Prioritäten waren so verteilt, dass in erster Linie das eigene Leben im Vordergrund stand. Diese Freiräume zu erhalten, stand und steht bis heute im Mittelpunkt meines Lebens. Sie sich selbst zu nehmen, ist der größte Fehler, denn wie schon sein Großvater gesagt hatte: Zeit ist der einzige Faktor im Leben, dem man immer mehr hinterhertrauern wird, je älter man wird.

Als wir vor einem großen weißen Gebäude hielten, deutete der Fahrer an, dass er ein Stück weiter auf mich warten würde. Also ging ich hinein und kam an einen riesigen Schreibtisch, hinter dem eine sehr gepflegte ältere Dame saß.

Da ich nicht angemeldet war, kramte ich meinen Reisepass aus der Tasche und legte ihn auf den Tisch. Sie blätterte in einem großen Buch und schüttelte dann den Kopf.

„Sie müssen einen Termin vereinbaren", sagte sie und ich zögerte kurz. Dann griff ich in meine Tasche und legte den Zettel auf den Tisch.

„Sind Sie Mr. Wolf?", fragte sie und blickte mich an. „Ja", sagte ich erstaunt, denn anscheinend hatte mein Name mittlerweile die Zivilisation erreicht. „Warten Sie einen Moment." Dann griff sie zum Telefon und kaum hatte sie aufgelegt, öffnete sich im hinteren Teil des Gebäudes eine Tür und ein älterer Herr kam auf mich zu.

„Kommen Sie Mr. Wolf. Ich habe vor einigen Tagen einen Brief von einem guten alten Freund erhalten, der Sie angekündigt hat. Sie wären von einer Schlange gebissen worden, schrieb er darin, und ich solle mir Ihr Bein noch einmal ansehen. Leider gibt es zu manchen

Zeiten eine Häufung dieser Vorfälle. Es hat mit der Brandrodung zu tun, denn normalerweise gehen die Schlangen den Menschen aus dem Weg. Setzen Sie sich auf die Liege, ich sehe mir Ihr Bein einmal an." Erst jetzt fiel mir auf, dass ich die ganze Zeit nur Sandalen und nie Strümpfe getragen hatte. Er schob die Hose hoch und blickte einige Zeit auf die Stelle, an der sich immer noch zwei kleine, rot umrandete Punkte befanden.

„Nun, sagen wir es mal so, vielleicht hatten Sie einfach nur Glück. Wie intensiv war die Schwellung und wie schnell hat sie sich entwickelt?"

„Ich konnte zusehen aber irgendwann merkte ich, dass dies unnötig wurde, denn ich hatte das Gefühl, wie sie schrittweise mein Bein emporkroch. Mir war kalt, obwohl mir der Schweiß über den ganzen Körper floss."

Natürlich wollte ich nichts über die Behandlung erwähnen und so ließ ich diese Aussage im Raum stehen.

„Wichtig ist, dass man nicht in Panik gerät, da sich das Gift über den Blutkreislauf sonst schneller im Körper verbreiten kann. Sie hatten wirklich Glück, dass sich ein Fachmann in Ihrer Nähe befand. Das Schlimmste haben Sie jedenfalls überstanden."

Ich begriff nur, dass ich, wenn ich auf seine nachträgliche Diagnose in jener Nacht mit dieser Panik, die mich jetzt zu erreichen schien reagiert hätte, wohl kaum hier sitzen würde.

„Ich möchte Ihnen eine kurze Geschichte erzählen. Sie handelt von dem Mann, der Sie zu mir geschickt hat. Er war Polizeichef in dieser Stadt. Wir hatten einige Jahre zusammen studiert und er ging zur Polizei, während ich mein Studium der Medizin abschloss.

Wir trafen uns einmal wöchentlich in einem Club, wo sich Personen aus der Öffentlichkeit über angehende Probleme unterhielten. Als er kurz vor seiner Pensionierung stand, begann er viel zu trinken. Er war nie ausfallend oder aggressiv, doch schien er nicht zu wissen, was er nach dem Ausscheiden aus dem aktiven Dienst machen sollte. Er kam aus einem kleinen Dorf im Süden, aber seine früh verstorbene Mutter und sein kürzlich verstorbener Vater hielten ihn davon ab, dorthin zurückzukehren. Es gäbe nichts – weder Familie noch Bekannte oder Freunde – und so blieb er hier.

Eines Tages verlor eine Familie auf tragische Weise ihr Leben und ein kleines Mädchen blieb zurück. Er war schon alt, hatte selbst keine eigene Familie und kümmerte sich um das Kind. Er trank nicht mehr und widmete seine Zeit dem Kind.

Letztendlich adoptierte er das Mädchen und ging mit ihm nach Beendigung seiner Tätigkeit in sein Dorf zurück. Wir sahen ihn nur noch selten, wussten aber, dass es dem Mädchen gut ging. Dann kam sie hier in die Schule, und da sie sehr intelligent war, schickte man sie nach Bangkok auf eine höhere Schule. Doch nach einigen Jahren kehrte sie zurück und lebt seit jener Zeit wieder im Dorf."

Dann klopfte er sich auf die Schenkel und der Besuch war beendet. Ich bedankte mich bei ihm, ging den Flur entlang und wie zur Bestätigung meiner Gedanken rief er: „Übrigens ... sie heißt Sah!"

Nun hatte ich wieder eine Antwort mehr auf eine Frage, die ich nie gestellt hatte – die mich allerdings wiederum lange beschäftigen sollte.

Auf dem Weg zum Flughafen konzentrierte ich mich erst einmal auf mein Flugticket, denn ich war auch dieses Mal nicht fest gebucht. Doch alles lief reibungslos und so saß ich am frühen Nachmittag im Flugzeug nach Bangkok.

Am Schalter gab man mir die Bordkarte mit der Sitzplatznummer 1A und ein leiser Verdacht begann sich in meinem Kopf zu regen. Dann setzte ich mich auf meinen Platz und kurz bevor die Tür geschlossen wurde, meinte ich einen kahlen Schädel an der Eingangstür zu sehen, dessen Besitzer ein kleines Päckchen an die Stewardess übergab.

Ich schloss die Wahrscheinlichkeit sofort aus, obwohl mir leise Zweifel blieben. Die Tür wurde geschlossen. Dann kam sie auf mich zu und übergab mir das Päckchen, das zwar verpackt war, aber offensichtlich ein Buch enthielt.

Ich legte es in den Rucksack, schloss die Augen und wollte nicht zurückblicken. Selbst dieser Tag hatte eine unerklärliche Phantasie in mir erweckt, die sich nie bestätigen würde, doch an die ich faktisch glaube.

Pappa San hatte nicht nur den Arzt, die Fahrt in die Stadt, den Sitzplatz und eine Sache organisiert, die mich aus meinen Gedanken riss.

„Guten Tag, meine Damen und Herren, hier spricht Ihr Kapitän. Wir haben wunderschönes Flugwetter und wünschen ihnen allen und besonders Mr. Wolf auf Sitzplatz 1A einen angenehmen Flug."

Nach der Landung hatte ich nur ein Ziel: Ich ging direkt und zu Fuß zum internationalen Flughafen und buchte meinen Rückflug für den nächsten Abend.

Danach ging ich zur offiziellen Hotelvermittlung innerhalb des Flughafens und buchte mich in unserem Crewhotel ein, welches in der Nähe des Flughafens, aber weit von der Innenstadt entfernt lag.

Als ich das Zimmer gebucht hatte, bat ich darum, mir ein Hoteltaxi zu schicken, da ich an den letzten Rat von Gertrud dachte, mir ein anständiges Taxi zu leisten.

Die Firma, für die ich arbeitete, hatte stets dafür gesorgt, dass wir an jedem Ort der Welt an einem sicheren und komfortablen Platz unterkamen, und doch trat ich in die Lobby und war zurück in einer mir zwar nicht unbekannten, doch im Moment irreal erscheinenden Welt.

Ich stieg mit meinem Rucksack in den messingbeschlagenen Aufzug, fuhr ins achtzehnte Stockwerk, blickte auf die Sonne und wusste, dass es kurz vor vier Uhr war. Ich pachte meine Sachen aus und nahm ein Bad.

Langsam bildeten sich kleine Flocken auf der Wasseroberfläche der Badewanne und ich erschrak. Sie waren dunkel und ich hatte das Gefühl, mich in einem Nicht aus Hautschuppen aufzulösen.

Ich hatte seit meiner Abreise aus Bangkok nicht einmal in einen Spiegel gesehen – wozu auch? Als ich jetzt vor dieser Wand meines eigenen Selbstbildnisses stand, war meine eigene Erinnerung an mich zur Karikatur geworden. Ich war dunkelbraun, hatte endlich längere Haare und einen zwar nicht vollständig, aber nach unten geschlossenen Bart. Ein weißer Bademantel hing an der Innenseite der Badezimmertür, doch ich scheute mich, ihn anzuziehen, da ich beim Blick auf das Schmutzwasser, das ich in der Badewanne hinterlassen hatte, befürchtete, ihn für immer unbrauchbar zu machen. Ich setzte mich aufs Bett und mit meiner Zeiteinschätzung hatte ich recht. Es war kurz vor vier und die Nachrichten der BBC flimmerten über den Bildschirm. Die ersten Schlagzeilen machten mir klar, das sich anscheinend nur mein Leben etwas verändert hatte, während sich die Probleme in der Welt weder entspannt noch verändert hatten. Ich blickte wieder aus dieser Höhe hinaus und konnte den Swimmingpool sehen. Ich schaltete den Fernseher aus, nahm meinen Rucksack und ging hinunter zum Pool.

Es gab viele freie Liegen, doch ich steuerte direkt auf einen Platz zu, als hätte ihn jemand für mich reserviert. Ich wollte den Sonnenuntergang sehen.

Dann setzte sich ein junges Mädchen auf die Liege, die neben mir stand. „Kann es sein, dass ich dich kenne?"

„Schwer möglich", und ich dachte an Herb und wie er mir gegenüber auf Fragen zu seiner Person geantwortet hatte. Ich entschuldigte mich und sah sie an. „Ich meine, ich beginne meine

Ausbildung erst Ende Januar und war einige Zeit hier, aber es ist durchaus möglich, dass wir uns auf der Basis in Frankfurt schon einmal gesehen haben."

Dann unterhielten wir uns über Belanglosigkeiten, doch dann stand sie auf, ging zu einer Gruppe von Leuten zurück und einige von ihnen setzen sich neben mich auf die Liegen. „Wir sind von der Crew, die morgen Abend zurückfliegt." Ich war in Gedanken und musste mich völlig neu orientieren. Sie redeten viel, was ich nicht mehr gewohnt war. Ich hörte einfach zu und statt zu gehen, um meine Interessenlosigkeit zu strafen, luden sie mich für den Abend zum Essen ein.

„Ich gehe nicht in die Stadt", war meine einzige Antwort.

„Man kann auch hier im Hotel hervorragend essen!" – Ich war über diese Aussage äußerst beruhigt.

Wir trafen uns im Poolrestaurant, doch hatte ich ein Problem. Meine wenige Kleidung war zwar oberflächlich sauber, doch ein wenig verschlissen. Dummerweise hatte ich noch Geld und wollte mich im Hotel mit den notwendigen Dingen einkleiden. Also ging ich in einen der Läden im Hotel und kaufte mir für viel Geld eine Hose, Strümpfe und ein neues Hemd.

Meine Enttäuschung begann, als ich gegen acht völlig „overdressed", wie sie es nannten, an den Tisch kam.

Der Abend war entspannt und obwohl ich wenig sprach, sehr unterhaltsam. Mir gefiel der Umgang unter den Leuten, denn selbst der Kapitän war in der Gruppe ein ganz normaler Mensch. Ich hatte danach über dreißig Jahre Zeit, das Crewleben erleben zu dürfen und kann diese Aussage – bis auf die Ausnahmen, die es in jeder Gesellschaft gibt – nur bestätigen.

Doch irgendwann wurde es mir zu viel, also verabschiedete ich mich und wollte gerade auf mein Zimmer gehen, als mich eine Uhr auf die Zeit aufmerksam macht. Es war gerade einmal kurz nach zehn und ich erschrak. Sicher, es war ein langer, für mich ungewöhnlich langer Tag gewesen, doch wie konnte ich die letzte Nacht im Schlaf verschwenden und möglicherweise um sechs Uhr aufwachen, um mich den ganzen Tag mit Erinnerungen auseinandersetzen zu müssen?

Ich blickte zurück und sah den nun in der Dunkelheit liegenden Platz, an dem ich am Nachmittag gesessen hatte. Der Pool war immer noch beleuchte, also ging ich von der Rückseite hinter dem Restaurant vorbei und setzte mich auf die Liege.

Der Platz war gut gestaltet worden, sauber und gepflegt, doch nur eine Oase, der das harmonische Umfeld fehlte. Da ich während meiner Tätigkeit unzählige Male an diesem Platz verbringen sollte, war es wohl eine Voraussicht, eine Art Vision, die sich leider bestätigen sollte.

Ich lehnte mich zurück und wartete auf Dinge, die nicht eintreten würden, als plötzlich die junge Frau vom Nachmittag aus dem Schatten trat und mich fragte, ob sie sich setzen dürfte. Fast hätte ich wieder wie Herb geantwortet, doch ich war nicht mehr bereit, neue Missverständnisse zu schaffen.

„Du siehst irgendwie anders aus – schlanker und erholt, entspannt und du strahlst eine Ruhe aus, die mir heute schon einmal aufgefallen ist." Der Wolf zog sich nun endgültig für den Moment zurück und überließ mir das Feld der freien Entfaltung.

Ich griff in meinen Rucksack, nahm das Säckchen heraus und obwohl ich die Bong in meiner Hand gespürt hatte, entnahm ich die Pfeife, stopfte sie, stand auf, brach einen vertrockneten Zweig von einem in der Nähe stehenden Baum ab, setze mich zurück und zündete sie an.

Der weiße Rauch stieg vertraut um meine Nase und ich lehnte mich zurück.

„Wie heißt du, wenn ich fragen darf? Ich heiße Claudia."

„Hier nennen sie mich Wolf!" Sicher war ich mir nicht – weder mit der Namensgebung, noch mit dem Ritual, das den rückläufigen Gedanken geschuldet war. Doch eigentlich hatte ich gehofft, allein zu sein und mich nicht Fragen hingeben zu müssen, mit denen ich allein am heutigen Tag ausreichend eingedeckt worden war.

Doch das war ich nicht – es war der Wolf und er hatte mir mit seinem Rückzug die Möglichkeit eröffnet, ohne Zweifel an meinen eigenen Worten zu reden.

Ich erzählte ihr das Skelett einer Geschichte, die ich selbst wie ein Paläontologe erst zusammensetzen musste. Nur Bruchstücke, die viel Arbeit bedurften, und dadurch ließ ich viele emotionale Geschehnisse aus.

Meine Wunden der Trennung waren tief, und da ich sie nicht erklären konnte, versuchte ich jeden Bezug zu der letzten Zeit zu vermeiden. Entweder ist man in der Lage, sich ein „dickes Fell" oder eine Sensibilität anzueignen, die diese Verletzungen abwehren können. Doch die Entscheidung, welcher Weg der persönlich begehbare ist, unterliegt Erfahrungen und an denen mangelt es mir momentan."

Sie sah in den Himmel und mich fragte nur, ob ich es genießen könne.

Ich antwortete nicht, denn wo sollte ich anfangen?

Dann stand sie auf und setzte sich auf meine Liege.

„Wolf ist ein interessanter Name – bist du einer?“

„Schwer zu beantworten. Ich will keiner sein, doch er hilft mir und ist Belastung zugleich. Aber im Moment spielt er keine Rolle und ich kann mich allein meinen Fragen stellen.“

„Ich fahre morgen in die Stadt, würde mich freuen, wenn du mitkommen würdest.“

Allein diese Frage riss mich kurz zurück an meinen Ankunftstag, doch ich sagte nur, dass ich noch nicht bereit war, in die Stadt zu fahren.

„Falls du etwas brauchst, kann ich es dir mitbringen. Hier kann man gute Sachen viel günstiger als bei uns zu Hause einkaufen.“

„Ich brauche glaube ich alles, doch wenn ich einen Wunsch äußern darf: Ich hätte gern einen Walkman.“ Ich wartete einen Moment auf ihre Reaktion und dann sagte sie: „Na klar, der Kopilot fährt mit und der kennt bestimmt den besten Laden. Dann brauchst du nur noch die Batterien und die richtigen Kassetten und dann steht deinem entspannten Rückflug nichts mehr im Weg.“

Ich dachte nur, dass es auch entspannte Leute außerhalb meiner beschränkten Welt gab, und bemerkte nur, dass sie kein Problem darin zu sehen schien.

„Kann man alles als Kopien für billiges Geld in Patpong kaufen. Schreib die Titel auf und ich bring sie morgen mit an Bord, dann hast du die ganze Nacht Musik. Schreib einen Zettel mit den Namen der Kassetten und hinterlege ihn unter meiner Zimmernummer.“

Dann drückte sie mir einen Zettel mit der Nummer in die Hand und ging – und ich sah verwundert in den Himmel. Es war wieder ein schöner Tag mit einem Abschluss, der zwar unerwartet, aber beruhigend war. Vieles hatte sich zum vorherigen Tag verändert, doch es gab keinen Stillstand und so würden sich die nächsten Jahre fortsetzen.

Ich blieb noch eine Weile, bis der Wolf sich strecke und mich verschlafen ansah. Er hatte sich eine ganze Weile zurückgezogen, doch ich wusste, dass er zurückkommen würde.

Ich würde in Zukunft besser auf ihn vorbereitet sein und so stand ich auf, gab an der Rezeption einen Zettel mit den Namen der Kassetten ab, ging auf mein Zimmer und verschlief wieder einmal den halben Tag.

In Zukunft sollte es ein guter Probelauf für meinen Beruf sein, denn feste Arbeitszeiten gab es für die nächsten drei Jahrzehnte nicht.

Wieder ein unspektakulärer Tag – ähnlich dem Tag, an dem ich in Bangkok vor scheinbar unendlich langer Zeit angekommen war.

Am Flughafen lief alles reibungslos und mit jedem Schritt zum Flugzeug schien ich in eine andere Welt zurückzukehren, die nicht unbekannt, doch für einige Zeit außer Kraft gesetzt worden zu sein schien.

Ich stieg ins Flugzeug ein und hatte wieder einen Fensterplatz.

Meinen Hinterkopf füllte Übergepäck, doch der wurde nicht gewogen, und da ich kaum mehr Gepäck als meinen Rucksack besaß, konnte ich alles mit an Bord nehmen.

Kurze Zeit später kam Claudia mit einem Karton, der nett verpackt war und auf dem eine Karte mit den Unterschriften der Crew lag, die mir einen schönen Heimflug wünschten.

Als sie vor der Sitzreihe stehen blieb, öffnete ich das Paket. Ein neuer Walkman und Batterien waren sorgsam verpackt und um ihn herum einige Kassetten.

Ich bedankte mich, doch sie nickte nur. „Wir sehen uns nach dem Service", sagte sie und ging.

Ich sollte zukünftig tausende Starts miterleben, doch dieser war Erlösung und Verlust zugleich.

Nach einem vorzüglichen Essen wurde die Kabine abgedunkelt und ich nahm mein Geschenk in die Hand, das mir in Phuket übergeben worden war, schaltete die Leselampe ein und wickelte es aus.

Zuerst fiel mir ein Umschlag in den Schoß und als ich ihn in den Händen hielt, stand in zittriger Handschrift „Zuerst lesen!" darauf.

Der Brief war von Sah geschrieben worden, doch verfasst hatte ihn Pappa San.

„Bisher haben wir nur miteinander gesprochen, doch da ich dich jetzt nicht mehr erreichen kann, möchte ich dir die Geschichte des Buches erzählen.

Ich hatte von diesem Buch gehört und John gebeten, es mir in Singapur zu besorgen. Er war in einigen Antiquariaten und konnte es letztlich auftreiben. Allerdings war es in einer Sprache geschrieben, die ich nicht verstand, und seltsame Schriftzeichen ließen es wie verschlüsselt wirken, also habe ich es in das Bücherregal gelegt und irgendwann vergessen.

Doch der Name war für mich bekannt – es hieß ‚Der Steppenwolf'!

Möglich, dass es etwas mit deinem Namen zu tun hatte, doch es lag mir fern, eine Verbindung zu dir zu finden, bis du selbst darüber gesprochen hast und ich dir begegnet bin.

Es ist eine alte Ausgabe, abgegriffen, doch ich glaube, sie hat jetzt ihre richtige Bestimmung gefunden.

In Verbundenheit, Theodore – auch genannt Pappa San."

Ich nahm das Buch und zwei Dinge fielen heraus.

Ein Bild vor dem Fels mit Pappa San, Sah und John, die mich anstrahlten und den Daumen hochhielten … und das „Traktat" vom „Steppenwolf", das mir aus dem Buch heraus auf den Schoß fiel.

Es war eine Ausgabe aus dem Jahr 1941 und noch in altdeutscher Schrift gedruckt. Aber der Einband schien sorglich behandelt worden zu sein, während „Das Traktat" doch einige Abnutzungserscheinungen aufwies.

Es war offensichtlich von der Person, die es besessen hatte, oder von anderen Menschen mehrfach gelesen worden.

Wie viele Menschen mögen sich wohl ihre eigenen Vorstellungen über den Inhalt gemacht und ihre persönliche Interpretation für immer im Kopf behalten haben?

Ich verbinde es bis heute mit einer unvergesslichen Zeit und der Hoffnung, dass Hermann Hesse es verzeihen wird, es auf meine Art verstanden zu haben.

Ich entnahm den Walkman, legte eine Kassette ein, schaltete das Licht aus und als ich die ersten Klänge vernahm, verband ich sie mit den besten Wünschen an allen Personen, denen ich auf meiner „Reise in eine andere Welt" begegnet war.

„WISH YOU WERE HERE"!

So unspektakulär, wie meine Reise begonnen hatte, endete sie auch.

Doch ist sie nur die erste Etappe in das „Land der Fragen", mit dem ich mich in meinem nächsten Buch beschäftigen werde.

Vielen Dank für die Geduld, mir bis zu diesem Punkt gefolgt zu sein.

Ein abruptes Ende, für ein Buch, das mit vielen Emotionen geschrieben wurde.

Oktober 2016, 5:49 Uhr

Personenbeschreibungen

Pappa San

Die wichtigste Person in meinem Buch ist selbstverständlich Pappa San, der mir nicht nur die Inspiration zu dem Buch, sondern vielmehr sein Wissen zu vermitteln suchte und viel Verständnis für mich aufbrachte. Nach der Aussage einiger Bewohner des Dorfes war er über siebzig Jahre alt, als ich ihn traf.

Unsere intensiven Gespräche gaben mir die Zuversicht, nicht allein in meiner Gedankenwelt zu leben.

In seiner letzten Nachricht an mich hatte er den Namen „Theodore" gewählt, allerdings bin ich mir nicht sicher, ob es seine Absicht war, seine wahre Identität zu enthüllen.

Die Begegnung mit ihm prägte mein Leben bis zum heutigen Tag und die Erinnerung an jene Zeit war der Anlass, dieses Buch zu schreiben.

Es dauerte fast vierzig Jahre bis ich den Abstand hatte und glaubte, er hätte es gern gelesen, denn er war es, der mir diese Herausforderung mit auf den Weg gab. Es hätte sicher eine beruhigende Wirkung auf ihn gehabt und ich wünschte mir, er könnte nochmals als Kritiker vor mir sitzen – doch wahrscheinlich würde er nur lächeln.

Dass er sich mir gegenüber so geöffnet hat, ist eine große Ehre für mich, da ich erst in den nächsten Jahren, im „Land der Fragen" begriff, dass es in Asien selten ist, über negative Erfahrungen mit einem „Fremden" zu sprechen. Auf viele in diesem Buch gegebene Antworten werde ich im zweiten Buch „Das Land der Fragen" zurückblicken, auch wenn ich nicht allen seinen Ratschlägen gerecht wurde.

In einem unserer Gespräche erklärte er mir, dass jedes Leben es verdient hätte, sich in eine persönliche, individuelle Richtung zu entwickeln. Wahrscheinlich bringen erst die Zeit und neue Erfahrungen im Leben die Einsicht, viele gut gemeinte Ratschläge zu berücksichtigen, auch wenn sie im ersten Moment unverständlich sind oder zur Herausforderung werden.

Somit wäre es vermessen, die Schuld eher in den Umständen, als in der eigenen Person zu suchen.

Wir unterliegen der Tatsache, Erfahrungen durch manchmal schmerzliche Erlebnisse machen zu müssen. Bedauerlich, dass man dafür sein ganzes Leben braucht.

Vielen Dank, Pappa San.

Steven

Wie im Buch mehrfach erwähnt, bin ich ihm nur zweimal kurz begegnet. Doch ich verbinde ihn mit der Nacht auf dem Fels, als ich seine Musik hörte und sie mich zu vielen Gedanken anregte. Die von den Mitbewohnern gemachte Behauptung, es müsse sich um einen bekannten Sänger handeln, kann ich nicht bestätigen, da ich ihn weder persönlich danach fragen konnte, noch an dem Abend, als er sang, anwesend war. Doch ein bemerkenswerter Auftritt war es allemal.

Die schwedischen Schwestern

Nicht nur, dass sie die Rettung aus Bangkok waren – sie brachten mich in dieses Dorf, ohne das ich all den Menschen und deren Geschichten nicht begegnet wäre. Wir begegneten uns fast täglich, doch sie lebten in einer anderen Welt. Unsere Unterhaltungen waren dennoch stets informativ und unterhaltsam.

Herb

Er war wohl ein Künstler auf seinem Gebiet, doch die Art, wie er seine Zeit im Dorf verbrachte, widersprach meiner Lebensauffassung extrem. Seine Beschreibung überlasse ich ihm selbst, denn nur dadurch werden die Zusammenhänge, die ihn zu seinem Verhalten führten, möglicherweise nachvollziehbarer.

Gespräche konnte man mit ihm in seinem Zustand nicht führen, doch seine Bemerkungen waren durchdacht, obwohl sie meist im Rauch verschwammen.

George

Mir ist selten ein Mensch begegnet, der eine so positive Ausstrahlung besaß. Er hat mir an einem Abend sein Leben und die damit verbundene Auswirkung auf seine Entscheidungen versucht zu erklären.

Auch wenn er bei meiner ersten Begegnung den Eindruck einer extrovertierten und dem Alkohol zugewandten Person machte war er jemand, dem man all seine Fehler verziehen hätte.

Ich traf ihn etwa zehn Jahre später noch einmal – in Venezuela! – und erkannte ihn auf den ersten Blick wieder. Er stand am Eingang zum Poolbereich, hielt ein verschraubtes Glas in die Luft und als ich ihn ansprach, drehte er sich kurz wie selbstverständlich um, nannte meinen Namen und mir erschien es, als hätte ich ihn erst am vorherigen Tag das letzte Mal gesehen. Es war im Jahr der Challenger-Katastrophe.

Wir trafen uns an der Bar und hätte ich ihn nicht an seinem langen weißen Kaftan, den ebenfalls weißen Zähnen und seinem Lachen erkannt: Spätestens als er eine Flasche „Black Label" bestellte, war jeder Zweifel aus der Welt geschafft. Er legte sein dickes Tagebuch auf den Tisch und schlug die ersten Seiten nach.

„Januar", „das kleine Dorf" und mein Name standen als Überschrift da. In kurzen Sätzen hatte er die Unterhaltung, die wir in der alten Hütte geführt hatten, skizziert und er versicherte mir, sich an jedes Wort erinnern zu können.

Er war mit einem Filmteam in den nicht weit entfernten Dschungelgebieten unterwegs, und als er das Buch zu mir herüberschob, konnte ich sehen, dass die meisten Seiten beschrieben waren.

Er drehte mittlerweile Filme über Insekten für „National Geographic" und ich hatte später das Vergnügen, ihn in mehr als zehn Folgen im Fernsehen zu bewundern. Er war über die Jahre zu einem Fachmann auf dem Gebiet der Insektenforschung geworden.

Er hatte mir seine Adresse gegeben und ich habe mehrere Male in Kanada versucht, ihn zu besuchen, ihn aber leider nie angetroffen.

Vera

Ich habe sie bewusst direkt hinter George geschrieben, da sie von der Person her dem genauen Gegenteil entsprach.

Pappa San hatte mir erzählt, dass, als er sie das erste Mal getroffen hatte, sie eine aufgeschlossene, lebenslustige Frau gewesen war.

Leider konnte ich diesen Eindruck nicht bestätigen. Die Gespräche mit ihr geben wahrscheinlich nur einen oberflächlichen Einblick in ihre wahre Gefühlswelt, doch selbst beim Schreiben des Buches überkam mich eine gewisse Traurigkeit, wenn ich an sie dachte. Die Verbindung zu Herb und die Umstände, unter denen auch er zu leiden schien, schlugen sich in ihr auf deprimierende Weise nieder.

Ischda

Wir hatten nur einen Tag zusammen, doch auch wenn der Grund unserer ersten Begegnung mir Unmut bereitet hatte, werde ich den restlichen Tag mit ihr nie vergessen.

Ihre Attraktivität, die Ausstrahlung und ihre hemmungslose Hingabe waren neue Erfahrungen, denn andere Erklärungen fallen mir selbst nach all den Jahren, die seither vergangen sind, nicht ein.

John hatte mir erzählt, dass sie in Israel eine harte Ausbildung beim Militär hinter sich gebracht hatte, die mir ihr konsequentes Verhalten ein wenig verständlicher machte.

Sah

Auch hier stehen sich zwei unterschiedliche Personen gegenüber, denn was Ischda an Kraft und Zielstrebigkeit verkörperte, erzielte Sah durch ihre Zuwendung und Sensibilität. Für mich waren es schöne Erinnerungen an jene Zeit, obwohl beide mit schmerzlichen Trennungen endeten.

Ich hoffe, dass sie eine Familie gegründet hat und vielen ihrer Kinder die Fürsorge zukommen lassen kann, die sie mir gewährt hat.

Ich möchte mich bei allen Personen bedanken, dass sie mir Einblicke in ihr Leben gegeben haben, denn ohne sie wäre dieses Buch nicht entstanden. Jede einzelne war es wert, eine Geschichte über sie zu schreiben.

Gern hätte ich alle noch einmal wiedergesehen, doch dies sind Wünsche, die für immer unerfüllt bleiben werden.

Personenbeschreibung John

Wahrscheinlich wäre es ohne John und Sah nie zu der Begegnung mit Papa San gekommen, denn hätten sie nicht Einfluss auf seine Entscheidung genommen, mich nach kurzer Zeit zum Verlassen des Dorfes zu bringen, wäre dieses Buch nie entstanden.

Zum Zweiten hatte sein Tagebuch mein Interesse an der Suche nach der Insel auf den Philippinen geweckt, ohne die meinem sich in Arbeit befindlichen zweiten Buch die Grundlage gefehlt hätte.

Seine Einladung, während seiner Abwesenheit in seinem Haus leben zu dürfen und durch die Bereitstellung seines Tagebuches hat er mir tiefe Einblicke in sein Leben gewährt.

Ich bedaure zutiefst, dass wir zu wenig Zeit hatten, uns besser kennenzulernen, doch waren dieser hagere Mann und seine Lebenserfahrungen Warnung genug, um mich zukünftig bemerken zu lassen, wenn ich kurz davor stand, eine Grenze zu überschreiten, für die es schwer geworden wäre, einen Rückweg zu finden.

Er war ein langjähriger Freund von Pappa San und ich hoffe, sie haben nach meiner Abreise noch viel Zeit miteinander verbringen können.

Die eigentliche Geschichte über John ergab sich jedoch aus der Tatsache, dass ich einige Jahre später einen Brief erhielt. Er trug weder einen Absender noch eine Unterschrift. Darin wurde mir mitgeteilt, dass man John in Penang tot aufgefunden hatte.

In seinem Tagebuch hatte er unter anderem erwähnt, dass er glaubte, nicht mehr lange zu leben, nähere Anmerkungen machte er allerdings nicht. Sein Buch endete mit der Aufforderung an mich, die Suche nach Boracay Island auf den Philippinen nie zu verwerfen, denn es wäre aus seiner Sicht ein Ort, der mir viele Fragen beantworten und interessante Erfahrungen vermitteln könnte. Auch beschrieb er, dass er nach seinem Ableben in Singapur eingeäschert werden wollte und sich wünschte, dort begraben zu werden. Am Ende des Buches nannte er mir seinen vollen Namen.

Die Nachricht von seinem Tod hatte mich lange beschäftigt und so entschied ich mich einige Zeit später, nach Singapur zu fliegen.

Er hatte geschrieben, er wohne im Raffles-Hotel, und falls ich ihn besuchen wolle, sollte ich an der Rezeption nach einem Mann namens Sun Lung fragen, der in dem Hotel arbeitete und ein guter Freund von ihm wäre. Er würde sicher wissen, wo er zu finden sei. Ich sollte ihn nach dem Schriftsteller Somerset Maugham fragen, der eines seiner Bücher im Raffles-Hotel geschrieben hatte.

Ich kannte das Hotel, doch wohnte ich damals stets im Intercontinental, da es unser Crewhotel war.

Ich erreichte Singapur Anfang Dezember und hatte zwei Monate Urlaub.

Das Raffles war zu jener Zeit noch nicht der Sanierung zum Opfer gefallen und erstrahlte mit seinen hölzernen Fassaden immer noch im alt-ehrwürdigen Kolonialstil. An der Rezeption buchte ich ein Zimmer für ein bis zwei Nächte, und da ich nur wenig Gepäck hatte, setzte ich mich in den Garten, denn der Sonnenuntergang warf schon seine langen Schatten in die Vorhalle.

Wie das gesamte Hotel strahlte auch der Garten in schneeweißer Farbe und war wie ein riesiger Innenhof, in dem das Grün der sorgsam gepflegten Pflanzen und Palmen einen harmonischen Gleichklang bildete.

Weiße Korbstühle und gläserne Tische, die in weitem Abstand platziert waren, vermittelten eine persönliche Atmosphäre. Ein indischer Kellner trat an meinen Tisch und fragte mich nach meiner Bestellung. Ich bestellte einen Singapur Sling und fragte ihn, ob er einen Mann namens Sun Lung kenne. Er zögerte einen kurzen Moment, verneigte sich und ging in eine Bar zurück, die verdeckt hinter einer Hecke lag.

Bis auf das elektrische Licht in der Vorhalle waren nur Gaslaternen zu erkennen und auf den Tischen schwammen in einer Schale mit Wasser Kerzen, die von Blumen umgeben waren. Ein erfrischender Duft wurde von einer leichten Brise durch den Garten getragen. Die innere Fassade war durch Treppen mit langen, offenen Fluren verbunden, die zu den einzelnen Zimmern führten.

Als ich gerade begann, die Stockwerke zu verfolgen, stand ein älterer Herr in einem weißen Anzug vor mir. Dann breitete er einen kleinen Teppich auf dem Tisch aus und stellte einen silbernen Ständer mit verschiedenen Snacks und schließlich meinen Drink auf den Tisch.

„Sir, darf ich fragen, warum Sie Mr. Lung zu sprechen wünschen?“

„Ich hatte einen Freund, der mir geschrieben hatte, mich nach Herrn Lung zu erkundigen, falls ich nach Singapur und in dieses Hotel kommen würde. Ich solle ihn nach dem Schriftsteller Somerset Maugham fragen", antwortete ich.

„Wie lautete der Name Ihres Freundes?" Als ich den Namen John erwähnte, schien sein Gesicht für einen Moment wie versteinert.

„Wenn Sie gestatten, setze ich mich kurz zu Ihnen, denn ich muss Ihnen eine traurige Mitteilung machen!"

„Ich weiß, dass John tot ist, dies ist auch der Grund, warum ich nach Singapur gekommen bin. Er hatte in seinem Tagebuch angedeutet, dass er, falls ihm etwas zustoßen würde, in Singapur eingeäschert und dort begraben werden wollte. Ich wollte mich nur vergewissern, ob ihm dieser letzte Wunsch erfüllt werden konnte."

Er ließ sich für die Antwort lange Zeit, und als er mich schließlich fragte, wie ich John kennengelernt hatte, erzählte ich ihm von meiner Begegnung mit ihm. Ich erwähnte nur die Begegnungen mit John, die ich im Dorf in Thailand mit ihm hatte und behielt die Einzelheiten, die er mir in seinem Tagebuch geschildert hatte, zurück.

Der Mann hörte mir aufmerksam zu, hob nur manchmal die Augenbrauen leicht an, aber sagte während meinem gesamten Monolog kein Wort dazu. Es erinnerte mich an die Geschichten von Pappa San, nur in vertauschten Rollen – ich war der Erzähler und er ein guter Zuhörer. Ich hatte seit meiner Abreise über die letzten Jahre nie über ihn gesprochen!

„Er hatte nie ein richtiges Zuhause, denn er beendete seine Tätigkeit für die Firma schon vor vielen Jahren, da er gesundheitlich nicht mehr in der Lage war, die Strapazen zu überstehen. Er war viel auf Reisen, aber wenn er in Singapur war, wohnte er immer in diesem Hotel.

Wir hatten viele intensive Gespräche und freundeten uns an. Er sprach oft von seiner Zeit in Thailand, doch auch sehr offen über seine Aufenthalte in Malaysia und auch die Probleme, die sie mit sich brachten. Immer, wenn er nach längerer Zeit zurückkam, merkte man ihm seinen langsamen Verfall an, doch beklagt hat er sich nie. Ich glaube, dass er eine Vorahnung hatte, denn als wir uns das letzte Mal hier trafen, bat er mich, ihn nach Singapur zurückzuholen, falls ihm etwas zustoßen sollte. Er flog nach Penang, und da er diese Adresse angegeben hatte, kam nach seinem Auffinden eine Anfrage im Hotel an, ob wir uns um die Abwicklung der Formalitäten kümmern würden. Einige Wochen vor seinem Tod hatte ich einen Brief von ihm erhalten, in dem er mir Geld schickte und um die Überführung nach Singapur bat.

In diesem Brief erwähnte er eine Person namens Wolf mit der Bitte, ihn zu verständigen. Die einzige Information über ihn war, dass er für eine große deutsche Fluggesellschaft arbeitete. Also habe ich mich in Singapur mit der Gesellschaft in Verbindung gesetzt und so über viele Umwege seine Adresse erhalten. Daraufhin habe ich einen Brief an ihn geschrieben und ihm vom Ableben von John berichtete. Ob er den Brief je bekommen hat, ist mir nicht bekannt. Auch die Umstände seines Todes wurden nie geklärt, aber ich habe mich nach der Überführung um seinen letzten Wunsch gekümmert und ihn einäschern und auf einem Friedhof außerhalb der Stadt beerdigen lassen."

Er schien sichtlich bewegt, denn zum ersten Mal während unseres langen Gespräches ließ er sich kurz in den Sessel zurücksinken.

Dann hob er den Arm und sofort stand ein Kellner neben unserem Tisch.

„Sie sind also der ‚Wolf', den John erwähnte." Ich nickte nur kurz und er sah mich eindringlich an.

„Ich glaube, ich weiß einiges über Sie" , sagte er und plötzlich löste sich die Anspannung aus seinem Gesicht.

„Bringen Sie uns zwei Flaschen „Singha-Bier aus dem Keller – aber kalt, wenn ich bitten darf!" Wieder verbeugte sich der Kellner kurz und verschwand in der Dunkelheit.

„Sie müssen eine Menge Dinge über mich wissen, wenn John selbst diese Vorliebe von mir erwähnenswert fand. Ja, mein Name ist Wolf!"

„Mr. Wolf, ich werde Ihnen die Adresse seiner letzten Ruhestätte geben, doch lassen wir uns danach das Thema abschließen. John war nicht der Mann großer Worte, aber Sie erwähnten Somerset Maugham. Falls Sie später Interesse haben, führe ich Sie im Hotel an einige Plätze, die Sie vielleicht gerne sehen würden."

Wir tranken unser Bier und er erzählte mir, dass er vor etwa vierzig Jahren als Laufbursche im Raffles-Hotel angefangen hatte. Später übte er die Tätigkeit eines Laternenwächters aus, dessen Aufgabe es war, die Gasleuchten im gesamten Hotel zu kontrollieren, an- und auszustellen und somit jeden Bereich des Hotels kannte.

„Ich habe den englischen Schriftsteller nie persönlich getroffen – dies lag vor meiner Zeit. Ich hatte aber mit meinem Vorgänger viele Gespräche über die Gäste geführt. Das Hotel hat eine lange Tradition und viele bekannte Persönlichkeiten, Staatsoberhäupter und unter anderem auch viele Literaten haben hier gewohnt. Wenn Sie mich begleiten möchten, zeige ich Ihnen einige der Räume."

Wir gingen die Stufen an der Außenseite des Hotels in die einzelnen Stockwerke hoch und immer, wenn wir an einer Tür vorbeikamen, nannte er mir mehr oder weniger bekannte Namen, die das Zimmer bewohnt hatten.

Über manchen Türen waren kleine Messingtafeln angebracht, auf denen einige Namen eingraviert waren.

„Hier wohnte Hermann Hesse", sagte er beiläufig und mir stockte kurz der Atem.

Auf einen Schlag kam mir das „Magische Theater" in den Sinn, hinter dessen Türen sich Wunschvorstellungen und Depressionen verborgen hatten und so betrachtete ich nun jede einzelne Tür mit steigendem Respekt.

„Hinter jeder Tür verbergen sich Geheimnisse, von denen nie jemand etwas erfahren wird" – und ich konnte nur zustimmend mit dem Kopf nicken.

„Ein Mensch verschwindet nie gänzlich, da er sich nur in einen anderen Zustand verändert und wenn er seine Gedanken niederschreibt, bleiben sie für immer erhalten und hinter diesen Türen wurden viele Geschichten erdacht."

Es war beeindruckend und die flackernden Gaslichter gaben dem Ganzen eine mystische Vollendung. Wir übersprangen mühelos Zeitgrenzen, und als wir an den Ausgangspunkt zurückkehrten, war ich mir sicher, mich immer auch an diesen Abend erinnern zu können.

Ich verabschiedete mich von Mr. Lung, der mich einlud, ihn bei meinem nächsten Aufenthalt zu besuchen. Es wurden in den nächsten Jahren viele Begegnungen, denn ich ließ es mir bei meinen Zwischenlandungen in Singapur nie nehmen, wenigstens eine Nacht im Raffles-Hotel zu übernachten.

Am nächsten Morgen fuhr ich zu Johns Grab, welches nur aus einer kleinen Grabplatte bestand. Ich setzte mich und erzählte ihm eine Geschichte, und als ich aufstand und gerade gehen wollte, durchfuhr mich ein Gedanke.

Der Spiegel über mir war sauber poliert und so war der Blick auf mich ungetrübt. Leichte Rauchfahnen schlängelten sich zu ihm empor und verdichteten sich in unter den fast verschlossenen Vorhängen. Ich sah mich ruhig und entspannt auf dem Bett liegen, in einem roten, seidenen Kimono. Doch als ich mir selbst ins Gesicht sah, blickte mir der Wolf entgegen.

Im Gegensatz zu meinen vorhergegangenen Begegnungen verhielt er sich merkwürdig zurückhaltend.

„Ich mache mir tatsächlich Sorgen um dich, denn mit dieser Entscheidung wirst du zukünftig zurechtkommen müssen."

Ich war nach Penang gereist und hatte mir im besten Hotel der Stadt ein Zimmer für eine Nacht gebucht. John hatte mir in seinem Tagebuch detaillierte Beschreibungen von den Orten hinterlassen, an denen er sich aufgehalten hatte. Unter anderem hatte er eine Telefonnummer mehrfach erwähnt, an die ich mich wenden könne, falls ich jemals in diese Stadt kommen würde und Hilfe brauchte.

Ich hatte für den nächsten Tag einen Rückflug nach Bangkok gebucht, wo sich mein gesamtes Gepäck im Hotel befand. Also rief ich die Nummer an und schon eine Stunde später traf ich mich mit einem Chinesen in der Lobby meines Hotels.

Als ich mein Gespräch mit ihm beendet hatte, fuhr er mich durch die Stadt und bog in die Straßen ein, in denen sich das chinesische Viertel befand. Vor einer kleinen Gasse hielt er an und deutete auf ein Gebäude, vor dem als einzige Lichtquelle einige rote Laternen hingen.

Spätestens, nachdem sich die Vorhänge ins Innere des großen Raumes geöffnet hatten, wusste ich, am richtigen Ort angekommen zu sein.

Zuerst hatte ich das Bedürfnis nach John zu fragen, doch dieses Mal erwies sich der „Wolf" als Beschützer – er schwieg – und ich konzentrierte mich auf meine Ängste, diese Entscheidung getroffen zu haben.

Als ich zu einer der Nischen geführt wurde, überkam mich ein seltsam vertrautes Gefühl, denn als ich auf das Bett mit dem Spiegel über mir zuging, glaubte ich tatsächlich, schon oft an diesem Ort gewesen zu sein.

Nun lag ich dort, blickte meinem „Wolf" ins Gesicht und wartete auf die Reaktion, die sich schneller einstellte, als ich vermuten konnte.

Der Rauch fraß sich über meine Lungen wenn auch sanft, doch in Windeseile in meinen Kopf. Türen schienen sich mal krachend, dann wieder sanft hinter mir zu schließen und als ich die Augen schloss, sprühten bunte Funken, die mir nach einer kurzen Explosion den Einblick in eine Welt eröffneten, der ich vorher in dieser Intensität noch nie begegnet war. Ich schien mich von mir selbst zu lösen und suchte zukünftig vergeblich nach einer vergleichbaren Empfindung, die mir ab diesem Moment begegnen sollte.

Die Zeit verschwand, bis mich eine Hand berührte und ich schwerfällig meinen Kopf anhob.

„Lassen Sie uns gehen, es ist Zeit!“

Trotz Widerwillen hatte meine Reißleine gehalten, und als ich an die heiße Luft außerhalb des Gebäudes trat, wir zum Hotel zurückfuhren und ich letztlich mein Zimmer betrat, bestand die ganze Welt nur aus erlebnisreichen Erfahrungen ohne jegliche negativen Erinnerungen. Ich bin nie wieder an diesen Ort zurückgekehrt, noch bin ich dieser Versuchung jemals wieder gefolgt.

Doch tief in meinem Kopf existiert sie unauslöschlich und erleichtert es mir, ein Gefühl, wenn auch keine Erklärung für einen Menschen zu finden, der John hieß.

Personenbeschreibung „Der Wolf“

Der Wolf liebte die Nacht, wenn die Schatten ihn bedeckten und der tägliche Kampf erledigt schien. Er heulte den Mond an, was auf den ersten Blick keinen Sinn machte, aber durch ihn wurden die Würmer in seinem Kopf aktiv und das heiligte die Mittel! Sein dickes Fell schützte ihn nur vor der Kälte, doch innerlich bewegten sich seine Gedanken, erinnerten an Situationen, die ihn frösteln ließen.

Man wird einsam, dachte er, und nur dieser Mensch mit dem unaussprechlichen Namen gab ihm die Zuversicht, eben nur allein zu sein.

Er war wie ein scheues Reh, das er leicht hätte reißen und verschlingen können, doch auf unerklärliche Weise hatten sie eine Art Gemeinschaft entwickelt, für die ihm keine Erklärung einzufallen schien. Sein Instinkt widersetzte sich der Vorstellung und er begriff, dass auch der Mensch unter den Folgen ihrer Begegnung litt. So ungleich, verteilt auf Ebenen, die nie zu einer Linie führen konnten, so verschwenderisch verschlungen waren die neuen Wege, die sich aus dieser Disharmonie eröffneten. Er reagierte mal mit Verachtung und im nächsten Moment, als ich ihn gerade verschlingen wollte, mit Verständnis und Gelassenheit.

Unsere Gegensätzlichkeit verband uns und schmiedete eine Verbindung, die von keinem von uns beiden zu lösen war. Armselig!, dachte der Wolf.

Dann stand er auf, heulte den Mond erneut an, erkannte nur einen Zwang und legte sich, nachdem er sich mehrfach gedreht hatte, auf seine Pfoten, gähnte ,schüttelte sich und legte sich schließlich doch geschmeidig auf seine Vorderläufe.

Danksagung

Alle aufgeführten Künstler haben zur Entstehung dieses Buches beigetragen. Sie gaben mir durch ihre Musik die Kraft, mich wenn es nötig wurde neu zu motivieren und sie vermittelten mir neue Gedankenansätze. Erst jetzt wurde mir bewusst, welchen Qualen es zum Teil bedarf, Gedanken in einen Text zu bringen und wie viele Nächte man mit sich selbst unzufrieden war, da es nicht gelang, sie in eine Harmonie mit sich selbst zu bringen. Wahre Künstler! Danke!!!

Abschließend gilt mein Dank meinen Eltern, die mir einfach zuhörten und dadurch die Gewissheit gaben, nicht allein vor dieser Herausforderung zu stehen.

Sehr geehrte Frau Bauer, Frau Krüger und Frau Pfeiler-Galos und alle im Verlag, vielen Dank für die Möglichkeiten, die Sie mir gegeben haben, das Buch „Das Land der Antworten" zu veröffentlichen. Ich freue mich auf die weitere Zusammenarbeit.

Pappa San würde sagen: „Als junger Mensch läuft man unbeschwert auf Grenzen zu, überwindet sie mit Leichtigkeit und stellt sich einer neuen Aufgabe. Über die Zeit jedoch erschweren Erfahrungen und die abnehmende Kondition den Lauf und die Grenzen werden zu Hürden und letztendlich zu Mauern, die es zu überwinden gilt." Mein Buch ist kein Ratgeber, sondern ein Wegweiser für Menschen, die „Träumen die Möglichkeit geben, sich selbst Wünsche zu erfüllen, denn die eigene Zeit ist immer an Grenzen gebunden."

20. Dezember 2016

Quellennachweis

Alfred Adler: „Menschenkenntnis“ Fischer Verlag, Auflage November 1969

Hermann Hesse: unmöglich, alle Auflagen und Verlage zu benennen, da bis auf biografische Daten nur die Erinnerung in meinem Kopf als Interpretation anzusehen ist. Das Gleiche gilt für:

da Vinci, van Gogh und andere echte Künstler, die mir nur als Hilfestellung und Stütze für verschiedene Gedankengänge behilflich waren.

Die restlichen Informationen, insbesondere was die Schreibweise von Orten betrifft, habe ich Wikipedia entnommen, wofür ich mich ausdrücklich bedanken möchte.

Bildgestaltung

Cover-Bildeinband „Das Land der Antworten“
Maler: Wolfgang Rostek (1980–1986)
Cover-Bildeinband „Das Land der Fragen“
Maler: Wolfgang Rostek (1987–1997)
Digitalisierung der Coverbilder: Foto & Kreativstudio MENKE, Oppenheim, Deutschland

Mit etwas Wehmut beende ich hiermit mein Buch „Das Land der Antworten“.

Nachwort

Kurz vor der Landung in Bangkok, die eigentlich als Zwischenlandung auf dem Weg nach Manila gedacht war, kam ich etwa 20 Jahre später auf die spontane Idee, auszusteigen und nach Phuket zu fliegen.

Schon die Veränderungen am Flughafen auf der Insel waren zweckmäßig effektiv und ich hatte zwischenzeitlich auch an meinem neuen Platz auf den Philippinen den Eindruck gewonnen, dass auch hier der Ansatz gegeben war, dem Schicksal vieler schöner Orte auf dieser Welt ausgeliefert zu sein.

Was zu der Zeit, als ich mich im kleinen Dorf aufhielt, als unkomfortabel und verbesserungswürdig angesehen wurde, gilt heute als Refugium für Entspannung und Ruhe.

Eine breite Straße führte zu Naihan Beach, und bevor ich den Strand erreichte, versperrten mir einige Betonburgen, die man „Resorts“ nennt, den Weg zum Strand.

Georges Restaurant war einer lärmenden Bar gewichen und die umzäunten Nebengebäude wiesen mit dem Schild „Members only“ darauf hin, dass Abgeschiedenheit und Ruhe nur für jene erhältlich waren, die es sich leisten konnten, dort zu wohnen. Ich gehörte zweifellos dazu und so mietete ich mich in einer dieser „Oasen“ ein.

Der Preis stand in keinem Verhältnis zur gebotenen Leistung, aber meine Zielsetzung war auch eine andere. Ich war kein Pauschaltourist, der für einige Wochen kam und froh war, dass sich dieser Ort seinen Bedürfnissen angepasst hatte.

Nachdem ich wie üblich ausgepackt hatte, sollte mich mein Weg an den Strand führen, der viele Jahre zuvor Endstation und Start in eine neue Welt bedeutete.

Da mein Entschluss, nochmals an diesen Ort zurückzukehren spontan gefallen war, waren nur noch wenige Fragen übrig, die mir unbeantwortet geblieben waren.

Ich setzte mich an den Strand und wie damals kam die Dunkelheit von hinten, während die Sonne ihr unverändertes Schauspiel am Horizont vollführte.

Ich legte mich in den Sand, der voller Liegen stand, und blickte in den Himmel.

Ich war zu weit rechts, dachte ich mir, also ging ich an den entlegensten Punkt, der zu erreichen war. Kein Mensch ging bis an diesen Platz und dabei hatte man doch nur von hier aus … einen Blick auf den Fels!

Ich saß im Halbdunkel der einbrechenden Nacht, als ein kleiner Junge auf mich zukam und mich freundlich grüßte.

„Sir, wollen Sie etwas zu rauchen?“

Ich hatte nach dem „Dorf“ nur selten geraucht, da ich nur in Nostalgie zu schweben schien und es mir dadurch innerlich Schmerzen bereitete. Während sich die anderen Gäste die Schlacht am Büfett lieferten, fragte ich den Jungen, ob er einen Mann namens George kenne. Er zögerte kurz und deutete auf ein großes Haus, das unmittelbar hinter mir auf einem Felsvorsprung lag.

Ich zahlte für sein in einer Streichholzschachtel verstecktes Zeug einen zu hohen Preis, doch die Information, die er mir gegeben hatte, war es wert. Es war schlechte Qualität und nicht gereinigt. Außerdem besaß ich keine Pfeife, mit der ich die Krümel rauchen konnte, also stand ich auf und begab mich auf den Weg zu Georges Haus.

Schon aus weiter Entfernung vernahm ich Hundegebell und je näher ich dem Haus kam, umso mehr wurde der Weg beleuchtet, bis ich vor einer großen Einfahrt stand.

Nach dem Klingeln meldete sich über die Fernsprechanlage eine weibliche Stimme, die zuerst auf Thai und dann auf Englisch fragte, was ich wollte.

„Ich hätte gern mit Mr. George gesprochen.“ Es entstand eine zu lange Pause, was aus meiner Erfahrung darauf schließen ließ, dass er sich im Haus befand und keine Gäste erwartete.

„Tut mir leid, aber Mr. George ist nicht im Haus.“

„Sagen Sie ihm, der ‚Wolf‘ steht vor der Tür.“ Es dauerte und als ich schon erste Zweifel hatte, öffnete sich mit einem leisen „Klick“ die Pforte.

Im Eingang stand ein schwergewichtiger Mann, den ich durch die Schatten, die eine flackernde Beleuchtung warf, nicht richtig erkennen konnte.

„Ich bin der Wolf – erinnerst du dich?“ Was hätte ich, so banal die Antwort auch klingt, sonst sagen sollen?

Es war George und er erkannte mich und schloss mich in seine gewaltigen Arme.

Die Terrasse war ein Aufenthaltsort, an dem ich Tage hätte verbringen können. Nur die krächzenden Kakadus, die in Käfigen von der Decke hingen, störten die Ruhe und wurden kurz danach entfernt.

„Wie hast du mich gefunden?“

„Du solltest auf deine Enkel aufpassen“, sagte ich nur und er lachte so, wie ein Mann mit über hundert Kilo nun einmal lachen kann. Ich schob ihm die Streichholzschachtel über den Tisch und er sah mich fragend an. „Ich hatte nur keine Pfeife und wie sollte ich es sonst rauchen?“

Als er den Arm hob, kam die Erinnerung an Herb zurück, doch einige Minuten später erschien eine junge Frau mit einem Tablett. Als sie es auf den Tisch stellte, nahm George die Streichholzschachtel und warf sie über die Balustrade ins Meer.

„Die würden auch abgefallene Blätter rauchen“, sage er verächtlich.

Eine große Bong lag auf dem Tablett und kleine in Säckchen verpackte Dinge, über die ich kein Wort verlieren muss.

Wir sprachen die ganze Nacht und als es langsam hell wurde, sah ich von dort oben einen festen Weg über den Berg.

„Dort oben, auf halben Weg zum ehemaligen kleinen Dorf, steht jetzt ein Jachtclub mit Hotel. Man kann zwar zum Dorf gehen, aber ...“

Die Aussage reichte mir.

Als ich mich verabschiedet hatte, ging ich zum Strand zurück, setze mich wieder an die Felsen, von denen ich aus den „Fels“ sehen konnte, und ließ einfach meine Gedanken ihren eigenen Weg suchen.

Schließlich entschloss ich mich doch, noch einmal den Weg über den Berg zu gehen. Dann stand ich vor einem Tor, der mir den Weg versperrte.

Ein Mann in einer undefinierbaren Uniform kam auf mich zu und verlangte meinen Mitgliedsausweis. Ich hielt ihm meinen Firmenausweis vor die Nase und schon öffnete sich die Tür.

Vor der Rezeption blieb ich stehen, überlegte kurz und verabschiedete mich.

Wie viel Naivität muss man entwickeln, um zu begreifen, dass die Zeit nicht zurückzudrehen ist, aber trotzdem hatte ich versucht, in einer Vergangenheit den Trost für die Realität zu finden.

Pappa San hatte einmal gesagt, dass dies möglich sei – doch nur, wenn man sich selbst den eigenen Fehlern der zurückliegenden Zeit gestellt hat.

Ich ging zum Strand, zurück in mein Resort, packte und flog am gleichen Abend weiter nach Manila.

Am 26. Dezember 2004 waren Phuket und auch Koh Phi Phi von einem Tsunami betroffen, der viele Menschen das Leben kostete. Ich fühlte einen Schmerz, der bis heute anhält.

Wer vermag jene Augenblicke zu erkennen, die fast mit einem Wimpernschlag in der Vergangenheit verschwanden, ein Leben gestalten, verändern, aber auch zerstören konnten.

Die Auswirkungen dieser kurzen Momente, die prägend waren, verspürt man meist erst in der Erinnerung.

Verlassen von sich selbst, erhellen sie den Tunnel der innerlichen Verzweiflung – sie lassen uns aufstehen und erneut versuchen, den gut gemeinten Ratschlägen zu folgen.

Diese Geschichten sind auf den wohlgemeinten Gedanken aufgebaut, die mich ermutigten, jenen Weg zurück anzutreten, der mich letztlich zu diesem Buch „Das Land der Antworten" geführt hat. Wir treffen uns im „Land der Fragen" und letztlich im dritten Buch, um einen würdigen Abschluss der Vergangenheit zu finden.

Aus Herausforderungen den Wusch zu entwickeln, ihnen einmal gerecht zu werden, lässt der Zeit die Möglichkeit, eigene Träume sich selbst zu verwirklichen.

Vielen Dank für die Geduld, mir bis hierher zu folgen.

In Dankbarkeit
Wolfgang (Wolf) Rostek, 28. Dezember 2016

Musik zu „Das Land der Antworten“

1. Kapitel: Ankunft in Bangkok
Bangkok – Murray Head/Exit – Planet Lam/The Paradise – Bangkok Molam International Band

2. Kapitel: Ankunft im kleinen Dorf
Watermark – Enya/Silent Bay – Deuter

3. Kapitel: Begegnung mit Pappa San
Come Away With Me – Norah Johns

4. Kapitel: Der erste Abend
Kiss the Rain – Yiruma/Time – Pink Floyd

5. Kapitel: Das Restaurant
Fields Of Gold – Sting/Ancient Dream & Ancient Dreamers – Massage Tribe/Innuendo – Queen

6. Kapitel: Der dritte Tag
Now We Are Free – Lisa Gerrad/Woman In Chains – Tears for Fears/Undimmed by Time – Anthony Gonzales/I Giorni – Lavinia Meijer/It's What We Do – Pink Floyd/Chaire de Lune – C. Debussy

7. Kapitel: Der Tag nach Vera
True Colours – C. Lauper/The Ballade Of Lucy Jordan – M. Faithfull/ Undimmed By Time – Antony Gonzales

8.Kapitel: Der erste Tag mit Pappa San
Memories Of Sherlock – Hans Zimmer/Time Lapse – Ludovico Einaudi

9. Kapitel: Die Instrumentalisierung des Glaubens
If You Believe – Jim Brickman/Losing My Religion – R.E.M.

10. Kapitel: Ischda
Bitch – M. Brooks/At The Harbour – Renaissance/Someone Like You – Adele/Drive – The Cars/The Special Two (live) – Missy Higgins/Damn, I Wish I Was Your Lover – Sophie B. Hawkins/I'd Rather Go Blind – Mick Hucknall/She – E. Costello/On the Beach – Chris Rea/The Glory of Jah – Sinead O'Connor/Imagine – John Lennon

11. Kapitel: Der letzte Versuch
Empty Rooms – Gary Moore/Wreck of The Day – A. Nalik/Try – Pink!/Easter – Marillion (1997)/Turn, Turn, Turn – The Byrds/Lithium – Evanescence

12. Kapitel: Fischen mit Pappa San
Questions – Moody Blues/One More Time – Jon & Vangelis

13. Kapitel: Der Fels
Sea & Silence – Deuter/Wild World – Cat Stevens/Signals – Brian Eno/Heaven Can Wait – Meat Loaf/9 Crimes – Damien Rice/You Make Me Smile – Blue October

14. Kapitel: Der erste Tag im neuen Haus
Rachel's Song – Vangelis /The Miracle – Queen/Naima – J. Coltrane

15. Kapitel: Erinnerungen an Steven
Roads – Portishead/Blowing' In The Wind – Bob Dylan/Echoes – Pink Floyd

16. Kapitel: Der Weg zurück
Twist In My Sobriety – Tanita Tikaram/Desperado – Eagles/Honesty & Truth – Massage Tribe

17. Kapitel: Der zweite Abend auf der Terrasse
Listen – Tears for Fears/Blossom – Ryan Adams

18. Kapitel: Eine neue Geschichte von Pappa San
Losing The Light – Explosions In The Sky/Us And Them – Pink Floyd

19. Kapitel: Der Tag im Nebel
Hello – Adele/Twenty Eighth Parallel – Vangelis

20. Kapitel: Herbs Abschied
Halt mich – H. Grönemeyer/Comfortably Numb – David Gilmore/ Objects In The Rear View Mirror … – Meat Loaf/An Ending – Brian Eno

21. Kapitel: Das Treffen mit den Italienern
Where Do You Go To – Peter Sarstedt (live)/Wasted Time – Eagles/ Don't Talk – 10.000 Maniacs/Your Latest Trick – Dire Straits

22. Kapitel: Pappa Sans Rückkehr
Hands Clean – Alanis Morissette

23. Kapitel: Ein unerwartetes Geschenk
Bevor ich mit den Wölfen heule – Reinhard Mey

24. Kapitel: Johns Tagebuch
Hide and Seek – Howard Jones/China in Your Hand – T'Pau

25. Kapitel: Die Größe der Welt
Private Investigations – Dire Straits

26. Kapitel: Sah
I Hope I Don't Fall In Love With You – Tom Waits/At Seventeen – Janis Ian/Into You – Private Pleasure/When I Wake Up – Lions Head /Night In White Satin – Moody Blues/Oh Very Young – Cat Stevens/Round Here – Counting Crows/Du kaast zaubere – BAP

27. Kapitel: George, der Insektensammler
Beautiful Freak – Eals

28. Kapitel: Einladung in Pappa Sans Dorf
When I Wake Up – Lions Head/Boulevard Of Broken Dreams – B.J. Armstrong

29. bis 38. Kapitel: Der Tag bei Pappa San
Vincent – Don McLean/Father & Son – Cat Stevens/Clocks – Coldplay/Yin Yang – Teo Lounge

39. Kapitel: Der Abend am Strand
Everybody Hurts – R.E.M./Rooftop Kiss – James Horner

40. Kapitel: Die Schlange
Far Away – Yiruma/I'm Listening – James Newton Howad/Six Etudes for Piano – Philip Glass

41. Kapitel: Die Fahrt nach Koh Phi Phi
Fuhl am Strand – BAP/Sea Of Silence – Deuter/Why – Annie Lennox/Emotions – James Horner/Speedway – Counting Crows/ Surfacing – Pink Floyd/Whether You Fall – Tracy Bonham/Bitter Sweet Symphony – The Verve/Time – A. Parsons Project/Deep Blue Day – Brian Eno/Take Me To The Limit – Eagles/Why – Annie Lennox/One And Only – Adele/I'll Always Love You – W. Houston

42. Kapitel: Die Rückkehr nach Bangkok – Abreise
Care – Robert Koch/Only Time – Enya/Going Home: Song Of The Local Hero – Mark Knopfler/Reality – Supermax/Heart Of Gold – N. Young/WHISH YOU WERE HERE – Pink Floyd

Personenbeschreibungen
Whether You Fall – Tracy Bonham/Schritt für Schritt – Niedeckens BAP/Opening – Philp Glass
Personenbeschreibung John
Who Wants To Live Forever – Queen/Man In The Mirror – M. Jackson/Tears In Heaven – Wayton Jennings & Martin Ermen

Personenbeschreibung „Der Wolf"
Moon Over Bourbon Street – Sting

Nachwort
Pendulum – Pearl Jam/Telegraph Road – Dire Straits/Hate Me – Blue October/Road To Hell – Chris Rea/C'est la vie – Greg Lake/ Holding Back The Years – Simply Red/Let It Rain – Amanda Marshall /18th Floor Balcony – Blue October/When The Poet Sings – L.A. Salami/A Happy Ending – Mark Knopfler/Time After Time – C. Lauper/Oogway's Legacy – Hans Zimmer feat. Lang Lang/I'll Never Love – Michael Kiwanuka/Mein Achtel Lorbeerblatt – Reinhard Mey/Verdammt lang her – BAP

Erklärung des Coverbildes

Das Bild entstand nach meiner Rückkehr aus Thailand (1980–1986).

Zwar lag das „Wolfsbuch“, das mir Pappa San mit dem Titel „Das Land der Antworten“ geschenkt hatte schon vor mir, ich konnte aber die Geschehnisse noch nicht zu einer zusammenhängenden Geschichte verbinden.

Auf einer grundierten Pressspanplatte entstanden die Personen Herb und John im oberen Teil des Bildes. Die zentralen Figuren in der Mitte verkörpern die Erinnerung an die Gespräche im Haus („Der Tag bei Pappa San“).

Beide tragen wir weiße, lange Perücken als Symbol der Weisheit auf Seiten Pappa Sans (links) und als Hoffnung, im Alter ebenfalls einen natürlichen, langen Haarwuchs haben zu können, was sich leider nicht bestätigte!

Mein Gesichtsausdruck (rechte Peron) entsprach meinem Unverständnis und der Abkehr zu Bildern, die sich vor meinen geschlossenen Augen aufzubauen begannen. Ich sah einen mit Federn geschmückten Indianer, der mit seinem einfachen Schild stellvertretend für die Ausrottung vieler indigener Kulturen steht, durch deren Wissen die Menschheitsgeschichte bereichert worden wäre. Im Namen des Glaubens und der Habgier wurden sie ihrer Kultur und ihres Lebens beraubt. Im Schild sieht man den Wolf, der mit gefletschten Zähnen schon rechts neben mir saß, doch selbst für mich erst viel später zu erkennen war.

Zwischen uns habe ich einen Schädel gemalt, der sowohl als Tier als auch als Mensch zum Symbol für die Zerstörung der Natur und seiner Umwelt seinen ganzen Schmerz herausschreit.

Auf der linken Seite unter Pappa San ist eine mir unbekannte Welt, aber auch die zerbrochene Schale eines Eis zu erkennen (daher weiß). Im Buch steht der Satz: „Der Adler schlüpft aus dem Ei, und das Ei ist die Welt“ (Hermann Hesse).

Das Bild ist „pastos“ gemalt, die Struktur entsteht aus geschmolzenem Kerzenwachs und Bindfäden. Die Fäden sind die verworrenen Gedankengänge und die Tropfen aus erstarrtem Wachs die Tränen über meine Unfähigkeit, die Zeit im „kleinen Dorf" als Geschichte in das „Wolfsbuch" schreiben zu können. Pappa San würde weder dieses Bild sehen, noch dieses Buch je lesen können.

Erst über vierzig Jahre später entstand das Buch „Das Land der Antworten", doch die Geschichten in dem Buch haben einen unmittelbaren Bezug zu diesem Bild.

Auch lässt es der Fantasie des Lesers freien Raum, Dinge zu erkennen, die ich selbst nach so langer Zeit vergessen habe.

Wolfgang (Wolf) Rostek, 18. Januar 2017

Das zweite Buch von Wolfgang (Wolf) Rostek „Das Land der Fragen" Coverbild nebenan

Der Autor

Wolfgang Rostek, geboren 1955, lebt nach dem Motto, „aus Träumen Wünsche werden zu lassen und der Zeit die Möglichkeit zu geben, sie sich zu verwirklichen." So entstand auch sein erstes Buch, „Das Land der Antworten".

Nun sind wir am Ende
Deiner Reise
in mein
'Land der Antworten'
angekommen.
Alles Gute.